HEYNE BÜCHER

W0401002

Fantasy

Herausgegeben von Friedel Wahren

MAGIC
Die Zusammenkunft™

TERI McLAREN

Das verwunschene Land

FÜNFTER BAND

Deutsche Erstausgabe

WILHELM HEYNE VERLAG
MÜNCHEN

HEYNE SCIENCE FICTION & FANTASY
Band 06/6605

Titel der Originalausgabe
MAGIC THE GATHERING™
THE CURSED LAND
Übersetzung aus dem Amerikanischen von
Birgit Oberg
Das Umschlagbild malte Steve Crisp
Die Karte auf Seite 7 zeichnete Erhard Ringer

Redaktion: Mirjam Madlung

Erstausgabe bei HarperPaperbacks
A Division of HarperCollinsPublishers, New York

Printed in Germany 1996
Umschlaggestaltung: Atelier Ingrid Schütz, München
Technische Betreuung: M. Spinola
Satz: Schaber Satz- und Datentechnik, Wels
Druck und Bindung: Presse-Druck, Augsburg

ISBN 3-453-10955-4

Von der Serie MAGIC. *Die Zusammenkunft*™
erschienen in der Reihe
HEYNE SCIENCE FICTION & FANTASY

1. Band: William R. Forstchen, *Die Arena* · 06/6601
2. Band: Clayton Emery, *Flüsterwald* · 06/6602
3. Band: Clayton Emery, *Zerschlagene Ketten* · 06/6603
4. Band: Clayton Emery, *Die letzte Opferung* · 06/6604
5. Band: Teri McLaren, *Das verwunschene Land* · 06/6605
6. Band: Kathy Ice (Hrsg.), *Der Gobelin* · 06/6606
7. Band: Mark Summer, *Der magische Verschwender* · 06/6607 (in Vorb.)
8. Band: Hanovi Braddock, *Die Asche der Erde* · 06/6608 (in Vorb.)

Weitere Bände in Vorbereitung

Meinem Vater, H. C. Patterson,
von dem ich vor langer Zeit lernte,
wie man eine Geschichte erzählt,
und meiner Mutter, Virginia Patterson,
die fortwährend in ein
Buch vertieft ist, gewidmet.

Mein herzlicher Dank geht an:

Patrick McGilligan und Margaret Weis, die mich unterstützten und mir, als es dringend notwendig war, einen Schubs gaben.

Debbie Vaughn und das Raptor Rehab Center of Kentucky, Inc., weil sie mich von Angesicht zu Angesicht mit Scheuneneulen zusammengebracht haben.

Ernie und Jim, Traci, Jim DeLong, Lisa, Anne Carter, Mort und David, Carole, John und Annette, Bob und Stephanie Joyce, Brad und Dawn, Richard, Keith, Leslie, Terri und viele andere, deren Licht der Freundschaft eine sehr lange, dunkle Nacht erhellt hat.

Shawna McCarthy, meine wundervolle Agentin, und Jill Grinberg – ebenfalls von Scovil, Chichak, Galen; an die Wizards: Janna, Kathy und Dave, die pausenlos das Manuskript gelesen haben und fortwährend ihr Bestes gaben, ganz gleich, zu welcher Zeit.

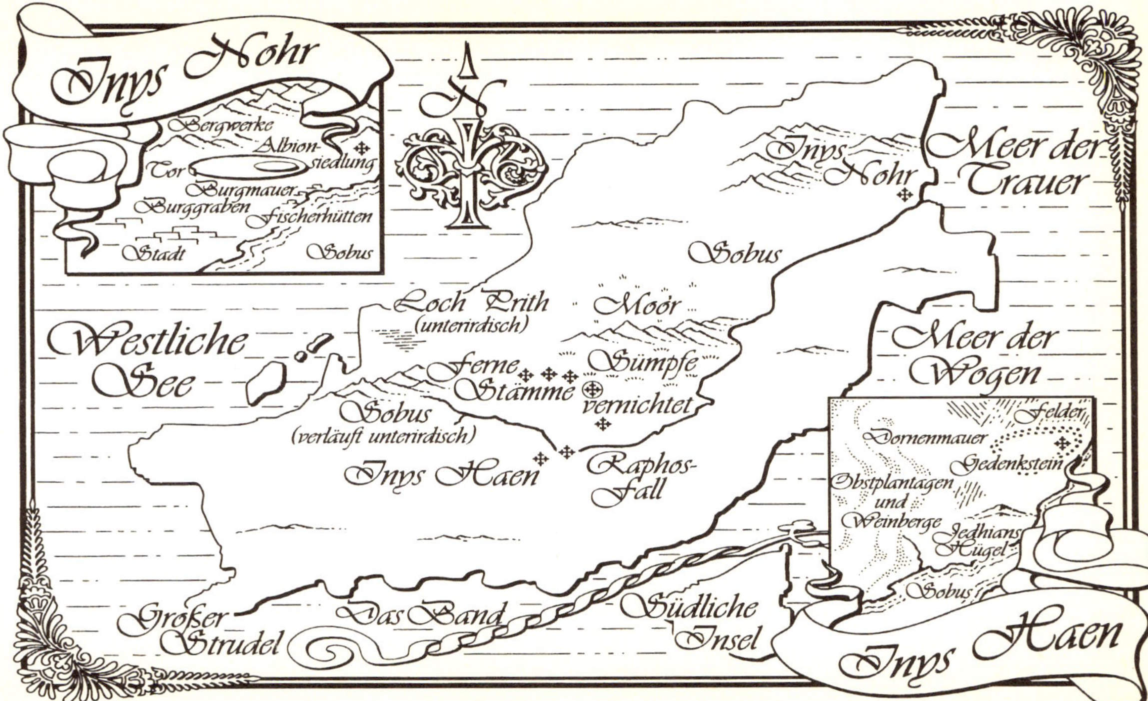
Inys Nohr
Bergwerke
Albion-siedlung
Tor
Burgmauer
Burggraben
Fischerhütten
Stadt
Sobus
N
Inys Nohr
Meer der Trauer
Sobus
Loch Prith
(unterirdisch)
Moör
Westliche See
Ferne Stämme
Sümpfe
vernichtet
Meer der Wogen
Sobus
(verläuft unterirdisch)
Inys Haen
Raphos-Fall
Felder
Dornenmauer
Gedenkstein
Obstplantagen und Weinberge
Jedhians Hügel
Sobus
Großer Strudel
Das Band
Südliche Insel
Inys Haen

DIE TRENNUNG

Der blaue Feuerball versengte Haens Augenbrauen und ließ die Erde erbeben, als er eine viele Schritt hinter ihm liegende Felswand sprengte, aber Haen gab nicht das kleinste Stück Boden auf. Er war dazu auch nicht in der Lage. Er befand sich nicht einmal in der Nähe des Bodens. Er preßte den Rücken noch enger gegen den gewaltigen Stamm des Sippenbaumes, klammerte sich mit beiden Händen noch fester an einen über ihm hängenden, sanft schaukelnden Ast und bemühte sich, nicht daran zu denken, wie hoch er auf die riesige Eiche geklettert war, bei dem verzweifelten Versuch sie zu schützen. Der Sippenbaum war nicht nur seine Heimat: Er bildete den Mittelpunkt von Cridhe, die Kraft, welche die ganze Welt der Sippe zusammenhielt. Hoffentlich würde sein alter Freund nicht so herzlos sein und jene kalte Magie zu ihm hinaufschicken.

»Nohr, du kannst die Magie nicht vom Baum trennen«, brüllte Haen seinem unten stehenden Angreifer zu. »Beides gehört zusammen; es läßt sich nicht unterscheiden und bildet eine Einheit. Der Baum reicht bis tief in die Erde. Seine Wurzeln beherbergen das Herz der Insel. Er wacht über alle Lebewesen und hält ihr Gleichgewicht aufrecht. Sogar die Jahreszeiten wechseln alljährlich zur gleichen Zeit – durch den Baum. Seine Lebenskraft kann nicht aus dem Stamm gezogen werden, ohne daß unsere Welt große Verluste und Schaden erleidet. Ich habe das bereits erlebt. Laß ab von deinem Vorhaben!« bat Haen, dessen braune, knorrige Hände mit der rauhen Rinde der Eiche zu verschmelzen schienen.

»Jawohl, Nohr, Haen spricht die Wahrheit. Du bist allein, unser Volk aber besteht aus vielen. Wir mögen den Baum – er war schon immer hier, er ist schön, und die Gedanken, die er Haen eingibt, sind immer zutreffend, auch wenn er nicht erklären kann, wieso und weshalb es so ist. Laß den alten Baum leben, damit ich Haen endlich bei den Spielen übertreffen kann. Was macht es schon, wenn der Mann ein wenig verrückt ist, Nohr? Er lebt *gern* da oben. Heute ist Mittsommernacht – laß uns fröhlich sein, nicht kämpferisch! Du hast noch nie eine Waffe benutzt, und du weißt nicht, was du tust«, rief Raphos, der Schmied, dessen Geduld durch den langwährenden Streit beinahe am Ende war, mit fester Stimme. Es juckte ihn in den Fäusten, den wieselgesichtigen Wettermacher einfach niederzuschlagen und der Sache damit ein Ende zu bereiten.

Heute abend war das Fest – die ganze Sippe hatte sich versammelt. Inzwischen hatten neun der Ältesten und die meisten der achthundert Dorfbewohner Nohr so dicht eingekreist, wie sie nur wagten, und dadurch den Stolz des kleinen Mannes herausgefordert und eine schnelle Beendigung des Streits unmöglich gemacht. Raphos ballte die großen Fäuste und wartete auf eine Gelegenheit, den Zwist auf seine eigene, unverblümte Weise beizulegen und zu seinem Bier zurückzukehren, während Nohr umherschaute und von der auf sich gerichteten Aufmerksamkeit der Menge beeindruckt war.

»Ich denke nicht daran«, sagte er ruhig und hatte endlich Raphos' Antlitz in der Menge der besorgten, geschmückten Gesichter entdeckt. »Was willst du denn tun, Eisenhändler? Mich verbannen? Ich werde fortgehen, wenn ich die Kraft dieses Baumes bekommen habe, weiter fort, als du oder die neun Graubärte mich jemals schicken können. Das ist eine Tatsache. Jetzt komm herunter, Haen, und zeig mir, wo genau die Lebenslinie des Baumes verläuft, oder du begegnest dem Tod«, setzte er mit gesenkter, unnatürlich kalter Stimme hinzu.

Oben im Baum schüttelte Haen langsam den Kopf. Der Streit hatte vor einigen Stunden in der Taverne begonnen. Haen wußte, daß er erst enden würde, wenn Nohr wieder nüchtern war oder das Schwert fallen ließ – was recht unwahrscheinlich schien.

Haen war der Hüter des Baumes – vom Baum selbst erwählt, und von den Ältesten durch einen Schwur gebunden, den Stamm vor Feuer, Axt, Krankheiten und anderen Bedrohungen zu schützen.

Auch vor betrunkenen Wettermachern mit einem magischen Schwert in den Händen.

Nohr lächelte bedächtig und spähte nach links, wo ein großer, muskulöser, fremdländischer Mann stand, dessen breite Schultern mit dem auffallend bunten Seidenstoff der kleinen Südinsel bedeckt waren. Der Mann zuckte die Achseln und nickte. Nohr hob das Schwert, dessen Muster von ineinander verschlungenen Schlangen im Sonnenlicht glänzte, und wieder schoß ein dünner, blauer Strahl heraus. Der winzige Pfeil gefrorenen Lichtes bohrte sich, schmerzhaft wie der Biß einer Viper, in Haens linke Schulter, und ein Strahl hellen Blutes färbte die Tunika rot, verwandelte sich dann in ein dickflüssiges Rinnsal. Haen sackte ein wenig zusammen und versuchte verzweifelt, die Übersicht zu behalten. Wenigstens hatte Nohr nicht auf den Baum eingeschlagen.

»Nohr …, du kannst genügend Kraft bekommen, ohne den Baum zu töten. Du hast das Wettergespür. Du allein, als einziger unseres Volkes, weißt, wann Regen und Sturm aufziehen. Wir sind von dir abhängig. Wie kannst du glauben, daß wir dich nicht zu schätzen wissen? Dies ist nicht nur irgendein Baum des Waldes. Es ist unsere heilige Eiche, so alt wie Cridhe selbst. Halt ein und denk nach: Du zerstörst unser Volk; unsere ganze Geschichte wird ausgelöscht. Jede Lebensgeschichte ist in die Ringe des Sippenbaumes eingraviert. Vernichtest du ihn, wird große Verwirrung über uns hereinbrechen, wie wir sie nie zuvor erlebt haben. Und wo Verwirrung herrscht, herrscht auch Mißgunst, und wo Mißgunst herrscht, sind böse Mächte am Werk. Das weißt du doch aus den Lehren der Ältesten, aus dem Buch, das uns der Schöpfer gab. Nohr, der Himmel wird einstürzen; die Sterne werden von ihren angestammten Plätzen gerissen werden.«

Haen sah auf die Festgesellschaft hinab und erblickte Capin, Nohrs zweiten Sohn, der neben seiner besten Freundin Liana, Haens Tochter mit den strahlenden Augen, stand. Der Junge senkte den Kopf. Sogar mit seinen fünfzehn Jahren erkannte Capin die Gefahr, gegen die sein Vater mit Blindheit geschlagen schien.

Geblendet durch Malvos, den großen, kräftig gebauten, tätowierten Händler, der vor einiger Zeit erschienen war, um angeblich mit Metallen zu handeln, sich aber immer in der Nähe Nohrs oder des Baumes herumtrieb. Und das einzige Metall in seinem Besitz war das magische Schwert, das er, wie Haen bemerkt hatte, niemals mit bloßen Händen berührte.

Haen holte rasselnd Luft und fuhr fort: »Der Baum erhält uns, Nohr. Seine Kraft läßt uns leben und atmen. Du wirst unsere Welt aus den Fugen reißen. Nichts wird mehr zusammenpassen. Wenn es sein muß, dann such nach einer anderen Kraft. Laß den Baum in Ruhe.«

Einen Augenblick lang schloß Haen die Augen, die Hände noch immer in die Rinde der Eiche gekrallt, als ihm plötzlich etwas einfiel. Am Fuß des Baumes lag ein alter Stein, in den die Hand des Schöpfers selbst verschnörkelte Buchstaben eingearbeitet hatte. Auf der dem Volk zugewandten, für alle sichtbaren Seite, war der Segen zu lesen: »Erhaltet mich, und ich werde euch erhalten.«

Auf der anderen, dem Baum zugewandten Seite, standen andere Worte, die man jetzt nicht mehr lesen konnte, da der Stein zu dicht am Stamm lag.

Der Fluch.

Es war einen Versuch wert. Haen befeuchtete die Lippen und verdrängte den Schmerz der getroffenen Schulter aus seinen Gedanken.

»Da ist auch noch der Fluch, Nohr.« Er wiederholte ihn, sah ihn plötzlich vor sich, wie er einem viel kleineren, jüngeren Baum zugewandt war. Das Bild stand ihm so klar und deutlich vor Augen, als hätte man die Worte gerade erst in den glatten, glänzenden Stein gemeißelt: *Wer mir Schaden zufügt, schadet der ganzen Welt. Meine Wunde wird seine Wunde sein, und die Finsternis dieser Wunde wird nicht von ihm genommen und seine Nachkommen bis in die letzte Generation zeichnen.*

Erschöpft ließ Haen den struppigen blonden Kopf hängen, seine Hände schmerzten durch den krampfhaften Versuch, sich aufrecht zu halten. Dort unten schien Nohr zu zögern, als die heiligen Worte an seine Ohren drangen. Er senkte die schwere Schwertspitze und zog die Schultern hoch, während er auf den Stein starrte.

Haen wartete; die Brandwunde auf der Stirn schmerzte schrecklich, und die Schulter schien in Flammen zu stehen. Wie hatte es soweit kommen können? Was war mit seinem Freund geschehen? Seit ihrer Kindheit war Nohr sein Freund gewesen, aber nun kam es ihm vor, als wäre der Verräter, der ihn herausgefordert hatte, ein ganz Fremder. Und woher stammte diese furchtbare Wut?

Es mußte an Malvos liegen.

Das war die einzige Erklärung. Seit Wochen hatten die beiden geheimnisvolle Gespräche geführt, Nohr hatte seine Windtabellen und Taukelche solange vernachlässigt, bis die Hirten schließlich selbst versucht hatten, das Wetter vorherzusehen. Nun hatte Nohr in betrunkenem Zustand dieses seltsame Schwert erhandelt, mit dem man Felsen spalten konnte und erstarrte Flammen werfen und wer weiß, was noch alles. Und worum hatten sie gehandelt? Malvos wollte die Kraft des Sippenbaumes, und Haen wußte, daß der Baum ohne diese Kraft nicht leben konnte. Und aus irgendeinem Grund brauchte Malvos jemanden, der die eigentliche Tat vollbrachte.

Nach seiner Ankunft im Dorf hatte sich der Händler mit kriecherischen Schmeicheleien zuerst an Haen herangemacht. Haen hatte ihn kurzerhand zurückgewiesen. Dann fand Malvos eine leichtere Beute in Nohr – der Neid des Wettermachers auf Haens Stellung innerhalb der Sippe war berüchtigt, sein Selbstbewußtsein war von Mißgunst durchlöchert. Das Wettergespür trieb Nohr täglich bis an die Grenzen der Weidegründe und Felder, und selten erntete er den gleichen ehrerbietigen Dank für seine einsamen Nachtwachen und Studien wie Haen für die offenkundige Pflege des Baumes. Malvos hatte viel Aufhebens um Nohrs Arbeit gemacht; laut, öffentlich, besonders in der Taverne, immer mit geheucheltem Wohlwollen. Während der Mittsommernachtsfeier, die damit begann, daß Haen am Fuß des Baumes ein Lied anstimmte, hatte Malvos Nohrs Lieblingsgesänge reichlich mit Met begossen. Es war eine Kleinigkeit gewesen, Nohr so weit zu bringen, daß er tat, was Malvos ihm in den letzten Wochen eingeflüstert hatte.

Alles war ganz offensichtlich. Haen schob das Entsetzen über den Verrat seines Freundes beiseite und klammerte sich an den Ast, an das Leben des Baumes, an das Leben der Sippe und erwartete das Ergebnis von Nohrs fieberhaften Überlegungen.

Er seufzte, stellte sich die Heilung der verletzten Schulter vor, beschwor die Macht des Baumes und spürte die Kraft durch die Fingerspitzen strömen. Grünes Licht fiel auf seine Hände, und er fühlte die Hitzewelle, die das Geschenk des Baumes begleitete. Die Schulterwunde taute auf und schloß sich, paßte sich Haens Wunschgedanken an. Während die Minuten verstrichen, sog der Baum das Gift auf. Haen bemühte sich, seine Gedanken über Nohr zu ordnen, alle Zwietracht und allen Ärger zu vergessen – dann rief er dem grübelnden Wettermacher mit sanfter Stimme zu:

»Nohr, bitte ...«

»Nein!« brüllte Nohr – mit bösem Blick und einem gallebitteren Zug um den Mund – zu ihm hinauf. »Du! Du siehst das Herz des Baumes, nicht wahr? Du kannst sogar bis in die Erde sehen. Du weißt, warum die Vögel fliegen können, wann der Schwimmer die See verläßt und den Fluß erreicht, was man gegen Milchfieber tun kann, und auch sonst weißt du einfach immer, was am besten für alle ist. Der Baum verrät dir die Geheimnisse, und du bekommst den ganzen Ruhm. Dir bringt man den Respekt entgegen, der mir gebührt: Ich muß meine Arbeit ohne die Hilfe deiner Magie bewältigen, bediene mich nur meines Wissens und meiner Instrumente. Ich verfüge nicht über deinen sechsten Sinn, ich bin ohne die Zwiesprache mit dem Baum und seinen Schutz. Blind wandere ich umher, stehe in deinem Schatten, komme immer erst nach dir, arbeite ohne Dank oder Beachtung, um die guten Winde und den Regen aufzuspüren.«

Er fuchtelte mit dem Schwert in die Richtung der umstehenden Dorfbewohner. Sie wichen zurück und Raphos, vor dem sich eine Lücke auftat, sprang Nohr von hinten an. Blitzschnell drehte Nohr sich um und traf ihn mit der Spitze des Schwertes. Wieder sprach die Waffe, blaues Feuer drang mit eisiger Macht in Raphos ein, bis er vor Nohrs Füßen zu Boden fiel und ein Kreis aus glänzendem Rauhreif sich langsam um den Körper herum auf dem Gras ausbreitete.

Raphos rothaarige Frau lief zu ihrem Mann, aber niemand sonst wagte sich zu rühren, aller Augen ruhten auf dem Schwert und dem betrunkenen Verrückten, der es in der Hand hielt. Der Händler Malvos feixte und verschränkte die tätowierten Arme vor der Brust.

Nohr sprach weiter – anscheinend ohne zu bemerken, daß er gerade einen seiner Sippenangehörigen getötet hatte. »Jetzt habe ich, dank Malvos hier, der mir die Augen geöffnet hat, endlich etwas erkannt. Ich kenne dein Geheimnis, Haen. Deine Gabe – dieses Ding, das du dem Baum nimmst, um deine Zauber zu wirken, um die Geheimnisse der Natur zu lüften und zu heilen. Es heißt Mana. Malvos hat mir erklärt, wie du es verwendest. Und Malvos hat mir noch etwas erzählt, von dem du nie gehört hast. Es gibt Leute, die vollbringen mit dem Mana größere Taten, als du dir jemals träumen lassen würdest. Man nennt sie Wanderer, Haen, und sie können Welten überspringen... und ich werde einer von ihnen sein, sagt Malvos, wenn ich den Baum töte. Niemals mehr stehe ich in deinem Schatten. Ich werde meine eigene Sonne besitzen. Tausende von Sonnen!« schloß er und umklammerte den Schwertgriff noch fester als zuvor.

Beim eisigen, besessenen Klang von Nohrs Stimme, zuckte Haen zusammen. »Der Baum schenkt seine Kraft demjenigen, den er selbst auserwählt, Nohr. Er wählte mich, als wir noch Kinder waren. Das weißt du. Und deine Gabe ist nicht weniger wertvoll. Malvos benutzt dich nur, wenngleich ich nicht weiß, wozu. Bemerkst du das nicht? Warum braucht er dich, um diese Tat auszuführen? Warum legt er nicht selbst das Schwert an – wie er es nennt – das Mana des Baumes? Wunderst du dich denn nicht?«

Der Händler verdrehte die Augen und schüttelte wohlwollend den Kopf. Er benahm sich, als würde

Haen ein Märchen erzählen. Dennoch schwieg er und überließ Nohr die Antwort.

»Ich sehe, daß du das ganze Mana für dich selbst behalten willst, Haen. Damit du immer etwas Besonderes bist, immer der Auserwählte. Jeden Tag wird es mir bewußter. Unser Leben lang standen wir uns näher als Brüder es tun. Zusammen erlernten wir, unseren Lebensweg zu gehen. Aber mir ist etwas aufgefallen. Immer wurdest du bevorzugt, nicht ich. Zuerst vom Baum, dann von den Ältesten, dann von Lumi.« Nohr deutete auf Haens Frau, die hinter dem Stamm hervorlugte. »Aber jetzt endlich begreife ich, daß du mich all die Jahre betrogen hast und wähle daher einen neuen Lebensweg. Meinen eigenen Weg. Ich arbeite nicht mehr für die Sippe. Ich werde alles bekommen, was ich brauche – ob gut oder schlecht. Und was scheren mich Leute, die mich niemals um meiner selbst geachtet haben? Und was bedeuten mir solche Freunde wie du? Und was die Flüche angeht: Laß sie treffen, wen sie wollen; ich sehe sie nicht und glaube deshalb auch nicht daran!« brüllte Nohr, und aus seinen schwarzen Augen leuchteten Gier und aufgestauter Schmerz.

»Langsam verliere ich den Geschmack an diesem Spiel«, fuhr er fort. »Am besten nimmst du an, was ich dir aus purer Freundlichkeit angeboten habe – denn wie du weißt, bin ich ein netter Mensch«, lallte er, nahm einen Schluck aus dem Krug, den er in der linken Hand hielt und bemerkte den vernichtenden Blick nicht, den ihm Raphos Frau zuwarf. »Ich schenke dir das Leben. Aber wenn du mir noch länger im Weg stehst ohne mir die Herzlinie des Baumes zu zeigen, die Manalinie, dann wird es mir ein großes Vergnügen bereiten, sowohl dich, als auch deine kostbare Macht zu zerstören, Haen.«

Die Worte trafen Haen tief, verwundeten ihn wie der Hieb des Schwertes. Die riesige Eiche spürte Haens

Schmerz und sandte ein tröstliches, beruhigendes Gefühl durch seine Fingerspitzen; die grüne Kraft ließ Nohrs Drohung verblassen. Tief unter dem mit Steinen übersäten Boden erbebten die Baumwurzeln und sandten einen hellen Manastrom bis in die Blätter hinauf. Ihr sanftes Leuchten hob sich im Dämmerlicht gegen den dunstigen, grauen Herbsthimmel und die im Norden liegenden, nebelverhangenen blauen Berge ab.

»Nohr, ich bitte dich, schau her. Der Baum spricht: Ernte dieses Mana nicht! Es muß andere Manaquellen geben. Ich denke, daß du diesen Ort auch ohne die Kraft des Baumes schon sehr bald verlassen kannst. Bitte … der Fluch ist echt, Nohr. Er wurde mit dem gleichen Strang in den Baum hineingewoben wie der Segen«, rief er verzweifelt.

Nohr blickte nach oben, in die mächtige Baumkrone, wo noch hundert Schritte über Haen neue Triebe sprossen, die nun in goldenem Licht leuchteten. In Nohrs Augen sah alles wie immer aus – es war nur eine alte Eiche, das übergroße Zeichen von Haens Bevorzugung und Anerkennung. Noch nie hatte der Baum zu Nohr gesprochen, und er schwieg auch jetzt still. Nohr warf den Kopf zurück und gröhlte als Erwiderung auf Haens mitleiderregendes Flehen. Nein, auf Cridhe gab es kein anderes Mana. Malvos hatte gesagt, daß dies die einzige Quelle war. Und er mußte es wissen – schließlich war er ein gewerbsmäßiger Mana-Aufspürer.

»Zum letzten Mal, Haen, komm herunter! Sonst werde ich dir einen Sarg aus den Ästen bauen, die bisher deine Heimat waren.«

Haen blickte auf Raphos bläulichen Körper hinab, auf die weinende Frau, dann wieder auf Nohrs fiebrig verzerrtes Gesicht. Die Blicke der beiden Männer trafen sich, und die Dorfbewohner wichen unwillkürlich vom Baum und von Nohr zurück; Malvos tat es ihnen gleich. Haen sah nach unten und bemühte sich, den Freund, den Gefährten, den er einst gekannt hatte, hinter den wild blickenden, glasigen Augen zu entdecken.

Nohr blinzelte kein einziges Mal, er lächelte bösartig und schüttelte den dunklen Kopf voller Verachtung und Abscheu, während er den rechten Arm hob, das Schwert zum Schlag bereit. Aber bevor er auf die Manalinie einschlagen konnte – oder wenigstens auf den Punkt, an dem sie sich seiner Meinung nach befinden mußte –, fuhr erneut ein vereister Lichtstrahl aus der Waffe und traf den Stein am Fuße der Eiche. Der Stein wurde in der Mitte durchtrennt, der Baum der Länge nach, bis in die entferntesten Wurzelspitzen, gespalten, wobei die frisch gesprossenen Blätter und Triebe abgerissen wurden.

Haen wirbelte durch die Luft, sein Schrei vermischte sich mit dem Krachen des lebenden Holzes, als die Äste des Sippenbaumes zerbarsten und ein Hagel aus Holzsplittern, jeder einzelne von einer Eishülle umgeben, auf die Erde fiel. Mit Donnergetöse schoß die Manalinie in die Höhe, der gewölbte, grüne Lichtstrahl zersprang, löste sich vom Herzen der zerstörten Eiche und teilte sich hoch am Himmel in zwei Hälften. Eine davon fiel zurück auf die herabgestürzte Baumkrone, die andere verteilte sich über die herumliegenden Teile des Stammes. Nohrs wahnsinniges Gelächter erfüllte die Luft, und er tanzte jubelnd inmitten des Trümmerregens.

Und dann brach die Erde auf.

Tiefes Dröhnen aus den Tiefen der Erde brachte den Boden zum Erzittern, drängte an die Oberfläche, und ein großer Riß tat sich zwischen Freund und Freund, Nachbar und Nachbar, Haen und Nohr, Capin und Liana auf. Der Abgrund wirkte so bodenlos, als wäre der Insel das Herz aus dem Leib gerissen worden. Die beiden Seiten des Risses hoben und senkten sich, so daß Raphos Körper langsam in die Tiefe rollte. Drei

Männer zogen seine kreischende Frau beiseite, um sie davon abzuhalten, ihrem toten Gemahl zu folgen.

Unberührt vom Gram der Frau stand Malvos im Hintergrund der kleinen Gruppe Menschen, die sich auf Nohrs Seite des Abgrunds befanden. Der tätowierte Händler schüttelte enttäuscht den Kopf und zupfte sich schweigend den rostfarbenen Bart.

So ging es nicht. Der verrückte Wettermacher hatte das Schwert falsch eingesetzt. Wahrscheinlich hatte er zu viel Met getrunken. Die Manalinie war zerstört, war unbrauchbar geworden, alle Kraft in das Erdbeben und die Überreste des Baumes geflossen. Und Seelenschlächter, das Schwert, war aus Nohrs Hand gerissen worden und lag nun, von Trümmern bedeckt, auf Haens Seite. Wie sollte er jetzt nur von dieser widerwärtigen Welt verschwinden? Wo sollte er leben, bis ihm etwas eingefallen war? Auf dieser Seite der Erdspalte stand kein einziges Haus, nicht einmal mehr ein Zaun aufrecht.

Aber das mußte mir ja passieren! Wie konntest du mich nur hierherschicken, Tempé? So schlimm war mein Vergehen doch gar nicht – nur ein wenig Mana aus deinen unerschöpflichen Vorräten – und, das möchte ich hinzufügen, dafür habe ich bezahlt. Wofür sollte ich mich also entschuldigen?

Die Weltenwanderin hatte ihn hier ausgesetzt, weil er zu oft etwas zuviel von ihren Manalinien abgezweigt hatte – Malvos Hunger nach Mana war im gleichen Maße gewachsen wie seine Begabung, es aufzuspüren. Aber er war ganz sicher, daß dieser Trottel nichts von dem alten Baum hier gewußt hatte. Die reichhaltigste Quelle von Waldmana, die er je gefunden hatte, war fast völlig verborgen unter einem seltsamen Schutzschild, so daß sogar sein erprobtes Gespür beinahe daran vorbeigegangen wäre – vielleicht lag es an diesem alten Fluch, mit dem Haen Nohr gedroht hatte. Malvos hatte schon früher erlebt, daß bestimmte Sprüche diese Wirkung haben konnten. Nun, fast wäre es ihm gelungen – fast wäre er nach Ilcae zurückgekehrt, in eine Welt, die von einem Wanderer aufgesucht wurde, der Malvos, als Gegenleistung für den Verrat von Tempés Manalinien, die Freiheit geschenkt hätte …

Aber Malvos hatte Zeit. Viel Zeit. Die Sangrazul, sein Volk, das weit und breit für seinen eigenartigen Manahunger bekannt war, wetteiferte sogar mit den Elfenvölkern um die größte Langlebigkeit. Malvos war jung, auf dem Höhepunkt seiner Kraft, von kräftigem Wuchs und sehr groß, durchaus in der Lage, den Manahunger so lange zu ertragen, bis er eine neue Möglichkeit fand, an die Quellen zu kommen. Er war ein wahrhaft geduldiger Mann – er würde einfach auf eine neue Gelegenheit warten, sein Verstand beschäftigte sich bereits mit anderen Möglichkeiten. Auch Seelenschlächter würde wieder in seinen Besitz gelangen, wenn er die Waffe erst einmal markiert hatte. Tempé vermißte sie vermutlich erst in dem Moment, in dem er selbst das Schwert berührte. Sie besaß tausende solcher Spielzeuge, obwohl dieses angeblich etwas Besonderes war – die Steine am Knauf der Waffe verfügten über eine eigene Magie, die irgendwie mit Heilungen und Klingen zusammenhing, aber Malvos Verwendung des Schwertes nicht beeinträchtigten. Er würde einen zweiten Nohr finden, der ebenfalls eine magische Begabung und ein mißgünstiges Herz hatte, und der dazu gebracht werden konnte, Seelenschlächter gemäß Malvos Anweisungen zu gebrauchen. Das dürfte nicht allzu schwierig sein.

Danach würde er jede einzelne Manalinie aus Tempé herausschütteln, die sie besaß. Er würde sie zwingen, ihre widerlichen Schlangen – die tätowierten Wächter seiner Begabung – zu vernichten. Sie hatte behauptet, daß sie zum Leben erwachen und ihn töten würden, wenn er zu oft an den Manaverzehr dachte oder ihn gar in die Tat umsetzte. Nein, er würde sich nie, niemals entschuldigen. Immerhin war er ein Sangrazul.

Ein harter Schlag auf den breiten Rücken riß den Händler aus seinen Überlegungen. Nohr sprang um ihn herum, hüpfte wie verrückt auf und nieder.

»Ich habe es geschafft! Sie konnten mich nicht aufhalten, und ich habe es geschafft! Wo sind wir jetzt, Malvos? Was für eine Welt ist das hier?« Ein paar Augenblicke lang starrte Nohr den Händler blöde an, Mettropfen waren ihm über die Nase gespritzt, dann hielt er inne und sah sich nach allen Seiten um, als könne er seinen Augen nicht trauen.

Die gleichen Gesichter am gleichen Ort. Das Grinsen glitt von Nohrs Lippen, als ihm bewußt wurde, daß er die Kraft des Baumes nicht geerntet hatte, sie nicht befehligen konnte, und auch nicht von Cridhe fortgebracht worden war. Statt dessen klaffte mitten auf seiner Brust eine Wunde, in der ein langer, spitzer Eisenpfeil steckte – die Spitze des Feuerschwertes war abgebrochen, abgeprallt und hatte sich direkt über dem Herzen in seinen Körper gebohrt.

Malvos kniff die Augen zusammen, als er die blutige Wunde bemerkte. Er sah Nohr ins Gesicht, das plötzlich erbleichte, als der Wettermacher das Metallstück mit zitternder Hand ertastete und herauszog, ohne die Verletzung auch nur ein einziges Mal anzusehen, als könne er sie damit ungeschehen machen. Malvos fiel auf, daß die Wunde haargenau derjenigen glich, die Nohr vor wenigen Minuten Haen zugefügt hatte. Vielleicht war dieser Fluch… er riß sich zusammen. Nein, die einzige Wirkung in solchem Unsinn lag darin, daß er von einigen Narren geglaubt wurde. Und das machten sich jene zunutze, die klüger waren.

Nohrs blutige Hand sank herab, und verblüfft blickte er zu seinem alten Freund hinüber, der auf der anderen Seite des Erdspaltes im Gras lag. Dann ergriff er ein Büschel neuer Triebe der gefallenen Baumkrone – drei kleine Äste, die an einem schlanken Zweig mit einer Eichel hingen – und sprang über mehrere große, rauchende Äste in Richtung Norden, auf die Berge zu, davon. Ein lauter Donnerschlag ertönte, und das Jammern und Schreien der Leute, die sich unglücklicherweise diesseits des Abgrundes wiedergefunden hatten, verstummte, als sie sich ihrer Schutzlosigkeit bewußt wurden, und sie wandten sich um und folgten dem Wahnsinnigen. Im Westen zogen sich große, schwarze Wolken am Rande des Horizonts zusammen, die von einem starken Wind schnell auf Cridhe zugetrieben wurden, auf die schutzlose und unschuldige Gruppe Menschen, die Nohr widerwillig in die Berge folgten, weil diese den einzigen Schutz vor dem aufziehenden Sturm boten.

Capin zerriß während des Laufens seine Tunika, um einen Verband für die Verletzung seines Vaters zu erhalten und flehte ihn an, doch zu warten. Der Junge schaute über die Schulter zu Liana hinüber, die angsterfüllt und weinend auf der anderen Seite der Erdspalte stand. Capin blieb stehen und winkte ihr zu, gab sich selbst das Versprechen, zu ihr zurückzukehren. Liana nickte ihm zu, als habe sie seine Gedanken gelesen. Capin drehte sich um und lief weiter, sein Schwur war schweigend geleistet und schweigend angenommen worden.

Nohr rannte mit irrsinniger Geschwindigkeit, die blauen Gewänder und die daran baumelnden Troddeln flatterten im Wind, er schwenkte seine grüne Trophäe über dem Kopf. Obwohl bereits Blutflecken durch die Rückseite der Tunika drangen, schien der verrückte Wettermacher die Wunde nicht wahrzunehmen.

Haen hob den dröhnenden Kopf vom Erdboden und versuchte, den Widerhall der Schmerzensschreie des

Baumes aus den Ohren zu schütteln. Der Schreck und der Sturz hatten sein Denken und Sprechen verlangsamt, und er fühlte, wie er langsam in eine Ohnmacht sank.

Trotz des eisigen Windes und der schmerzenden Wunden staunte Haen über die Vision, die ihm der Baum im letzten Moment beschert hatte. Er vermeinte das Flüstern noch immer im Herzen zu tragen. Haen glitt in einen grünen Wachtraum, in dem alle Lebenslinien in vollkommener Ordnung durch seinen Kopf zogen, den der Baum mit seinen Erinnerungen und den Namen aller grünen Dinge gefüllt hatte. Die Linien leuchteten und wogten, umschlangen ihn mit ihrem Licht und heilten ihn.

In seiner Reichweite lag ein Stück des Baumstammes, dessen sichtbar gewordene Rinde von strahlendem Mana durchzogen war. Haen griff danach, berührte die vertraute Wärme des Holzes. Voller Staunen nahm er wahr, wie die Zukunft plötzlich klar und fest vor seinem inneren Auge stand. Gesichter jener, die noch geboren werden würden, waren in zwei Linien aufgereiht, zwischen ihnen lag der neu entstandene Abgrund, der sie wie ein Fluß voneinander trennte. Nohrs Nachkommen wurden auf der einen Seite von Finsternis umhüllt, und Haens Nachfahren, auf der anderen Seite, von Helligkeit, bis sie schließlich in der Ferne, am Fuße einer Eiche, miteinander verschmolzen. Sie sah aus wie der Sippenbaum. Haen öffnete die Augen.

»Nohrs Stamm ist verflucht, aber der Baum wird wieder wachsen«, sprach Haen. »Ich bin weiterhin der Hüter des Baumes. Ich muß die Namen behalten, die Erinnerungen bewahren. Aber es wird ein … Heiler kommen …, er wird wiederherstellen …, wird heilen. Und die Linien von Nohr und Haen werden zusammen erstrahlen – wenn der Heiler kommt.« Haens Kopf sank herab und er schlief ein.

Als der Schneesturm losbrach und der Abgrund sich mit einem Gemisch aus Flocken und Regen zu füllen begann, stürmte Nohr in den dichten Wald, während der Händler den Schluß der unglücklichen Gruppe bildete und ihnen in gemächlichem Tempo folgte.

Als Haen seine Worte murmelte, die sogar Lumi, die sich dicht über ihn beugte, wegen des Sturms kaum verstehen konnte, blieb Malvos stehen und lauschte. Ein paar Sekunden lang verhielt er, lächelte dann vor sich hin, wandte sich um und zog mit der Hand ein Zeichen in die eisige Luft: Er markierte das magische Schwert.

Lumi und die meisten anderen der Sippe, mißverstanden dies Zeichen als einen Abschiedsgruß.

Über ihren Köpfen kreiste eine kleine, goldbraune Eule am sich verdunkelnden Himmel, bevor sie nach Westen flog, dem wütenden Sturm entgegen.

KAPITEL 1

Im Jahr 520

Die Heilung

»Wann? Wann? Ich kann nicht länger warten, Malvos. Es muß in diesem Jahr geschehen, es muß jetzt sein. Ich sage dir, die Dunkelheit, die Dunkelheit in meinem *Innern* ruft mich, und bald kann ich mich nicht länger abwenden. In diesem Jahr muß ich das Licht finden. Ich habe es angekündigt. Ich werde es tun. Ich werde nicht nur einer der verfluchten Nachfahren des Stammes von Nohr sein. Ich habe geschworen, daß die Haenischen und ihre bösen Sprüche meine Familie nicht länger beherrschen dürfen. Ich muß den Lichtzauber der Haenischen bekommen und auf den Sippenbaum werfen!« rief Nazir, der derzeitige Felonarch von Inys Nohr, während er auf den kalten Steinplatten der staubigen, baufälligen Halle auf und ab schritt. Ein qualmendes Feuer war in dem Kohlebecken heruntergebrannt, spendete aber so gut wie keine Wärme.

Nazir preßte die Hand gegen die Brust und sackte kurz zusammen, denn der Schmerz des alten Geburtsmals wurde durch seine Aufregung verstärkt.

»Gib mir noch einen Schluck von dem Trank, Mann. Ich kann nicht mehr klar denken. Und sag Arn, er soll RoNal herbringen. Es wird Zeit für den Frühlingsüberfall. Ich spüre die Tagundnachtgleiche nahen«, fuhr er fort, verlangsamte seine eiligen Schritte jedoch nicht.

»Sehr wohl, gnädiger Herr, ich werde Euren Wünschen sofort nachkommen, sofort«, antwortete der Apothekarius Malvos, griff nach einem Klingelzug, watschelte dann mit einer der winzigen Steinflaschen in der Hand, deren widerwärtiger, flüssiger Inhalt Nazirs Verstand etwas besser im Gleichgewicht hielt, zu seinem Herrn hinüber. Nazir langte nach der Flasche und kippte eine Dosis die Kehle hinab, die noch vor einer Woche viel zu stark für ihn gewesen wäre.

Malvos senkte den Blick und dachte nach. Nazir war dem Schicksalsschlag, dem unausweichlichen Ende, das jeden einzelnen aus Nohrs Stamm ereilte, schon nah, sehr nah sogar: dem sogenannten Familienfluch, dem verzehrenden, unheilbaren Wahnsinn. Während einem seiner Wutausbrüche würde Nazir vom Wahnsinn ereilt werden und niemals wieder zu Verstand kommen oder seine Magiebegabung zurückerhalten. Malvos wurde aus gutem Grund ›Der Sieber‹ genannt. Er konnte bei jedem gesprochenen Wort Wahres und Unwahres entdecken. In all den Jahren, in denen er die Nohrische Monarchie ›gesiebt‹ hatte, war alles wieder und wieder nach dem gleichen Muster abgelaufen. Die Männer (die Frauen noch früher) erreichten ein bestimmtes Alter und wurden dann vom Wahnsinn überwältigt: ungefähr dreißig Jahre. Nazir stand schon mitten in seinem neunundzwanzigsten Jahr.

Und Nazir war Malvos letzte Hoffnung. Nach Nohr selbst hatte jetzt Nazir das gleiche Geschick bei der Manahandhabung; Malvos vermutete, daß dies ein Erbe der mütterlichen Seite war. Leider schien er aber auch anfälliger zu sein für den Schmerz, der mit dem Fluch verbunden war. Wenn Malvos erneut verlieren würde, was sollte er dann anfangen? Nach mehreren hundert Jahren mußte der Apothekarius dann wieder nach einem Mann suchen, der einer der beiden Familien dieses elenden Cridhe entstammte, und der in der Lage war, mit Mana umzugehen, sonst konnte er, Malvos, niemals diesem Kerker Tempés entrinnen.

Es gab auch noch Thix. Aber der verfügte über keinerlei Begabung. Kein Zeichen wies darauf hin. Und der Junge kümmerte sich nur um seine eigenen Zerstreuungen – ein Charakterzug, der Malvos abstieß. Nein, Nazir war bisher der Fähigste; er besaß die größte Begabung und ein angeborenes Geschick, mit Mana umzugehen. Aber er hatte bis heute keinen Erben. Malvos mußte ihn also am Leben und gesund erhalten, bis Tempés Schwert gefunden war. Bis der Haenische Lichtzauber mit der Eichel des Sippenbaumes, die sich noch immer in Norischem Besitz befand, zusammengebracht werden konnte. Dann konnte Malvos – mit Nazirs Hilfe – nach Hause zurückkehren. Nazir würde es nicht überstehen; seine Schmerzen waren ohne Heiltrank unerträglich, sogar tödlich. Und nach über fünfhundert Jahren Manahunger auf diesem finsteren und öden Felsen, war sein Verlangen nach Macht ins Unermeßliche gestiegen. Malvos glaubte bereits das süße Gefühl des leuchtenden Waldmanas zwischen den Fingern zu spüren. Beim heimlichen Verzehr von Tempés Mana hatten ihn rauschhafte Gefühle übermannt.

So würde es wieder sein. Jahrelang hatte Malvos seinen Manahunger unterdrückt und sich durch Honigkuchen und Gebäck abgelenkt. Bald würde er das einzig Wahre schmecken können. Nazir, letzter direkter Nachkomme Nohrs, mußte am Leben bleiben, bis Malvos ihn dazu gebracht hatte, die Kraft eines neuen Baumes freizusetzen. Dieses Mal würde es gelingen. Er hatte damals die Prophezeiung des alten Haen vernommen. Es würde einen Heiler geben. Das war Nazir. Er mußte es sein. Malvos glaubte fest daran.

Malvos hörte Schritte und setzte seinen massigen Körper in Bewegung und öffnete dem Jungen und RoNal die Tür.

Kurz darauf trat der große blonde Mann mit den auf Hochglanz polierten Stiefeln ein, das Kettenhemd klirrte im Takt seiner Schritte. Arn folgte ihm. RoNal hatte dies alles schon erlebt. Viel zu oft erlebt. Er wußte, daß er diesmal den Haenischen Hüter erwischen mußte, sonst würde Nazir ihn auspeitschen lassen. Er hielt sich für außerordentlich begünstigt: Keinem Kommandanten waren jemals zuvor drei Gelegenheiten gewährt worden. RoNal war über Fünfzig – alt für einen Norischen, uralt für einen nohrischen Soldaten.

RoNal hatte Nazir nie gemocht. Aber das spielte keine Rolle. In erster, letzter und fortwährender Linie war RoNal Soldat. Er würde tun, was man ihm befahl und seine Gefühle für sich behalten. Das war das einzig Ehrenhafte, das er bei dieser Arbeit entdecken konnte. Er war ein geschickter Krieger, der keinen Geschmack am Kampf fand. Geduldig wartete er auf Anweisungen.

Nazir, dessen schwarze Stirnhaare strähnig über die weißen Brauen hingen, sah den Kommandanten kaum an, während er redete: »Ich will auch das Mädchen. Nicht nur Logan, den Hüter. Ich muß Logan zwingen, den Lichtzauber preiszugeben, und er wird es nicht tun, wenn wir nicht auch seine Tochter in unserer Gewalt haben. Ich muß diesen elenden haenischen Kerl unter Druck setzen. Außerdem kann sie mir Söhne schenken, wenn sie gesund ist. Man sagt, sie sei groß und stark. Du wirst sie an den weißen Augenbrauen erkennen – sie sind genau wie die meinen. Wage es ja nicht, ohne sie zurückzukommen, verstanden?«

RoNal zuckte nicht mit der Wimper. Er grüßte Nazir ehrerbietig, als würde dieser ihn beachten und ging dann auf dem gleichen Wege, auf dem er gekommen war, hinaus – eingehüllt in den Mantel seiner eigenen, herben Würde.

Während er über den Hof schritt, bemerkte RoNal Malvos' einzigen lebenden Verwandten Thix, der lässig Wache zu halten schien. Er fragte sich, wie er Nazirs Neffen während des Überfalls beaufsichtigen sollte. Der Junge war völlig ungebärdig bei der Ausbildung und würde sich bei seinem ersten Ausflug in haenisches Gebiet nicht anders benehmen. Es war eine lange Reise dorthin. Wenn Nazir darauf bestand, daß sie eiligst aufbrachen, mußte die Tagundnachtgleiche kurz bevorstehen, und sie würden wenig Spielraum für etwaige Fehler haben, wenn sie ihre Ankunft planten. Wie immer hatten sie nur eine Möglichkeit, den haenischen Hüter zu fangen: Sie mußten ihn an dem Tag ergreifen, an dem das Dornentor geöffnet wurde und der Mann ganz allein dort stand, um seine seltsame Magie auszuüben.

Thix salutierte, als RoNal an ihm vorüberschritt.

»Ich wünsche Euch einen schönen Tag, Kommandant.« Er grinste vielsagend. »Schönes Wetter für einen Überfall, wie?«

RoNal erwiderte den Gruß forsch. »Immer eins nach dem anderen, Soldat. Wegtreten!«

Thix lachte und stapfte davon.

RoNal gefiel die ganze Angelegenheit nicht. Er verspürte ein Kribbeln im Nacken und hätte sich am liebsten in seinem Kettenhemd hin und her gewunden. Er schüttelte den Kopf und blickte in die Ferne, in die Richtung, in der Inys Haen lag. Die verödeten Moore wurden vom Nebel und der Dunkelheit verdeckt.

Es ist nichts als ein ganz gewöhnlicher Überfall. Diesmal kriegen wir den Hüter, dachte er und versuchte, sich aufzuheitern. Sein Rücken juckte immer noch, als spürte er bereits die Peitschenhiebe.

Arn wartete auf neue Befehle und beobachtete, wie RoNal den Raum verließ. Er fand, daß die Halle nun bedeutend leerer wirkte. Dann senkte der Junge den Blick und betrachtete angespannt die Spitzen seiner zerrissenen Schuhe.

Arns größter Wunsch war es, einmal so wie RoNal zu werden. Vor einem Jahr hatte eine Gruppe Sklavenhändler Arn während des Frühlingsüberfalls nach Inys Nohr gebracht. Der Junge war beim zweiten der

Fernen Stämme aufgewachsen, einer Gruppe von nohrischen Flüchtlingen und Ausreißern, die sich im Grenzgebiet zwischen dem Land Nazirs und dem der Haenischen niedergelassen hatten. Zwischen den Fernen Stämmen und Inys Haen bestand eine Art ungewisser Frieden, aber die Mitglieder der Fernen Stämme hielten sich abseits, blieben unter sich. Sie wurden vom anderen Ufer des Sobus – der bei der Trennung entstandene Erdspalt hatte sich mit Wasser gefüllt und bildete jetzt einen tiefen Fluß, der sich über ganz Cridhe erstreckte – aufmerksam von den Haenischen beobachtet. Aber Haenische waren Haenische, und Norische waren eben keine, ganz gleich, wie sehr die Fernen Stämme auch ihren eigenen Felonarchen verachteten und ablehnten.

Aus diesem Grund waren die vier locker miteinander verbundenen Stämme ganz auf sich gestellt, wenn es darum ging, sich gegen Nazir zu behaupten und ihr wachsendes Bedürfnis nach offener, planvoller Auflehnung machte sie gleichsam verletzlich.

Seltsamerweise hatte Arns eigenes Aufbegehren ihm das Leben gerettet. Obwohl er oftmals gewarnt worden war, hatte sich Arn angewöhnt, ein Stück vom Dorf entfernt, an einem der kleinen Bäche zu spielen, die den Sobus mit ihrem Wasser speisten. Er drang von Mal zu Mal tiefer und tiefer in haenisches Gebiet ein und traf immer auf eine junge Frau, die an einer Flußbiegung ihre Fischernetze ausgelegt hatte. Sie hatten nie ein Wort gewechselt, und ihr Gesicht wurde von der breiten Krempe eines Hutes fast vollständig verdeckt. Zwischen ihnen entstand eine freundliche Übereinstimmung und fast schon kameradschaftliche Verträglichkeit.

Eines Tages, als sich Nazirs Truppen einen Weg durch das Stammesgebiet brandschatzten, war Arn später als gewöhnlich von einem seiner geheimen Ausflüge zurückgekehrt. Als er die Flammen erspähte, versteckte er sich zwischen den Felsklippen, die sich oberhalb des Dorfes befanden und wartete, bis die Angreifer verschwunden waren. Ein zweites Überfallkommando entdeckte ihn, als er durch den Kreis der ausgebrannten, grobgezimmerten Hütten wanderte und nach den Jägern ausschaute, die zum Zeitpunkt des Überfalls ebenfalls nicht im Dorf gewesen waren. In der Annahme, daß es ihnen ein Lob einbringen würde, warfen ihn die Nohrischen auf den Rücken einer mageren Kuh und brachten ihn zu Nazir. Der Felonarch schien entweder abgelenkt oder gar von einer mitleidigen Anwandlung ergriffen zu sein, denn er tötete den Jungen nicht zum Zeitvertreib, wie es der ehrgeizige Anführer des Überfallkommandos erwartet hatte. Arn wurde die große Ehre zuteil, zum neuen Turmboten ernannt zu werden, da sein Vorgänger gerade zu Nazirs Kampfgefährten aufgestiegen war. Nur RoNal und der alte Narr Feryar erwiesen dem Knaben ein wenig Zuneigung und halfen ihm, in Nazirs hartem Dienst zu überleben.

Arn rieb sich die Schulter und hoffte im stillen, daß man seinem Helden RoNal nicht das Todesurteil mitgeteilt hatte. Noch nie war der haenische Hüter gefangen worden. Und nun wollte Nazir auch noch dessen Tochter.

»Geh«, bedeutete Nazir dem Jungen und auch Malvos, ohne sie anzusehen.

Malvos drückte Arn die leere Medizinflasche und verschiedene andere Behälter, die im Raum verteilt gewesen waren, in die Hand und folgte ihm nach draußen. Nazir blieb allein in der Halle zurück; er umfaßte seinen Kopf mit beiden Händen.

»Ich werde das Licht holen. Ich bin der Auserwählte. Ich bin der Heiler. Ich kann den Fluch brechen. Ich brauche nur den Lichtzauber, dann wird es mir gelingen«, flüsterte Nazir zu sich selbst. Und beinahe glaubte er daran.

KAPITEL 2

Eine Stunde, bevor ein einzelner Lichtstrahl schwachen Sonnenlichtes durch die graue Wolkendecke brach, um die Frühjahrs-Tagundnachtgleiche anzukündigen, regte sich auf dem hartgefrorenen Boden des Dorfheiligtums eine einsame Gestalt, deren wässerige Augen, Wangen und Mundwinkel von Müdigkeit gezeichnet waren. Der Mann lauschte in die letzte winterliche Stille hinein.

Der ausgezehrte Körper zitterte in der Morgenkühle. Dies war der schlimmste Winter seit der Trennung gewesen, und er hatte eine Kälte mit sich gebracht, die dem Feuer spottete und die Menschen zusammenschrumpfen ließ. Große Bäume waren zersprungen, als ihnen der Lebenssaft im Herzen gefror, und an jedem neuen Morgen war noch mehr Vieh zu Eis erstarrt, weil es während der Nacht unbeweglich im Stall gestanden hatte. Der Frost hatte einige der langen, flachen Grabsteine im Hof nach oben gedrückt. Hatten sogar die toten Hüter die Kälte verspürt?

Logan hoffte, daß der Heiler bald erscheinen würde. In jedem Jahr, das seit der Trennung vergangen war, wuchs weniger, reifte weniger, wurden weniger Lämmer und Kälber geboren, war es schwieriger für die Hüter geworden, die Erinnerungen in der ursprünglichen Deutlichkeit zu sehen. So wie sich das Antlitz eines Freundes im Laufe der Zeit verändert, hatte sich auch die Fähigkeit verändert, Namen und Dinge auszumachen. Der Faden der Linie ging zu Ende, und das in mehr als nur einer Hinsicht. Immer weniger Sippenmitglieder glaubten daran, daß es einen Heiler geben würde.

Der Hüter rieb sich unter dem schweren, grünen Umhang die arthritischen Schultern und ließ den Blick über die Verwüstung schweifen, die der harte Winter angerichtet hatte.

Es war an der Zeit, daß neues Leben einkehrte.

Heute war ein milder Tag, ein Tag der Zeremonien und der Nachtwache, der einzige Tag, an dem die Erinnerung an den Frühling ausgesprochen und bekundet werden konnte. Es war auch der einzige Tag, an dem er neu erweckt werden konnte.

Und alles hängt davon ab, ob ich es durchstehen kann, dachte Logan mit bitterem Lächeln. Wenn er nur noch einen Tag lang atmete, könnte sich die Frühlingserinnerung niederlassen und im Sprießenden, Wachsenden festsetzen. Alles Lebende würde das Licht trinken, die Namen erkennen und Früchte tragen. Aber Logan war, selbst für einen Hüter, ein sehr alter Mann – beinahe hundert Winter alt. In jedem neuen Frühling fragte er sich, ob seine Kraft und Macht noch ausreichten, die verblaßten Bilder des Wachstums aus seinem Herzen in die erwartungsvolle Welt fließen zu lassen. Es zehrte an seiner Lebenskraft, aber noch gab es niemanden, der ihn ersetzen konnte. Kein Sohn, der das Zeichen der Berufung trug, war ihm geboren worden, um die Erinnerungen aufzunehmen und die Arbeit fortzusetzen.

Logan hatte nur einmal geheiratet, sehr spät erst – eine Frau aus einer weit entfernt an der Küste lebenden Sippe. Er und Selka hatten nur Aylith, die jetzt ungefähr zwanzig Winter zählte, obwohl sie mit ihrer zierlichen Gestalt und den eulenhaften blau-grünen Augen viel jünger aussah. Keinen Sohn. Keinen Erben. Logan durfte nicht aufgeben.

Der Hüter stieß einen tiefen Seufzer aus und spähte zum Horizont zu seiner Linken, wo die meisten der

Dorfbewohner sich verborgen hielten, während der Hüter die neue Jahreszeit herbeirief. Die Männer und Frauen, mit Sensen, Stangen und vereinzelt mit Schwertern bewaffnet, erwarteten den Blitzüberfall der Norischen, die einstmals ihre Brüder gewesen und jetzt ihre eingeschworenen Feinde waren. In jedem Jahr gab es zwei Überfälle: Einen zur Erntezeit und einen zur Tagundnachtgleiche, wenn der Hüter verletzlich und leicht zu erkennen war.

Seit Haens Zeiten hatte man Maßnahmen ergriffen, um die Nohrischen Eindringlinge abzuwehren. Haen selbst hatte eine Mauer aus Dornenholz gepflanzt und angelegt, die inzwischen zwanzig Fuß hoch, dicht gewachsen und mit eisenharten, acht Zoll langen Spitzen bewehrt war, um Feuer, Feinde und Flut abzuwehren. Es gab ein einziges Tor, das von innen geöffnet werden mußte und dann genau den rechten Winkel freigab, in dem der erste Sonnenstrahl den Gedenkstein treffen konnte. Der Stein stand östlich des Kreises auf dem heiligen Boden, wo Haen ihn hingebracht hatte. Einige Leute behaupteten, man könne den Fluch noch immer auf der verwitterten, gespaltenen Oberfläche entziffern. Die meisten hielten dies aber für die natürliche Abnutzung durch Wind und Wetter, die ihre Spuren auf dem Felsen hinterlassen hatten.

Das Dorf hatte beim letzten Überfall den Wachturm eingebüßt, der noch nicht aufgebaut war, und einige der jungen Männer hatten die Ältesten um zusätzliche Torwachen gebeten.

Zu Lebzeiten Haens hatte es keine zusätzlichen Wachen gegeben, also würde es auch jetzt keine geben. Vier mußten ausreichen. Schließlich hatten die Nohr niemals zuvor die Mauer gestürmt.

Logan fragte sich, ob die Entscheidung weise war – er wußte, daß Nazir anders als die anderen Felonarchen war. Auf seinem hohen Gebirgspaß mit den kalten Steinfestungen, wo die Sonne nur unzuverlässig schien, konnte Nazir von Nohr das erwachende Leben in Inys Haen deutlicher spüren, als irgend jemand vor ihm.

Seit dem Tod seines Vaters war Nazir seltsamerweise vom Licht besessen und weniger auf Plünderungen aus als seine Vorgänger und hatte daher beschlossen, Logan und seine Erinnerungen gefangenzunehmen. Einige Male war er seinem Ziel bereits sehr nahe gekommen. Ja, Nazir war anders als die beiden Herrscher, oder Felonarchen, wie sie sich großspurig nennen ließen, vor ihm, die Logan gekannt hatte. Er war viel ehrgeiziger, viel zielstrebiger, viel gefährlicher. Nazirs Vater und Großvater waren auf schreckliche Weise umgekommen, hatten einander in ihrem blutrünstigen Wahn ermordet und durch einen regelrechten Manaausbruch die Turmspitze der Festung in die Luft gejagt. Crephas hatte trotz seines Wahnsinns viele Jahre lang auf dem Thron gesessen, aber jener letzte Aufruhr hatte den zwanzigjährigen Nazir zurückgelassen, der nun über ein ausgedehntes, kränkelndes, ungebärdiges Land regieren mußte, das längst nicht mehr in der Lage war, für sich zu sorgen oder sich gar zu heilen.

Der Fluch war Nohrs Familie von der Trennung bis zum heutigen Tag gefolgt. Der jetzige Felonarch Nazir, mit seiner Leidenschaft, mit seinem klaren Verstand, seiner Neigung und Begabung für Magie, bedeutete eine größere Bedrohung für die Haensippe, als jeder andere vor ihm. Die schwarzen Augen waren Logan in seinen Träumen erschienen, hatten ihn mit eisigen Blicken bedacht und versuchten, seinen Verstand in Stücke zu reißen, wie einst Nohr die Sippe auseinandergerissen hatte.

Während der Frühjahrs-Tagundnachtgleiche, wenn die Person des Hüters klar zu erkennen und die Dornenmauer von Inys Haen geöffnet war, um den ersten Sonnenstrahl einzulassen, sollte man vielleicht einen zusätzlichen Wächter am Tor aufstellen und nicht am

Flußufer, wo die Nohr wahrscheinlich den gefrorenen Sobus überqueren würden. Aber das wäre gegen alle Gewohnheiten.

»Kaum zu glauben, daß wir einmal zum gleichen Stamm gehörten«, wunderte sich Logan halblaut.

Vor Hunderten von Jahren – so erzählten die Sagen –, auf dem Höhepunkt eines erbitterten Streits, fand die Trennung statt. Nazirs Vorfahr zerstörte in seiner Wut den Sippenbaum und nahm einen Teil davon mit sich, nachdem er die riesige Eiche von der Krone bis zur Wurzel in zwei Teile gespalten hatte. Der Baum hatte einen magischen Halt auf den Felsen im Herzen der Welt gehabt, und seine Zerstörung hatte die Insel Cridhe in ein klimatisches Chaos gestürzt. An jenem Tag waren Wolken aufgezogen, hatten die Sonne dauerhaft verdeckt, das Land tagsüber in düsteres Zwielicht und nachts in tiefste Finsternis gehüllt. Der Tod des Sippenbaumes hatte alles verändert, bis hin zu den Lebewesen, die Cridhe bevölkerten, dem Wachstum der Pflanzen, und der Fortpflanzung des Viehs.

Die Trennung beendete den Kreislauf der Jahreszeiten vollständig. Und Haen schlief, atmete kaum noch, schien wie erfroren, durch Nohrs Angriff auf den Baum tief verletzt. Im Laufe der Zeit ängstigte sich die Sippe immer mehr, und die Ältesten fragten einander, was es zu bedeuten habe, als sich Haens Brauen plötzlich weiß färbten. Und noch immer standen die unwahrscheinlich dichten Wolken über ganz Cridhe, hielten Licht und Leben von den Inselbewohnern fern.

Frost hängte sich an die Fersen jenes dunklen Mittsommernachtabends, ein bleibender Frost. Es gab keine Ernte, und schon bald konnte man nur noch wenig Nahrung in der Wildnis auftreiben. In Inys Haen starben fast alle verbliebenen Menschen des geteilten Stammes. Vale, der Nohrs Platz als Wettermacher eingenommen hatte, und die Ältesten konnten nichts an den dürren weißen Halmen ändern oder etwas für das hungernde Vieh tun. Schlimmer noch: Vale berichtete, daß sogar die Sterne am Himmel – genau wie Haen prophezeit hatte – nicht mehr an ihren angestammten Plätzen standen. Manchmal erschienen die vertrauten Konstellationen dort, wo man sie erwartete; manchmal wurden sie von seltsamen, neuen Sterngebilden ersetzt, wie Vale sie nie zuvor gesehen hatte.

Die Sippe beriet und grübelte in der Finsternis, wurde kränklich blaß, während sie die mehligen Kartoffeln verzehrte und das kostbare Vieh schlachtete. Zwei weitere Jahreszeiten verstrichen, von denen man glaubte, sie wären die letzten. Irgend jemand hatte die einzig verbliebenen vier Äste des gefallenen Baumes in die Nähe des alten Gedenksteines gelegt, eine traurige Erinnerung an die mächtige Eiche, die einstmals dort gestanden hatte. Niemand war fähig, das Holz des Sippenbaumes zu benutzen, um wärmende Feuer anzuzünden.

Dann, am Vorabend der nächsten Frühjahrs-Tagundnachtgleiche, die seltsamerweise nur drei Wochen später stattfinden würde, erwachte Haen aus dem langen Traum, der ihn bei der Trennung übermannt hatte.

Und Feuer lag in seinen Händen.

Vor dem Streit mit Nohr hatte Haen sein Leben damit verbracht, die Geheimnisse von Zeit und Wetter, von Pflanze und Tier zu erlernen und den Baum bis zum Ende gehütet. Er erklärte, daß ihn der Baum bei der Spaltung mit dem Lied seiner Kraft gesegnet habe. Ausgemergelt und durch das lange Darben dem Tode nahe, ging er zu den übriggebliebenen vier Ästen hinüber und wiederholte mit der Kraft der Verzweiflung den Lichtzauber, den er während seiner Trance erlernt hatte. Er flüsterte die Worte dem kleinsten Hauch eines Sonnenstrahls zu, der wunderbarerweise durch die Wolken gedrungen war. Danach rief er laut die Namen der Bäume und Pflanzen, erweckte die Jahreszeit durch bloßes Daran-Glauben wieder zum Leben.

Die Zweige schlugen Wurzeln, der Baum wuchs, die Kälte wich, die Samen erwachten endlich, aber noch immer war die Welt zerschmettert; die förmliche Beschwörung mußte zu jeder Tagundnachtgleiche erneuert werden; die trat aber so unregelmäßig ein, daß nur der Hüter selbst genau wußte, wann das Licht für einen winzigen Augenblick durch die Wolken brechen würde, um den gespaltenen Gedenkstein zu bescheinen.

Haens Nachfahren, die neuen Hüter, reichten in direkter Linie bis hin zu Logan; die ganze Sippe jubelte bei der Geburt jedes Sohnes, der die weißen, geschwungenen Augenbrauen und die feurigen Finger besaß.

Und immer war der Winter nur einen Atemzug entfernt.

Bei der Trennung, inmitten von Zwietracht, Durcheinander und Sturm, waren Nohr und seine Leute in die Berge geflohen, wo sie sich zwischen den breiten Schluchten und vereisten Gebirgsseen niederließen und sich fortpflanzten. Dort oben herrschten Chaos und die Mutationen, die in der fortwährenden Finsternis entstanden und nun nicht mehr durch natürliche Feinde gefährdet waren. Sie streunten umher und machten das Leben gefährlich und kurz. Daher pflegte Nohrs Linie den alten Groll und übte sich in der Kriegskunst und in Beutezügen und fiel regelmäßig über Inys Haen und die verstreuten Stämme im Osten her.

Die alte Stadtfeste Inys Nohr lag dicht an einer Bucht des Meers der Tränen. Logan hatte gehört, daß man dort ein wenig Fischerei betrieb und viele der Armen sich durch den Verzehr der Aale und anderer seltsamer Tiefseekreaturen, die in der finsteren See herumschwammen, am Leben erhielten. Ihm war auch bekannt, daß die Nohr inzwischen Minen besaßen und Metall bearbeiteten. Während der letzten Jahre hatten die Angreifer vermehrt Rüstungen getragen.

Aber dort oben gab es keinerlei Landwirtschaft, kein Korn, keine Trauben, aus denen Wein gewonnen werden konnte, keine Viehweiden. In den Bergen gab es keinen Sommer, nicht einmal dann, wenn die Haenischen vom Licht beschienen wurden. Die Nohr waren nun – in jeder Hinsicht – ein Volk kranker und armer Stadtbewohner, Diebe und Sonderlinge und boten jedem lichtscheuen Gesindel, das die Dunkelheit suchte, um seine widerwärtigen Taten zu verstecken, den idealen Unterschlupf. Logans Leute waren überzeugt, daß die Nohr nur dafür lebten, die Süße des gestohlenen, haenischen Weins zu kosten, beim Geschichtenerzählen in den Trinkhallen die haenischen Kerzen abzubrennen und den Mut der haenischen Geraubten zu spüren, die ihnen Blut und Bett erwärmten.

Logan jedoch glaubte, daß die Nohr noch immer die Krone des Sippenbaumes irgendwo in den obersten Gemächern des uralten, steinernen Turmes verbargen. Manchmal, wenn ihm Nazir in seinen Träumen erschien, sah er auch den Baum. Trotz aller Widrigkeiten hatte der kleine Eichentrieb mit der einsamen Eichel daran überlebt, schmachtete im ewigen Zwielicht, die gelblichen Blätter sprossen und fielen ab, die Herzlinie des Mana war heimatlos geworden und pulsierte unregelmäßig.

Sie sind zu Wilden geworden, und wir sind so in unsere Gewohnheiten verstrickt, daß wir nicht wagen, irgend etwas zu verändern – nicht einmal die Art, wie wir eine Nadel einfädeln oder ein Feld pflügen. Wir leben noch immer so wie damals, als Haen uns den ersten Frühling brachte. Wir sind noch genausoviele, und wir haben Angst, uns aus der Sippe hinaus zu wagen oder unsere Denkweise zu ändern, aus Angst, daß sich die Prophezeiung nicht erfüllen wird.

Eines Tages müssen sich unsere Kräfte mit denen der Nohr verbinden. Gleich, was es kosten mag. Sonst vergehen beide Völker. Aber Nazir weiß, dachte Logan, *daß unsere Zeit abläuft. Er wird wieder versuchen, mich gefangenzunehmen.*

Die Häuser Haen und Nohr waren seit mehr als fünfhundert Jahren getrennt. Im Laufe dieser langen Zeit waren Mythen, Gerüchte und Übertreibungen gewachsen, hatten feste Wurzeln geschlagen und die Stämme noch weiter auseinandergeschoben. Auf ganz Cridhe gab es nur eine gemeinsame Sprache, aber die Dinge, die ein Haenischer zu einem Nohrischen, und ein Nohrischer zu Haenischen sagen würde, konnte man am besten mit einer obszönen Geste und einem drohenden Blick ausdrücken.

Logan hatte in diesem Jahr einhundertundfünfzig Wintertage gezählt, bevor sich sein Blut regte, bevor er eine schlaflose Nacht verbrachte, in der die Namen von Birke, Holunder und Lilie all seine Gedanken mit ihrem Verlangen nach Leben aufrüttelten.

Nun, wir können nicht einfach nachgeben. Sie würden Sklaven aus uns machen. Sie hassen uns seit Jahrhunderten. Sie werden niemals den Versuch aufgeben, sich das zu nehmen, was man ihnen freiwillig geben muß.

Logan schüttelte den Kopf, um die Gedanken an den Zwist, den er sich gerade wieder vor Augen geführt hatte, zu vertreiben. Heute mußte alles reibungslos vonstatten gehen. Wahrscheinlich wäre es das letzte Mal, daß er dies tun konnte.

Als Logan den Blick vom grauen Himmel abwandte und auf die Erde schaute, bewegte sich ein Teil des am Leben gebliebenen Viehs unruhig hin und her und brach in leises Muhen aus, wobei der Atem der Tiere sich weiß in der frostigen Luft abzeichnete. In der Entfernung ertönte das Gebell eines Hundes, der sich wohl bei den äußeren Wachen befand. Logan fragte sich, ob nicht schon irgendwo Haferbrei gekocht wurde, denn ein herzhafter Geruch schien sowohl die struppigen Langhornkühe als auch seinen eigenen Appetit zu reizen. Aber um die Kälte zu mindern und die durch den Winter ausgemergelten Körper zu erfrischen, gab es nur den einen Weg: Logan, der Hüter, sechster nach dem Ersten, mußte den Winter verjagen und sich an den Frühling erinnern.

Als der rote Lichtstrahl durch das herabgelassene Dornentor strömte, den Riß des alten Gedenksteins berührte und damit den Bruch des Segens heilte, rief Logan die Erinnerungen zu sich, glaubte wieder daran und als Antwort auf das Sonnenlicht erstrahlten seine knorrigen, erhobenen Hände in grünem Feuer. Er setzte sich mit leichten, nicht mehr schmerzenden Schritten in Bewegung und umrundete den großen Sonnenkreis, der mit glatten, blauen Steinen auf dem verdorrten Gras ausgelegt war.

Seit dem ersten Erwecken steckten vier Eichenzweige – sorgfältig gehütete Abkömmlinge des ersten Baumes – in regelmäßigen Abständen im Boden. Die Worte des Hüters – Logans Worte – flogen über sie hinweg, drangen bis zu den Grenzen des Dorfes.

»Vierter Zweig: Norden. Ich binde und breche die Hand des Winters, die Klaue des Frostes, die Kraft des Sturms, die Klinge des Eises, den Bund des Kristalls.«

Logan lächelte, als er das Krachen und Knacken der auftauenden Eisschicht des nahegelegenen Sobus vernahm. Er folgte der Kreislinie.

»Dritter Zweig: Westen. Ich unterbinde die Dunkelheit der langen Nacht, das Erlöschen der Kerze, das Verdecken der Sonne, die Mittagsfinsternis, den Tod der Farben, die Trauer der Seele.«

Logans Hände hoben sich noch höher, und das grüne Feuer beantwortete seinen Spruch. Unter den Sohlen seiner weichen Lederschuhe schoben sich winzige Grashalme ans Licht, die vom langen Winterschlaf noch weiß gefärbt waren und vermischten sich mit ein paar Hundeveilchen. Die vier trockenen Eichenzweige wurden geschmeidig und biegsam, ihre Triebe sprossen, und die neu entstandenen Wurzeln gruben sich in den Boden im Mittelpunkt des Kreises. Er ging weiter, zum nächsten Ast. Lange Zeit verhielt er, rang nach Atem und fuhr dann fort.

»Zweiter Zweig: Süden. Ich befreie die Wasser des Lebens, den Morgentau, den Regen des Himmelszeltes, die Gezeiten allen Anfangs, die Flut der Geburt.«

Heller Nebel stieg um Logans Knie herum auf und ließ sich in perlenden Tropfen auf seinem grünen Umhang nieder; ein warmer Wind strich über sein dünn gewordenes, weißes Haar. Er lächelte, kämpfte gegen die überwältigende Erschöpfung an, ging weiter und sprach den letzten Spruch. *Dieser Hund hat noch immer nicht aufgehört, sich selbst mit dem Gebell zu erwecken,* dachte er geistesabwesend. Dann riß er sich zusammen und sprach.

»Erster Zweig: Osten. Ich befreie das Licht, das Lachen des Himmels, das Entstehen allen Grüns, die Kraft des Sehens, das Erwachen des Tages.«

Logan lachte schallend, als das grüne Feuer seiner Fingerspitzen den Worten Flügel verlieh und in die Höhe schwebte, um eine Wolke phosphoreszierenden Lichtes zu formen, die sich grün glitzernd über das ganze Stammesgebiet ausbreitete. Die Eichenzweige hatten sich im Mittelpunkt des Kreises aufgerichtet, schlangen sich umeinander und bildeten einen großen, grünen Stamm. Ihre Wurzeln waren in dem sich erwärmenden Lehmboden verankert, die Äste und Blätter streckten sich wie leuchtendgrüne Kaskaden in alle vier Himmelsrichtungen. Die Wolke verhielt und senkte sich langsam zu Boden, berührte Äste und Baumstämme, Hecken und Hügel, bis endlich jeder Grashalm und jedes Blatt die Magie aufgesogen hatte, vom Hüter beim Namen genannt worden war und seine Farben wiedererlangt hatte. Sie alle reckten sich der aufgehenden Sonne entgegen, die jetzt den Osten erhellte, denn die Wolken hatten sich über Inys Haen verzogen. Wenn die Sonne an diesem Tag ihren Weg gegangen war, würde die vollständige Erinnerung an den Frühling zurückgekehrt und für diese Jahreszeit fest geprägt worden sein, so daß sie nicht widerrufen werden konnte. Logan betete, daß dieser Tag ohne Überfall vergehen und daß er gegen Abend wieder in der Lage sein würde, Atem zu schöpfen, um als letzte Tat noch einen Sohn zu zeugen. Er hob den Blick und spähte zum nördlichen Horizont, an dem jetzt frische, grüne Weiden zu sehen waren und hoffte, daß er nichts außer Gras erblicken würde.

Nichts war zu sehen. Aber dieses Nichts erschien ihm angespannt und stachelig. Der Hund bellte nicht mehr, und erneut umgab Logan die morgendliche Stille. Die ganze Sippe hatte sich im Kreis um seinen Hof versammelt, bewaffnete Männer und Frauen hielten den Tag über Wache. Er konnte sich in Sicherheit wiegen.

Logan verließ den heiligen Kreis und wandte sich beunruhigt ab, um am Kuhstall vorbei zu gehen und im Haus sein Frühstück einzunehmen, denn er vermutete, daß Aylith – die kaum den Fußhebel ihres Webstuhls erreichen konnte und viel zu klein zum Kämpfen war, obwohl sie selbst das anders beurteilte –, sich bereits mit Kochen beschäftigte. Seine Frau hatte ihren Platz am Flußufer eingenommen und stand bereit, das von ihr geliebte Wasser zu verteidigen. Oft fragte sich Logan, was aus seiner Tochter werden sollte – sie trug die magischen Zeichen, die geschwungenen, weißen Augenbrauen und die feurigen Fingerspitzen, aber sie war eine Frau, und die Ältesten würden nie zulassen, daß sie seine Erinnerungen oder seine Stellung innerhalb der Sippe erbte. Schließlich hatte eine Frau noch nie die Erinnerungen in sich getragen.

Aber vor Aylith hatte auch noch nie eine Frau die Zeichen gehabt. Logan hatte seit der Geburt seiner Tochter heimlich darüber nachgedacht. Ihm war bewußt, daß er vielleicht eines Tages eine furchtbare Entscheidung treffen mußte. Seine Tochter war die eigensinnigste junge Frau des Dorfes. Immer wieder stritt Aylith mit den Ältesten über deren Auslegung der Rituale und Gesetze, ungeachtet der überlegenen Stellung der Ältesten oder ihres hohen Alters. Sie konnte besser fischen als sämtliche Männer, ausgenommen ihren Vetter Jedhian, und am Schlimmsten war, daß sie öffentlich ihren Unglauben an das Erscheinen des Heilers kundtat. Aylith hatte bisher jeden Bewerber zurückgewiesen, allerdings waren es auch nicht viele gewesen. Logan dachte, daß vielleicht Jom, einer der Hirten, sie gern hatte und unter Umständen eines Tages seinen Mut zusammennehmen und um ihre Hand anhalten würde; Aylith könnte, *wenn* sie es nur wollte, jemandem wie Jom eine gute Frau sein. Sie war eine gute Weberin, erfand sehr kunstvolle Muster – und sie konnte überraschende Dinge mit einem Kessel voller Korn anstellen.

Logan blieb ruckartig stehen.

Ein eigentümlicher, neuer Geruch vermischte sich mit dem des Haferbreis: Es roch, als verbrenne jemand eine riesige Menge Holz, gemischt mit Stroh und getrocknetem Lehm und etwas anderem, das er nicht ausmachen konnte – ein beißender, starker Brandgeruch.

Es war zu ruhig. Er hielt nach dem Feuer Ausschau und erblickte das Vieh, das stocksteif stand, die Augen weit aufgerissen und verängstigt, die Köpfe über die Stallmauer gereckt. Die unheimliche Stille währte noch einen Herzschlag lang, dann zerbarst sie in einem Inferno aus Rufen und Schreien und dem verzweifelten Gebrüll und Gestampfe des eingesperrten Viehs.

Ein junger, schwarzhaariger nohrischer Krieger, ein

Messer zwischen den Zähnen, in der Hand eine Fackel, rannte von Hütte zu Hütte und setzte die aus Lehm und Flechtwerk bestehenden Gebäude mit den strohgedeckten Dächern in Brand. Logan holte tief Luft und rannte mit übernatürlicher Geschwindigkeit auf eine Ansammlung niedriger Hütten zu, die er just in dem Augenblick erreichte, als sein Wohnhaus und sechs naheliegende Gebäude in Flammen aufgingen. Außerhalb der Dornenmauer wurde gekämpft, die Geräusche des Gefechts erfüllten die Luft, vermischten sich mit dem Zischen und Krachen des Feuers, dem Geruch nach Schwefel und Pech. Das Gelächter des nohrischen Soldaten hallte in Logans Ohren, übertönte alle anderen Laute.

Logan lief in das Inferno hinein, wedelte mit den Armen und brüllte Zaubersprüche, die seine Familie schützen sollten. Die entsetzliche Hitze des Feuers schlug ihm entgegen, und zweimal verlor er den Boden unter den Füßen. Als es ihm endlich gelang, wieder auf die Beine zu kommen, stürzte das Dach ein, und brennende Reetstücke und qualmende Balken donnerten hernieder.

Logan erblickte seine Tochter Aylith inmitten der dichtesten Rauchwolken: Sie steckte zwischen ihrem umgestürzten Webstuhl und einer zusammengefallenen Wand; geblendet und hustend versuchte sie, sich zu befreien.

Wenigstens kann ich meiner kleinen Aylith helfen! dachte er, ohne zu bemerken, daß er kaum in der Lage war, Atem zu schöpfen.

Das Mädchen rief nach ihm, und Logan warf sich nach vorn. Mit beiden Händen umklammerte er den Kopf seiner Tochter, und die Fingerspitzen brannten mit ihrem eigenen Feuer, dem grünen Feuer, das den Frühling herbeirufen konnte, dem Feuer, das die Wunden eines zerstörten Landes heilen konnte.

»Mein liebes Kind, hör mir zu! Ich sterbe; jemand

muß die Erinnerungen bewahren. Aylith! Hörst du mich?«

Logan fühlte eine kaum wahrnehmbare, zustimmende Kopfbewegung unter seinen Händen. Er keuchte, erstickte beinahe am Rauch und wiederholte die uralten Worte.

»Erfahre das Geheimnis des Lebens, das magische und kostbare Lied des Sippenbaumes. Erhalte die Erinnerungen, benutze sie nur, um Tote zu beleben und Schlafende zu wecken, um zu schützen und zu heilen. Hüte sie mit deinem Leben, bis du sie einst weitergeben wirst. Sie sind deine wahre Natur!« brüllte er, um mit seinem letzten Atemzug das Dröhnen des Feuers zu übertönen.

Das grüne Feuer seiner Hände stieg hoch hinauf, als Logan die Beschwörungsformel beendet hatte, die bisher zu jedem Mann, der die Erinnerungen erhalten hatte, gesprochen worden war. Aylith riß die vom Rauch tränenden Augen auf, versuchte, die Dunkelheit zu durchdringen und fühlte, wie der harte, verzweifelte Druck von Logans Händen sie in einen Traum sandte, einen Traum vom Tageslicht, verwoben mit dem Lied des Lebens, in dem die Namen des Grüns in ruhiger, geschützter Lage verweilten, wo Planeten die Sonnen umkreisten, und jede Ankunft und jeder Abschied verzeichnet und ihrem Schutz unterstellt wurde. Im Mittelpunkt dieses wundervollen Traumes stand Logan, sein Gesichtsausdruck war zuerst hilflos und verzweifelt, dann völlig überrascht. Seine Lippen verzogen sich zu einem lautlosen, eigentümlichen Lächeln der Zustimmung, als die grauen Augen erloschen und sich schlossen.

Außerhalb des Traumes schleuderte Logan mit letzter Kraftanstrengung und fast schon im Tode Ayliths Körper nach draußen, in die Sicherheit des neuen Frühlingsmorgens.

Aylith taumelte über das weiche Gras vom Feuer

fort und rollte ein kleines Stück eine Bodenwelle hinunter – weder bemerkte sie ihre eigene Rettung, noch das Opfer ihres Vaters. Sie schwebte inmitten des Traumes, betrachtete die strahlenden Bilder, hörte die klangvollen Worte, lauschte gebannt der Musik des Lebens.

Über und hinter ihr fiel das Feuer schnell über Logans Körper her; einen Moment lang züngelten grüne Flammen zwischen den orangeroten auf.

Lange Zeit später, als die Spitze eines eisernen, zweischneidigen Schwertes ihre Brust berührte, wachte Aylith auf und sah über der nassen Blutrinne das von harten Zügen geprägte Gesicht des nohrischen Kommandanten, der auf sie hinabsah. Sie drehte den Kopf ein wenig zur Seite und blickte in die offenen, dunklen, erstaunt aussehenden Augen eines toten nohrischen Soldaten, der auf ihrem ausgestreckten linken Arm lag; seine Beinkleider waren bis zu den Knien heruntergelassen, mit der Hand umklammerte er ihren verkohlten Umhang. Am Mittelfinger trug er einen goldenen Ring, der kunstvoll geformt den Umriß eines Adlerkopfes darstellte. Aylith schob den Toten mit einem Ruck zur Seite und zog sich das Gewand wieder ordentlich zurecht. Der große Soldat räusperte sich und sprach.

»Steh auf, Mädchen. Keine Angst, Thix hatte es immer eilig. Ich habe ein Gesetz gegen Vergewaltigung. Stellt den ehrenwerten Gegner bloß. Kein Respekt.«

Der Mann stieß die kalte, schwarze Klinge gegen ihre Rippen, und der Druck veranlaßte sie, ihm einen bösen Blick zuzuwerfen.

Sei es Unfähigkeit, sei es Absicht – Aylith rührte sich nicht. Der lange, blonde Schnurrbart des nohrischen Kommandeurs zuckte, und er starrte noch immer auf die Schwertklinge, an der das Blut des anderen Soldaten schnell gerann.

»Steh auf. Ich weiß, daß du mich verstehst. Ich bin RoNal.«

Sie blickte durch ihn hindurch.

Urplötzlich brüllte er dem entgeisterten Mädchen einen ohrenbetäubenden Kriegsruf entgegen; er warf den Kopf zurück und die massige Brust bebte unter dem schweren Lederwams und dem engmaschigen Kettenhemd. Aber seine blauen Augen blickten auf Ayliths Gesicht.

Das Mädchen setzte sich auf und antwortete ihm mit ihrem besten haenischen Kampfruf.

RoNal war so überrascht wie schon seit Jahren nicht mehr und lachte nicht gerade unfreundlich. Dann sagte er: »Du bist mickrig und weich und viel kleiner, als der Felonarch erwartet, aber du hast mehr Mut als jeder von deinen Leuten. Ein paar sind tot, aber die anderen sind weggerannt. Siehst du?« Er wies mit der freien Hand auf die verlassene Umgebung. »Und sie sind viel weiter fortgelaufen als Nazirs Neffe.«

Er rollte den Körper des jungen Mannes zur Seite, weg von Aylith. Die junge Frau blickte zu den rauchenden Trümmern und dem leeren Viehstall hinüber, dann über den toten Soldaten hinweg zu dem Schutthaufen, der einst ihr Heim gewesen war. Ihr Vater ...

»Vielleicht bist du jung genug, um diesen Tag zu vergessen«, redete RoNal weiter. »Ich habe dir heute das Leben gerettet. Vielleicht hat der Schöpfer dir einen anderen Weg bestimmt, ein anderes Leben.«

Er schwieg und bemerkte, daß Aylith auf die ausgebrannte Hütte starrte. Tränen standen ihr in den Augen, aber sie hielt sie zurück. Nach einer Weile fuhr RoNal mit sanfterer Stimme fort: »Du wirst mit uns kommen und nicht länger zum haenischen Abschaum gehören. Du wirst meine Tochter sein. Wahrscheinlich wirst du einen großen Herrscher heiraten. Heute ist ein guter Tag!« Er zwang sich zu einem Lächeln, entblößte dabei viele große, gelbe Zähne und nickte ihr erwartungsvoll zu.

Aylith starrte ihn mit wortlosem Entsetzen an, dann folgte ihr Blick einer einzelnen Schneeflocke, die hinter RoNals Rücken auf das mit Rauhreif überzogene Gras zuflog. Grauschwarze, bauschige Wolken zogen über den klaren, blauen Himmel, während die blasse Sonne am Rand des Horizonts verweilte und schließlich hinter den Wolken verschwand – dem Winter entgegen.

KAPITEL 3

Jedhian der Heiler suchte seinen Körper nach Kampfwunden ab, fand einige, die meisten jedoch harmlos, und verband dann einen tiefen Schnitt am Bein, der gerade zu schmerzen begann. Der Schal würde halten, aber das Bein könnte ihm Schwierigkeiten bereiten. Er dachte nach und war dankbar, daß es ihm besser ergangen war als seinem Freund Jom, der kalt und reglos keine drei Schritt entfernt lag, mit der Klinge einer nohrischen Streitaxt im Nacken. Direkt hinter Jom lag der ebenfalls tote Besitzer der Axt und zwei seiner Freunde, vereint in ewigem Schweigen, starre Monumente von Joms geschickter Handhabung des Schäferstabes.

Jedhian spähte durch einen verdorrten Stachelbeerbusch, der sich direkt vor der Dornenmauer befand, und beobachtete die abziehenden Nohr, die alles, was sie nur tragen konnten, zusammenrafften, aufteilten und sich dann in drei Gruppen auf die Berge zu bewegten. Ein großer, blonder Mann versammelte die letzte Gruppe um sich und kettete Ayliths Hände und Füße zusammen. Nun trat ein anderer hochgewachsener Soldat dazu, der die gleiche Rüstung wie der Kommandeur trug und übernahm das Mädchen, als die Gruppe das Dorf verließ, das Dornentor passierte und in die Richtung des Sobus ging. Sein Onkel, Logan, mußte also tot sein, denn man hatte ihn nicht mitgenommen. Außerdem war der alte Mann so gebrechlich gewesen, daß Jedhian sicher war, daß er den Angriff nicht überlebt haben konnte.

Das Tor. Er hatte geahnt, daß es dort Ärger geben

würde. Hatte er die Ältesten nicht gewarnt, daß sie mehr Männer brauchen würden? Und wo waren sie nun alle? Tot oder höchstwahrscheinlich verborgen in Verstecken!

Jedhian versuchte, seine Gedanken zu ordnen. Die Nohr hatten die Dornenmauer gestürmt und vermutlich den Hüter getötet. Wer weiß, was das bedeutete. Und noch wichtiger: Nazirs Soldaten hatten seine Base Aylith entführt. Die Nohr machten so gut wie nie Gefangene. Warum heute? Warum Aylith?

Bei Haens weißen Brauen, es ist kalt! dachte er, zog die Seiten des alten Umhangs enger um den Körper und hockte zitternd im herabrieselnden Schnee. Inbrünstig wünschte er seine neu gewebte Bhana herbei. Er hatte sie wegen der leuchtenden Farben zurückgelassen, und nun war sie sicherlich mit seiner Hütte verbrannt, dachte er mißmutig. Er pflückte alle zusammengeschrumpften Beeren vom Busch, stopfte sie in die Tasche, holte tief Luft und zog die Axt aus Joms Körper. Mit zitternden Händen wischte er die Klinge an dem gefrorenen Gras ab. Keine der Aufgaben, die er bisher ausgeführt hatte, war so schmerzlich für ihn gewesen, wie diese hier.

Lange nachdem die nohrischen Angreifer das Vieh durch das Tor getrieben hatten, erhob er sich vorsichtig, um ihnen zu folgen. Dabei blieb er in Deckung und umrundete das zerstörte Dorf.

Als er den vereisten Sobus überquerte und sich einen Weg über die Eisschollen bahnte, die wie abgebrochene Zähne aufragten, hörte er Hundegebell hinter sich. Er schaute sich um und erblickte Nesa, Ayliths Hütehündin, am Flußufer. Ihr braunweißfarbener Körper hüpfte aufgeregt hin und her, nur ein paar Schritte von der Stelle entfernt, an der die Angreifer den Fluß überquert hatten.

Jedhians Mund war wie ausgetrocknet. Er rutschte und schlitterte auf die dem Dorf zugewandte Seite des

Flusses hinüber, fürchtete sich vor dem, was er vielleicht finden würde.

»Was ist denn, Nesa?« flüsterte er, als er festen Boden unter den Füßen spürte. Der Hund winselte und leckte ihm über das Gesicht, beruhigte sich aber keineswegs. Nesa sprang ein Stück am Ufer entlang und schien zu erwarten, daß er ihr folgte. Dann sah Jedhian, was sie ihm zeigen wollte.

Auf einer dünnen, rotgefleckten Schneedecke lag Selka, Ayliths Mutter. Sie war tot – Opfer eines Berserkers und eines nohrischen Schwertes. Keine drei Schritt von der Leiche entfernt sah er die Hufspuren des Viehs im frischgefallenen Schnee, dann die Abdrücke von Ayliths Stiefeln. Mit dem geübten Auge des Jägers deutete er die Spuren. Aylith hatte sich umgewandt, ihre Absätze in den Boden gestemmt und sich gegen ihre Bewacher gewehrt. Jene hatten sie einfach hochgehoben und waren weitergegangen.

Jedhian war in Eile, aber hier gab es nichts, womit er Selkas Körper hätte bedecken können, und kein anderes Sippenmitglied war zu sehen. Er konnte nicht nach Inys Haen zurückgehen und riskieren, daß ihn die versammelten Ältesten erblickten und ihm womöglich verboten, der Spur zu folgen. Es gab nur eine Möglichkeit. Sie mußte begraben werden.

Der Heiler machte sich an die Arbeit und hoffte, daß er die Zeit später aufholen konnte. Da sie Aylith lebend gefangen hatten, würde sie wenigstens solange am Leben bleiben, bis man Inys Nohr erreichte. Die Nohr hatten jetzt erst wenig mehr als eine Meile Vorsprung.

Der Boden war bei der plötzlichen Rückkehr des Winters schnell wieder hartgefroren, daher wurde das Begräbnis bedeutend mühsamer, als Jedhian erwartet hatte. Nachdem er kurze Zeit nach Selkas Waffe oder einer großen Frischwassermuschel gesucht hatte – er brauchte irgend etwas, das ihm das Graben erleichtern würde –, fand er direkt am Ufer ein Stück Metall, das tief im Schlamm steckte und dort festgefroren war. Er bemühte sich, die Klinge zu befreien, denn schon bald erkannte er, daß es sich um ein Schwert handeln mußte, bis er es schließlich mit viel Kraft, begleitet von einem dumpfen *Swick*, aus dem eisigen Schlamm ziehen konnte.

Jedhian stieß einen leisen Pfiff aus, als er das alte Schwert vom Schmutz befreite. Kunstvoll geformte Schlangen, von einer Jedhian nicht bekannten Art, wanden sich in einem zierlichen Muster über das Heft und die Klinge hinab. Auf jeder Seite des Knaufes waren zwei Steine angebracht, die jedoch nicht im Gleichgewicht waren. Beide besaßen kleine Scharniere und ein Schloß, aber als Jedhian versuchte, die Schlösser zu öffnen, gaben sie nicht nach. Vielleicht hatten die Jahre, in denen das alte Schwert im Schlamm des Flußufers begraben gelegen hatte, die Steine für immer verschlossen.

Trotz seiner Schönheit war das Schwert als Waffe kaum noch zu gebrauchen. Die Klinge konnte nicht einmal mehr Leder durchtrennen, dachte Jedhian, und die Spitze war abgebrochen. Zum Graben konnte er es immerhin nutzen. Ein paar Stunden arbeitete er an dem flachen Grab, und jedesmal, wenn das zerbrochene Schwert tiefer in die unnachgiebige Erde drang, spürte Jedhian, wie die Schnittwunde an seinem Bein etwas weiter auseinanderklaffte. Er bemühte sich, nicht an das zu denken, was man Selka angetan hatte. Er bemühte sich noch mehr, nicht daran zu denken, wieviel Zeit er verlor. Aber endlich war er soweit. Jedhian wischte sich den gefrorenen Schweiß vom Gesicht, sandte die widerwillige, aber gehorsame Nesa ins Dorf zurück und machte sich auf den Weg über die schneebedeckten Moore, auf Inys Nohr zu.

KAPITEL 4

Am fünften Tag nach der Zerstörung von Inys Haen ließ RoNal seine Leute frühzeitig ein Lager aufschlagen. Hinter den Kochfeuern erhoben sich die strengen, grauen Ausläufer der Nohrlandberge, der Himmel zeigte nur einen Hauch rosigen Lichtschimmers. Noch immer fühlte sich Aylith benommen und wie erstarrt. Sie wickelte die rotblaue Bhana, die man ihr zugeworfen hatte, enger um den Körper und sog die vertrauten heimatlichen Düfte ein, die dem Umhang unter dem Geruch von Feuer und Rauch noch immer anhafteten. Dies war Jedhians Umhang, den er vor kurzem als Geschenk an seinem Geburtsmond bekommen hatte. Beim Gedanken an das Lachen ihres Vetters und die langen, gemeinsamen Abendspaziergänge erschien ihr die tröstliche Gegenwart seines Umhangs besonders kostbar.

Wenn sie die Bhana erbeutet hatten, war auch Jedhian tot. Niemals hätte er sie freiwillig hergegeben. Er hatte Aylith bei der Suche nach den Wildblumen geholfen, die sie zum Färben benötigte, und die Wurzeln für seine Heiltränke benutzt. Fast konnte sie bei der Erinnerung daran den süßen Duft der Blumen riechen. Jom hatte seinen Freund wegen der Muster und Farben ausgelacht und so getan, als würden sie ihn blenden, als der Heiler den Umhang zum ersten Mal trug. Und auch Jedhian hatte gelacht.

Ihr Vetter. Ihr bester Freund.

Sie drängte die brennenden Tränen zurück und bemühte sich, in dem Gedanken Trost zu finden, daß sie glücklicherweise wenigstens die Bhana hatte – etwas

Weiches, an das sie sich inmitten der grausamen Lage klammern konnte. Letzte Nacht, als sich der eisige Nebel auf ihrem unbedeckten Gesicht niedergelassen hatte, hatte sie von ihrer Rettung geträumt, von Jedhian, den Schrecken des Feuers, von der letzten Berührung ihres Vaters, als er die Hände um ihren Kopf legte und den seltsamen Dingen, die er ihr eingegeben hatte. Viele Male war sie aufgewacht, die wollene Tunika war steif vor Kälte, und Visionen der umliegenden Landschaft tanzten ihr vor den Augen herum. Die Bilder waren von strahlendem Grün gewesen, der Winter vergangen. Sie hörte die im Erdboden begrabenen Samen nach ihren Namen rufen, sie flehen um eine Möglichkeit, endlich wachsen zu dürfen. Das Lied des Sippenbaumes schwoll mit jedem ihrer Atemzüge an oder ab, wurde zu einem ohrenbetäubenden Ton aufkeimenden Wachstums. Sie hatte sich an den Kopf gefaßt und war wieder eingeschlafen, wobei sie Logan inständig um Stille bat. Aber das Lied wollte nicht verstummen, in ihren Gedanken wiederholten sich die Namen fortwährend mit der gleichen Dringlichkeit, als hätten sie nur noch eine Gelegenheit, um zum Leben zu erwachen.

Die Nohr sind zu Recht verflucht, dachte sie bei sich. *Sollen sie doch für alle Zeit in der Dunkelheit verrotten!*

Heute hatte RoNal ihr die Hände vor der Brust zusammengekettet und die Füße frei gelassen, da er annahm, sie könnte sowieso nirgendwo hinlaufen. Er hatte recht. Sie hatte Dutzende von Fluchtmöglichkeiten erwogen, während die Soldaten sich einen mühsamen Weg über die öden Moore gebahnt hatten, vorbei an den verstreuten Dörfern, die an den Haengrenzen entstanden waren. Vor zwei Tagen hatten sie das letzte Dorf passiert. Vor einiger Zeit war es völlig zerstört worden, die grob behauenen Steine lagen am Boden, die strohgedeckten Dächer waren zusammengefallen. Riesige Pilze, die wie Teller aussahen, machten sich zwischen den rußgeschwärzten Mauern breit und nährten sich von den kargen Überresten der Feuersbrunst.

Wenigstens hatten sie einen Teil von Inys Haen stehen lassen, dachte Aylith. Viele Hütten waren nicht vom Feuer verzehrt worden, und sie hatte nur sechs oder sieben Körper auf den Scheiterhaufen liegen sehen. Sicher würden ihre Leute nach ihr suchen. Ganz sicher. Sie stülpte die Lippen vor und zischte die beiden Widerlinge, die vor ihr standen, an – der rauhe Dialekt drang schmerzlich an ihre Ohren. Mit jedem Schritt, mit dem man sie von Inys Haen fort zwang, verhärtete sich ihr Herz gegen die Nohr und ganz besonders gegen Nazir, ihren berühmten Herrscher.

Die Händler, die das Dorf mit Blech und Eisen versorgt hatten, zogen immer durch nohrisches Gebiet, und die Geschichten, die sie über dieses Monstrum erzählten, ließen Aylith die Haare zu Berge stehen. Einer der Händler berichtete, daß er seinen Bruder, einen Töpfer, durch eine Laune Nazirs verloren hatte; der Mann war eines Tages mit zerrissener Kehle gefunden worden. Man sagte, daß Nazir jemanden durch einen Blick seiner Augen blenden konnte, daß Inys Nohr von weißäugigen Leuten, die den Felonarchen zu lange angestarrt hatten, nur so wimmelte. Einige behaupteten, Nazir wäre besser als sein ermordeter Vater. Jener habe all seine Brüder und Schwestern umgebracht, damit sie ihm niemals den Thron rauben konnten.

Und nun brachte man sie zu diesem Ungeheuer, das für den Tod ihrer Familie so verantwortlich war, als habe es sie mit eigener Hand getötet. Sie verscheuchte das vor ihr aufsteigende Bild ihrer Mutter, die im Schnee lag, mit blau verfärbten Fingern und der leblos um ihre einzige Waffe geklammerten Hand. Die kleine Schafschur-Schere, die jetzt am Gürtel eines der vor ihr nah am Lagerfeuer sitzenden Männer baumelte. Ihre Familie und wieviele andere? Und wozu? Damit Nazir ihrem Volk die letzte Hoffnung rauben konnte? Solange die Hüter den Frühling herbeiriefen, konnten die Haen überleben. Sie konnten sogar ihren Glauben behalten, wenn sie es wollten.

Was soll nun aus ihnen werden, jetzt, da Logan nicht mehr ist und sie nicht wissen, was mit mir geschah? Wie Schafe werden sie auseinandertreiben ..., dachte sie, weil sie wußte, daß die Ältesten die Sippe größtenteils durch ständiges Erinnern an die Prophezeiung vor völliger Verzweiflung bewahrten.

Und das Feuer – solange sie lebte, würde Feuer jetzt etwas völlig anderes bedeuten. Nicht länger als das wärmende, freundliche Etwas, das es früher gewesen war.

Der Geruch des Feuers kitzelte ihr in der Nase, füllte ihr den Kopf mit Erinnerungen an die Vernichtung. Ihr Heim war zu Asche verbrannt. Logans uraltes, verzweifeltes Gesicht stieg an jeder Wegbiegung, bei jedem Knacken eines Astes und ganz besonders bei jedem Hauch von Rauch vor ihr auf.

RoNal stocherte mit dem Schwert im Feuer herum und spuckte die Schale einer Futternuß in hohem Bogen in die Flammen.

»Du wirst das hier essen«, sagte er, und seine Stimme klang rauh und müde von den Anstrengungen des langen Tagesmarsches. Er säbelte ein Stück von dem Wildschwein ab, das er nachmittags erlegt hatte und nun über dem Kochfeuer bis zur Ungenießbarkeit brutzelte.

Oh ja, ich werde essen, dachte Aylith entschlossen. *Wenn ich nach Inys Nohr komme, sollen sie ruhig denken, ich sei ihre Gefangene. Aber wenn es noch da ist, wenn es mehr als bloß eine Geschichte ist, dann werde ich das, was noch vom Sippenbaum übrig ist, mit zurück nehmen. Ich glaube nicht an den Heiler, aber es genügt, wenn Nazir das denkt. Soll er doch versuchen, etwas ohne Macht zu heilen!*

Irgendwie werde ich fliehen und rechtzeitig zur nächsten Tagundnachtgleiche zurück sein. Vielleicht können mir die Ältesten beibringen, wie man die Erinnerungen einsetzt. Ob es ihnen nun gefällt oder nicht: Ich bin alles, was ihnen noch bleibt. Vielleicht wird niemals ein Heiler kommen, aber es wird immer einen Hüter geben. Die Nohr werden unser Licht niemals bekommen!

Sie seufzte und hielt die zusammengebundenen Hände nach dem Fleisch aus. RoNal zog das Messer zurück, um sie zu ärgern. Er lachte lauthals prustend über den Spaß und spuckte dabei Fleischfetzen und kürzlich gestohlenen, haenischen Wein aus. Dann wiederholte er das Spiel. Beim vierten Mal stand Aylith auf und riß das Fleisch mit einem Ruck von der Klinge; ein dünnes, feines Lächeln umspielte ihren Mund. RoNal lehnte sich zurück, und seine Augen lachten sie an.

»Ich glaube, du würdest eine gute Kriegerin abgeben«, spaßte er und würgte dabei einen Fleischbrocken hinunter. »Du hast das rechte Herz dafür, wenn auch nicht die Größe. Und vielleicht wird Nazir mich auch nicht töten, weil ich euren Magier wieder nicht gefangen habe«, fügte er sachlicher hinzu, als er endlich das trockene, zähe Fleisch verschluckt hatte.

Nazir.

Aylith biß wütend in das angebrannte, eklig schmeckende Schweinefleisch und wußte, wer ihr erstes Opfer sein würde, wenn sie jemals die Gelegenheit hätte, ein Schwert in die Hand zu bekommen.

Am nächsten Tag waren die Wolken noch dunkler als gewöhnlich und verhießen Schnee. Aylith wurde grob geschüttelt und aus dem Schlaf gerissen. Zum Frühstück erwartete sie erneut eine Portion Wildschweinbraten. Das Fleisch war schon fast gefroren, da das Feuer noch vor Mitternacht erloschen war. In dieser wilden, trostlosen Gegend hatten die Nohr nur einen

Mann zur Nachtwache abgestellt. Sie würde sich Zeit lassen. Am Leben bleiben. Jemand würde kommen. Jedhian wäre gekommen. Inzwischen hatten sie sicher schon gemerkt, daß sie verschwunden war. Sie mußte nur weiterhin fest daran glauben.

Und es würde leicht sein, eine Kleinigkeit, wenn der rechte Zeitpunkt gekommen war, dachte Aylith, während der Schneeregen wie Nadelstiche auf ihre Wangen fiel. Wenn jemand versuchte, sie zu befreien, bevor Inys Nohr erreicht war, würde er diese nachlässige Truppe überrumpeln können. Es waren nur vier Nohr. Mit grimmiger Befriedigung erinnerte sie sich daran, daß die Körper auf den Scheiterhaufen nicht allein haenische gewesen waren, und wieder dachte sie voller Staunen an den nohrischen Soldaten, den RoNal getötet hatte, kurz bevor jener – irgendwer hatte ihn Thix genannt – sie vergewaltigen konnte. Von dem, was sie mitangehört hatte und aus dem eigenartigen nohrischen Dialekt schließen konnte, hatte die Gruppe ursprünglich aus sieben Mitgliedern bestanden. RoNal konnte man am besten verstehen, auch war er der Gesprächigste. Aylith war sich nicht sicher, was sie von dem Mann halten sollte, der sie sowohl gerettet, als auch gefangengenommen hatte. Er war der Anführer, der – anscheinend ohne dazu herausgefordert zu sein – Aylith als seine neue ›Tochter‹ bezeichnet hatte, als er noch in Inys Haen eine kurze Ansprache hielt, um die Beute aufzuteilen.

»Meine«, hatte er gesagt und auf einen riesigen Haufen rußbedeckter Dinge und sechs zitternde Kühe gezeigt, die daneben angebunden standen und: »Eure«, während er auf zwei dünnere, aber ebenso verängstigte Kühe und ein Butterfaß wies. »Meine! Rührt sie nicht an«, hatte er geknurrt, was den anderen beiden Männer das gierige Grinsen von den dummen Gesichtern wischte, als er Aylith neben den sechs Kühen absetzte. Obwohl sie schmutzverkrustet und verschmiert waren, konnte Aylith erkennen, daß es sich um Zwillinge handelte. Sie fragte sich, wer von beiden wohl das Butterfaß bekommen würde.

Die vierte war eine nohrische Kriegerin und, wie RoNals knapper Vorstellung zu entnehmen, gleichzeitig Ayliths neue Schwester: sie hieß Lorris. Aylith hatte noch nie zuvor eine Frau in Kriegsausrüstung gesehen. Lorris war so groß wie RoNal, hatte riesige graue Augen und dunkelblondes Haar, das in strengen Flechten unter dem bronzenen, mit dem Bild eines Keilers verzierten Helm lag. Eine lange Narbe lief über ihren linken Unterarm und die Hand, und Aylith schätzte, daß sie beide ungefähr gleichaltrig waren: zwanzig Jahre. Lorris war viel größer als Aylith, mit beinahe doppelt so großen Händen. RoNals andere Tochter erinnerte sie an einen großen, grauen Luchs mit schräggestellten, starren und gerissen dreinblickenden Augen, eine einsame Jägerin.

Lorris hatte Aylith ein grimmiges Lächeln geschenkt, als sie sich zum ersten Mal begegneten und schien verärgert, daß dieses dürre Mädchen für die Dauer der Heimreise unter ihren Schutz gestellt worden war. Jetzt stand sie vor Aylith, sah mit drohendem Blick auf sie hinab; das breite Gesicht ungeduldig zur Seite geneigt, das Schwert in der Hand.

Aylith rollte sich in der Bhana herum und stützte sich auf den Ellenbogen auf. Als sie dann viel zu hastig aufstand, verzog sie das Gesicht, denn ein schmerzhaftes Kribbeln fuhr ihr durch die Beine. Die dünnen Stiefel bedeuteten keinen guten Schutz gegen die Kälte der Nacht. Noch bevor sie um Wasser bitten konnte, hatte sich Lorris schon zum Gehen gewandt.

»Beweg dich, Haenische«, rief sie über die Schulter zurück, während ein eisiger Wind ein paar ihrer Worte davontrug. »Du wirst sonst erfrieren. Und dann zieht mir mein Vater den Brautpreis vom Sold ab. Und wag es ja nicht, dich wie ein Mitglied meiner Familie zu fühlen, ist das klar?«

Aylith hörte nur die ersten und letzten Worte. Aber Lorris schneidender Ton reichte aus, um ihr eine Hitzewelle ins Gesicht zu treiben und die Finger zucken zu lassen. Sie blickte auf ihre Hände und bemerkte grünes Licht, das die Fingerspitzen pulsieren ließ; schnell versteckte sie die Hände unter der Bhana.

Mach dir keine Sorgen, wütete sie innerlich gegen Lorris und ließ den Blick hastig durchs Lager schweifen, um festzustellen, ob jemand die Magie gesehen hatte. Als sie die Hand nochmals ausstreckte, war die Flamme erloschen.

Der Tag, wenn man ihn überhaupt so nennen konnte, dauerte nur einige Stunden, denn dicke, dunkle Wolken zogen am Himmel auf. Sie hatten den Eisregen hinter sich gelassen, aber noch immer lag die Grimasse des Winters seit dem letzten Jahreszeitenwechsel über dem Land, und an den Stellen, an denen sie vorbeizogen, war nichts Grünes gesprossen. Zudem passierten sie gerade jenes Gebiet, an dem das letzte haenische Licht ein Wachstum gerade noch ermöglichen konnte. Hier und da standen ein paar der dornigen Stachelbeerbüsche, die diesjährigen Knospen bereits in Erwartung, aber kein Blatt schob sich vor, kein blütenbedeckter Zweig erfüllte die Luft mit seinem Duft. In unregelmäßigen Abständen erschien vor Ayliths geistigem Auge diese Landschaft, durchzogen von neuem Wachstum und unzähligen grünen Schattierungen, mit Blüten, die sie nie zuvor gesehen hatte und deren Namen sie dennoch plötzlich wußte. Dann verschwand die Vision wieder, das Heidekraut und der Farn – vom Frost schwärzlich gefärbt und durch die Kälte getrocknet – verwandelten sich unter den Stiefeln zu pudrigem Staub, und das Vieh versuchte, die im letzten Jahr gewachsenen Ranken zu fressen, wo immer diese zwischen den Felsen zu sehen waren. Die haenischen Kühe, die schon durch das harte Leben im vergangenen Winter erschöpft waren, stolperten oft, und der Trupp kam nur langsam vorwärts. Obwohl es nur wenig Deckung gab – sie waren bereits zu weit von Inys Haen entfernt, um noch Bäume anzutreffen –, gab es viele Möglichkeiten für einen Befreiungsversuch, und Aylith spähte fortwährend zum südlichen Horizont hinüber und dachte, daß nicht einmal Jom die breite und unübersehbare Spur verfehlen konnte.

Aber niemand erschien.

Am Ende dieser Tagesreise, während Lorris sie anstarrte und RoNal ein Feuer entfachte, kümmerten sich die beiden jüngeren Männer, die Aylith weder mit Namen kannte noch voneinander unterscheiden konnte, um das Vieh. Aylith setzte sich in die Nähe einiger weißer Granitbrocken, so daß Lorris sie nicht im Blick hatte. Sie war unbeschreiblich müde und die Gewißheit, daß niemand kam, um sie zu befreien, lastete ihr auf dem Herzen.

Weder jetzt, noch später. Sie war allein.

Sie sackte gegen die bröckelnden Steine, ließ endlich den heißen Tränen freien Lauf, die über die schmutzigen Wangen flossen. Aber kein Laut drang über ihre Lippen. Die barbarischen Nohr hatten ihr alles genommen, was sie liebte, aber sie würde ihnen nicht die Genugtuung geben, ihre Furcht und ihren Kummer mitanzuhören. Sie überließ sich mit stummen Schluchzern ihrem Schmerz, stieß mit jedem Atemzug lautlose Flüche gegen Nazir aus. Schließlich wich die Verzweiflung und der Schmerz versiegte. Sie saß still, leer und wie betäubt.

Nach kurzer Zeit fühlte sich Aylith sehr kalt und verwirrt, aber sie zog nur Jedhians Bhana über den Körper, um eine Weile zu schlafen. Die Bhana fühlte sich besonders warm und tröstlich an, und augenblicklich sank sie in einen tiefen Traum.

Plötzlich brannte ihr Körper vor stechendem Schmerz, und Aylith taumelte vor und versuchte, die Bhana wegzureißen, denn jeder Zoll ihrer Haut, den die Bhana berührte, brannte wie eine offene, mit Salz bestreute Wunde.

»Hilfe!« krächzte sie, kämpfte gegen die Schläfrigkeit und war außerstande, ihre Sinne zu ordnen. Durch ihr heftiges Aufspringen hatte sich die tödliche Umklammerung der Bhana noch verstärkt und ein Zipfel war über Ayliths Gesicht gefallen.

»Ah, bei Nohr! Sie ist wirklich eine Last!« rief Lorris, ließ ein paar Ranken fallen und lief auf den sich windenden Körper zu. Als sie jedoch erkannte, was geschah, änderte sich der Klang ihrer Stimme sofort. »Ein Leichentuch! Vater – Feuer! Schnell!«

RoNal brüllte bereits voller Wut über den möglichen Verlust von Nazirs Vergebung und sprang mit einer brennenden Fackel um das eingewickelte, um sich schlagende Mädchen herum. Wieder und wieder griff er an, angefeuert durch Ayliths gedämpfte Schreie, bis sich das Monster schließlich ergab, vom Kopf der jungen Frau löste und von ihren Händen und Füßen abrollte. Dabei hinterließ es häßliche rote Striemen und in der Luft schwebte ein übler, säureartiger Geruch. RoNal riß das zuckende Tier ganz von ihrem Körper fort und Aylith, die zwar noch ihre Handfesseln trug, aber nun endlich aus den Klauen der Kreatur befreit war, taumelte zurück, fiel auf den Felsboden, schlug hart mit dem Kopf auf und verlor das Bewußtsein.

RoNal fluchte und trat das Leichentuch ins Feuer, wo es einen Augenblick lang zischte und knallte, bevor es sich schwarz färbte und zu einem dünnen, durchsichtigen Schleier zusammenschrumpfte, der zu Asche zerfiel und von einer Flamme hoch in die Luft gewirbelt wurde.

»Das war nur ein kleines Leichentuch. Sie hat Glück gehabt. Sieh nur, die Blasen gehen schon wieder zurück, und die Haut sieht kaum verletzt aus. Ich vermute, es konnte sich nicht richtig anklammern.« RoNals Miene zeigte großes Erstaunen, als er Aylith sanft nach weiteren Verletzungen absuchte. »Die Kopfschmerzen werden schlimmer sein. Kümmere dich um sie, Lorris. Es sieht alles schon schlimm genug aus. Ich kann nicht auch noch beschädigte Ware abliefern«, sagte RoNal barsch und versuchte, seine ernsthafte Besorgnis um Aylith zu verbergen. Dann ging er langsam zum Feuer hinüber, um sein Abendmahl einzunehmen. Dabei kreisten seine Gedanken fortwährend um das, was er Nazir wegen des Hüters erzählen mußte. Und über den Überfall. Über Thix.

Lorris wedelte den letzten Rest der übelriechenden Säurewolke fort und öffnete ihre Feldflasche, um die Wunde über Ayliths Ohr zu säubern.

»Schon wieder hast du dem Tod widerstanden, Haenische. Du bist die einzige Person, die ich kenne, die eine Leichentuchumklammerung überlebt hat, obwohl du so klein bist, und meinem Vater ist das auch bewußt.«

Sie wischte mit einem feuchten Tuch über Ayliths geschundenen Kopf; die Wunde war nur noch als roter Strich dicht am Haaransatz zu erkennen. »Wieso heilen deine Verletzungen so schnell?« fragte Lorris sich selbst, da Aylith noch immer reglos und schlaff am Boden lag. »Und wer ist der ansehnliche, große Kerl, der uns seit geraumer Zeit folgt, hm?«

Lorris nahm die mit Säure vollgesogenen Kleidungsstücke von dem Mädchen und fuhr fort, das Vitriol des Leichentuchs von Ayliths Körper zu waschen.

Als Aylith aufwachte, fühlte sie sich seltsam, so als habe sie an einem Sommertag zu lange in der Sonne gesessen, und sie trug einen von Lorris Fellumhängen, der zwar viel zu groß, dafür aber viel wärmer als ihr eigener war.

»Was ist geschehen?« fragte sie Lorris, die ihr einen

Becher mit heißem Wein und das echte Bhana reichte. Die grellroten Spuren auf Gesicht und Armen waren verblichen, aber ihr Kopf dröhnte. Aylith ergriff den Becher, wollte aber ihr selbstgewebtes Tuch nicht berühren. Sie sah zu, wie Lorris die Bhana vor ihren Füßen fallen ließ und behielt sie argwöhnisch im Auge, falls sie sich rühren sollte. Hin und wieder stieß sie die Bhana mit einem trockenen Zweig an.

»Nun, du hast dich selbst bewußtlos geschlagen. Und du hast die Umklammerung eines Leichentuchs überlebt. Das ist alles«, erklärte Lorris, deren Augen voller Spott aufleuchteten und in denen gleichzeitig ein Hauch von Achtung lag.

»Was ist ein Leichentuch?« fragte Aylith und nahm noch einen Schluck von dem Gewürzwein, während sie die Bhana weiterhin beobachtete. Dies war das erste heiße Getränk seit vielen Tagen. Langsam beruhigte sich ihr Kopf wieder. Sie stieß mit dem Fuß nach der Bhana.

»Du kennst keine Leichentücher? Das ist doch nicht dein Ernst! Oh, wahrscheinlich gibt es in eurem wunderbaren Inys Haen kein Raubzeug.«

Aylith hielt die Zunge im Zaum und dachte: *O doch! Zweimal im Jahr werden wir davon heimgesucht.*

»In den Bergen trifft man häufig auf sie«, fuhr Lorris fort, »aber es ist ungewöhnlich, sie schon im Flachland zu finden. Sie kriechen auf Reisende zu, nehmen die Gestalt einer Decke oder eines Kleidungsstücks an, und dann schläfern sie dich langsam ein und lassen dich frieren – durch eine Art unhörbaren Gesang. Wenn du dann nach etwas greifst, um dich warm einzuhüllen, kriechen sie in deine Hand oder gar über dich, und schon bald bist du völlig umwickelt und dann ganz schnell tot – sie lösen ihre Opfer von innen her auf, zersetzen sie.« Sie deutete auf Ayliths Kleider, die nur noch ein Haufen Fäden und Fetzen waren.

»Sie können jedes Material oder Leder nachahmen.

Und man kann sie nicht mit einer Klinge töten; dadurch vervielfältigen sie sich nur. Merk dir: Zerschneide niemals ein Leichentuch! Du darfst auch keines zerreißen, obwohl das ganz leicht ist. Die einzelnen Stücke wachsen und verbinden sich zu etwas sehr Großem, einer Decke oder einem Zelt. Wenn sie sich noch nicht ganz herumgewickelt haben, versuch sie mit Feuer abzuschälen, aber das ist recht schwierig. Iß grüne Dinge – wenn du welche finden kannst –, das stößt sie ab und verlangsamt ihr Gift. Die Grasfresser schmecken ihnen nicht. Deshalb lassen sie das Vieh ungeschoren.«

Lorris beugte sich über Ayliths Gesicht. »Sie sollten Nazirs Spielzeuge sein – meine Mutter erzählte mir, daß sein Vater und der Sieber sie oben im Turm aus Fragmenten haenischer Kleidungsstücke und dunkler Magie gewirkt haben. Sie glaubten, sie könnten einen unsichtbaren Umhang schaffen. Hast du wirklich noch nie ein Leichentuch gesehen?« Lorris sah Aylith mit ehrlich erstaunten Augen an.

Aylith schüttelte den Kopf. Ein paar sandfarbene Haarsträhnen, die sich vom Waschen sehr kalt anfühlten, fielen ihr übers Gesicht.

»Wo denn auch? Ich habe mein ganzes Leben im Dorf verbracht. Weiter als bis zur Westküste bin ich nie aus Inys Haen herausgekommen. Und ich wollte es auch gar nicht«, sagte sie und ließ den Blick über die unwirtliche Gegend streifen. »Mein Vater sagte, Reisen sei zu gefährlich und zu unerquicklich. Ich glaube, er hatte Recht.«

Lorris stieß einen leisen Pfiff aus und der Anflug eines Lächeln lag auf ihren Lippen.

»Für eine Anhängerin des Lichts hältst du dich recht gut, äh ... Wie heißt du eigentlich?« fragte sie zögernd.

»Aylith von Inys Haen.«

»Aylith«, wiederholte Lorris, und durch ihren Dialekt klang das ›th‹ wie ein ›d‹. »Ich habe noch nie gehört, daß irgend jemand eine Umhüllung lebend überstanden hat. Und du hast dich schon fast davon erholt. Haben alle Haenischen diese Macht? Welche Talismane trägst du? Ißt du das gleiche wie das Vieh? Oder kannst du Magie wirken, so wie Nazir?« schlug sie vor, und ihre grauen Augen blitzten erheitert beim bloßen Gedanken an diese Unmöglichkeit auf.

Aylith rieb sich die verblassenden roten Wülste an den Händen und starrte ins Feuer. Logans lächelndes Gesicht schien inmitten der züngelnden Flammen zu stehen.

Aylith blickte lange Zeit in das Feuer, bevor sie antwortete. »Ich weiß es nicht, Lorris, ich weiß es nicht.«

Lorris zuckte die Achseln und ging davon. Aylith grübelte lange über ihren Schwur und die mystische Kraft der Erinnerungen nach. Sie würde es lernen, diese Magie zu benutzen. Es mußte einen Weg geben. Sie hatte das Gefühl, daß er nur wenig außerhalb ihrer Reichweite zu liegen schien. Sie blickte auf ihre Hand und bemerkte, daß der trockene Zweig jetzt drei winzige neue Blätter trug, deren zarte Umrisse in der Kälte zu brennen schienen.

KAPITEL 5

Die Träume des Sippenbaumes hatten ihr in der nächsten Nacht den Schlaf geraubt, und schon am Tag darauf erreichte die Gruppe die äußere Grenze von Inys Nohr. Aylith empfand einen kleinen Trost bei dem Gedanken, daß sich die Reise nun dem Ende näherte. Den ganzen Morgen waren sie stetig bergan geklettert, bis Aylith schließlich sicher war, daß sie bereits den Himmel erreicht haben mußten und sicher keinen Boden mehr unter den Füßen hatten. Nie zuvor hatte sie sich in solcher Höhe befunden, sie rang nach Luft und verspürte ein Schwindelgefühl. Trotzdem hatte sie sich tapfer geschlagen, und Lorris, die ihr nun etwas freundlicher gesonnen war, hatte regelmäßige Pausen einlegen lassen, damit sich Aylith besser an den Höhenunterschied gewöhnen konnte.

Noch immer stahlen sich die Erinnerungen in ihren Kopf, wenn sie die Gedanken umherschweifen ließ. Inzwischen hatte sich die Landschaft auf beunruhigende Weise verändert. Um sie herum, wo – wie Aylith dachte – eigentlich Bäume stehen sollten, die sich in ihrer goldenen, herbstlichen Pracht wiegten oder aber schwere Zapfenschauer zur Erde regnen ließen – wuchsen haufenweise übergroße Pilze, Büschel grauer, gummiartiger Zweige und kränklich braune Blattpflanzen. Riesige blaue Boviste versprühten ihre dunklen Sporen, die feinen Teilchen trieben stundenlang in der Luft, bevor sie sich wie Asche auf allem, was sich im Umkreis von mehreren hundert Schritt befand, niederließen und der hellen Schneedecke einen unnatürlichen, lavendelfarbenen Schimmer verliehen. Als sie eine Wegbiegung, an der grell orangene Stinkwurzeln gediehen, hinter sich gelassen hatten, hätte Aylith um ein Haar ihr Frühstück wieder von sich gegeben. Der Geruch von verwesendem Fleisch drang ihr in die Nase und verdarb ihr für den Rest des Tages jeglichen Appetit. Aylith fragte sich, wie die Pilze und Wurzeln hier gedeihen konnten, erinnerte sich aber daran, daß Logan einmal geträumt hatte, hier habe vor dem langen Winter ein jahrhundertealter Dschungel gestanden. Das langsame Verrotten des Regenwaldes würde genügend Fäulnis hervorbringen, um die riesigen Pilze lange Zeit mit Nahrung zu versorgen. Die Kälte schien ihnen nichts auszumachen.

Ein Stück weiter den Paß hinauf, wo ursprünglich die Baumgrenze verlaufen war, machten die großen Erdbrocken, die bei der Trennung und nach der Zerstörung der Pflanzenwelt durch einen Erdrutsch von ihren höher gelegenen Plätzen geschlittert waren, öligen Sümpfen und Treibsandflächen Platz. Auf einem seiner Jagdausflüge war Jedhian an einen Ort gelangt, den er genauso beschrieben hatte und der sich hinter dem Dorf des vierten Fernen Stammes befand und ›Schlick‹ genannt wurde. Aylith glaubte, diese Gegend müsse ähnlich sein und wunderte sich, daß man den Sumpf erst erkennen konnte, wenn man unmittelbar davor stand. Knapp eine Sekunde später versank einer der Zwillinge bis zu den Hüften in dem stinkenden Morast und war bereits völlig verschwunden, als es seinem Bruder schließlich gelang, ihn herauszuziehen. Als Aylith gleich danach an der Stelle vorbeischritt, lag der dunkle Tümpel wieder glatt und still; winzige weiße Kristalle bildeten sich auf der Oberfläche, machten den Zwischenfall vergessen. Es überlief sie kalt bei dem Gedanken, wie viele andere wohl hineingefallen sein mochten und nun steifgefroren auf dem Grund eines solchen Abgrunds lagen.

Die Dunkelheit griff jetzt mehr und mehr um sich.

Das kleine bißchen Licht, das zwischen den hochgewachsenen Pilzen und den schwankenden, halbvermoderten Farnwedeln hindurchschien und dessen Quelle nicht auszumachen war, verwischte zu einem schmutziggrauen Schleier. Diese Randbezirke von Inys Nohr lagen in kaltem, beständigen Zwielicht und waren dem Zerfall preisgegeben.

»Ist es hier immer so dunkel? So ist es bei uns daheim nur im Winter«, wandte sich Aylith an Lorris, als diese sich zwischendurch hinsetzte, um ein Schnürband neu zu knoten.

»Dunkel? Dir mag es dunkel vorkommen. Nazir hat eine neue Dämmerung angekündigt und gesagt, daß wir in diesem Tal Grünzeug pflanzen werden.« Lorris lachte wehmütig vor sich hin und wies über die herumliegenden Felsbrocken. »Er hat ganz Inys Nohr versprochen, daß es noch in diesem Jahr geschieht. Aber ich glaube ihm nicht. Ich habe ihm noch nie geglaubt«, fügte sie mit etwas schärferer Stimme hinzu.

»Ich habe hier noch nie viel mehr Licht als jetzt gesehen, nicht einmal, wenn ihr den Frühling nach Inys Haen ruft«, fuhr sie fort. Dann, als habe sie zum ersten Mal den Unterschied bedacht, setzte sie hinzu: »Außerdem macht es viel mehr Spaß, Korn und Vieh zu rauben. Ich kann mir nicht vorstellen, eine gute Bäuerin zu sein. Es dauert viel zu lange, bis man etwas erntet. Wir pflanzen auch Nahrung an, jedoch nichts von dem, woran du gewöhnt bist. Aber das Fischen ist dafür ganz unterhaltsam.«

Aylith gefiel Lorris Tonfall nicht, aber sie schwieg still.

Etwa eine Stunde nach der letzten Rast erblickte Aylith zum ersten Mal den sagenhaften Turm von Inys Nohr. Obwohl sie die Mythen und Erzählungen über die dunkle Festung kannte, ließ sie der erste Anblick – auch wenn die Entfernung noch groß war – still stehen. Inmitten der tanzenden Nebel eines Gebirgspasses ragte der dunkle, steinerne Turm von Inys Nohr wie ein riesiger, massiver Baumstamm aus Granit auf, dessen Äste und Krone abgehackt worden waren – wie durch eine in alter Zeit begangene Gewalttat. Aylith starrte voller Staunen auf die dicken schwarzen Ranken, die an den teilweise eingestürzten Turmmauern emporkletterten und das ganze Bauwerk zusammenzuhalten schienen. Stellenweise war das uralte Mauerwerk mit orangefarbenen und gelblichen Flechten gesprenkelt, und das sirupähnliche Wasser im Burggraben war von rötlicher Farbe. Von Zeit zu Zeit stiegen Dunstschwaden auf, und kleine, heftige Bewegungen durchbrachen die zähe Wasseroberfläche. Der sanfte Wind, der zu ihnen herübertrieb, brachte den Geruch des Todes mit sich. Sie rief sich Lorris Bemerkung über das Fischen ins Gedächtnis und erschauerte.

»Willkommen daheim«, sagte Lorris.

»Der Punkt geht an mich«, keuchte Nazir, als er seinem Gegner die Beine unter dem Körper fortzog. Der kleinere Mann fiel unsanft auf die Matte und blieb liegen, weil er lieber besiegt als weiter verletzt sein wollte.

»Du fällst immer darauf 'rein«, grinste Nazir, der entschieden mehr Gefallen an seinem Wortspiel fand als sein Gegenüber.

Der andere Mann war schweißüberströmt, sein Körper mit Wunden bedeckt; schwärzliches Blut rann von einer Kopfverletzung über die Schulter. Mühselig erhob er sich von der Matte und humpelte zur Seite. Nazir ergriff ein Tuch, wischte sich den Schweiß von den weißen Brauen und lächelte übers ganze Gesicht. Sein schwarzes Haar glänzte feucht vor Anstrengung. Zufrieden holte er tief Luft, wobei das runzlige, gewölbte Geburtsmal über dem Herzen sich im Rhythmus seines Pulsschlags hob und senkte. Der Morgen war ausgezeichnet verlaufen. Er hatte fünf Leute besiegt; na ja, einer war zu schnell gestorben und von ganz allein. Aber trotzdem war es eine gute Übung gewesen. Und heute würde der letzte Überfalltrupp zurückkehren; er fühlte es in den Fingerspitzen. Dieses Mal, nach so vielen Jahren, brachten sie Logan mit, denn er verspürte die in der Luft liegende Spannung, die von der Macht des haenischen Zauberers kündete – das Machtsiegel des Sippenbaumes.

RoNal hatte auch noch andere Anweisungen gehabt: Er sollte sich um Thix kümmern. Nazir lachte bei dem Gedanken daran, ob RoNal überhaupt begriffen hatte, was er wirklich bezweckt hatte. Thix, als letzter Abkömmling Nohrs, war die einzige Bedrohung für Nazirs Alleinherrschaft. Und obwohl Nazir selbst noch sehr jung gewesen war, als man ihn gekrönt hatte, war Thix mit seinen achtzehn Jahren noch viel zu unreif, den Thron zu besteigen. Thix wäre in jedem Alter zu unreif für den Thron gewesen. Doch in letzter Zeit hatte er sich als genauso listig und bösartig wie Nazir erwiesen – und als viel ehrgeiziger. Ihn an dem Überfall teilnehmen zu lassen, würde dem Ehrgeiz für immer ein Ende bereiten. Nazir wollte kein Risiko eingehen: Das Licht, das seine Leute, seinen Namen und seine Herrschaft erhalten würde, mußte sein alleiniges Werk sein. Diese Ehre konnte er mit niemandem teilen.

Nazir hatte sein Leben mit dem Studium der historischen Chroniken seiner Familie und seines Volkes verbracht. Er allein wußte, wie schlecht die Haenischen seinen Vorfahren Nohr behandelt und über dessen Wettergespür gelacht hatten, und wie sie ihn als dumm beschimpften, weil er davon träumte, einst zu den Sternen zu reisen. Nazir hatte kostbare Zeit damit verbracht, die hauchdünnen Seiten jener staubigen Bücher umzublättern – abgesehen von den Historikern war er der erste, der sie berührte – und der Spur seiner Ahnen zu folgen. Wo war Thix im gleichen Alter gewesen? Unten am Kai, um mit den Weibern zu trinken, oder in der Kaserne beim Falschspielen. Als einziger seiner Familie hatte Nazir beim Lesen der niedergeschriebenen Geschichten Tränen vergossen und den Schmerz vieler Generationen Wahnsinniger gefühlt, die nie die Möglichkeit gehabt hatten, alt zu werden. Die niemals die Möglichkeit gehabt hatten, sich für die Behandlung, die Nohr durch die Haenischen erlitten hatte, zu rächen.

Ja, RoNal würde den jungen Mann töten müssen, wenn dieser über die Stränge schlug, und Nazir wußte, daß dies geschehen würde. Wie wundervoll alles zusammenpaßte ..., denn so hatte Nazir einen guten Grund, RoNal auszupeitschen. Und dessen Männer mußten es hinnehmen. RoNal war ein Verräter. Zweifellos. Er mußte einer sein. Nazir war sich ganz sicher.

Der Wahnsinn näherte sich ihm immer mehr. Wie lange noch, bis er vollständig von ihm Besitz ergriffen haben würde? Jemand mußte ihm nachfolgen, seine zukünftige Herrschaft über die Haenischen fortsetzen, seine Ziele verfolgen und die nohrische Vorherrschaft bekräftigen. Nazir brauchte einen Sohn. Es war fast so wichtig, eine geeignete Frau zu finden, die ihm einen Erben schenkte, wie den haenischen Hüter aufzuspüren. Und es gab keine geeigneten, nohrischen Frauen. Die Geburtenzahl in Inys Nohr war während der letzten Jahre stark gesunken, und mehr als die Hälfte aller Kinder, die lebend geboren wurden, verließen die Welt, bevor sie erwachsen waren.

Inys Nohr lag im Sterben; Nazir wußte es seit Jahren. Es starb langsam, schmerzvoll, an einer Myriade von Krankheiten, an Armut und Hoffnungslosigkeit, und besonders an der Dunkelheit. Eine haenische Frau, geboren und aufgewachsen im Sonnenlicht, mit den Früchten der langen, hellen Tage des Sommers genährt, war Nazirs einzige Hoffnung. Aber sein ruheloses Volk durfte nichts davon wissen. Sie würden ihm ihre Achtung und ihren Gehorsam verweigern, wenn sie erführen, daß er sich eine haenische Frau nehmen wollte, selbst wenn es dem Fortbestand seiner Familie und der Hoffnung auf Tageslicht diente. Selbst wenn er sie nicht liebte.

Nazir strich über sein erhabenes Geburtsmal. Er spürte, wie sich die Dunkelheit in seinem Innern sammelte und versuchte, ihn in einen tiefen, gewundenen, inneren Gang hinabzuziehen, in dem jedes Mitglied seiner Familie früher oder später sein Ende gefunden hatte, seitdem der alte Nohr den Fluch über die Seinen gebracht hatte.

»Logan. Hüter. Du und ich, alter Mann. Du und ich. Wir werden zu Ende bringen, was unsere Urväter begannen. Und dieses Mal werde ich derjenige sein, der das Licht ergreift. Du wirst den geheimen Zauber verraten, und ich werde den Samen des Sippenbaumes damit belegen. Dann werde ich mir deine Tochter nehmen, und deine Enkel werden Nohrische sein. Von diesem Turm aus werden sie deine elenden haenischen Brüder beherrschen. Vielleicht reise ich sogar ein wenig herum, wie es der alte Nohr vorhatte …«

Wieder lächelte er und warf das schweißgetränkte Tuch, das vom Gewand eines Sklaven abgerissen worden war, in die Mitte des Übungsringes.

Als sich Nazir zum Gehen wandte, kam der Page Arn in höchster Eile in den Raum gerannt und prallte beinahe mit seinem Herrn zusammen.

»Herr! Sie sind da! Der letzte Trupp ist angekommen, Herr, und sie haben ein Mädchen dabei«, keuchte er, die blassen, durchsichtigen Wangen gerötet, die Stimme überschlug sich vor Aufregung.

Nazir blieb stehen, packte den schorfigen Arm des Jungen mit hartem Griff und zerrte ihn in die Höhe.

»Du hast sie gesehen? Ein Mädchen, hast du gesagt? Gut. Aber bringen sie keinen alten Mann? Wenn du mich anlügst, Arn, breche ich ihn noch einmal«, sagte Nazir mit eisiger, wuterfüllter Stimme.

»Herr! Das würde ich nie tun. Seht aus dem Tor, Herr, und seht sie Euch an, seht, daß kein alter Mann dabei ist und seid gnädig!«

Das Gesicht des Jungen hatte sich bei Nazirs knappen Fragen dunkelrot verfärbt, nahm aber wieder seine teigige Gesichtsfarbe an, als der Felonarch ihn losließ. Arns Schulter sackte in die übliche, unbequeme, schiefe Haltung zurück, die auf eine Verletzung bei seiner Geburt und einen schlecht verheilten Bruch zurückzuführen war.

»Ja, das werde ich tun, Arn. Hab Dank für den Vorschlag«, grollte Nazir und ein eigentümlicher Ausdruck überflog sein weißes, steinernes Gesicht, als er auf das in den Stein geschlagene Fenster zuschritt und sich über die breite Brüstung beugte.

Tatsächlich, Arn hatte die Wahrheit gesagt. Als die Gruppe unten vorbeizog, erblickte Nazir keine Spur von Logan.

»Bei Nohrs Fingerknöcheln!« fluchte er lauthals und biß sich auf die Lippe, als die Wut ihn übermannte. Nazir beobachtete, wie sich das, was von der letzten Überfalltruppe noch übrig war, über den gepflasterten Innenhof schleppte; ein wenig Vieh und die üblichen Beutestücke im Schlepptau. Er schlug gegen die Wand, als er die einzige Gefangene genauer sah: Ein kleines, rotblondes Mädchen mit gefesselten Händen, angetan mit viel zu großen Kleidungsstücken von nohrisch-militärischer Machart, die den Hals reckte, um die Umgebung anzustarren.

Frisches, heißes Blut drang in Nazirs Mund, und er spuckte es in die unten versammelte Gruppe. RoNal sah auf, wirkte sekundenlang erstaunt und salutierte dann. Nazir verdrehte die Augen.

»Daß RoNal ihn nie fangen kann! Der beste Soldat meiner Armee kann nicht einmal einen alten Mann fangen! Ich sage dir, der Kerl steckt zu sehr mit den Albions zusammen, um mir noch länger dienlich zu sein«, murmelte er vor sich hin. »Und was für eine unnütze Fracht haben sie statt dessen angeschleppt?« schnaubte er und starrte Aylith durchdringend an. »Sie ist fast wertlos. Ich habe mir Logans Tochter viel größer und kräftiger vorgestellt. Sie ist dürr wie ein Weidenbaum und nicht größer als ein gewöhnlicher Jagdhund. Und häßlich. Schau dir bloß die vorquellenden Augen an. Oh! Und wo ist mein Neffe Thix?« fügte er gedankenverloren hinzu, während ein hinterlistiges Lächeln in die Mundwinkel kroch.

Wieder war nichts gewonnen. Und doch kribbelte es ihm in den Fingerspitzen.

Irgend etwas gab es dort unten zu entdecken. Dummheit gehörte nicht zu Nazirs schlechten Eigenschaften. Er hatte die Fehler seiner Vorfahren studiert. Er würde sie nicht wiederholen. Er war der einzig Wahre. Er atmete tief durch und zwang sich zur Ruhe.

Vielleicht hatte der Hüter seine Gestalt verändert. Vielleicht war dies eine Falle, und Logan wollte ihn glauben machen, der Hüter sei tot oder wieder einmal entkommen. Und dann, wenn Nazir diese zerlumpte Kreatur hinauswerfen würde, wäre der Hüter frei, würde seine ursprüngliche Gestalt wieder annehmen und nach Inys Haen zurückkehren.

»Arn, lauf und hol mir Gewänder, meine Besten – nein, mein blaues Gewand«, befahl er und änderte urplötzlich seine Meinung über die Begrüßung seiner neuesten Untertanin.

Arn schluckte heftig und ging davon, rieb sich dabei den schmerzenden Arm und war froh, daß er noch in der Lage war, den Auftrag mit zwei heilen Armen ausführen zu können. Trotz der Schmerzen lächelte er vor sich hin. Er hatte Nazir nicht alles gesagt, was er gesehen hatte. Nichts davon, wie die Luft rings um das

Mädchen flimmerte, oder wie sich in ihren Fußstapfen ein grüner Schimmer zeigte.

Nazir schritt eine Weile auf und ab, dachte nach und reckte sich, um sich dann gegen den kalten Stein der Festungsmauer zu lehnen und die Unebenheiten des Felsens an seinem nackten Rücken zu spüren. Seine Hand wanderte zu der kleinen Narbe auf der Brust. Die flammende, sich rötende Linie kribbelte ein wenig, als er sie berührte. Eine neue Möglichkeit fiel ihm ein.

Logan ist nicht hier, und obwohl er vielleicht tot oder entflohen ist, verspüre ich seine Macht. Kann das sein? Hat Logan seiner Tochter die Geheimnisse mitgeteilt? fragte er sich.

»Woran denkt ihr, mein wunderbarer Gebieter?« schmeichelte sich eine Stimme aus der entgegengesetzten Ecke des Raumes in sein Ohr, wo der füllige Malvos auf einer morschen Bank hockte, den massigen Körper unter bunten Seidenkleidern verborgen und damit beschäftigt, einen sahnigen Honigkuchen zu vertilgen.

»Malvos, kannst du jetzt auch schon die Gedanken in meinem Kopf hören?« fragte Nazir, während er sich die Stiefel anzog und nach einem Hemd suchte. »Manchmal kommst du mir vor, als wärest du ein Teil der Luft, die Geräusche davonträgt, aber selber keine erzeugt. Das macht mich krank. Verursache ab und zu mal ein paar Laute.«

»Aber natürlich, mein gnädiger Herr. Ich danke Euch, daß Ihr meinen Kopf nicht ob seiner beleidigenden Stille abschlagen laßt«, murmelte der riesige Mann zwischen den Bissen von Gebäck. »Ich gedachte lediglich, meinen Herrn seinen Überlegungen zu überlassen, ohne ihn mit meiner minderwertigen Gegenwart zu belasten. Ich war ganz zufrieden hier mit den neuen Kostproben, welche die erste Truppe vom vierten Fernen Stamm aus Caer Glammis mitgebracht hat. Würde es meinen Herrn erfreuen, wenn ich ihn jetzt verlasse? Mir ist auch gerade eine weitere Zutat für Euer Elixier eingefallen. Etwas, das Eure steigende Melancholie beseitigen wird.« *... und damit man die Flecken nicht so deutlich sieht,* dachte er insgeheim.

Nazir war bisher noch nicht aufgefallen, daß er einen oder zwei blau-graue Flecken auf der Kopfhaut hatte. Und ein wenig *mehr* Ardré würde Abhilfe schaffen. Bis Malvos ihn nicht mehr brauchte. Dann konnte Nazir seinetwegen genauso blau anlaufen wie die Albions in den Bergwerken, dann kümmerte es Malvos nicht mehr.

Nazir verzog angewidert das Gesicht, als sich Malvos die tätowierten Finger leckte, um auch die letzten Kuchenkrümel zu essen, aber er schickte ihn nicht fort. Wie immer war Malvos nützlich, wenn auch widerlich. Nur Malvos konnte sagen, ob Logan die Gestalt des Mädchens angenommen hatte, oder ob sie der neue Hüter war. Aber später, allein, wo Malvos nichts mitanhören und auch nicht nachfolgen konnte, würde Nazir das Verhör weiterführen.

Nazir hatte aus Arn herausbekommen, daß unter den Haenisch und den Fernen Stämmen gewisse Gerüchte kursierten, in denen seine und Malvos Identität durcheinandergebracht wurden. Bei verschiedenen Gelegenheiten hatte Nazir das zu schätzen gelernt. Vielleicht würde es heute wieder von Nutzen sein.

»Malvos... hör eine Weile auf, dich vollzustopfen, säubere dich und bereite dich vor. Ich brauche deine Begabung. Wir werden unser Spiel spielen.«

Malvos hob erstaunt die buschigen roten Brauen und verzog eine Seite des breiten Mundes. Plötzlich leuchtete in seinen kleinen grünen Augen, die zwischen Fleischwülsten verborgen lagen, mehr Klugheit auf, als Nazir lieb war. Der fette Mann wischte sich die verzierten Hände an einer Spitzenserviette ab und stemmte den massigen Körper von der Bank in die Höhe. Dann watschelte er lächelnd zu Nazir hinüber.

»Ihr werdet stolz auf mich sein, Gebieter.« Er grinste. »Dieses Spiel wird mir gefallen.«

»Geh in ein paar Augenblicken in die Halle. Setz dich auf meinen Thron. Ich selbst werde das Mädchen hereinbringen. Halt deinen riesigen Mund. Sag wenig und tu noch weniger. Vielleicht ist es Logan selbst, vielleicht auch ein haenischer Spion. Wo bleibt der Junge mit meinen Kleidern?« schloß er und war bereits an der Tür; die eisenbeschlagenen Stiefelspitzen schlugen auf dem Steinboden Funken.

Malvos lächelte und folgte ihm geduldig und lautlos – wie immer.

Aylith zuckte zusammen und atmete durch den Mund, während sie zuerst am Laden des Gerbers und danach an dem des Kerzenmachers vorbeikamen. Die beiden Geschäfte befanden sich unmittelbar hinter dem äußersten Tor. Alles war mit einer Rußschicht bedeckt, und sie hörte ganz in der Nähe den Klang eines Schmiedehammers. Der Schwefel stieg in einer Dampfwolke aus der Esse empor. In Inys Haen hatten die offenen Stände und die frische Luft des Tals die durchdringenden Gerüche des Handwerks gemindert. Aber innerhalb der hohen Mauern von Inys Nohr wurde der Gestank durch keinerlei frische Brise vertrieben. Und so viele Menschen! Noch nie hatte sie eine solche Menschenmenge gesehen, und dies waren nur jene, die sich in der Nähe des Turms aufhielten.

Die Menschen in Inys Nohr ähnelten denen in Inys Haen, stellte sie überrascht fest. Sie waren nur viel ärmer, viel schmutziger und viele schienen krank zu sein. Einige trugen lederne Mundschützer vor dem Gesicht, um wer-weiß-was für Gebrechen zu verstecken. Andere sahen fleckig aus, denn die blasse Haut war von grau-blauen Stellen durchzogen. Wieder andere hatten unheimliche, farblose Augen, die auch außergewöhnlich groß waren. Sie bemerkte ein paar

Leute, die ihre Augen beschatteten, obwohl es in Inys Nohr sehr dunkel war. Waren die Geschichten der Haenisch über die weißäugigen Leute wahr? Diese letzteren Menschen waren in Ketten; schwere Sklavenbänder lagen um ihre Handgelenke und geflochtene Eisenringe um die Hälse.

»Lorris ...«, rief sie, und die große Soldatin näherte sich. »Was sind das ... für Leute? Ihre Haut? Die Ketten? Sind das Gefangene?«

»Keine Gefangenen. Albions. Nun, um genau zu sein, Fleckalbions. Daher auch die blaue Haut und das Haar. Man kann es nur mit Ardré im Zaum halten – das ist eine Art Pilz, den sie essen. Aber wie meine Mutter mir einmal gesagt hat, bewirkt Ardré gleichzeitig auch die blaue Färbung. Sie sind Nazirs Sklaven; sie arbeiten in den Bergwerken. Sie sind die einzigen, die er dorthin schicken kann. Die Bergwerke sind tödlich. Immerzu stürzen sie ein«, kam die knappe Erklärung.

Aylith starrte sie an und wirkte unzufrieden mit der Antwort.

»Mehr weiß ich auch nicht«, beharrte Lorris.

Aylith gab auf, aber der hoffnungslose Ausdruck auf den Gesichtern der Minenarbeiter verfolgte sie noch lange, nachdem die Angeketteten bereits verschwunden waren. In Inys Haen gab es keine Sklaven. Es gab auch keine Bergwerke. Das gesamte kostbare Erz in Inys Haen kam von außerhalb und wurde von Händlern gebracht. Zwar konnte Aylith jetzt ein wenig nachempfinden, was es hieß, in Ketten herumwandern zu müssen, aber die Vorstellung, in einer Mine zu arbeiten und unter der Erde graben zu müssen, jagte ihr Schauer den Rücken hinunter.

Trotzdem gab es weniger Unterschiede als Gemeinsamkeiten zwischen den Bewohnern dieser sagenumwobenen Festung und den Leuten der Sippe, die sie ihr Leben lang gekannt hatte. Frauen hockten arbeitend zusammen. Männer übten ihre Berufe aus. Kinder spielten, manchmal etwas zu wild. Die Leute redeten mit ihren Freunden und mieden ihre Feinde. Aylith blieb kurz stehen und sah sich um, denn eine bemerkenswerte Erkenntnis hatte sie ergriffen. Wenn der Schmutz, der Lärm, die Krankheiten und vor allem die Dunkelheit nicht wären, könnten viele dieser Leute sogar … haenisch sein.

»Lorris … deine Mutter … erzähl mir von ihr«, bat Aylith, als sie an einer Frau vorübergingen, die ein kleines Kind trug.

Lorris warf ihr einen schmerzerfüllten Blick zu. »Was schert es dich?«

»Ich dachte nur … es hört sich an, als habe sie eine Menge gewußt. Wir dachten immer, daß ihr, äh … wir dachten, daß alle hier …«

»Daß alle in Inys Nohr dumm und ohne Verstand seien? Wir hören das Gleiche über euch. Meine Mutter war eine ganz besondere Frau. Sie war Nazirs Lieblingsamme. Sie wußte vieles über die Geschehnisse im Turm. Außerdem war sie wunderschön. Groß, so wie ich. Ihre Haare hatten die Farbe von Flammen. Ich liebte sie …«, antwortete Lorris und versank wortlos in Erinnerungen.

»Meine Mutter stammte von den Fischern aus dem Westen und ist … war eine Weberin, und sie hat auch mich weben gelehrt«, sagte Aylith, und Tränen traten ihr in die Augen.

Lorris warf ihr einen langen Blick zu. »Vielleicht haben wir etwas gemeinsam, Haenische«, sagte sie dann viel barscher, als beabsichtigt und zog Aylith an den zusammengeketteten Handgelenken vorwärts.

Eine Straße zog sich den Hügel hinab bis zu seinem Fuße, wo die meisten der Steinhäuser standen, und führte dann weiter bis zum Kai, wo noch mehr Menschen herumwimmelten.

Der ohrenbetäubende Lärm der Marktschreier in

ihren schäbigen Ständen und das ständige Rumpeln und Dröhnen aus den Bergwerken, die gleich vor den Mauern lagen, brachten Aylith dazu, sich verwundert zu fragen, wie die Bewohner hier überhaupt schlafen, beten oder miteinander sprechen konnten, ohne sich gegenseitig anzubrüllen.

Vor ihnen erhob sich der Turm als eindrucksvolle Zurschaustellung von Baufälligkeit. Aylith bemerkte, daß der Fuß des Bauwerks kaum mehr als eine Anhäufung von aufeinandergesetzten Felsbrocken war, die man niemals mit Mörtel verbunden hatte und die nun, ohne daß es irgendwen zu stören schien oder auffiel, wieder auseinanderzufallen drohten. Die Flechten, die sie schon von weitem gesehen hatte, beeindruckten sie durch ihre ungewöhnliche Größe, und die abgebröckelte, mehrere hundert Fuß aufragende Turmspitze strahlte zu Ayliths größter Verwunderung einen schwachen grünen und goldenen Schein aus. Als sie nach oben starrte, stolperte sie über einen vorstehenden Pflasterstein und zollte von jetzt an dem, was vor ihr lag mehr Aufmerksamkeit, als dem, was sich über ihr befand.

»Dies ist der Hintereingang, den wir benutzen, weil wir die Tiere dabei haben. Aber wir müssen sofort vor Nazir treten. So ist es üblich. Ich denke, daß er heute nicht zufrieden mit uns sein wird. Wir hätten zwei Gefangene herbringen sollen. Und es gibt noch andere Gründe ...« Lorris seufzte, als eine Gruppe müder Minenarbeiter, die an einen Kohlekarren gekettet waren, im Vorbeigehen gegen ihr Schwert stießen. Wütend wandte sie sich den schlurfenden Leuten zu, ging aber weiter.

Aylith sah zu Lorris hinüber, biß die Zähne zusammen und schritt weiter in den überfüllten Innenhof. Das Tor schwang vor ihr auf, die Eisenstäbe kratzten fürchterlich über die Pflastersteine. Die erschöpfte Truppe betrat einen langen Gang, der unangenehm feucht und modrig war, und voller krabbelnder Insekten. Dieses eine Mal war Aylith dankbar für die Dunkelheit; sie konnte nur den dunklen, orangefarbenen Lichtschimmer einer Fackel am anderen Tunnelende sehen. Hinter ihr hallte der Hufschlag der Tiere von den Felswänden wieder, und ihre Begleiter schwiegen still. Stimmen schallten viel zu laut in dem engen, steinernen Durchgang, als daß sie beruhigend wirken könnten.

Aylith fragte sich, was für ein Mann dieser Nazir sein mochte. In all den Jahren mit Logan hatte sie diesen nur einmal den nohrischen Zauberer erwähnen hören, damals, als jener an die Macht gekommen war. Logans Augen hatten sich plötzlich verändert, als man ihm von der Ermordung des alten Crephas berichtet hatte und den Namen seines Nachfolgers erwähnte, der sich Herrscher über ›Nohr und alle dazugehörenden Fürstentümer‹ nannte. Damals hatte Logan behauptet, daß dieser Nazir anders sei. Er hatte einmal eine seltsame Vision gehabt, die den jungen nohrischen Thronfolger betraf, konnte sie aber nicht in Worte fassen oder die Symbole deuten, sodaß er Aylith nicht mehr als nur eine vage Erläuterung geben konnte.

RoNal nahm jetzt militärische Haltung an, um seinem Herrn gegenübertreten zu können, aber der große Soldat sah dabei aus, als habe er gerade seinem eigenen Tod ins Auge geblickt. Lorris konnte nicht umhin, es zu bemerken.

Ein Diener in einem abgetragenen, blauen Umhang erwartete sie am anderen Ende des Ganges, und der schiefgewachsene Junge, der ihn begleitete, führte das Vieh beiseite. Der Diener, das Haupt mit einer Kapuze bedeckt, sah Aylith tief in die Augen, schaute prüfend und mit geübtem Blick auf ihr Gesicht – was sie kurz aus der Fassung brachte – und begrüßte dann Lorris, RoNal und die anderen beiden Männer.

»Arn wird euren Anteil der Beute wiederbringen, wenn Nazir seine Auswahl getroffen hat«, murmelte er. »Der Felonarch will das Mädchen allein sehen. Ihr anderen könnt eure Quartiere aufsuchen und auf seine weiteren Befehle warten«, fuhr der Mann fort. »Nur du nicht, RoNal. Melde dich in der Kaserne und übergib dort dein Schwert. Du wirst für den Verlust Logans geradestehen. Und für den Verbleib von Thix.«

Ein merkwürdiger, schmerzlicher Ausdruck zog über Lorris Gesicht, aber sie trat mit den Zwillingen beiseite. RoNal erbleichte unter seinem Bart, als er den Diener ansah, und seine Augen schienen hin- und herzuirren. Er drehte sich um und vermied, Lorris' Blick zu begegnen. Er berührte Aylith sanft an der Schulter.

»Du bist ein tapferes Mädchen. Verlier nur den Mut nicht«, sagte er leise und stapfte mit schweren Schritten aus dem Raum, wo Aylith nun allein mit dem Diener zurückblieb.

»Folge mir bitte«, sagte der Mann leise, seine Stimme drang klar und bezwingend unter der Kapuze hervor, und es schwang ein musikalischer Unterton mit. »Mein Herr wünscht dich zu sprechen. Er sorgt sich über den Verlauf der Reise und will dich in Inys Nohr willkommen heißen.«

Da sie keine andere Wahl hatte, schritt Aylith vorwärts, durch eine zweigeteilte, massive Tür hindurch. Sie war mit dem Bild zweier Adler verziert, die über einem kunstvollen Gewirr aus geschnitzten, ineinander verschlungenen Schlangenleibern schwebten. Die Reptilien bissen sich jeweils in die eigenen Schwänze. Am Ende der riesigen Halle, auf deren Boden ein abgetretener Teppich lag, und unter Deckenbalken, die mit grauen Spinnweben bedeckt waren, saß ein gewaltiger Mann auf einem glänzend polierten Holzstuhl, dessen Armlehnen – gleich den Armen des Mannes – mit dem gleichen Schlangenmuster verziert waren.

»Mach es dir bequem, meine Liebe. Auf den Knien

natürlich«, sprach der Hüne, ließ die Fingerspitzen über die Schlangenköpfe gleiten und deutete auf den nackten, schmutzigen Teil des Bodens genau vor dem Thron. »Ich bin so froh, daß du heute bei uns sein kannst. Da sieht alles gleich viel freundlicher aus, nicht wahr?«

Mit lüsternen Blicken starrte er auf ihre schlechtsitzenden Kleider. »Ja, ja. Möchtest du einen Kuchen? Wird dir helfen, die Tunika besser auszufüllen.«

Er zog einen kleinen Kuchen hervor, wedelte damit lange genug vor Ayliths Nase herum, daß sie den köstlichen Honiggeruch riechen konnte und stopfte ihn sich dann selber in den Mund. Seine Schweinsaugen richteten sich auf den Diener, der Aylith nicht von der Seite gewichen war. Jetzt rückte der Mann mit der Kapuze noch näher. Sie fühlte, wie sich seine Hand kaum merklich auf ihren Arm legte, und als er ihr bedeutete, sich hinzuknien, machte er gleichzeitig ein Zeichen in die Richtung des auf dem Thron sitzenden Riesen.

Das also war Nazir. Aylith starrte ihn in ungläubigem Erstaunen an, denn niemand in Inys Haen hatte jemals einen solchen Umfang erreicht. Oder solche Tätowierungen getragen. Ganz sicher war dieser Nazir genauso schrecklich, wie man sich erzählte.

»Laß dir versichern«, flüsterte eine sanfte Stimme ihr ins Ohr, »er wollte dich nicht sofort beim ersten Anblick dem Frosch vorwerfen. Es kann sich alles zum Guten wenden«, sagte der Diener. »Bleib einfach ruhig und laß ihn eine Weile zaudern. Er möchte gern deiner Stimme lauschen.«

Aylith setzte eine nichtssagende Miene auf und schwieg. Seit ihrer Gefangennahme hatte sie darüber nachgedacht, was sie Nazir sagen würde und was nicht. Der fette Mann wischte sich den Mund am Ärmel ab und fuhr fort.

»Wie heißt du, Mädchen?«

»Aylith, Tochter ... RoNals«, sagte sie laut und vielleicht ein wenig zu langsam, da sie abgelenkt war. Beinahe hätte sie gesagt: ›Tochter Logans‹.

»Ah ja, ein schöner Name. Aber du bist weder eine Nohrische noch gehörst du zu den Fernen Stämmen. Du willst offensichtlich sagen, daß RoNal dich kürzlich aufgenommen hat. Und was bedeutet so eine Aufnahme, hm? Sicher begreifst du, daß dies nur ein netter Brauch RoNals ist, der – als unser ältester Kommandeur – die anderen Soldaten davon abzuhalten pflegt, mit den, äh, Waren Unfug zu treiben.«

Aylith blickte ihn fest an. »Ich wäre lieber eine Tochter als eine Ware, auch wenn die Ketten die gleichen sind.«

Der Mann trommelte mit den Fingern auf die geschnitzten Schlangenköpfe und schaute den Diener an. Das Mädchen war außergewöhnlich beherrscht. Malvos hatte ein zitterndes Pflänzchen erwartet. Der Diener entfernte sich von Aylith und trat neben den Thron.

»Würde Eure Exzellenz gerne noch mehr über unseren Gast wissen? Oder was aus dem haenischen Hüter geworden ist?« fragte er auffordernd.

Der Riese starrte zu Aylith hinunter, eine unausgesprochene Frage lag auf seinen Zügen. Sie nahm sich noch mehr Zeit als vorher und sagte dann bedächtig, mit knappen Worten: »Ihr wißt, daß ich aus Inys Haen stamme. Ich weiß nicht, wo der letzte Hüter ist. Ich glaube, er ist tot, Herr. Er war ein sehr alter Mann und wird das Feuer nicht überlebt haben. Ich weiß, daß seine Hütte verbrannt ist. Das ist alles, was ich Euch sagen kann.« Sie konnte den trotzigen Klang ihrer Stimme nicht unterdrücken.

Der Diener ließ seinen Blick über sie schweifen, und wandte sich dann ab. Als er wieder in die kalten Augen des riesigen Felonarchen sah, verständigten sie sich wortlos. Der Fette starrte Aylith erneut durchdringend an und sagte: »Hast du die Wahrheit gesprochen?«

Sie nickte und fühlte sich seltsamerweise unfähig, seinem Blick auszuweichen. Er nickte ebenfalls und begann erneut zu sprechen; seine Stimme klang eisig und wie aus großer Entfernung.

»Du kannst sie wegbringen, Mann, und den Zwillingen überreichen. Dann wirst du später feststellen, ob sie nicht etwas zuvorkommender sein kann als jetzt, wenn sie erst einmal Zeit gehabt hat, in einer... anheimelnderen Umgebung. Ich mag ihr Benehmen nicht. Vielleicht hat sie später mehr Freude an einer Unterhaltung.«

Bei diesen Worten grinste er bösartig und hielt dem Diener die wabbelige Hand zum Kuß hin. Nachdem der Mann dieser Aufforderung zögernd nachgekommen war, brachte er Aylith mit einem mordlustigen Ausdruck in den Augen nach draußen.

KAPITEL 6

Jedhian lugte vorsichtig durch einen Spalt in der breiten Steinmauer, die Inys Nohr umgab und unterdrückte einen neuen Hustenanfall – dieses Mal nicht sonderlich erfolgreich. Er krümmte sich vor Schmerz, blieb aber geduldig auf dem gefrorenen Abfallhaufen hocken; das breitflächige Gesicht von Schmutz und dem Ruß von Inys Nohr verschmiert. Die dumpfen, unterirdischen Laute des Bergbaus hatten alle Geräusche, die er so dicht bei der Mauer verursachte, übertönt und nicht bis zu den unumgänglichen Wachen innerhalb und oberhalb der Mauer dringen lassen. Gleichzeitig durchdrang das Hämmern seinen Kopf, erschwerte ihm das Denken, Planen und Erwägen der schwierigen Aufgabe, die er sich gestellt hatte:

Hineinzukommen.

Die Reise war lang und hart gewesen, und er hatte von Aylith nichts außer ihren Spuren gesehen. Als er die Berge erreichte, litt er unter den schmerzhaften und entmutigenden Auswirkungen der nohrischen Landschaft: Nase und Ohren schwollen oftmals fast völlig zu, insbesondere, als er durch die vermoderten Wälder mit den herabhängenden Sporen und den gereiften, sprühenden Bovisten kam. Aber es war ihm gelungen, so weit zurück zu bleiben, daß die Truppe sein Schniefen und Schnorcheln nicht hören konnte, während er ihnen folgte.

Doch nun war er hier, schlich allein um die Feste des uralten Feindes seiner Sippe, und alles, was er tun konnte, war, ein Niesen zu unterdrücken.

Vermutlich hatte man Aylith durch das Tor in den

Turm gebracht. Ein übelriechender, rotfleckiger Wassergraben umgab den hoch aufragenden Koloss fast völlig und hielt Jedhian davon ab, näher heranzukommen. An einer Stelle war allerdings fester Boden vorhanden, und ein einsamer Wächter schritt langsam zwischen einer Tür und einem kleinem Eisentor auf und ab. Eine gebogene Ranke baumelte in Reichweite jener Stelle. Das wäre eine Möglichkeit. Er nahm seinen Mut zusammen.

Der Gedanke, daß seine Base noch lebte, tröstete Jedhian. Er war sich dessen ganz sicher. Aylith umgab eine Aura, die er meist schon verspürte, lange bevor er sie sehen konnte. Sie hatte sich noch nie vor ihm verstecken können, was sie während der Spiele ihrer Kindheit immer wieder enttäuscht hatte.

Der Turm ragte über Jedhian auf; die Spitze war abgebröckelt, und die zerfallenen Mauern reckten sich dem nohrischen Himmel abweisend entgegen. Jedhian seufzte, denn Arme und Beine waren noch ermattet durch den langen Aufstieg und sein Herz wurde plötzlich schwer von Zweifeln. Was tat er nur hier, ohne jede Hilfe? Er schalt sich. Wie konnte er nur zu hoffen wagen, sie beide hier herauszubringen? Eigentlich hätte er auf Hilfe warten sollen… andererseits blieb Aylith vielleicht gar nicht so viel Zeit.

Er schrak ein wenig zusammen, als eine große, weiße Larve neben seinem Fuß hervorgekrochen kam und in dem verrottenden Abfall herumwühlte. Jedhian erinnerte sich daran, daß er sich auf fremdem Boden befand. Die Nohr waren als gefährlich ungeduldig bekannt. Besonders Nazir. Jedhian hatte gehört, daß Nazir noch viel älter sein sollte, als Logan es gewesen war und daß er, obwohl er niemals aß, ein riesiger, fetter Klumpen von Mann sei, der Schlangen an Stelle von Fingern hatte. Die Gerüchte sagten, daß er niemals geheiratet hatte, weil er so häßlich war, daß keine Frau seinen Anblick ertragen konnte – nicht einmal in der

Dunkelheit von Inys Nohr. Und dann gab es Geschichten, die sagten, er könne durch die Kraft der Krone des alten Sippenbaumes, die er im Turm verborgen hielt, in eben diesem Turm, fliegen und Menschen zu Staub verwandeln – Jedhians Tante hatte jemanden gekannt, der auf diese Art zu Staub geworden war – oder Holz in Wasser.

Jedhian sank noch tiefer in den stinkenden Abfallhaufen, um besser durch den Mauerspalt auf die Festung schauen zu können. Die blattlosen schwarzen Ranken – Logan hatte sie ›Bitterwurzeln‹ genannt – zogen sich überall durch die zerbröckelnden Wände und schienen den Turm quälend in die aufrechte Stellung zu pressen. Er fragte sich, was wohl geschehen würde, wenn die Ranken jemals vergiftet oder abgehackt würden. Sie hatten sich so tief in die Mauern gegraben, daß der Turm ohne sie kaum bestehen konnte. Die Ranken waren stark, mit ihren riesigen, dicken, gewundenen Stämmen breiter als der Leib eines Stiers, und ihre glatte, blanke Oberfläche sah hart wie Stein aus – als könne sie jeder Klinge widerstehen. Und sie eignete sich gewiß nicht zum Klettern. Es sei denn, man war überaus geschickt und konnte einfach alles erklimmen.

So wie ich, dachte Jedhian und lächelte vor sich hin, bis ihn ein gewaltiges Kribbeln packte und er kräftig – aber lautlos – vier Mal gegen seine Schulter nieste.

Nazir lief eilig um die Ecke; seine Gedanken waren auf den Sippenbaum gerichtet, und die Wut schoß ihm in blauen Strahlen aus den Fingerspitzen. Als er die Tür der großen Halle erreichte, pustete er auf die Finger, steckte schnell einen nach dem anderen in den Mund, und beruhigte sich durch ein paar tiefe Atemzüge und das Versprechen, Malvos mit Radieschen verziert, auf einem Silbertablett dem Frosch zu servieren. Als er die Halle wieder betrat, hockte der Fette noch immer auf dem pompösen Thron und sah aus, als gedenke er dort zu bleiben; besser noch: als gehöre er dorthin.

»Malvos, entferne deinen aufgeblasenen Körper augenblicklich von meinem Stuhl«, schnaubte Nazir böse, während er über den schwarz-goldenen Läufer stürmte, der von der Tür bis kurz vor den Thron reichte.

Er hielt vor dem schlaff dasitzenden Riesen an und wartete. Erst dann gähnte Malvos und schob sich gemächlich aus dem Stuhl. Dabei ließ er sich ein wenig zu viel Zeit für Nazirs Geschmack, wenngleich auch nicht so viel, daß er ihn töten würde. Noch nicht.

»Ich finde, das ging ganz gut, meint Ihr nicht auch, Eure Hoheit?« fragte Malvos grinsend. »Sieht so aus, als hättet Ihr da ein schmutziges, kleines haenisches Mädchen entdeckt. Zufrieden?«

Nazir nahm auf dem viel zu warmen Sitz Platz und betrachtete Malvos aus dieser überlegenen Stellung.

»Mußtest du mich deine natternübersäte Hand küssen lassen, du großer, scheußlicher Parasit?« erwiderte er, ohne auf die Frage einzugehen und dachte darüber nach, wie viele Männer notwendig wären, um Malvos in bekleidetem Zustand hochzuheben, und ob es in der Küche ein Gefäß gab, das groß genug war, um ihn darin zum Frosch zu tragen. Dann lächelte er, da diese Vorstellung seine Würde ein wenig wiederhergestellt hatte, aber der Schmerz in der Brust erinnerte Nazir an die Notwendigkeit von Malvos' Gegenwart.

Malvos zweifelte nicht einen Augenblick lang an seiner Bedeutung für Nazir und verneigte sich so tief, daß er beinahe das Gleichgewicht verlor. Er sagte: »Aber selbstverständlich, mein Gebieter. Niemand darf sich aus Eurem Beisein ohne diese Geste der Ehrerbietung entfernen. Es war notwendig, damit das Mädchen glaubte, daß sie Euch gegenüberstand, und nicht nur Eurem untertänigen, aber geliebten Diener, nicht wahr?«

»Malvos, jedesmal, wenn du deinen riesigen Mund aufreißt, strömen zu viele Worte heraus. Nun gut. Aber wage es nicht noch einmal.«

»Natürlich nicht, Herr, und nicht daß es mir Vergnügen bereitet hätte oder jemals bereiten würde«, log der Apothekarius. »Wenn Ihr mir jedoch Anteilnahme an Euren göttlichen Gedanken vergönnen möget, wäre ich Euch sehr dankbar. Was werdet Ihr mit dem Mädchen anstellen? Sie sprach die Wahrheit. Logan wurde in der Tat getötet. Ich konnte keine Lügen aus ihren Worten heraussieben. Und darüber hinaus ... es gibt da eine Art von undurchdringlichem Schutz.«

»Was, Malvos – du gibst eine Unzulänglichkeit zu?« stieß Nazir voller Staunen hervor.

»Ja, nun, wenn ich nicht weiter vordringen kann, dann kann es auch sonst niemand, mein aufmerksamer Gebieter. Was hinter diesem Schutzwall liegt, wird auch dort verborgen bleiben. Nur sie selbst kann die dorthin führende Tür öffnen.« *Ich habe das schon einmal erlebt ... damals, bei Haen,* dachte er bei sich. »Ich habe nie behauptet, daß ich den Lichtzauber aufspüren kann. Nur Lügen.«

Und Mana ..., fügte er insgeheim hinzu. *Sie ist begabt. Was sie sonst noch kann, weiß ich nicht. Noch nicht. Aber was ist, wenn sie genauso begabt ist wie Nazir?* Das leere Grinsen wich nicht von Malvos' Gesicht. Es gab Dinge, die nicht einmal Nazir wissen mußte.

»Aber das ›Grüne Lied‹ ertönt noch immer. Und sie trägt die Zeichen; das konnte ich sogar durch den Schmutz auf ihrem Gesicht erkennen. Sie muß die Geheimnisse kennen«, murmelte Nazir mit verklärtem Blick.

Das Mädchen war eigentlich schön; auf eine ungewöhnliche, haenische Art. Wie sie das Kinn hob, wenn sie redete. Wie sie keine Angst vor Malvos gespürt hatte, sondern nur Neugierde. Auch wenn sie nicht der Hüter war, so konnte sie sich doch vielleicht als wertvoller Besitz erweisen, auch wenn er sie nicht mehr gegen Logan einsetzen konnte. Bald würde er es wissen. In etwa einer Stunde, wenn sie eine Weile in der Grube verbracht hatte – gerade lange genug, um niemals dorthin zurückkehren zu wollen, – wollte er ganz genau herausfinden, was in Ayliths Herzen und ihrem Verstand vorging. Er bemühte sich, den Anblick ihres zarten Gesichtes aus seinen Gedanken zu verdrängen und sackte tiefer auf dem Stuhl zusammen. Dann riß er sich plötzlich zusammen, da ihm eingefallen war, daß noch eine weitere Pflicht seiner harrte: RoNal.

»Der alte Feryar soll das Mädchen holen und drauf achten, daß sie sich wäscht. Die Aufgabe wird er wohl noch bewältigen können.« Malvos schüttelte in stummer Mißbilligung den Kopf, aber Nazir merkte es nicht. »Du wirst einen Trank bereiten müssen, den ich ihr geben werde. Etwas Entspannendes, etwas, was mir ihr Vertrauen sichert. Ich werde jetzt eine Weile mit RoNal plaudern. Er muß seinen Fehler rechtfertigen und den Verbleib meines Neffen erklären. Das Spiel wird noch eine Weile fortgeführt, Malvos. Versuche bitte, nicht an irgend etwas zu ersticken, bevor ich gewonnen habe. Und bleib aus diesem Stuhl.«

»Wenn es erlaubt ist, gnädiger Herr, eine Frage noch. Plant Ihr, diese Aylith aus Inys Haen zu behalten?« erkundigte sich Malvos mit ein wenig zuviel Anteilnahme in der Stimme.

Nazir bewegte sich gemächlich auf die Tür zu und schenkte dem in seidene Gewänder gehüllten Apothekarius ein schiefes Lächeln. »Es gibt ein paar Dinge, die nicht einmal du zu wissen brauchst, Malvos.«

KAPITEL 7

Aylith saß zusammengekrümmt auf einem harten Felsvorsprung in einer stockdunklen Zelle und zitterte. Sie hatte keine Ahnung, wie lange es her war, daß der Diener sie den kräftigen Zwillingen übergeben hatte, die sie bereits von der Reise aus Inys Haen her kannte. Es schien ihnen sehr viel Vergnügen zu bereiten, Aylith die Augen zu verbinden und sie in diesen latrinenähnlichen Kerker zu führen. Sie konnte zwar kaum feststellen, wo sie sich befand, da man sie etliche Treppen hinauf und hinabgeschleift hatte, aber sie vermutete, daß sie sich mindestens ein Stockwerk unterhalb des Turmes befand. Sowohl die Temperatur als auch die Tiere schienen unterirdischer Art zu sein. Sie hörte das Trippeln der Ratten und das Tropfen fauligen Wassers von genau unterhalb des Vorsprungs. Sie hatte die Augenbinde mit Leichtigkeit abstreifen können, aber man konnte nichts sehen.

Von allen Eindrücken, die dieser schreckliche Ort auf sie gemacht hatte, kam sie immer wieder zum Anblick des verwachsenen Knaben zurück, der bei ihrer Ankunft das Vieh fortgebracht hatte. Kein Zweifel – es mußte der Junge vom zweiten Fernen Stamm sein, der vor langer Zeit ganz in ihrer Nähe gefischt hatte. Er war gewachsen, sein Gesicht hatte sich verändert, aber er mußte es sein. Vielleicht gab es hier trotz allem einen Verbündeten. Sie grübelte nach, wie sie aus dieser Grube herauskommen konnte.

Eine dünne Linie dämmrigen Lichtes kennzeichnete die Tür, an der, wie sie wußte, die Zwillinge schweigend Wache hielten. Als aus der Linie ein Keil wurde, dann ein Rechteck, mußte sie blinzeln und starrte geblendet von der plötzlichen Helligkeit den Besucher erstaunt an, der lautlos die Zelle betrat. Eine sehr große, sehr dünne Gestalt trat zwischen Aylith und das Licht, und eine Stimme, die sich anhörte wie Wind, der über ein Psalterium strich, sprach: »Hallo. Ich bin Feryar. Nazir hat mich geschickt.« Er senkte die sanfte Stimme noch mehr. »Hab keine Angst. Ich helfe dir, wenn ich kann. Ich glaube, ich kenne dich.«

Nun konnte Aylith die Umrisse des Gesichtes erkennen, die langen Finger und die spitzen Ohren: ein Elf. Sie hatte schon einmal eine Elfe gesehen, als sie nach Westen, zum Meer, gereist war. Die Elfe hatte Geschichten über einen Ort namens Loch Prith erzählt. Dort war es immer sowohl Nacht als auch Tag, und saftige Früchte hingen zu jeder Jahreszeit von grünbelaubten Zweigen. Natürlich, hatte die Elfe gesagt, lag Loch Prith tief unter der Erde und war noch nie von einem Menschen erblickt worden. Aylith und Jedhian, die achtjährigen Entdecker, hatten versucht, sich einen Weg zu dem magischen Ort zu graben. Als die Elfe fort war, hatte Aylith noch tagelang die Musik des Saiteninstruments im Kopf, welche die Elfe für die Sippe gespielt hatte. Alle Arbeiten waren ihr leichter erschienen, alle Pflichten angenehmer. Noch jetzt mußte Aylith lächeln, wenn sie sich daran erinnerte. Feryar winkte ihr, sie richtete sich unter Schmerzen auf, und als ihre Füße den Boden berührten, zuckte sie zusammen, denn unter ihrem Stiefel zermalmte sie ein Tier mit vielen Beinen, über das sie ungern Genaueres wissen wollte.

Als Aylith näher kam, zögerte Feryar einen Augenblick, bevor er die Hand ausstreckte, denn die Luft zwischen ihnen war spannungsgeladen. Dieses Mädchen schien im Licht des Grünen Liedes zu erglühen. Es hüllte sie regelrecht ein; neu und frisch. Besonders die Hände strahlten seine Wärme und seinen Frohsinn aus. Überrascht lächelte er. Endlich war der Heiler gekommen. Sie würde den Sippenbaum erneuern, genau wie es ihm der erste Hüter vor Jahrhunderten erzählt hatte, als er damals mit Thrissa aus dem Westen gekommen kam, gesandt von Gwylfan. Wie lange war das her? Sicherlich hatte er die Zeit nicht nachgerechnet, seitdem er in Inys Nohr gelandet war, und unermüdlich den aufeinanderfolgenden Tyrannen aus der Linie Nohrs gedient, sie vor sich selbst geschützt, Dummheit und Vergeßlichkeit vorgetäuscht, gewacht und gewartet... auf dieses Mädchen! Feryar grinste über das ganze Gesicht, seine goldenen Augen leuchteten in der Dämmerung.

Als der Elf Ayliths Hand nahm, lief ein warmer Schauer über ihren Arm und sie fühlte sich augenblicklich neu belebt. Aber weshalb war das Grüne Lied über sie gekommen, als er ihr gewunken hatte? Aylith stand wie angewurzelt, bis Feryar sie leicht an der Hand zog.

Leise schritten sie durch die schwere Eisentür, in den Korridor hinein, an den Wachen vorbei und betraten einen sehr dunklen Gang. Aylith hatte keine Angst und schritt freudig aus bei dem Gedanken, daß alles, was jetzt folgen würde, besser sein mußte als der Aufenthalt in Nazirs Grube. Sie hatte Geräusche vernommen, die ihr sagten, daß sich etwas sehr Großes, Nasses dort unten bewegte.

Sie folgten einer spiralförmig gewundenen Rampe, die über mehrere Stockwerke führte und sie schließlich in wärmere und frischere Luft brachte. *Alles in Inys Nohr ist dunkel oder rußbedeckt,* dachte Aylith, als sie gegen die schmutzige Wand stieß. Sie sehnte sich nach der überall herrschenden Sauberkeit und Helligkeit von Inys Haen und ihrer ordentlichen Hütte. Aber dann fiel ihr ein, daß ihr Heim verbrannt und es in Inys Haen jetzt genauso dunkel war wie hier. Logan hatte nicht lange genug gelebt, um den Frühling Fuß fassen zu lassen, und was bedeutete das? Noch ein Jahr oder länger voller Eis, so wie damals, bei der großen Trennung? Jetzt lag die gesamte Macht, die eine Änderung herbeirufen könnte, einzig bei ihr. Und sie hatte keine Ahnung, wie sie damit umgehen sollte.

Aus den verborgenen Winkeln ihres Verstandes ertönte es, oder aber verschwand gerade dann, wenn sie einem vertrauten Weg folgen wollte. Die Namen der wachsenden Dinge, die sie nie gesehen oder berührt hatte, hallten wie Worte einer fremden Sprache durch ihre Gedanken, ergaben beinahe einen Sinn, doch entflohen, bevor es ihr gelang, sie zu verstehen. Wann würde die nächste Tagundnachtgleiche stattfinden? Würde sie bereit sein, Logans Platz einzunehmen? Wäre sie dann wieder frei?

Während sie weiter emporstiegen und eine Biegung umrundeten, erschauerte Aylith unter mehr als nur den Nachwirkungen der Kälte des Kerkers, und ein seltsames Gefühl regte sich in ihrem Herzen. Als sie noch höher stiegen, erstrahlte das Grüne Lied mit unglaublicher Klarheit für eine Sekunde, dann noch einmal, so daß sie stehenblieb und sich die Ohren zuhalten mußte. Feryar wartete geduldig, verlangte keine Erklärung. Als das Lied verklang, gingen sie weiter.

Der Elf schritt so lautlos voran, daß sie oftmals, wenn sie ihn in der Dunkelheit nicht vor sich sehen konnte, annahm, er sei nur ein Geist oder ein Gespenst. Aber dann fiel das Licht der Fackel wieder auf sein Gesicht, und die Einbildung verschwand. Endlich überwanden sie die letzte, steile Treppe und betraten einen großen Raum mit schlecht geflicktem Dach, in dem sich Tische befanden, die mit einem Durcheinander aus Schriftrollen und Karten bedeckt waren. Am anderen Ende des Raumes befand sich eine kleine, hölzerne Tür. Sie hatte keine Riegel, nur ein einziges Schlüsselloch genau in der Mitte, durch das ein gründgoldenes Licht strömte.

Aylith fühlte, wie das Grüne Lied in ihrem Inneren anschwoll, aber Feryar wies sie auf eine Wanne mit dampfendem, wohlriechendem Wasser hin, die hinter einem Wandschirm stand.

»Nazir wünscht, daß dein Aufenthalt hier angenehm verläuft«, sagte er mit förmlicher Stimme und verschleiertem Blick. Er reichte ihr ein Kleid aus weichgesponnener, blauer Wolle, bedeutend kleiner als jenes, was sie auf dem Leibe trug.

»Haenische Wolle, haenisches Indigo«, murmelte sie. »Nohrische Webart«, fügte sie angewidert hinzu, als sie die grobe Machart und Form des Gewandes bemerkte.

Obwohl sie an Nazirs Sorge um ihr Wohlergehen zweifelte, insbesondere weil er es nicht als nötig erachtete, ihr die Handfesseln lösen zu lassen, bedurfte Aylith keiner weiteren Aufforderung, trat hinter den Wandschirm und schlüpfte in das schäumende Bad, während Feryar an der Tür wartete.

Nach kurzer Zeit war Aylith wieder aus der Wanne, abgetrocknet und umgezogen und betrachtete die ungewöhnliche Ausstattung des Raumes. An den Wänden waren große Pergamente befestigt, auf denen sich Kohlezeichnungen aller Arten von Flügeln befanden. Maßstabgerechte Modelle von Tieren, die sie nie zu Gesicht bekommen hatte, standen vor ramponierten, hohen Lesepulten. Riesige Falter, deren zartgrüne Flügel mehrere Schritt breit waren, drehten sich lautlos an Drähten und tanzten in der Dunkelheit, in der sie einst das Licht gesucht hatten. Dem größten von ihnen fehlten seltsamerweise die Flügel, und er hing allein, abseits. Getrocknete Pflanzen mit erstaunlichen Maßen waren an einer Wand in der Nähe des einzigen Fensters aufgestapelt.

Leise ging Feryar zur äußeren Tür und legte lauschend den Kopf zur Seite. Dann winkte er sie hastig zu der kleinen Holztür hinüber, und zu ihrem größten

Erstaunen streckte er die Hand nach dem Schlüsselloch aus, ließ den kleinen Finger darin verschwinden, und die Tür schwang auf.

»Der Sieber haßt dies. Er ist viel zu dick, um jemals hineinzugelangen, und das hat wohl dazu beigetragen, daß alles noch in Ordnung ist.« Feryar lächelte.

In diesem winzigen, verborgenen Gemach stand vor dem kleinen Fenster ein großer Glasbehälter, dessen Inhalt die Quelle des grün-goldenen Lichtes darstellte, das Aylith vom Hof aus und durch das Schlüsselloch bemerkt hatte. In der Kammer war gerade Platz genug für eine Person. Für eine *kleine* Person. Feryar nickte, und sie trat näher. Augenblicklich überschwemmte die Erinnerung mit mächtigen Wellen von Farben und Tönen ihr Bewußtsein, betäubte und blendete sie. Feryar, der sich außerhalb der Kammer befand, reichte ihr die Hand, um sie zu stützen. Als Aylith wieder klar denken konnte, sprach er zu ihr.

»Wir haben nicht viel Zeit. Ich sage dir, was du unbedingt wissen mußt. Dies ist die Krone des Sippenbaumes, und sie trägt die einzige Frucht der heiligen Eiche.« Mit dem langen Finger deutete er auf eine schimmernde Eichel. »Wenn die rechte Zeit gekommen ist, mußt du sie an dich nehmen. Du wirst die Erinnerungen über ihren Samen sprechen, und er wird zu einem neuen Baum werden. Dieser Baum wird in Inys Haen stehen, an der Stelle, an welcher der erste Baum gestanden hat, und an der noch immer der Stein mit dem Segensspruch liegt – du kennst den Platz?« fragte er leise, mit einer Stimme so sanft wie das Herabrieseln von Tannennadeln.

Sie nickte. Aus den Fingerspitzen ihrer gebundenen, ausgestreckten Hände schossen grüne Feuerstrahlen, und der Baum antwortete mit einem kurzen Aufleuchten.

»Oh, Mädchen, laß das nicht Nazir sehen! Kannst du deine Begabung nicht beherrschen? Weißt du nicht, in welcher Gefahr du dich befindest?« stieß Feryar aus und in seinen goldenen Augen lag eine Warnung.

Aylith sah ihn nur an und schüttelte den Kopf. Es schien eine ganze Menge Wissenswertes über diese Begabung zu geben, das sie noch nicht kannte, aber Feryar hatte gesagt, er würde ihr helfen. Und er schien mehr darüber zu wissen, als sie selbst.

»Ich weiß nicht. Mein Vater, mein wirklicher Vater – er war der Hüter. Er gab mir die Erinnerungen bei dem Brand, hatte aber nicht die Zeit mir zu zeigen, was ich mit ihnen anfangen kann oder wie sie anzuwenden sind. Alles was er tun konnte, war, sie irgendwie zu schützen, bis ich herausgefunden habe, worin meine Aufgabe besteht. Sie durchdringen meine Träume und ihre Kraft überschwemmt mich von Zeit zu Zeit, meine Fingerspitzen stoßen das grüne Feuer von ganz allein aus – und dann ist es vorbei. Ich hätte einen Bruder haben sollen. Die haenischen Erinnerungen werden vom Vater auf den Sohn übertragen; so will es der Brauch, aber jetzt... Es ist wieder Winter und *mir* muß es irgendwie gelingen, den Lichtzauber wieder zu wirken.«

Die Worte sprudelten aus ihr heraus. Der alte Sippenbaum existierte tatsächlich. Nun mußte sie ihren lautlosen Schwur verwirklichen. »Ich schätze, ich muß mit dieser Eichel vor der nächsten Tagundnachtgleiche zurück nach Inys Haen. Und das kann eigentlich jederzeit sein; ich weiß nicht einmal, wann es wieder soweit ist. Ich eigne mich nicht zum Hüter.«

Feryar ergriff ihre Hände und blickte ihr geradewegs in die blaugrauen Augen, ohne auch nur ein einziges Mal zu blinzeln.

»Nein. Das stimmt nicht. Du siehst deine Bestimmung. Du weißt, was du zu tun hast. Du wirst es dich selbst lehren, wenn die Zeit reif ist. Es liegt bereits in deinem Inneren. Der Samen ist gesät. Hab keine Angst. Du bist auserwählt.« Er lächelte, und sein trauriges, hageres Gesicht verzog sich in unzählige Fältchen, seine makellosen weißen Zähne blitzten im Dämmerlicht. »Aber du bist nicht nur die Hüterin. Du bist die Heilerin.«

Aylith schaute in Feryars goldfarbene Augen und entdeckte keine Falschheit, keine Hinterlist.

»Die Heilerin? Das ist unmöglich. Feryar, all diese Jahre sind vergangen – es gibt keinen Heiler. Das ist nur eine hübsche Geschichte, die haenische Väter ihren Töchtern erzählen, wenn sich der Winter zu lange hinzieht. Die Ältesten erzählen sie auch den zermürbten Dorfbewohnern. Die Geschichte hält sie bei Laune. Der Heiler bedeutet das Ende. Der Heiler wird den Fluch von uns nehmen – falls überhaupt noch jemand daran glaubt. Der Heiler wird erst kommen, wenn ... die Linien Haens und Nohrs verschmelzen.« Sie erinnerte sich an RoNals Worte, daß sie mit einem einflußreichen Mann vermählt werden solle, und dachte an den Mann auf dem Thron, dessen Hände mit Reptilientätowierungen bedeckt waren und dessen Zähne Fäulnisflecken zeigten.

»Nein, ich bin keine Heilerin. Warum sagst du mir das, woher willst du es wissen, und was bedeutet es? Warum haben sie mich überhaupt gefangengenommen?« fragte sie.

Bevor Feryar noch etwas antworten konnte, vernahm er ein Geräusch jenseits der äußeren Tür. Aylith hatte nichts gehört. Er zog sie hastig aus dem Gemach, gerade in dem Augenblick, als die andere Tür aufgestoßen wurde und der Diener eintrat. Er wischte sich den Mund ab und hielt ein kleines Steinfläschchen in der Hand. Er ... sah bedeutend besser aus, als Aylith ihn in Erinnerung hatte.

»Der Herr möchte, daß du dich jetzt entfernst, Feryar«, sagte er mit schmeichelnder Stimme, als spräche er mit einem zurückgebliebenen Kind.

Feryar, der plötzlich äußerst blöde dreinsah, wandte

den Blick betont auffällig vom Fenster ab, wo ein leichtes Beben und eine blitzschnelle Bewegung seine Aufmerksamkeit erregt hatten.

Der alte Elf neigte den Kopf und rollte die Augen warnend in Ayliths Richtung, aber dann verschwand er und mit ihm die Antwort auf all ihre Fragen mit gespenstischer Lautlosigkeit durch die Tür.

KAPITEL
8

Jedhian rang, so leise er konnte, keuchend nach Atem, als er am Fuß des Turms hockte, denn das schwierige Erklimmen der Mauern und der Höhenunterschied hatten ihn aus der Puste gebracht. Glücklicherweise war es inzwischen Nacht geworden, eine so dunkle Nacht, wie er noch keine erlebt hatte. Er war sicher, daß ihn niemand gesehen hatte, jedenfalls hielt sich niemand im Innenhof auf; die gestohlenen Tiere waren in der Scheune untergebracht worden, und die Bewohner waren schon seit einiger Zeit in ihren Häusern verschwunden.

Der Wächter war um eine Ecke gebogen, und Jedhian schätzte, daß ihm mindestens zwei Minuten blieben, bevor der Soldat wieder auftauchte. Ein paar flackernde Kerzen warfen ihr Licht durch die Fenster der winzigen Steinhütten, und aus fast allen Schornsteinen stieg Rauch auf. Der Geruch war völlig anders als der von den heimischen Herdfeuern. Er vermutete, daß hier kein Torf oder Holz verbrannt wurde – wahrscheinlich war das hier zu kostbar. Der Brennstoff mußte aus irgend etwas anderem bestehen. Wie auch immer, dieser Ort war schmutzig, verkommen und kalt, und Jedhian wußte, daß er in Kürze dringend einen Unterschlupf benötigte.

Der Bitterwurzelstrang fühlte sich in seiner behandschuhten Hand noch kälter an, als die Luft ringsumher. Er schien kalt wie Eis zu sein, glatt und schwarz wie Obsidian und genauso hart. Natürlich hatte sein neugeschärftes Messer nicht einmal eine Kerbe hineingeschnitten, als er einen schnellen und flüchtigen Versuch gewagt hatte; er hatte sich gar nicht die Mühe gemacht, das alte Schwert zu benützen. Jetzt mußte er also irgendwie die Ranke hinaufklettern und in den dunklen Raum gelangen, der neben dem kleinen Erker lag, durch dessen Fenster das gold-grüne Licht geströmt war. Sein Ziel war eine große, verbarrikadierte Fensteröffnung. Dort war Aylith. Er spürte es.

Jedhian nahm das Messer und ritzte die Innenflächen beider Handflächen mit geschickten Schnitten auf. Das weiche Leder öffnete sich unter der Klinge zu kleinen, angerauhten Stellen. Er rieb die Hände zusammen, um die Oberfläche noch weiter aufzurauhen, putzte sich mit einem großen, bunten Tuch die Nase und machte sich an den Aufstieg. Er fand einen guten Halt an den Steinen der Turmwand, wobei ihm das erbeutete nohrische Handbeil gute Dienste leistete, aber es erwies sich als äußerst schwierig, rittlings auf die Ranken zu gelangen. Als Jedhian wieder warm geworden war, befand er sich bereits einige hundert Fuß weit in der Luft, genau unterhalb des schmiedeeisernen Fenstergitters.

Vorsichtig lugte er in den Raum und erblickte einen Elfen, der gerade auf eine Tür zuging. Obwohl Aylith in der Mitte des Zimmers stand, schien sie ihn nicht zu sehen. Ein Mann mit einer Kapuze wies ihr einen Stuhl an und setzte sich ihr gegenüber. Dann schob er die Kapuze zurück und ordnete sein schwarzes Haar, während er Aylith etwas zu Trinken anbot. Jedhian versuchte, Ayliths Aufmerksamkeit zu erregen, aber nach dem ersten Schluck schien sie völlig von diesem Fremden eingenommen zu sein, als könne sie nirgendwo anders hinsehen als in seine Augen. Jedhian legte das Ohr gegen das eisige Gitter, konnte aber kaum hören, was sie miteinander sprachen. Irgend etwas über Logan, über die Erinnerungen und über …

Nein! brüllte er innerlich auf. *Es darf nicht sein. Sollte Aylith jetzt die Erinnerungen besitzen? Das ist unmöglich.*

Aber genau das hat sie gerade gesagt. Vielleicht hat sie gelogen, um sich zu retten …

Da mußte Magie im Spiel sein, auch wenn der Mann kaum wie ein Zauberer aussah. Eher wie ein Gärtner – und zwar wie ein armer Gärtner. Ein paar getrocknete Kräuter hingen am Fensterkreuz und versperrten Jehian teilweise die Sicht. Er lehnte sich ein bißchen weiter gegen das Bronzegitter, stützte beide Hände auf das zerfressene Metall und hörte Aylith sprechen.

Oh, sag ihm bitte nichts mehr, dachte er inbrünstig. *Nur noch ein kleines Stückchen, und ich kann zu dir. Halte aus, liebe Base, halte aus.*

Außer an diesen Gedanken klammerte sich Jedhian an wenig sonst und zog den linken Fuß näher auf die Fensterbank zu. Er trat auf ein Stück bröckeligen Granit und verursachte dadurch einen Hagel von abbrechenden Steinen, während er mit dem Fuß wild in einem dunklen Nichts herumruderte.

Augenblicklich rutschte er ein Stück die Bitterwurzel hinab, verlor das Handbeil und das alte Schwert und riß sich das Ohr am eisigen Fenstergitter auf. Beinahe zwei Stockwerke tiefer landete er auf einem gebogenen Teil der Ranke, ein Stück des morschen Bronzegitters noch immer fest umklammert. War denn alles in Inys Nohr verrottet? Mit schmerzendem Ohr und rasend klopfendem Herzen suchte er sich einen besseren Halt und machte sich erneut an den Aufstieg. Aber über ihm riß jemand das Fenster auf, wodurch noch mehr lockere Steine über den Sims in die Tiefe kollerten, nach endlos langer Zeit schließlich krachend am Fuß des Turmes abprallten, um dann dumpf auf dem Erdboden aufzuschlagen.

Jedhian drückte sich noch fester gegen die zerklüftete Turmwand, Furcht und die Kälte ließen ihn heftig erzittern. Im gleichen Augenblick strichen graubraune Schwingen lautlos über sein Gesicht und um ein Haar wäre er auch noch den Rest des Turmes hinabgestürzt.

Der Vogel maß nicht mehr als einen Schritt und streckte drei Zoll lange Krallen, von denen eine seltsam verbogen war, nach Jedhians Umhang aus. Jener wich zurück, merkte dann aber, daß der Vogel trotz seiner Größe nicht schwer war oder ihn angriff, und es gelang ihm, das Gleichgewicht wiederzufinden. Dann faltete die Eule die Flügel zusammen, kletterte auf Jedhians Schulter …

Und sprach zu ihm. Jedhian fiel beinahe in Ohnmacht.

»Ich muß mich für die Verspätung und den Schreck entschuldigen. Hier kannst du nicht bleiben; hab keine Angst. Ich helfe dir, wenn ich kann.« Die Worte der Eule klangen wie das Rauschen eines Baches, wie das Rascheln getrockneter Gräser im Wind.

Jedhian blickte vorsichtig seitwärts, in zwei der größten, goldenen Augen, die er je gesehen hatte. Die Eule blinzelte, und Jedhian holte tief Luft, schloß die Augen und öffnete sie wieder. Der Vogel saß noch immer auf seiner Schulter. Plötzlich wurde Jedhian bewußt, wie kalt ihm war und die Zähne schlugen ihm aufeinander. Wieder redete der Vogel.

»Wir müssen dich irgendwie nach unten bringen. Ich kann hier draußen nicht so viel reden. Sie kann dir auch nicht helfen, und Nazir wird bald hier sein. Er hat dich gehört. Laß los.«

Jedhian schüttelte den Kopf und klammerte sich noch fester an die Mauer. Höhenkoller. Das mußte es sein, dachte er. Oder vielleicht die Kälte? Hatte er zuviel Blut verloren?

»Laß los. Und schrei nicht. Ich trage dein Gewicht; wenn du zappelst, komme ich vom Kurs ab und könnte dich in den Sumpf fallen lassen. Da kann man gut fischen.«

Jedhian sah nach oben, dann nach unten, dann seufzte er und löste die Hände. Dabei kam ihm der Gedanke, daß er sowieso ein gewagtes Spiel gespielt hatte. Vielleicht befand er sich gar nicht so weit vom Boden entfernt, und die Erde würde fast weich sein…

Die Eule packte mit den Krallen zu, schlug mit den Flügeln und zog Jedhian lautlos vom Turm fort, um mit ihm in den Innenhof zu fliegen. Obwohl der Vogel selbst nicht mehr als eine Feder wog, schien das Gewicht eines fünfzehn Stein schweren Mannes seine Fähigkeiten nicht zu beeinträchtigen.

Jedhian hatte gar keine Zeit, um zu schreien. Er war auch viel zu überrascht dafür. Aber noch bevor er etwas zu dem Vogel sagen konnte, flog dieser davon und verließ ihn dort, wo er den Aufstieg begonnen hatte – allerdings fand er sich nicht allein wie vorher.

Über ihm stand ein Soldat in voller Rüstung, mit herabgezogenem Visier und kampfbereitem Schwert. Jedhian nieste laut und stark, und schicksalsergeben.

»Was? Soll ich irgendwohin gehen? Kannst du nicht sprechen? Wird mich die Stille erschlagen bevor du dein Schwert einsetzt? Los, Mann, rede endlich«, forderte Jedhian und putzte sich die Nase.

Die Eule war geräuschlos auf einen nahegelegenen Felsvorsprung geflogen und stand dort, vor- und zurückschwankend, mit starren, goldenen Augen und den asymmetrischen Ohren, die alles hörten: Die Worte Jedhians genauso wie das Knabbern einer Ratte, die in der Wand am Mörtel nagte. Der Vogel wirkte jedoch beunruhigt und flog durch die Nacht davon, als der große Krieger ein Grunzen ausstieß und mit der flachen Seite des Breitschwerts auf Jedhians Stiefelsohle schlug. Mit einer ebenso brüsken Geste forderte der Wächter Jedhians Messer, die einzige Waffe, die jener noch besaß. Der Heilkundige erhob sich, gab das Messer ab und schritt voran, wobei er immer wieder den Kopf wandte, um den bewaffneten Mann in seinem Rücken sehen zu können.

Sie marschierten bis zu einer kleinen, mit Moos bewachsenen Tür am Fuß des Turmes, die man bei flüchtigem Hinsehen niemals bemerkt hätte. Als sie aber näher kamen, fiel Jedhian ein merkwürdiger Klumpen blasser, fleischiger Stengel auf, die sich vor dem verborgenen Eingang erhoben und ihm die schwarzen, krausen, kapuzenförmigen Spitzen zugewandt hatten. Die kleinste Unruhe in der Luft um die Pflanzen herum erzeugte ein leises Pfeifen, das mit seinen Höhen und Tiefen dem Geheul eines Klageweibes ähnelte – Jedhian konnte sich den schneidenden Ton nicht aus dem Kopf vertreiben.

Witwengräser. Seine Tante hatte ihm davon erzählt. Sie hatte gesagt, daß die große Abart, die wild in den Bergen wuchs, Wanderer mit dem Lied in ihre Sumpflöcher lockte. Im eisigen, übelriechenden Wasser, mit dem die Gräser ihre Wurzeln nährten, ertranken die Wanderer. Diese kleinen Pflanzen hier dienten wohl als eine Art Wache für den verborgenen Eingang. Kein Mensch konnte je unbemerkt an Witwengräsern vorbeischleichen.

Als sich die knarrende Tür öffnete, warf Jedhian noch einen bösen Blick auf die undurchdringliche Rüstung hinter ihm und trat dann ein. Das nächste Mal, als er festen Boden unter den Füßen verspürte, war er bereits mehrere Fuß tief in einen Gang gefallen und wütender als sechs Gänse, die man zusammen in einen Sack gesperrt hatte. Bevor er wieder auf die Beine kam, sprang ihm der Soldat nach und richtete sich schnell wieder auf, wobei der mit dem Bild eines Keilers verzierte Helm gegen die Decke stieß. Der Soldat tastete an der Wand nach einem kleinen Kohlebecken und ergriff ein Seil, mit dem er die Tür von innen zuschlagen ließ.

Dann, zu Jedhians größter Überraschung, setzte der Bewaffnete die Kohlenstücke mit Hilfe eines Feuersteins in Brand und riß sich schließlich mit einem Ruck den schweren Bronzehelm vom Kopf, während er das

Schwert weiterhin in der anderen Hand hielt. Dunkelblondes Haar fiel auf die Schultern einer Frau.

Für einen Augenblick vergaß Jedhian seinen Ärger und war erst einmal erschrocken.

»Du bist ein idiotischer, lichtliebender, haenischer Narr! Du hast genug Krach da draußen veranstaltet, um die gesamte Garnison beim Kartenspiel zu stören und dir ins Gesicht zu springen«, fauchte Lorris und ihre Augen blitzten im Licht der Fackel.

»Du ... du bist eine Frau«, war alles, was Jedhian sagen konnte. Eigentlich war das nicht überraschend, schließlich war er gerade erst mehrere Stockwerke tief gefallen, hatte eine Unterhaltung mit einer Eule geführt, die ihn vor einem weiteren Sturz bewahrt hatte und stand nun einer Frau gegenüber, die so aussah, als könne sie es im Schwertkampf mit jedem Mann aus Inys Haen aufnehmen. Und das, ohne ein Schwert zu benutzen.

»Ja, das bin ich. Und bist wirklich ein Idiot. Was hast du dir eigentlich gedacht? Was hast du oben auf dem Turm gemacht? Wenn das Iggars Wache gewesen wäre, wärst du jetzt schon tot.«

»Du weißt, woher ich komme, aber du tötest mich nicht. Weshalb? Wieso sterbe ich nicht, wenn du Wache hältst?« fragte Jedhian, dessen Neugier jetzt den Schreck überwunden hatte.

Lorris hieß ihn, sich zu setzen und lehnte sich gegen die Wand, das Schwert noch immer kampfbereit. Einen Augenblick schwieg sie, dachte nach, erwog ihre Worte.

»Ich wußte bereits nach zwei Tagen, daß du uns von Inys Haen aus gefolgt bist. Und du warst allein. Ich beobachtete dich, aber niemand sonst hat dich bemerkt, da bin ich ganz sicher.«

Sie holte tief Luft und sah Jedhian in die Augen.

»Ich kann nichts beweisen, aber ich glaube es ist folgendermaßen: Nazir denkt, mein Vater sei gegen ihn und habe den Hüter deswegen nicht hergebracht, weil er Nazirs Herrschaft beenden und Inys Nohr zu den Fernen Stämmen verlegen wolle. Dort gibt es nämlich mehr Licht. Dort kann Nazir nicht herrschen. Meine Mutter sagte, er kann nicht einmal dorthin gehen – es hat etwas mit dem Hüter zu tun. Aber was Nazir RoNal vorwirft, ist nicht wahr. Mein Vater steht seinem Diensteid treu gegenüber. Nazir kann nicht verstehen, daß ein Mann seinen Kommandeur verabscheuen kann und trotzdem seine Befehle ausführt. Thix, Nazirs Neffe, tanzte bei dem Überfall aus der Reihe und setzte die Hütte des Hüters in Brand. Er versuchte außerdem, dem Mädchen, das wir hergebracht haben, Gewalt anzutun. RoNal mußte ihn töten. Dafür soll er ausgepeitscht werden. Ich glaube, Nazir hat seinen Neffen in den Tod geschickt, damit er selbst den Thron behält und er hat sich meines Vaters bedient, um sicherzugehen. Und seinen Neffen benutzte er, um sich RoNals als Oberbefehlshaber der Truppen zu entledigen, da dieser zu beliebt ist und Nazir ihm nicht mehr vertraut. Natürlich muß er meinen Vater für eine Tat bestrafen, die er berechnet hatte. Auf diese Weise wird RoNal – nie gab es einen besseren Soldaten – in den Augen seiner Männer auf ehrlose Art sterben. Das wird Nazir ausnutzen, um sie unter seiner Gewalt zu behalten und sich von dem Mann zu befreien, den er der Rebellion verdächtigt.«

»Und du? Welche Rolle spielst du hierbei? Du warst ebenfalls an dem Überfall auf mein Dorf beteiligt. Warum solltest du mir das alles erzählen?« gab Jedhian zurück.

»Ich bin RoNals Tochter; er ist alles, was ich habe. Meine Mutter starb vor vielen Jahren an der Keuche. Als ich zehn war, trat ich in die Armee ein, damit er mich beschützen und das meiner Mutter gegebene Versprechen, mich selbst aufzuziehen, einhalten konnte. Jetzt muß ich ihn schützen. Ich will nicht, daß solche Schande über meinen Vater gebracht wird, und wenn er das Auspeitschen überleben sollte, wäre er für den Rest seines Lebens ein Krüppel, auch wenn das nicht für lange wäre. Die Pest würde ihn schnell dahinraffen, denn sie holt jeden, der eine offene Wunde hat.« Sie betrachtete Jedhians verbundenes Bein und das blutende Ohr mit bedenklichen Blicken.

»Wie dem auch sei, er stirbt einen erniedrigenden, schandhaften Tod, ohne daß sein Name in den Kriegsberichten aufgeführt und auch nicht in die Ehrenwand eingraviert wird. Ich glaube, daß wir einander helfen können. Du willst Aylith zurückholen. Wahrscheinlich bist du ihr versprochen worden«, fügte sie forsch und zu Jedhians Erstaunen hinzu. »Ich will meinen Vater vor der Peitsche retten. Und es gibt nur einen Weg. Warum ich dir diese Dinge erzähle? Damit du erkennst, daß ich auch meine, was ich sage. Ich vertraue dir aus einem Grund: Du bist ein Haenischer. Jeder hier ist verdächtig. Ich wüßte keinen, der dies hören darf. Abgesehen von dem Jungen, dem mein Vater geholfen hat. Und der Eine ist noch ein Knabe. Es bleibt uns nicht viel Zeit; was ich dir jetzt sage, ist eigentlich undenkbar: Hilf mir, Nazir zu töten.«

Jedhian dachte eine Weile nach und fragte sich, was ihn das alles wohl kosten würde.

»Und wenn ich dir helfe, Nazir zu töten?« fragte er dann und fand, es höre sich irgendwie zu einfach an. Zuerst kam die dringend benötigte Hilfe, gerade als er an der Turmwand hing, und jetzt dieses Angebot, anscheinend aus Nazirs eigenen Reihen. Und doch, dieser seltsamen, wunderschönen nohrischen Frau schien es ernst zu sein. Und die Eule – wenn es wirklich eine Eule gegeben hatte – war davongeflogen.

»Was verlangst du?« entgegnete die große Soldatin.

»Na gut. Was habe ich schon zu verlieren? Ich brauche dich, um meine Base zu befreien und ungeschoren von hier wegzukommen.«

»Deine … Base?« fragte Lorris lächelnd und senkte die Stimme zu einem Flüstern.

So vernahmen beide gleichzeitig das Lied der Witwengräser jenseits der zerfallenen Tür.

KAPITEL 9

Aylith schlug hart auf dem Boden auf, als der schneidende Klang von reißendem Metall und das Poltern von Steinen sie aus der Trance rissen. Nazir sprang fluchend auf, rannte zum Fenster, von wo das ungewöhnliche Geräusch gekommen war, warf das zerbrochene Fenstergitter auf und spähte hinaus.

Nichts. Aber ›nichts‹ konnte das geschmiedete Bronzeteil nicht verbogen und zerrissen haben, wie alt auch immer es war. Nazir schaute über die Schulter und sah Aylith auf allen Vieren am Boden. Sie war zwar noch benommen, kam aber schon wieder zu sich.

Nun, RoNal hatte seine Sache gut gemacht, trotz seines Verrates. Sie war nicht Logan. Sie war Logans Tochter und wahrhaftig die Hüterin. Und sie war bedeutend hübscher als der alte Bussard, der sie gezeugt hatte. Das war jetzt, da sie sauber und mit passenden Kleidern angetan war, ganz offensichtlich. Nazir hatte eine recht unbequeme Wirkung auf diese Tatsache hin verspürt. In ihrer Gegenwart fühlte er sich gleichzeitig hochbeglückt und gequält. Nachdem er ihren Einzug in die Stadt beobachtet hatte, hatte er nicht erwartet, sie zu mögen; sie war haenisch und so klein. Aber das Blau der Augen, der Schwung der Lippen, und die Kraft ihres Willens waren berauschend. Nazir fragte sich, wer hier wen – trotz Malvos Trank – bezaubert hatte.

Er war so nahe dran gewesen. Malvos hatte recht, es gab eine Art Schutzwall; der Lichtspruch lag dahinter, er konnte ihn in ihren Gedanken mitschwingen hören. Er mußte hier noch viel behutsamer vorgehen, als er vermutet hatte. Die Geheimnisse nannte sie ›Erinnerungen‹ ... und diese lagen direkt unter der Bewußtseinsoberfläche des Mädchens, hatten sich dort noch nicht ganz niedergelassen. Wenn er in ihre Gedanken dringen würde oder sie dazu trieb, sich noch fester an die Geheimnisse zu klammern, würde ein schwerer Schaden angerichtet. Sie würden ein Teil ihres Lebens werden, tief und für immer mit ihrem Geist und Seele verbunden sein; dann konnte nur Aylith sie nach eigenem Gutdünken auf jemand anderes übertragen. Und das würde sie erst kurz vor ihrem Tode tun. Aber wenn er die Geheimnisse bald ergreifen konnte, bevor Aylith selbst sie recht begriffen hatte ...

Er mußte einen Weg finden, daß er sie dazu bringen konnte, sie freiwillig abzutreten. Von Logan hätte er sie mit Leichtigkeit gegen das Versprechen erhalten, Aylith – und damit auch seine Enkelkinder – für den Rest ihres Lebens, das sie in Inys Nohr verbringen würden, im Licht leben zu lassen. Logan hätte niemals das Leben und die Gesundheit seiner einzigen Tochter aufs Spiel gesetzt, nicht einmal für sein Volk. Das war die Eigenart und Schwäche der Haenischen. Sie liebten. Und ihre Familien liebten sie über alles.

Als Aylith den Kopf schüttelte und mißtrauisch zu ihm aufsah, strahlte er sie mit einem – wie er hoffte – mitfühlenden Lächeln an und streckte ihr hilfsbereit die Hand entgegen.

»Meine Liebe, du bist ohnmächtig geworden. Geht es wieder? Könnte es sein, daß du lange nichts gegessen hast? Vielleicht war auch der Wein zu stark. Komm, setz dich wieder hin und ruh dich aus. Ich werde nach Feryar läuten, damit er dir eine Erfrischung bringt. Du hast mir gerade von deiner Familie erzählt, wenn ich mich recht erinnere«, sagte Nazir im Plauderton, während er an dem Glockenstrang in der Ecke zog.

Daneben befand sich ein großer, ausgestopfter

Adler, der mit starren Augen auf Aylith hinunterglotzte und dessen Krallen sich um einen goldenen Ring klammerten. Sie zuckte zusammen, als sie den Raubvogel bemerkte, sank aber beruhigt in den Stuhl zurück, als sie erkannte, daß er nicht mehr lebte.

Nazir lachte leise darüber und meinte: »Das ist Atalanta. Sie gehörte einem der früheren Herrscher. Jetzt hat man sie hier oben untergebracht, in meinen Räumen. All die Dinge hier gehörten dem letzten König, dienten aber nur noch als Dachkammerverzierung.«

Er hielt inne, lauschte und fuhr dann eiligst fort.

»Ich habe nach Feryar geläutet. Er wird dir etwas zu Essen bringen. Er wird gleich da sein. Bitte ruh dich aus«, schloß er mit unmißverständlich warnendem Tonfall und befehlender Stimme.

Nazir hatte die Tür von außen verriegelt und war davongegangen, als Aylith ohnmächtig wurde und wieder zu Boden fiel.

Geräusche hatten ihn zur Kellertür geführt, und nun stand Malvos dort und war verblüfft, daß er in all den Jahren in Inys Nohr diesen Ort immer übersehen hatte. Anscheinend barg dieser alte Steinhaufen doch noch ein paar Geheimnisse. Die termitenzerfressene Holztür öffnete sich sachte schwingend über dem dunkelsten Abgrund, den Malvos je gesehen hatte, und er hatte bereits einige vor sich gehabt. Immerhin hatte Tempé ihn in Kerkern auf allen sieben Welten von Parnash eingesperrt, jeder davon ein wenig ›unzivilisierter‹ als der vorhergehende.

Aber dieses Loch hier sah wie die Öffnung zu einem alten Wurzelkeller aus, war anscheinend ein Teil des ursprünglichen Turmes und zu unsicher, um noch benutzt zu werden. Das bedeutete eigentlich, daß bestimmt niemand hier war. Aber er roch den Geruch eines erloschenen Feuers und hörte ein unterdrücktes

Atmen im Hintergrund des Kellers. Es waren zwei: ein Mann und eine Frau. Ein romantisches Stelldichein? Nein. Er witterte nohrisches Waffenöl und den unverwechselbaren Geruch eines Lichtanbeters. Malvos lächelte böse in seinen rostfarbenen Bart hinein und rief den Kellerinsassen zu: »Hallo da drinnen! Kommt ihr nicht her, um einen Besucher zu begrüßen? Ich erwarte eure Gastfreundschaft, und zwar *jetzt!*« schloß er drohend.

Jedhian schluckte schwer gegen die Klinge, die an seine Kehle gedrückt würde. Lorris seufzte und schob ihren Gefangenen vor sich her.

»Wenn du mit ihm redest, werde ich dir die Kehle durchschneiden«, flüsterte sie ihm in das aufgerissene, blutende Ohr, das sie mit der freien Hand fest umfaßt hielt.

»Lichtmensch«, flüsterte sie mit sorgfältig verstellter Stimme, »das ist Malvos. Verstehst du? Malvos. Er siebt gesprochene Worte nach Lügen. Ich werde mich später um dich kümmern, wenn du tust, was ich dir gesagt habe. Ansonsten wird er dich Nazir übergeben, und Nazir wirft dich dem Frosch vor. Dann werde ich vorgeben, dich nicht zu kennen. Ich hörte, daß der Frosch sehr hungrig ist, da man ihm deine geliebte Base nicht zum Fraß vorwarf.«

Damit schob sie Jedhian voran, er trat aus dem Tunnel heraus und warf dem größten Mann, den er je gesehen hatte, ein zaghaftes Lächeln zu. Er schätzte, daß allein der Wert, der im Umhang dieses Mannes steckte, eine ganze Familie den Winter über erhalten könnte. Dann erblickte er die riesigen Pranken des Kerls, auf denen sich die tätowierten Reptilien wie lebende Schlangen wanden, wenn er die Finger bewegte. *Malvos,* hatte sie gesagt. Nicht Nazir. Malvos. Und die gesamte Weisheit haenischer Tanten wich von Jedhian, wie ihm auch das Blut aus dem Gesicht wich.

Malvos betrachtete Jedhian abschätzend und schnaubte.

»Du bist wegen deiner kleinen Freundin gekommen, nicht wahr? Sie ist beschäftigt. Du wirst in unserem Gästehaus auf sie warten müssen«, sagte er einladend, und die grünen Augen blitzten. »Und ist da unten noch jemand?« rief der große Mann gurrend in den Tunneleingang hinein.

Aber sobald er es ausgesprochen hatte, wurde ihm klar, daß die andere Person, wer immer es gewesen sein mochte, fort war. Durch den harten Felsen? Welch köstliche Begebenheit… In diesem Turm gab es größere Mäuse, als er geahnt hatte.

»Komm mit, Lichtmensch, ich kenne einen Platz, den du sehr angenehm finden wirst. Und später werden wir besprechen, wer dich hier ganz allein zurückgelassen hat.«

Malvos stieß die Worte so schneidend und abgehackt hervor, daß es Jedhian kalt den Rücken hinunterlief. Aber wenigsten hatte Malvos ihn nicht zum Sprechen gezwungen, sondern genug für zwei geredet.

Lorris, die sich inzwischen mehrere Stockwerke höher befand, lief mit herabgelassenem Visier durch den engen Geheimgang, verfing sich mit dem Kettenhemd an einem Nagel und blieb stehen, um sich zu befreien. Sie konnte nur hoffen, daß Malvos ihre Stimme nicht erkannt hatte. Aber dieser Mistkerl hörte so gut wie ein Nachtvogel. Und wo rannte sie überhaupt hin? Sie holte tief Atem, lugte um eine Ecke und sah einen Flur, der zum Haupttreppenhaus des Turms führte. Vorsichtig betrat sie den Korridor, steckte das Schwert in die Scheide und stieß fast mit Nazir zusammen, der gerade im Eiltempo die Treppe herabpolterte.

»Soldat! Folge mir«, brüllte er und hielt nicht einmal an, um festzustellen, ob sie ihm nachkam.

Lorris schluckte, heftete sich an Nazirs Fersen und wurde bei jedem Schritt beklommener, da sie sich genau auf den Ort zu bewegten, von dem sie gerade entkommen war. Und auf die Person. Lorris Mund schien völlig auszutrocknen und sie hoffte, daß der gutaussehende Fremde, dessen Namen sie noch nicht kannte, vernünftig genug war, den Mund zu halten. Ihr selbst würde das nicht schwerfallen.

Als Nazir und Lorris sie fanden, schritten Malvos und Jedhian gerade auf die nächstgelegene Tür in der großen Halle zu. Malvos Hand hielt Jedhians Kragen gepackt und sein kleiner silberner Dolch war gegen die Rippen des jungen Mannes gedrückt. Jedhian war kein kleiner Mann, sondern so groß wie ein nohrischer Speer, und er hatte Schultern so breit wie ein Ochsenkummet. Aber neben Malvos wirkte er wie ein Kind. Lorris starrte ihm durch das Visier in die Augen, und sie warnte ihn mit einem drohenden Blick. Er lächelte nicht und hielt auch nicht inne. Sie vermutete, daß man diesem Mann, stände er unter dem Befehl ihres Vaters, sicher trauen könnte. Sogar unter großem seelischen und körperlichen Druck besaß er viel Selbstbeherrschung. Sie würde sich nicht schämen, an seiner Seite zu kämpfen. Wenn er kämpfen konnte.

Nazir blieb vor Malvos stehen und wartete. Sofort übergab ihm der große Mann den Gefangenen und sagte: »Bring ihn zur Grube, Diener. Und begib dich danach in meine Gemächer.«

Mit diesen Worten schritt er mit bemerkenswerter Schnelligkeit und in plötzlich königlicher Haltung davon. Jedhian war nun vollständig verwirrt, sagte aber nichts, denn er dachte daran, wie dicht Lorris Hand am Schwertknauf lag.

Nazir reichte Jedhian an Lorris weiter und betrachtete ihn – ungewöhnlich für einen Diener – mit unverhohlener Genauigkeit. Jedhian fing an, alles zu begreifen. Dieser Mann, der mit zurückgeschlagener Kapuze, ein wenig außer Atem durch das lange Herunterlaufen vom Raum in der Turmspitze, vor ihm stand, mußte Nazir sein. Die weißen Augenbrauen glichen denen Ayliths und Logans. Aber weshalb tat der Felonarch so, als sei er ein Diener? Jedhian setzte seine dümmste Miene auf und begegnete Nazirs Blick mit stumpfsinnigem Glotzen.

Nazir bedeutete Lorris, Malvos Anweisung nachzukommen, folgte dem Apothekarius durch die Halle und ließ Lorris und Jedhian vor der Seitentür zurück.

Lorris hatte das Schwert wieder gezogen und hob das Visier. Als sie zu sprechen begann, klang ihre Stimme erleichtert.

»Du hast dich gut gehalten, Lichtmensch. Jetzt beenden wir unseren kleinen Plausch. Ich glaube, Malvos hat mich nicht bemerkt. Du sollst meinen Namen erfahren: Lorris.«

Sie lächelte und bemerkte dabei, daß Jedhians kastanienbraunes Haar ihm in weichen Wellen auf die Schultern fiel. *Er ist größer als ich,* dachte sie erfreut. Keiner außer ihrem Vater und Malvos war in Inys Nohr von solcher Größe. Nur Nazir war annähernd von dieser Statur und ähnelte auch nicht, wie die meisten seiner Vorfahren, dem wieselgesichtigen alten Nohr.

»Geh auf das Eisengitter dort zu, Lichtmensch. Das ist die Grube. Nein, dreh dich nicht um, und rede nicht mit mir, wenn jemand anderes in der Nähe ist. Sie werden dich in der Grube lassen, bis Nazir entschieden hat, was mit dir geschehen soll. Mach keinen Lärm, sonst lockst du den Frosch an. Halt Ausschau nach mir, verstanden? Ich werde dich holen«, flüsterte Lorris hinter Jedhians Rücken. Er räusperte sich als Antwort, und die Torwachen zerrten ihn grob voran, den Gang entlang, auf die Grube zu. Lorris verlor ihn aus den Augen, als sie um die erste Ecke bogen, aber vorher wandte er sich noch einmal um und grinste ihr zu.

Ich habe ihm gesagt, er soll sich nicht umdrehen, dachte sie und ein kleines Lächeln umspielte ihre Mundwinkel. *Und ich habe vergessen, ihn nach seinem Namen zu fragen.*

KAPITEL 10

Aylith konnte wieder sehen, noch bevor sie das Gleichgewicht wiedererlangte. Sie versuchte, auf die Beine zu kommen und suchte auf dem schimmeligen, mit Silberfischchen übersäten Teppich nach Halt, aber die hypnotischen, wirren Muster lösten Schwindelgefühle aus. Schließlich schloß sie die Augen und stand auf, die linke Hand gegen das kleine Tischchen gestemmt, an dem sie sich beim Fallen heftig das Schienbein gestoßen hatte.

Die Unterhaltung mit dem Diener war sehr eindringlich gewesen; sie hatte spüren können, wie er zwischen ihren Gedanken herumgewandert war, sie geprüft und vorsichtig untersucht hatte, und sie konnte sich wieder an die Fragen erinnern, die er ihr gestellt hatte. Als er ihre Hand berührt hatte, fühlte es sich an wie Feuer, wie flammende Wut.

Draußen pfiff der Wind um das Turmzimmer herum, aber sie hörte trotzdem, weit unten im Treppenhaus, die polternden Schritte des vermeintlichen Dieners. Aylith sah sich um, suchte nach Wächtern, nach verborgenen Fallen, nach Alarmsignalen. *Er scheint anzunehmen, daß die verschlossene Tür ausreicht,* dachte sie und blickte zu der schweren Holztür hinüber, deren schimmerndes Schlüsselloch sie gleich einem Leuchtfeuer anzog. Dann betrachtete sie erneut den dämmrigen Raum, die aufgehängten Insekten, die bizarren Konstruktionen und den ausgestopften Vogel und erinnerte sich an eine Unterhaltung mit Lorris, die den größten Teil eines Nachmittags während des Aufstiegs ausgefüllt hatte.

Nazirs Vater war wirklich hartnäckig, wenngleich auch erfolglos gewesen bei seinen legendären Versuchen, die verbliebene Kraft des Baumes mit Lebewesen anzufeuern, um Licht für die Nohr zu erhalten. Zu spät hat er bemerkt, dachte sie, daß seine schrecklichen Experimente den Baum lediglich aussaugten, bis schließlich die trockene Hülle der einst majestätischen Krone von räudigen Malen und Fäulnis durchzogen wurde. Vielleicht hatte er es auch nie bemerkt. Sie schüttelte sich bei dem Gedanken an seine anderen Opfer – jene Tiere und Menschen, die durch die unberechenbare Kraft in Mutanten und Wechselwesen verwandelt worden waren. Einige waren dem Frosch gebracht worden, aber der fraß bloß einmal in der Woche, hatte Lorris erwähnt. Die meisten hatte die Armee beseitigen müssen und die Körper der Unglücklichen in der kalten, feuchten Erde vergraben, gerade tief genug, daß keine Makanas oder anderes Ungeziefer die Leichen wegschleppen konnte. Am seltsamsten aber war, so hatte Lorris gemeint, daß die wenigen, die am Leben geblieben waren, von einem kleinen, gelb-braunen Vogel lautlos und immer in westlicher Richtung am nächtlichen Himmel fortgetragen wurden.

Aylith versuchte die Tür zum Erker. Feryar hatte keine Zeit gehabt, sie wieder zu verschließen, und sie öffnete sie geräuschlos. Aylith beugte sich zum Überrest des Sippenbaumes hinab und hob den Glassturz auf. Hier war die Gelegenheit, vielleicht die einzige. Vermutlich würde sie nie wieder allein mit der Eichel sein.

Aylith schlich zur schweren Außentür und lauschte nach Schritten. Da sie nur den immerwährend heulenden Wind hörte, ging sie zum Fenster hinüber und blickte hinab in die gähnende Tiefe. Nichts.

Plötzlich hörte sie, wie der Riegel an der Außentür zurückgeschoben wurde. Wenn sie flink war, konnte sie hindurchschlüpfen und versuchen, auf der Treppe zu entkommen. Bald würde Feryar hier sein; vielleicht konnte er sie eine Weile verstecken, bis sie einen Weg aus der Stadt herausfand.

Mit klopfendem Herzen und noch immer ein wenig schwindlig ging sie wieder in das Erkerzimmer, griff mit der Hand hastig in den Glasbehälter, riß die Eichel mit einem entschiedenen Ruck ab und steckte sie in die Tasche. Obwohl ihre Fingerspitzen einmal grün aufleuchteten, erlosch das schwache Licht des Baumes im gleichen Augenblick und der Raum versank in völliger Dunkelheit. Sie drehte sich um und lief geradewegs in Feryar hinein, der ein Tablett mit Fleisch und Pilzen trug. Anmutig setzte er es ab, anscheinend ohne Licht zu benötigen und stützte sie. Dann strich er mit einer sonderbaren, flatternden Geste sein silbriges Haar zurück. Die großen, goldenen Augen sahen sie an, zuerst blinzelte das rechte, dann das linke, und er lächelte schweigend zur Begrüßung.

»Oh«, seufzte sie und bemühte sich, die Stimme gesenkt zu halten, »du bist es.«

»Ja. Du hast deine Sache gut gemacht«, flüsterte er und sah zu dem leeren Glasbehälter hinüber, in dem der Zweig des Sippenbaumes schlaff und offensichtlich abgestorben lag. »Du mußt hier heraus. Beeil dich. Am Fuß des Turms befindet sich eine kleine Kammer. Es gibt eine Treppe, die in die Turmmauer eingelassen ist, seitlich der Haupttreppe. Halt nach einer Wölbung in der Nähe des Treppenabsatzes Ausschau und versteck dich in der Wand. Am Ende der Stiege ist ein kleiner Keller, der seit den Zeiten von Nazirs Urgroßvater nicht mehr benutzt wird, weil seine Wände einstürzten. Keine Sorge – er ist sicher genug. Er ist entweder von allen vergessen worden oder sie halten ihn noch immer für eingestürzt. Ich werde versuchen, den Schlüssel für deine Ketten zu bekommen. Aber beeil dich, noch redet er mit Malvos, aber er wird bald zurückkehren.«

Sie neigte den Kopf zur Seite und kniff die Augen zusammen; während Feryar sprach, dämmerte ihr die Wahrheit.

»Ich dachte, du wußtest es.« Der Elf lachte leise. »Ja, er ist Nazir. Der große Mann ist der Apothekarius, der Sieber. Er gehört zum Volk der Sangrazul. Er stellt Heiltränke her und sucht nach Lügen. Er kann auf große Entfernungen hören und ist ausgesprochen gefährlich. Nazir ebenfalls. Und ich denke, du bist noch nicht fertig mit ihm. Lauf jetzt!« Er schloß die Holztür und legte die Hand über das Schlüsselloch.

»Was geschieht mit dir, Feryar? Er wird rasend sein, weil du mich gehen ließest«, sagte Aylith und blickte in die sanften, goldenen Augen. »Und warum hilfst du mir?«

»Ich stehe seit langem in seinem Dienst, meine Liebe. Und auch in deinem. Die Prophezeiungen haben verfügt, daß ich mich an diesem Ort aufhalten mußte, und ich habe schon mehr überstanden, als Nazir sich je vorstellen kann. Außerdem bin ich Feryar, der Narr. Narren können sich beinahe alles erlauben. Oh, dabei fällt mir ein – jemand ist wegen dir hergekommen, aus deiner Heimat.« Er grinste.

Aylith lächelte, drückte ihm fest die langen, ledrigen Hände und flog dann förmlich die Treppe hinab, die gefesselten Hände weit nach vorn gestreckt, um einen tödlichen Sturz zu vermeiden, während die Füße kaum hörbar nur jede zweite Stufe berührten. Als sie den dritten Stock erreicht hatte, hörte sie Nazirs aufgebrachte und verdrießliche Stimme. Aylith sah sich verzweifelt nach einem Versteck um und entdeckte endlich die beschriebene Wölbung auf dem direkt unter ihr liegenden Treppenabsatz. Sie eilte durch den fast unsichtbaren Mauerspalt hindurch, und zu ihrer großen Erleichterung mündete der geheime Eingang in einen Gang – dunkler, aber viel sicherer als das Treppenhaus oder der Korridor.

Und genau an letzterem Ort befand sich Nazir jetzt keuchend, sich die Brust haltend; dabei schluckte er etwas aus dieser kleinen Steinflasche, die er mit sich trug.

Oh, hat er mich gehört? schalt sie sich in Gedanken. *Aber nein ... er versucht nur, wieder Atem zu schöpfen. Und da geht er schon weiter nach oben, um herauszufinden, daß ich ausgeflogen bin.*

In dieser Gewißheit entspannte sie sich etwas und fühlte nach der Eichel, deren glatte, seltsam warme Oberfläche ihr zeigte, daß sich das Kleinod in Sicherheit befand. Erstaunlicherweise war das Grüne Lied gedämpfter geworden, sein Rhythmus hatte sich in die Tiefen ihres Verstandes zurückgezogen. Sie durfte hier nicht lange verweilen. Die Schritte über ihr wurden immer leiser und würden bald nicht mehr zu hören sein. *Wie weit ist es bis zum Turmzimmer?* fragte sie sich und schritt vorsichtig in die Dunkelheit, wobei sie die Eichel in ihrer Tasche weiterhin fest umklammert hielt. Sie wagte nicht, ihr Licht als Wegweiser zu benutzen. *Und wer ist hierher gekommen?* rätselte sie.

Sie begab sich immer weiter in die Tiefe, bis die enge Treppe schließlich in einem Keller mündete. Über ihrem Kopf entdeckte sie den grauen Umriß einer sehr kleinen, runden Tür in der Dunkelheit. Sie mußte sich in der Nähe eines Ausgangs befinden.

Erregung durchfuhr sie; sie war fast wieder draußen, und bisher war ihr niemand gefolgt oder ahnte auch nur, wo sie sich befand. Zögernd schritt sie auf die Tür zu und überlegte, wie sie am besten dort hinauf gelangen könnte, als sie mit der Hand an eine scharfe und unregelmäßige Stelle in der Mauer stieß.

Mit hellem Geklirr fiel etwas, das sich durch die Berührung gelockert hatte, auf den Kellerboden. Aylith wich schnell zurück an die Mauer, fort von dem, was ihr jetzt vielleicht vor den Füßen herumkroch. Dieses Mal stieß sie zu ihrer großen Erleichterung an ein winziges Kohlebecken, das sich noch ein wenig warm anfühlte. Sie entdeckte sogar noch Glut im Herzen einiger Kohlestücke… Vorsichtig tastend nahm Aylith das Becken von seinem Haken und blies heftig hinein, bis kleine, rote Flämmchen ihrem Atem entgegenzüngelten. Als die Kohle richtig zu glühen begann, mußte sie die Augen gegen die Helligkeit bedecken. Nach einer Weile nahm der kleine Raum Gestalt an.

Die Wände waren glatt und augenscheinlich vor langer Zeit aus dem Fels herausgehauen worden. In der Ecke stand ein kleiner Melkschemel. Beunruhigt suchte sie den Boden nach dem Ding ab, das sie herabgestoßen hatte, entdeckte aber nur menschliche Fußabdrücke: hinter sich ihre eigenen, und vor sich die tiefen Eindrücke eines Mannes und die militärischen von… Lorris.

Jene Spuren hatte sie tagelang gesehen, als man sie von Inys Haen fortgebracht hatte, und sie waren unverwechselbar. Da war die verräterische Stelle am linken Absatz, wo Lorris bei der Überquerung des Sobus einen Schuhnagel verloren hatte. Die leicht gekrümmte Spitze des anderen Stiefels drückte sich daher immer ein wenig tiefer in den Boden.

Und drei Schritt von diesen Spuren entfernt, unter dem Melkschemel verborgen, hockte eine katzengroße, schwarze Spinne, deren Rücken mit Abfall, alten Fetzen, kleinen Steinchen und Angelhaken bedeckt war. Die Spinne duckte sich vor dem Licht und hockte schützend über ihrem größten und ungewöhnlichsten Beutestück:

Jedhians Messer.

Als er sah, daß Aylith entflohen war, weckte Nazirs Wutgebrüll die Vögel in den Gassen, das Vieh in den Scheunen und die Ratten in der Vorratskammer. Malvos, der sich ebenfalls in der Vorratskammer befand und noch mehr erschrak als die Ratten, klatschte sich vor Schreck eine heiße Fleischrosinenpastete aufs Ohr und schäumte vor Wut sowohl wegen der Verschwendung von Eßbarem, als auch wegen des brennenden Schmerzes in seinem Höhrorgan.

»Und was ist es nun schon wieder, mein spatzenhirniger Prinz, du verdrießlicher, mürrischer, anmaßender Nachtmahr von einem Herrscher? Hat sich dein Hemdzipfel im Korsett der haenischen Schlampe verfangen? Ihr Nohrischen seid ein Haufen quengelnder Störenfriede. Niemals habe ich Zeit, in Ruhe zu essen. Wenn es nicht eine bedauernswerte Tatsache wäre, daß du meine einzige Hoffnung in diesem Manavergessenen Weltflecken bist, hätte ich deine kostbaren Tränke schon längst in den Sumpf gegossen und dich dem Fluch und der schleichenden, blauen Mirke überlassen.«

Malvos hatte inzwischen die Überbleibsel seiner Mahlzeit aus dem Ohr herausgepult, watschelte zur Kuchentruhe hinüber, ergriff eine große Handvoll süßer Küchlein und stopfte sie in seine Gürteltasche. Es war zu befürchten, daß ihm eine lange Nacht bevorstünde. Und Feryar, der Narr, hatte gerade die letzten seiner Lieblingspilze zu dem Mädchen hinaufgetragen, und nun lagen nur noch ein paar überjährige, haenische Rübenköpfe herum. Oh, *wie* verachtete er doch die Erzeugnisse dieser Welt! Schade.

»Ich bin schon auf dem Weg, meine schwache, närrische Entschuldigung eines Magiers. Euer Dämlichkeit einfältige Wünsche zu befriedigen ist alles, wonach ich mich sehne«, murmelte er zwischen einzelnen Kuchenbissen und Schlucken aus einem Krug mit frischem, haenischen Wein, den er gerade entdeckt hatte.

Er seufzte und trampelte eine der Treppen hinauf, die in Nazirs Raum führten, während sich eine rundliche, schwarze Ratte gemächlich auf den Weg zu den Überresten von Malvos Pastete machte.

Als der Apothekarius die letzte Stufe erklommen hatte, erblickte er Nazir, der mit aller Kraft auf Feryar einprügelte und ganz in der allumfassenden Wut von Nohrs Fluch gefangen war. Nazirs Geburtsmal war sicher schon völlig entzündet, und dieses hier konnte noch eine Weile dauern, überlegte Malvos, und wandte sich zum Gehen. Aber dann fiel ihm die Unmenge von Treppenstufen ein, und er änderte seine Meinung.

Statt dessen lehnte er sich gegen die Steinwand außerhalb des Raumes, verzehrte das letzte Küchlein, freute sich an der Schimpfkanonade und wartete darauf, daß Nazir wieder zu sich kam. Ja, das Mädchen war fort. *Natürlich, du Narr,* dachte er und lachte innerlich, *du hast sie ja aus den Augen gelassen.* Und die Eichel?

Bei diesem Gedanken quollen Malvos Augen hervor und die Hände begannen ihm zu zittern. Seine kostbare Hoffnung? Fort? *Nazir, du Idiot! Wie konntest du nur?* Augenblicklich gab er sich selbst die Antwort, als ihm einfiel, daß jedem Anfall des nohrischen Wahnsinns völlig widersinniges Benehmen vorausging.

Nun, das Mädchen konnte gefunden werden. Und sie würde die Eichel bei sich tragen. Sie konnte nicht weit gekommen sein, und Nazir war in der Lage, die Erinnerungen zu spüren, wenn sie in seine Nähe kam. Inys Nohr war derzeit völlig von der Umwelt abgeschnitten und der Winter noch nicht vergangen. Wie sollte sie zu hoffen wagen, eine Heimreise zu überleben? Nein, sie war noch immer ganz in der Nähe, und außerdem gab es eine ganz einfache Möglichkeit, sie aufzuspüren und zurückzubekommen. Vielleicht hatte die Flucht auch ihr Gutes, dachte Malvos und beruhigte sich. Der junge Haenische, der da unten in der Grube abkühlte, war offensichtlich wegen Aylith gekommen. Nazir mußte sie finden und dazu bringen, die Erinnerungen aufzugeben, und Malvos konnte einen Weg, der nach Inys Haen führte, geradezu riechen.

Nun, hoffentlich hatte der Frosch ihn noch nicht gefressen …

Malvos grinste und leckte sich die letzten Krümel von den Fingern. Es gab Dinge, die noch süßer als Honigkuchen waren.

KAPITEL 11

Jedhian umklammerte die Kette, mit der er an die feuchte Steinwand gefesselt war und zog sich so weit nach oben, wie er nur konnte. Nun stand er genau unter dem schmutzigen Gitter, konnte aber nicht hinaussehen. Es war Morgen, besser gesagt, das, was man hier Morgen nannte. Ein dünner Schleier Dämmerlichts drang in die abgrundtiefe Dunkelheit der Grube, hatte ihm aber bisher nichts Wissenswertes gezeigt und keinen Anlaß zu Hoffnung gegeben. Jedhian fühlte sich wie ein Fuchs in einer Falle. Aber Lorris hatte versprochen, ihn zu holen, und er war sicher, daß sie ihr Versprechen halten würde. Sicher hatte sie schon viele harte Kämpfe ausgefochten, überlegte er und erinnerte sich an die gezackte Narbe, die ihr über den Arm und die Hand lief. Er fragte sich, ob die Wunden ihr wohl von Haenischen zugefügt worden waren – ob er selbst ihr vielleicht schon einmal im Kampf gegenüber gestanden hatte, ohne zu wissen, daß er mit einer Frau kämpfte.

Ein Stöhnen riß ihn aus seinen Betrachtungen, und er spähte umher, um in der Dunkelheit die Ursache des Geräusches ausmachen zu können. Es ertönte noch einmal, diesmal zu seiner Linken, allerdings bedeutend schwächer. Zu Jedhians großer Erleichterung klang es nicht nach einer Amphibie.

»Hallo… bist du verletzt? Bist du ebenfalls angekettet?« fragte er und ahmte Lorris abgehackte Sprechweise so gut wie möglich nach.

»Ich… bin nicht angekettet. Man hat mich auf eine Bank gelegt. Ich… wurde ausgepeitscht. Wer ruft mich?« Es war eine Männerstimme, die zwar gequält aber doch tief und wohlklingend war, sich sogar leicht befehlend anhörte.

»Ich bin Jedhian. Aus Inys Haen. Und wer bist du, mein Freund?«

»RoNal, aus Inys Nohr.«

Plötzlich war Jedhians Mund wie ausgetrocknet. Trotzdem krächzte er eine weitere Frage hervor. »Du wurdest ausgepeitscht, sagst du? Von Nazir?«

»Von wem sonst, du Tropf? Allerdings schlägt er nicht mit eigener Hand. Die Wut reißt ihn mit, und er bringt seine Opfer immer gleich um. Er will, daß ich langsam und qualvoll sterbe. Und ich fürchte, sein Wunsch wird erfüllt. Die Pest hat mich schon ergriffen. Die Striemen haben sich inzwischen sicher weiß gefärbt. Ich fühle, wie es sich bewegt.«

Jedhian wandte sich der Stimme zu; das schwache Licht reichte gerade aus, um den Mann, mit dem er die Grube teilte, zu erkennen. RoNal lag auf dem Bauch, den Kopf mit Fetzen seines zerrissenen Hemdes umwickelt, die Augen zugeschwollen. Der Rücken war von unzähligen Hieben aufgerissen – die Arbeit eines eifrigen Folterknechtes. Wenngleich Jedhian die Farbe der Striemen nicht erkennen konnte, so waren sie doch die gräßlichsten, die er je gesehen hatte. RoNal hatte recht: Über jedem der langen, geschwollenen Peitschenmale lag eine weiße, wattige Pilzschicht. Zu Jedhians Entsetzen bewegte sie sich langsam und wellenartig fort.

»Oh nein … was hat man dir nur angetan? Wie hast du diese Tortur überlebt? RoNal, ich bin ein Heilkundiger – wenn ich mich befreien kann, könnte ich dir vielleicht helfen.«

Wieder zerrte Jedhian an der Kette. Wenn er das eine Ende der Kette bis ganz an die Wand zog, war das andere Ende gerade lang genug. Mit einer Hand und einem Arm konnte er den sterbenden Mann erreichen.

»Oh nein, Haenischer – komm nicht näher, du holst dir sonst auch die Pest. Es gibt keine Heilung; ich bin ein toter Mann, dem nicht die Ehre zuteil wird, schnell und im Kampf, mit dem Schwert in der Hand zu sterben. Aber dieser Tod ist noch besser, als an der Keuche zu krepieren – das dauert wochenlang. Es bleibt mir nichts, als die Bestie tapfer zu ertragen und nicht zu schreien, wenn sie mich packt. Ich … ich bin dankbar für deine Gesellschaft. Das macht alles leichter. Wenn du hier herauskommst, berichte meiner Tochter Lorris, daß ich bis zuletzt ihr treuer Vater war, kein Verräter. Ich hoffe, sie wird immer stolz auf mich sein. Und erzähl ihr, daß ich … zwar treu, aber auch blindlings gedient habe. Ich will nicht, daß sie es mir gleichtut und auch diesen Tod erleidet. Bitte.«

Jedhian hob RoNals Gesicht so weit an, daß dieser den Mann sehen konnte, dem er seine letzten Wünsche mitteilte.

»Ich werde es tun, das verspreche ich dir, RoNal.«

Im gleichen Augenblick erbebte die Zelle von einem reißenden Geräusch, und ein tiefes, ohrenbetäubendes Quaken erfüllte die Luft. Der ätzende Atem der Kreatur, die er weder sehen noch der er entkommen konnte, drang Jedhian in die Nase.

Mach keinen Lärm, hatte Lorris gesagt …

Der Frosch.

Ein lautes Platschen zeigte ihm, wo sich die Kreatur befand: In der äußersten, rechten Ecke der Grube. Sie war zwar noch ein Stück entfernt von ihm, aber mit jedem plumpem Sprung kam sie näher. Jedhian fühlte Spritzer des schmutzigen Wassers auf dem Gesicht und spuckte aus. Dabei überlegte er fieberhaft, was er tun konnte, um das Monstrum abzulenken. Aber RoNal hatte bereits einen Plan.

Der sterbende Mann setzte sich mühsam auf und richtete seine letzten Worte an Jedhian.

»Beweg dich nicht, was immer du siehst oder hörst.

Schließ deine Augen, wenn du mich nicht mehr sehen kannst. Öffne sie erst, wenn du glaubst, daß es wieder dunkel ist, oder wenn sie dich holen kommen. Der Frosch frißt nur einmal in der Woche; du bist in Sicherheit. Sieh zu, daß du hier herauskommst. Sag meiner Tochter, daß ich sie liebe. Versprich mir, daß du sie aus Inys Nohr herausbringst, wenn es dir möglich ist. Sie hat keine Verpflichtungen und muß dem Felonarchen erst noch den lebenslangen Treueschwur leisten. Wenn dies die Belohnung für dreißig Jahre treuer Dienste ist, dann wird Nazir nicht eher ruhen, als bis er meine Familie ausgelöscht hat.«

Damit erhob sich RoNal, warf sich nach vorn, ruderte mit den Händen und stimmte ein Kriegslied an. Dann lachte und lachte er, bis Jedhian noch ein lautes Platschen vernahm, gefolgt vom *Thwuup* der blitzschnellen Zunge des Frosches. Dann hörte er das Krachen von Sehnen und Knochen, als die Kreatur RoNals Körper – der vielleicht noch lebte – im Maul zurechtdrückte, damit er die Kehle hinabrutschen konnte.

Eine ganze Weile später, als Jedhian die eigene Unbeweglichkeit nicht länger ertragen konnte, öffnete er die Lider und sah in vier große, gelbe, blinzelnde Augen, die aus der Ecke, in der RoNal verschwunden war, zu ihm herüberstarrten. Es waren jedoch keine Amphibien- oder Reptilienaugen, wie Jedhian sie bisher gesehen hatte. Sie wirkten so menschlich wie der riesige, nackte Körper, dessen Fleisch blaß und ein wenig phosphoreszierend war. Jedhian schätzte den Frosch, der in einem dreckigen Tümpel inmitten der zerkauten Knochen und ausgespienen Haare unzähliger anderer Opfer hockte, auf eine Länge von etwa zwanzig Fuß.

Die Bestie saß reglos und zufrieden, sie verdaute wohl gerade, und auf dem pilzverkrusteten Gesicht mit dem breiten Maul lag ein völlig leerer Ausdruck.

Jedhian schluckte schwer und sagte dem feindlichen Soldaten, dessen letzte vielleicht tapferste Tat ihm das

Leben gerettet und die Möglichkeit beschert hatte, Aylith zu retten, einen stummen Dank.

Es wird eine Gedenkschrift für dich an der Ehrenmauer geben, RoNal, und wenn ich sie mit eigener Hand einmeißeln muß, dachte er.

Hocherfreut entriß Aylith der Spinne das haenische Messer und unternahm mehrere Versuche, die Handfesseln zu durchtrennen. Aber die Kettenglieder waren zu eng und das Messer zu starr. Schließlich gelang es ihr doch, zwei Glieder auseinanderzubiegen, und nach kurzer Zeit war auch die andere Hand befreit.

Es schmerzte, als das Blut zurück in die Hände strömte, und einen Augenblick lang flammten die Finger in hellem Grün, als die aufgestaute Kraft freigesetzt wurde.

Ah, jetzt wird es mir gelingen, dachte sie überglücklich bei dem Gedanken daran, daß ihr Vetter noch lebte und sich irgendwo in der Nähe befand. Sie steckte sich das Messer in den Gürtel, krempelte die lange Tunika hoch und wünschte sich einen Umhang, als sie sich an die lange, schwierige Reise von Inys Haen erinnerte. »Ganz egal, ich werde es schaffen«, murmelte sie.

Sie warf Sand in das Kohlebecken, um das Feuer auszulöschen und zog sich, so leise sie konnte mit Hilfe des Schemels auf den Felsvorsprung. Gerade, als sie die kleine Tür öffnen wollte, ertönte die Warnung der Witwengräser. Aylith hatte dergleichen noch nie gehört und warf sich gegen die Kellerwand, genau unterhalb der Tür, erstarrte und lauschte. Zwei unterschiedliche Arten von Schritten näherten sich, einer bedeutend schwerer und schleppender als der andere. Sie zogen langsam an der Tür vorbei, und einen Moment lang konnte sie die Stimmen der Männer hören.

»... bekanntmachen, daß er morgen öffentlich geköpft wird, außer wenn das Mädchen zurückkehrt und den Samen und den Lichtzauber übergibt.«

»Großartig. Manchmal bist du wirklich deinen kostspieligen Unterhalt wert, Malvos... Wir werden es überall und innerhalb der Hörweite der Diener verkünden lassen. Sie sind sowieso die einzig wahren Nachrichtenquellen. Bis auf Feryar. Er scheint nie irgend etwas von dem zu hören, was ich ihm sage«, knurrte Nazir.

»Ich danke Euch, mein erhabener, ersprießlicher König.«

Die Schritte und Stimmen wurden schwächer. Nach einer Weile herrschte Stille und Aylith wagte endlich, die angehaltene Luft auszuatmen. Also hatten sie Jedhian gefangen, dachte sie, und ihre Selbstsicherheit schwand. Und sie selbst würde ihm keine Hilfe sein. Ihre Fingerspitzen leuchteten auf, und sie wich ein wenig in den kleinen Raum zurück.

Da das Kohlebecken endgültig erloschen war, saß sie in völliger Dunkelheit und überlegte, was zu tun war. Sie spielte mit der Eichel in ihren Händen und sah, wie das Leuchten immer schwächer wurde. Das Turmzimmer war allein durch den Glanz der Eichel erhellt worden. Nun erlosch der letzte Rest des grünen Lichtes. Sie ließ den Samen in die Tasche fallen, hielt die Finger vor das Gesicht und versuchte, ein wenig Feuer aufsprühen zu lassen. Nichts.

Wie hast du es gemacht, Vater? bat sie schweigend. *Jedhian muß vielleicht sterben, und um ihm zu helfen, brauche ich die Kraft, die du mir übertragen hast. Warum kann ich das Feuer nicht erscheinen lassen? Du hast es mir nie gezeigt. Wozu sind die Erinnerungen gut, wenn ich sie nicht anwenden kann? Genauso gut könnten sie noch immer dir gehören.*

Bei diesen trüben Gedanken schien sich die Dunkelheit noch zu verdichten. Aber wie sie so über ihre Lage nachgrübelte, brachte ihr ein Bild aus der Vergangenheit, die Erinnerung an einen Angelausflug ihrer Kindheit, die Antwort.

Als sie Zwölf gewesen war, hatte Logan Aylith und Jedhian mit an den Sobus genommen. Der Himmel hatte die Farbe des Indigotuches, das sie gerade webte. Sie hatten Netze, die aus den Fasern der am Flußufer wachsenden Hiroopflanze gefertigt waren dabei und warfen sie in die kühlen Fluten des Stroms, in der Hoffnung, Fische für eine Mahlzeit fangen zu können. Aylith hatte sich vorgenommen, ihren Vetter zu übertreffen und warf das Netz unentwegt aus, gab ihm kaum die Zeit, sich zu öffnen, bevor sie es wieder mit einem scharfen Ruck einholte. Während Ayliths Netz wieder und wieder leer an Land kam, fing Jedhian einen Fisch nach dem anderen. Das steigerte natürlich ihre Enttäuschung, deshalb warf sie das Netz auf den Boden und weigerte sich, weiter zu fischen.

»Warum wird es bei mir nichts?« hatte sie getobt. Ruhig hatte Logan erwidert: »Weil du es viel zu verbissen versuchst. Willst du eine gute Fischerin werden?«

»Das weißt du doch, Vater! Was für eine Frage. Ich habe den ganzen Tag über an nichts anderes gedacht, als daran, wie viele Fische ich fangen werde.«

»Dann sei eine gute Fischerin.«

»Wie denn? Ich weiß nicht, wo ich anfangen soll, und was ich tun muß.«

Er blickte sie liebevoll lächelnd an.

»Zeig mir den ersten Schritt. Nur den ersten, richtigen Schritt.«

Aylith runzelte die Stirn, ergriff dann aber das Netz mit beiden Händen und warf es in einem wunderbaren Bogen über das klare Wasser. Mit leisem Platschen kam es auf und wurde von den alten Websteinen, die als Gewichte dienten, augenblicklich in die Tiefe gezogen.

»Jetzt zeige mir den nächsten, richtigen Schritt.«

Aylith seufzte, raffte die Leine und zog das Netz ans Ufer. Ein Dutzend zappelnde Scheiner war gefangen, ihre Flossen spiegelten das Sonnenlicht in allen Regenbogenfarben wider.

»Was …«, stammelte Aylith beim Anblick der Fische verblüfft.

»Du hast versucht, alles auf einmal zu tun. Jede Arbeit besteht aus vielen kleinen Arbeiten. Tu zuerst einen Schritt. Dann den nächsten. So wirst du eine gute Fischerin.«

Logan lächelte sie an, und diesmal lächelte Aylith zurück. Sie ging an ihren Platz zurück und warf das Netz wieder und wieder aus, nur um zu genießen, wie es sich entfaltete, über dem klaren Wasser lag und schließlich die spiegelnde Oberfläche durchbrach.

Und so fing sie mehr Fische als je zuvor. Sogar noch mehr als Jedhian, erinnerte sie sich jetzt in dem dunklen Keller und lächelte.

»Jetzt kommt der erste, richtige Schritt.«

Sie holte tief Atem und dachte an Licht, so wie Logan es getan hatte, wenn er seine Hände heilend einsetzte. Die Spitzen ihrer Finger leuchteten kurz auf. Aylith entspannte sich und konnte nun endlich den Weg, den sie suchte, erkennen.

»Es wird werden. Ich bin sicher«, ermutigte sie sich, und ihre Enttäuschung wandelte sich zu Hoffnung.

Und zu Licht.

Bei diesen letzten Gedanken sprangen neue, grüne Flammen aus den Fingerspitzen hervor, die den kleinen Keller mit strahlendem Licht und Ayliths Herz mit Hoffnung füllten. Sie streckte einen Finger aus und malte eine Linie in die Luft. Die Linie blieb stehen. Sie zog eine andere quer darüber, dann noch eine und noch eine, bis das Muster von Jedhians Umhang vor ihr schwebte, gewoben aus hellem Licht. Sie setzte die Messerspitze dagegen, drückte, hieb hinein, versuchte mit aller Kraft, die Waffe hindurchzustoßen. Aber das Muster hielt stand und ließ das Messer abprallen, ohne auch nur seine Form zu verändern. Nach ein paar Augenblicken verschwand es, und sie saß erneut im Dunkeln, während sich ein Plan in ihrem Kopf zu formen begann. *Benutze die Kraft nur, um zu heilen, um zu schützen …* hatte Logan gesagt.

Das erforderte Überlegungen. Und Übung, beschloß sie. Mit den leuchtenden Fingerspitzen fuhr sie durch die Dunkelheit, besänftigte ihre Gedanken und rief das Feuer durch bloßen Glauben herbei, wanderte langsam in die grüne Welt ihres Herzens, in dem das Leben schlummerte, und in dem Jedhians einzige Möglichkeit ruhte. In den nächsten Stunden füllte sie die Luft mit mehr und mehr grüner Kraft, verband und kreuzte die Linien zu komplizierten Mustern der Macht, wob einen Stoff aus grünem Licht, das strahlend erhalten blieb. Es bildete sich eine Aura um sie herum, die erst verschwand, wenn Ayliths Konzentration nachließ. Später steuerte sie die Kraft allein durch ihren Willen.

Als Feryar sie entdeckte, lag sie tief schlafend neben der Mauer. Die Luft über ihr war noch angefüllt mit vielen Längen des leuchtenden, zarten Stoffes.

»Steh auf, mein Mädchen. Ich werde dir helfen, hier herauszukommen. Du mußt die Heilung vollziehen.« Er lachte leise und schlug nach den blasser werdenden Überbleibseln des glänzenden Gewebes, das vor seinem Gesicht schwebte.

»Oh! Feryar … du bist es. Konntest du das Licht von der Treppe aus sehen? Bin ich entdeckt worden?«

Aylith sprang auf und versuchte, ihre Gedanken zu ordnen. Die Übungen hatten sie mitgenommen. Kein Wunder, daß ihr Vater immer so müde gewesen war. Sie schob die wirren Haare zurück und sah Feryar zum ersten Mal, seitdem er sie sanft wachgerüttelt hatte, richtig an. Das Gesicht des alten Elfen war übel zugerichtet, und ein dünner Schnitt zog sich über die Wange bis zum Auge. Eine Hand sah gebrochen aus, alle Finger waren krumm und geschwollen. Nazir hatte zweifellos seine Wut über ihr Verschwinden an Feryar ausgelassen.

»Feryar, du bist verletzt! Er hat dich geschlagen. Nur wegen mir war er so wütend. Du hättest es nicht zulassen dürfen. Warum hast du ihm nicht gesagt, daß ich mir den Weg freigezaubert habe oder so. Ich wollte nicht, daß du verletzt wirst.«

Sanft berührte Aylith die Schwellung unter dem Auge des Elfen. Es sah so aus, als sei der darunterliegende Knochen zerschmettert worden. Das Gesicht war mit langen Striemen bedeckt, als habe man ihn mit einer Rute geschlagen. Er wich nicht zurück, ließ sie tasten und die Haut nach tiefer liegenden Verletzungen absuchen. Er mußte grauenhafte Schmerzen haben, aber Feryar atmete nur schwer, stieß nicht einen Schrei aus. Ayliths Herz schwoll an vor Mitgefühl für den Elfen, und sie stellte sich sein Gesicht vor, wie es vor den Schlägen ausgesehen hatte; jede jetzt verletzte Stelle stand so deutlich vor ihr, daß sie schließlich nicht mehr an die Verunstaltung glauben mochte.

Dann geschah etwas Seltsames, Unerwartetes. Die Schwellung ging zurück, die Haut nahm wieder ihre normale Färbung an, und der Schnitt schloß sich, als sei er nie vorhanden gewesen.

Aylith rang überrascht nach Luft, als sie beobachtete, wie Feryars Gesicht sich, ihrer Vorstellung entsprechend, langsam veränderte. Sie fühlte, wie sich der Knochen unter ihrer Hand ausrichtete und wieder zusammenwuchs. Als Feryars Gesicht wiederhergestellt war, lächelte er und küßte ihr die Hand; die kleinen, leuchtenden Lichtpunkte glühten noch immer an den Fingerspitzen. Dann fiel Aylith die gebrochene Hand wieder ein, und sie machte sich daran, die Hitze herauszuziehen. Die Finger ließen sich mit Leichtigkeit richten – bis auf den kleinsten. Er weigerte sich, nachzugeben, die Knochen schienen falsch zu liegen, waren stark gekrümmt. Aylith versuchte es noch einmal, konnte aber keine Veränderung bemerken.

»Das ... ist eine alte Sache, mein Kind«, sagte der Elf traurig, und seine Stimme klang wie kalter Winterwind, der durch nackte Baumwipfel fährt.

Feryar dachte an den Tag, an dem der Finger gebrochen worden war. Es war die letzte Nacht gewesen, in der Malvos Thrissa geholt hatte. Der Apothekarius hatte dem verrückten Crephas ›Musik‹ verschrieben. Thrissa sollte ihm ein paar elfische Balladen vorsingen, damit er einschlafen konnte, da es ihm immer häufiger nicht möglich war, zur Ruhe zu kommen. Schon oft war Thrissa dieser Aufforderung nachgekommen, da alle Felonarchen mit dieser Schwierigkeit zu kämpfen hatten. Crephas hatte sie einige Stunden nach dem letzten Trunk rufen lassen, und Malvos hatte sie aus Feryars warmen Bett in das kalte Schlafzimmer des Herrn gebracht.

Aber dieses Mal wollte der Herrscher ihren Gesang nicht hören. Malvos bewachte die Tür, obwohl Thrissa sich gar nicht gegen Crephas wehrte, weil sie wußte, daß er die Kammerfrauen und Botenjungen und alle anderen Turmbewohner bestrafen würde, wenn sie sich ihm verweigerte. In jener Nacht hatte Feryar auch nicht schlafen können. Als keine Musik ertönte und er seine Frau weinen hörte – durch die Steinmauern und die Wandbehänge hindurch –, spürte er aufgrund der langjährigen Vertrautheit ihrer Herzen, daß Thrissas Herz gebrochen wurde. Damals hatte er mit Malvos gekämpft, und war mit dem Tod in den Augen und Händen auf den alten Magier und König eingestürmt in der Absicht, der nohrischen Linie ein Ende zu bereiten, ungeachtet der Prophezeiungen, die bisher sein ganzes, dienstbares Leben bestimmt hatten. Der alte König war völlig unvorbereitet gewesen, verletzlich in seiner Nacktheit und befangen in dem Gedanken, alles sei nur ein Traum. Es wäre ein leichtes für Feryar gewesen, Crephas Herz zu durchbohren und davonzugehen. Aber Thrissa hatte Feryars Hand so hart zurückgehalten, daß sie ihm dabei den kleinen Finger gebrochen hatte. Der Schmerz hatte ihn an die anderen Lebewesen erinnert, diejenigen, deren Leben sie unter großen Mühen über Jahre hinaus gerettet hatten, diejenigen, die auf das Licht warteten, auf die Wiederherstellung des Tages, auf die eigene Heilung. Alle jene, die auf den Heiler warteten.

Die Prophezeiung mußte sich erfüllen. Er konnte nicht den Stamm auslöschen, den er sein Leben lang beschützt hatte. Feryars Hand hatte den Dolch fester umklammert, und sein kleiner Finger hatte sich gekrümmt und gefügt. Er hatte sich umgedreht, war über den bewußtlosen Malvos gestiegen und hatte die weinende Thrissa und den lebenden Crephas zurückgelassen. Es war der schlimmste Tag in Feryars Leben gewesen.

Als aber der alte König viele Jahre später starb, hatte er einen Sohn hinterlassen. Dieser war Crephas einziger männlicher Nachkomme. Der letzte aus dem Stamme Nohrs: Nazir. Abgesehen von jenen, die sich damals im Schlafgemach befunden hatten, wußten nur Malvos und die albionische Hebamme, der man die Zunge herausgeschnitten hatte, daß Thrissa Nazirs Mutter war.

Als das Kind geboren worden war, dachte niemand mehr an Feryars Finger, aber dieser war nie wieder gerade gewachsen. Als erinnerten sich die Knochen sehr gut an den Bruch des Fingers und den von Feryars Herzen, der auch nie geheilt wurde.

Am Tage von Nazirs Krönung hatte Thrissa eine geheimnisvolle Vision gehabt und war nach Loch Prith gegangen, ohne ein Wort zu sagen. Feryar blieb im Turm zurück, bis diese Vision sich bewahrheiten würde.

Er schloß die Augen beim Gedanken an jene lang zurückliegenden Ereignisse.

»Ich danke dir«, flüsterte er Aylith zu. »Begreifst du es jetzt? Du bist der Heiler! Du mußt dich retten. Warte in der Mauerspalte in der Wand direkt dem Keller gegenüber. Bald werden die Wachen abgelöst. Dann kannst du entkommen und mit der Eichel nach Inys Haen zurückkehren. Nimm diesen Umhang und das Essen; es ist sehr kalt draußen.«

»Nein, Feryar. Ich bin kein Heiler. Hör auf, so zu reden. Denk daran, daß Jedhian hier ist. Er ist mein Vetter. Nazir hat ihn gefangen genommen und wird ihn töten, wenn ich die Erinnerungen nicht preisgebe. Ich hörte ihn darüber sprechen. Vielleicht ist es bereits zu spät«, jammerte sie, als ihr einfiel, daß schon eine ganze Weile vergangen war, seit dem sie Nazir und Malvos belauscht hatte.

»Nein, es ist noch nicht zu spät. Aber es wäre besser, wenn du ohne ihn gehen würdest. Wie dem auch sei, ich glaube, daß es noch jemanden gibt, der uns helfen wird. Wir werden eine Möglichkeit finden, auch diese Angelegenheit zu regeln.«

KAPITEL 12

Lorris verließ eilig ihre Unterkunft und ging zu der Stelle, an dem der Haenische in ihr Leben gefallen war, um dort nach den Waffen zu suchen, die er fallengelassen hatte. Der vorige Wächter hatte ihr die Neuigkeiten mitgeteilt: Nazir würde den Haenischen köpfen lassen, wenn das Mädchen sich nicht stellte. Lorris wußte, daß Nazir den Mann in jedem Fall töten lassen würde. Als sie nichts finden konnte, vermutete sie, daß Jedhians Messer im Geheimkeller verlorengegangen war. Wenn sie dorthin zurückkehrte, würde sie Malvos Mißtrauen erregen, falls er jemanden damit beauftragt hatte, den Keller im Auge zu behalten – und das war sehr wahrscheinlich. Leider befand sich der einzige andere Zugang zum Keller auf halber Höhe im Turm. Dort saß aber Nazir in unmittelbarer Nähe der verborgenen Treppe und brütete vor sich hin. Und aus welchem Grund sollte sie dort hinauf gehen? Also mußte das Messer bleiben, wo es war. Das wiederum ließ den Haenischen unbewaffnet zurück. Wenn sie ihn aus der Grube befreite, brauchte er aber eine Waffe.

Aber Halt!, was war das? Das helle Aufblitzen von Metall sprang ihr ins Auge, als sie den Boden ein letztes Mal untersuchte. Am Fuß des Turms, im Schatten eines Steinhaufens, steckte ein altes Schwert schräg im sumpfigen Boden – es sah aus wie ein Bratspieß! Sie zog es heraus und vermutete, daß es haenischer Machart war, denn niemand in Inys Nohr konnte eine so fein gearbeitete Waffe anfertigen. Über den Griff und den mittleren Teil der Klinge wanden sich Schlangen.

Die Klinge selbst sah stumpf aus und hatte abgerundete Kanten. Diese Waffe war nie als Kampfwaffe gedacht gewesen, sondern ein reines Zier- und Prunkstück. Der Knauf bestand aus silbernen Schlangen, die so ineinander verflochten waren, daß der Handkorb sich formte; zwei Schmucksteine hingen an einer dicken Silberkordel, die durch das Heft gezogen war. Die feinen Schattierungen der verwobenen Metalle erinnerten Lorris an eine wogende See. Sie säuberte die Waffe und wickelte sie in einen Umhang, den sie für Jedhian mitgebracht hatte.

Das muß reichen, dachte sie. *Ich hoffe, du kannst einigermaßen geschickt damit umgehen, mein Freund.*

Sie drückte sich eng an die rauhe Turmmauer und stopfte das eingewickelte Schwert in einen langen Spalt zwischen den Steinen, den sie entdeckt hatte. Dann schlüpfte sie wieder an den Platz, an dem sie ihre Wache halten mußte… unmittelbar vor der Grube.

Aylith hatte Feryar nachgewinkt, der im Schatten verschwunden und die Geheimtreppe emporgehuscht war; er hatte seine Pflichten schon viel zu lange vernachlässigt. Jetzt kam es auf sie an.

Sie verspeiste die letzten Pilze, die er ihr trotz der Prügel noch mitgebracht hatte, leerte den Wasserkrug und dachte darüber nach, wie sie Jedhian aus dem Kerker holen und mit ihm aus Inys Nohr heraus und nach Hause gelangen sollte. Der Ausgang der Sache war völlig ungewiß, aber es blieb ihnen keine andere Möglichkeit. Wenn Lorris den Platz der Grubenwache eingenommen hatte, wollte sie Jedhian befreien, bevor der Henker ihn holen kam. Dann würde Feryar dafür sorgen, daß die Albion-Minenarbeiter einen Mann zuwenig auf ihrem täglichen Weg zu den Kohlegruben bei sich hatten. Lorris und Jedhian sollten sich dort mit Aylith treffen, um nach Inys Haen zu ziehen.

Als Lorris auf dem Weg zur Grube an den Witwengräsern vorbeischritt, riefen diese sie beim Namen. Sie hielt inne, blickte aber nicht nach unten. Dann gab sie vor, den Verschluß der Beinschiene prüfen zu müssen und richtete die Stimme auf den Boden.

»Wer ruft mich?«

»Ayliiiith, Ayliiiith!«

»Bleib wo du bist, ich muß weiter.«

»Keineeee Zeieieit ...«

Lorris richtete sich wieder auf und ging weiter, um die Ecke, und blieb einen Augenblick lang vor dem Gitter zur Grube stehen.

»Lebst du noch, Haenischer? Hörst du mich?«

Jedhian richtete sich zum Gitter und zog sich an der Kette ein Stück empor.

»Ja, ich lebe. Das verdanke ich deinem Vater. Er gab mir eine Botschaft an dich.«

Lorris zuckte nicht mit der Wimper, als sie das Stocken in Jedhians Stimme vernahm. Sie hatte es gewußt. Man hatte ihren Vater bereits ausgepeitscht, und er war tot. Ihre Worte kamen so abgehackt wie trockene Zweige, die von einem Ast gerissen werden.

»Jetzt gibt es keinen Handel mehr, Haenischer.«

»Was? Keinen Handel? Was ist mit Aylith? Wirst du uns nicht bei der Flucht helfen?«

»Das habe ich nicht gesagt. Ich sagte, wir haben keinen Handel mehr. Was ich jetzt tue, tue ich für mich. Ich werde Nazir am Ende seiner eigenen Peitschenschnur tanzen lassen, und wenn es meine letzte Tat sein sollte. Jetzt bleib weg vom Gitter. Sei still, oder noch besser, sprich mit dir selbst, so als wärst du verrückt oder im Fieberwahn. Ich bringe Aylith hierher, und wir werden dich befreien. Irgendwie.«

»Lorris?«

Sie schwieg und blickte nicht auf das Gitter hinab.

»Ich heiße Jedhian.«

»Jedhian«, wiederholte sie und ging den gewohnten Weg mit gleichbleibend gemessenen Schritten; sie fühlte die Tränen nicht, die ihr unter dem geschlossenen Visier über das Gesicht liefen.

Jedhian zog sich vom Gitter zurück. »Aylith herbringen? Wir befreien dich?«

Es war nicht nötig, so zu sprechen, als sei er verrückt geworden. Er war überzeugt, es bereits zu sein; Lorris konnte das nicht ernst gemeint haben. Als er Aylith zum letzten Mal gesehen hatte, war sie in Nazirs Hand gewesen, mit einem Zauberspruch gefangen wie ein Vogel im Käfig. Und jetzt war sie entflohen? Er dachte immer wieder über das Gehörte nach, bis plötzlich jemand gegen die Tür donnerte, und einer der Wächter ihm zubrüllte: »He, Haenischer, du kriegst die Rübe abgeschlagen, wenn die Kleine nich' wieder kommt! Hab's von 'ner Magd, von da oben, gehört. Und wenn du reif bist, reiß' ich mir dein tolles Hemd untern Nagel, jawoll!« Er kicherte und schlug dröhnend gegen die schwere Eisentür.

Der Mann war betrunken, wahrscheinlich vom Met, den die Magd oben gestohlen hatte. Die Neuigkeiten erweckten den Wunsch in Jedhian, er habe auch am Krug des Wächters nippen können. Also das war Nazirs Plan. Er sollte als Lockvogel benutzt werden, damit Aylith gefangen werden konnte. Also war sie tatsächlich entkommen!

»Beeil dich, Mädchen. Ich kann dich nicht vor der Grube retten!« Er lächelte wehmütig.

Als Lorris das nächste Mal an den Witwengräsern vorbeikam, flüsterte sie Aylith zu, daß Jedhian noch am Leben war. Beim nächsten Rundgang gab sie Aylith Anweisungen, wo diese warten sollte, bis der Wachgang beendet war und sagte ihr auch, daß Feryar ihr Kleidung bringen würde.

Bei der dritten Runde war Aylith bereits aus dem Keller herausgekommen und stand wartend im Schatten der Turmmauer. Sie fühlte sich besser, war froh über die frische Luft, wenngleich ein unangenehmer Geruch darin mitschwang. Es war kalt hier draußen. Sie hoffte, daß Lorris bald auftauchen würde. Als sie sich in die Mauernische, die Lorris ihr beschrieben hatte, zurückzog, entdeckte sie, daß jene nicht leer war. Weit hinten, mit einem Lederumhang umwickelt und mit viel Schimmel bedeckt, befand sich ein Schwert. Aylith lächelte und zog die Waffe aus der unschönen Hülle. Die Spitze war abgebrochen, aber der Rest, soweit man es in dieser engen Nische feststellen konnte, war zwar heil, schien aber kein rechtes Gleichgewicht zu haben. Einer der Schmucksteine fühlte sich leichter als der andere an. Aylith wickelte die Waffe wieder in den Umhang; das Glitzern der miteinander verschlungenen Schlangen hätte, sogar in dieser nohrischen Dunkelheit, jeden Beobachter auf sie aufmerksam gemacht. Aber die Gegenwart des Schwertes stimmte sie tröstlich. Lorris hatte Wort gehalten.

Sie wurde wieder schläfrig, wachte dann mit einem Ruck auf, als sie daran dachte, was beim letzten Mal, als sie eingeschlafen war, geschehen war. *Nun, dieser Umhang ist wenigstens ein richtiger Umhang,* stellte sie fest und war froh über Feryars Umsicht.

Aylith fragte sich, was der Elf hier zu suchen hatte. Er diente Nohrs tyrannischen Nachkommen, ließ sich für Fremde durchprügeln, wanderte schweigend und geduldig durch die dunkle Welt von Inys Nohr. Was hielt ihn hier?

Das Ganze erinnerte sie an eine Geschichte, die Logan ihr einmal über einen Hirten erzählt hatte, der sein Leben für seinen Freund hingegeben hatte, als der von einem Eber, den der Speer eines Jägers vor Schmerz verrückt gemacht hatte, angegriffen wurde. Aylith hatte wieder und wieder darüber nachgedacht und versucht, die Geschichte zu verstehen. Schließlich hatte sie bei Logan nachgefragt.

»Es waren Hirten«, hatte Logan sanft geantwortet. »Gefährliche Dinge können sich außerhalb der Dörfer ereignen. Der Mann hatte, lange bevor die Gefahr zuschlug, seine Entscheidung getroffen. Er liebte seinen Freund. Das war alles.«

Er liebte seinen Freund. Das war alles. Aber wie kann man jemanden lieben, den man gar nicht kennt, Feryar? fragte sie ihn im Stillen. *Wie kannst du mich lieben?*

KAPITEL 13

Lorris wußte, daß ihr von ihrem Vater nichts blieb außer seinem letzten, verzweifelten Blick.

Verräter oder nicht, ich werde jetzt gehen, dachte sie. *Ich habe keinen lebenslangen Eid abgelegt. Mein Treueschwur gilt meiner Familie, und ich will Nazir nur noch eine Frage stellen. Und ich will eine Antwort auf RoNals Tod.*

Lorris hatte sich entschieden. Wenn die Flucht erst gelungen war, würde der haenische Mann sie sicher so lange in Inys Haen aufnehmen, bis sie in der Lage war, sich allein durchzuschlagen – vielleicht als Söldnerin, vielleicht würde sie aber auch das Schwert für immer niederlegen, wenn sie erst einmal Nazir damit getötet hatte.

Dieser wahnsinnige Dämon hatte keine Ahnung, was für einen Mann er getötet hatte, als er RoNal auspeitschen und in die Grube werfen ließ. Nazirs Truppen hofften, den Herrscher nie sehen oder sprechen zu müssen, denn das war gleichbedeutend mit Bestrafungen. Trotzdem folgten sie ihm und seinem großen Traum, das Licht zu gewinnen. Aber Lorris wußte, daß RoNal dafür gesorgt hatte, daß sie zu Essen hatten und daß er es war, der ihre Wache übernahm, wenn sie ein Familienmitglied begraben mußten, das an der Keuche gestorben oder verhungert war. Es war RoNal gewesen, der die Kinder der Huren beschützt hatte, wenn jene zum Kai wanderten, um ihrem Gewerbe nachzugehen. Aus diesen Kinder wurden später Soldaten, falls sie überlebten und aufwuchsen. RoNals Truppen, also etwa die Hälfte von Nazirs Armee, waren einzig RoNal treu ergeben.

Außer Thix. Obwohl der junge Mann seinen Onkel nicht verdächtigt hatte, schien Nazir gewartet zu haben, bis alle Voraussetzungen vollkommen waren. Allerdings war es nicht so, daß Thix es nicht schon lange verdient hätte, eine Schwertspitze an der Kehle zu spüren. Lorris würde niemals den Tag vergessen, als Thix, der selbst während eines Scheingefechts in Raserei geriet, ihr absichtlich einen hinterhältigen Schnitt mit seinem zweizackigen Dolch zufügte. Dadurch hatte sie einen ganzen Monat mit der Ausbildung aussetzen müssen. Jetzt schmückte die gezackte Narbe für immer ihre Hand und den Unterarm. Obwohl ihr Vater wußte, was der Junge getan hatte, hatte er Lorris nur ermahnt, immer das Unerwartete zu erwarten, sich schneller zu bewegen und niemals mehr etwas Ähnliches geschehen zu lassen.

Nazir hatte Thix nicht einmal gescholten.

Die Felonarchen vor Nazir, bekannt durch ihre einfallsreichen Morde, hätten Thix applaudiert. Seine Waffe war das Schwert der Ehre RoNals.

Lorris machte sich auf den Weg zur Unterkunft ihres Vaters, einem langgestreckten Steingebäude mit schiefergedecktem Dach, das sich seitlich der Hauptkaserne befand. Im Eisregen wirkte der dunkle Fels noch dunkler. Lorris trat ein, machte sich aber nicht die Mühe, die schlammigen Stiefel auszuziehen. Dafür war keine Zeit.

Im Raum befand sich keine Kerze, aber sie wußte, wonach sie suchte. Schon bald hatte sie die Spangen der Zierdolche ertastet, deren Schneiden rasiermesserscharf waren, sowie das Medaillon mit dem Bildnis ihrer Mutter, die schwere Brosche in Form eines Drachenkopfes mit Rubinaugen und das winzige Ledertuch, in das die Landkarte von Cridhe kunstvoll eingebrannt war.

Lorris hatte bereits alles in ihren Beutel gepackt, als sie Schritte vor der Tür vernahm. Leise zog sie sich tiefer in den dunklen Raum zurück und hielt einen der Dolche bereit.

Der Eindringling schob sich zögernd in den Raum, wirkte beinahe ehrerbietig, und hielt etwas in Lederstücke Eingerolltes bei sich. Seine schmächtige Gestalt und die herunterhängende Schulter verrieten ihn sofort. Lorris steckte den Dolch fort.

»Arn.«

»Ah! Was? Wer...?« krächzte der Junge noch ängstlicher als gewöhnlich.

»Arn. Komm her zu mir. Ich bin es nur. Was hast du da? Warum bist du hierhergekommen?« fragte Lorris und trat einen Schritt von der Wand weg.

»Es tut mir leid. Ich gehe sofort, bitte erzählt es nicht dem Herrscher. Ich wollte mich nur von ihm verabschieden. Er war gut zu mir, Herrin. Er hat mir den Arm gerichtet, als man ihn mir brach. Ich bin nicht gekommen, um etwas zu stehlen, das schwöre ich.«

Arn war schon fast wieder an der Tür, als Lorris seine zerrissene Tunika zu fassen bekam und ihn zurückzog.

»Es ist ja gut, Arn. Ich habe ihn doch auch geliebt. Er war alles, was ich hatte. Alles, was viele von uns hatten. Bleib hier.«

Der Junge beruhigte sich ein wenig, und sie nahm die Hand von seinem Ärmel. Dann erzählte er ihr mit trauriger Stimme, was er gesehen hatte.

»Herrin, ich sah, wie er ausgepeitscht wurde. Zuerst las der Herr ihm im kleinen Kreis eine Anschuldigung vor; ich mußte die Schriftrolle halten. Euer Vater nickte nur, und dann schnitten sie ihm die Haare ab und rissen ihm das Hemd vom Leib. Sie nahmen ihm das Schwert ab und zerbrachen es. Man merkte, daß ihn jenes am meisten schmerzte. Dann machten sie sich daran, ihn auszupeitschen. Er wurde an eines der Tore gebunden und bekam dreißig Hiebe. Davon wären die meisten Männer schon gestorben, Herrin. Er ertrug es so tapfer, schrie nicht, und ließ auch kein Wasser. Als es vorbei war, hielt er sich, so gut er konnte, auf den Beinen und schüttelte dem Soldaten, der es tun mußte, die Hand. So etwas habe ich noch nie gesehen, Herrin. Er hat dem Herrn die ganze Zeit geradewegs ins Gesicht geschaut, als man ihn zur Grube führte, und der Herr konnte ihm nicht in die Augen sehen, Herrin. Und ...«

Arn stockte. Dann fuhr er fort. »Ich habe nichts gesagt, Herrin. Ich glaube, der Herrscher ließ Euren Vater peitschen, weil er ihn für einen Verräter hielt. Aber der Verräter bin ich. Ich weiß, wer die Rebellion anführt, und wer ihm folgt. Und ich habe alles geschehen lassen.« Arn sah elend und schuldig aus und zitterte am ganzen Körper.

Lorris blickte aus ihrer beachtlichen Höhe auf ihn hinab. »Er hätte sich über dein Kommen gefreut. Hier, Arn, ich möchte dir dies geben«, sagte sie und beugte sich hinab, um dem Jungen die glitzernde Brosche zu reichen. »Nimm es und erkaufe dir damit den Weg aus dem Turm, geh durch Stadt, in Richtung der Südinsel. Dort ist es vielleicht etwas wärmer, das wird der Schulter guttun.«

Er schüttelte den Kopf, aber sie kniete nieder und sah ihn an. »Arn, du kannst nicht hierbleiben. Sieh mal, RoNal wäre stolz auf dich gewesen, weil du niemanden verraten hast und nicht Hunderte von Menschen dem Tode ausgeliefert hast. Aber du bist genauso in Gefahr wie mein Vater. Schon bald wird Nazir merken, daß er nicht den Richtigen erwischt hat. Und dann geht er wieder auf die Suche.«

Sein Blick begegnete ihren grauen Augen; er nickte. »Dies habe ich gefunden, als alles vorbei war. Ich möchte es Euch geben.«

Schnell reichte er ihr das zusammengerollte Leder und nahm zögernd die Brosche an. Dann war er fort. Lorris war wieder allein.

Mit dem zerbrochenen Schwert ihres Vaters.

Vorsichtig rollte sie das Leder wieder zusammen und legte es auf die schmale Pritsche. Leise schloß sie die Tür des Zimmers und eilte zum Eßraum, in der Hoffnung, unbeobachtet etwas Eßbares mitnehmen zu können. Der Weg nach Inys Haen war weit. Und sie reisten zu dritt.

Lorris begab sich an einen Tisch, an dem ein paar jüngere Soldaten saßen, die mit einem Würfelspiel beschäftigt waren, und die Nacht gut hinter sich gebracht hatten.

»Wer wird die Kapuze für die Hinrichtung des Haenischen tragen?« erkundigte sie sich und schlug einen der Männer zur Begrüßung auf den Rücken.

»Ähm, BiDrun, glaube ich«, erwiderte der Mann, ohne die Augen von den rollenden Würfeln abzuwenden.

»Kann nicht sein«, meinte ein anderer. »Der hat seit gestern die Keuche.«

»Dann bleibt nur noch Merco«, fügte ein Dritter hinzu. »Lorris – was mit deinem Vater geschehen ist, war falsch. Wir wissen ...«

»Ist schon gut. Danke«, murmelte Lorris und wandte sich hastig ab, der Warteschlange zu. Es war beinahe Morgen, und das Frühstück wurde ausgeteilt. Sie nahm ihre Schüssel mit dem grauen Inhalt in Empfang, der ihr heute noch unappetitlicher erschien als sonst, und ging zu einem abseits stehenden Tisch.

Merco. Der pfeifende Henker. Er pflegte den Opfern Seemannslieder vorzupfeifen, um jene zu beruhigen, bevor er sich an die Arbeit machte. Die Folge war, daß die Leute ihren Tod eiliger herbeiwünschten und ihm ein wenig froher entgegensahen. Lorris Blick schweifte umher. Merco aß täglich zur selben Zeit, wenn er die Folterkammer verließ, die gleich neben Jedhians Zelle lag. Der Henker nutzte die Mahlzeiten auch, um mit seinen Kameraden zu plaudern.

Lorris stocherte gedankenverloren in ihrem Essen herum und hielt nach dem Henker Ausschau. Die ganze Angelegenheit war äußerst simpel. Sie mußte nur abwarten. Jeden Augenblick würde Merco hereinkommen, und sie konnte zur Grube gehen, dem wachhabenden Soldaten die Schicht abkaufen – er würde erfreut und ohne Fragen zu stellen darauf eingehen – und dann Jedhian aus dem elenden Loch befreien, bevor Merco zurückkam und mit seinen widerwärtigen Vorbereitungen beginnen konnte.

Als geraume Zeit vergangen war, ohne daß Merco erschien, erhob sich Lorris, schob das kalt gewordene Essen fort, stopfte sich ein paar Brotstücke in die Taschen und verließ den Eßraum.

Ohne Zwischenfälle erreichte sie die Grube, schlüpfte durch das Eingangstor und die Treppe hinab, wobei sie hoffte, daß ihre bösen Vorahnungen sie trogen.

Aber gerade, als sie um die letzte Ecke bog, durchbrach ein unmelodisches Pfeifen die Stille und hallte durch das Treppenhaus.

Nazir schritt eilig hin und her. Er wußte, daß er nicht eher damit aufhören konnte, als bis er erschöpft zusammenbrach. Das Geburtsmal auf seiner Brust brannte wie Feuer, und er konnte nichts hören außer dem Rauschen des eigenen Blutes in den Ohren. Die Raserei hatte ihn wieder einmal ergriffen. Die Anfälle erfolgten jetzt in immer kürzeren Abständen. Der alte Feryar hatte ihm erzählt, daß er kaum hatte laufen können, als die Raserei ihn das erste Mal gepackt hielt. Der Anfall hatte vier Tage lang angehalten und zwei seiner Kinderfrauen zusammenbrechen lassen. Beim nächsten Mal, er war zwölf Jahre alt gewesen, hatte er eine Kaserne niedergebrannt. Dann, mit neunzehn Jahren, hatte sich Nazir eines Tages mit blutbefleckten Händen im Moor wiedergefunden. Tage später hatte man an der Stelle, an der ihn Feryar aus dem Schnee gerettet hatte, einen Scherenschleifer mit zerschnittener Kehle entdeckt. Vor einem Jahr hatte Nazir an einem Tag fünfzehn Männer durch Auspeitschen getötet. Es war immer das Gleiche: Wenn er erst einmal einen bestimmten Punkt überschritten hatte, verlor er jegliche Selbstbeherrschung.

Er fragte sich, ob er diesmal Feryar umgebracht hatte; der alte Elf war schwer gestürzt, und Nazir hatte nicht gesehen, ob er großen Schaden genommen hatte. Wenn die Raserei ihn ergriff, sah Nazir nur noch rote Wogen vor den Augen, und aus seinen Händen schossen blaue Flammen.

Er nahm noch einen großen Schluck des neuesten, faulig schmeckenden, weißlichen Trankes, den Malvos für ihn gebraut hatte. Als ihm die Flüssigkeit die Kehle hinunterlief, mußte er einen Brechreiz unterdrücken. Das Feuer in seinem Inneren ließ nach.

Es war neun Jahre her, seitdem Nazir Inys Nohr zuletzt verlassen hatte. Bei jener Gelegenheit hatte er die Truppe, die den Frühlingsüberfall ausführen sollte, begleitet, um selber den Hüter gefangenzunehmen. Er wollte seinem Volk zeigen, daß endlich ein Herrscher auf dem Thron saß, der mutig genug war, um den Haenischen in eigener Person gegenüber zu treten. Aber je näher er Inys Haen gekommen war, umso grauenvoller hatte das Geburtsmal zu brennen begonnen, bis die Qual schließlich unerträglich geworden war, so daß der junge, gerade gekrönte Herrscher beschämt umkehren mußte, um sich in den Schutz der Gebirgsfestung und die Nähe von Malvos Tränken zu begeben.

So war es auch allen anderen Männern des Hauses Nohr ergangen, aber das wußte Nazir nicht, denn seine Vorgänger hatten die verschiedensten Gründe dafür in den Folianten niedergeschrieben, warum sie den Turm nicht verlassen hatten. Nohr selbst hatte niemals die Kraft des Fluchs anerkannt, die über seine Familie gekommen war, als er den Sippenbaum beschädigte und war in dem Wahn gestorben, daß er in einer anderen Welt weilte, mit eingebildeten Freunden herumspazierte und über die Vorteile eines seltsamen, flüssigen Metalles sprach, das man der Wetterbestimmung zunutze machen wollte.

Nazir brauchte Ablenkung.

Er schluckte den Rest des Trankes zu hastig, erlitt einen Hustenanfall und zerrte sich dann die abgetragenen, blauen Gewänder über den Kopf, die er bei Ayliths Begrüßung getragen hatte. Die Bewohner von Inys Nohr würden niemals vermuten, daß sich ihr berüchtigter Herrscher darunter verbarg.

Er zog die Kapuze über das feuchte Haar und streifte den Ring mit dem Bild des Adlers vom Finger. Dieser Ring hatte vor kurzem noch Thix gehört, wie es für das jüngste Mitglied der Familie Sitte war. Das Familienwappen: Der Lieblingsvogel des alten Nohr, Atalanta. RoNal hatte ihm den Ring in dem Moment ausgehändigt, als er Nazir über Thix' Tod Bericht erstattet hatte. Daraufhin hatte Nazir ihn ohne jede weitere Befragung auspeitschen lassen. Nun, das war auch notwendig gewesen, wenngleich RoNal sein bester Offizier gewesen war, sein treuester ergebenster Soldat. Malvos sagte, die Truppen hätten RoNal verehrt. Und der Sieber wußte die Wahrheit, auch wenn er sie nicht immer aussprach.

Was bedeutet es schon, jemanden zu lieben? fragte sich Nazir, als er den Turm verließ und durch das Tor schritt, während eigenartigerweise das Gesicht des haenischen Mädchens immer in seinem Kopf auftauchte. *Ich habe nie gewußt, was das heißen mag.*

Er dachte über die dunklen Abgründe seines Herzens nach, in denen der Wahnsinn schlummerte, in denen es weder Fragen noch Liebe gab. Es gab nichts außer dem Feuer der Wut, dem alles verzehrenden Rachedurst. Nazir ließ den Gedanken fallen, denn schon allein dessen Kraft machte ihn schwindlig. Die alte

Rache, die alte Wut – sie gehörten ihm nicht einmal. Sie gehörten einem Wahnsinnigen, der sie jedem einzelnen seiner Nachkommen vermacht hatte. Das war der einzige Teil des alten Mannes, der niemals ganz ausgelöscht worden war. Und nun lebte er in Nazir weiter und näherte sich täglich dem Ziel, ihn für immer in die ewige Dunkelheit zu führen.

Manchmal fragte sich Nazir, ob Nohr überhaupt jemals gestorben war. Ihm schien, als tobe, winsele und kämpfe der alte Nohr in seinem Körper. Und er wurde stetig kräftiger, fordernder. Das Licht mußte unbedingt erweckt werden. Der Fluch mußte ein Ende haben. Er mußte die Hüterin finden. Ihr fortnehmen, was rechtmäßig ihm gehörte. Was Nohr hätte gehören sollen. Das Licht in Ayliths Augen. Die Erinnerungen des Sippenbaumes.

Vom Fluß zogen Nebelschwaden heran, verdeckten den Schmutz und die Verkommenheit der Anbauten und Fischerhütten. Vor ihm lag die einzige Taverne von Inys Nohr, deren Eingang durch eine qualmende Fackel gekennzeichnet wurde. Nazir trat ein, da er bereits die schleichende Feuchtigkeit der nohrischen Nächte spürte.

Im Innern des überfüllten, primitiv gestalteten großen Raumes saßen einige Fischer bei einem Becher Perf – ein Getränk, das Nazir verabscheute – und verzehrten ihren spärlichen Fang. Aale. Häßliche, violetthäutige Aale mit langen Mäulern und rasiermesserscharfen Zähnen. Sie schwammen im Graben am Fuße des Turmes, bevölkerten den Fluß und fraßen die meisten Speisefische von Cridhe auf. Vor langer Zeit waren sie aus der Tiefe emporgekommen, damals, im langen Winter nach der Trennung: sie hatten sich an die Dunkelheit und das kalte Wasser gewöhnt, überlebt und sich zahlreich vermehrt. Und sie stanken, weil ihr Fleisch von tintigem Vitriol durchdrungen war. Nazir haßte Aale.

Er bestellte Bier, bekam aber Perf. Der Wirt hatte gelacht, da er annahm, der schäbig gekleidete Mann an der Theke würde scherzen.

»Hier gibt's nur das Gesöff der Armen, mein Herr. Pürierte, saure Pilze. Nur im Turm haben sie Bier. Das müßten wir stehlen«, meinte der Wirt.

Nazir nahm den Becher mit der dunklen, zähen Flüssigkeit entgegen und nippte vorsichtig an dem bitteren Gebräu. Die Fischer warfen ihm mißtrauische Blicke zu, aber niemand sprach ihn an. Eine Weile dachte er an Aylith, den Klang ihrer Stimme, die Form ihres Gesichtes. Erneut stieg Wut in ihm auf, und in den Händen verspürte er aufsteigende Hitze, die dem Feuer immer voranging. Schnell trank er aus, zahlte, wobei er den Wirt um einen halben Decca betrog und eilte davon, da er das Bedürfnis verspürte, weiterzuziehen.

Der Nebel hatte sich schnell verdichtet, bedeckte die Stadt mit einer dicken, weißen Decke, wie ein Leichentuch, dachte Nazir. Und ebenso tödlich, denn es gab Nebel, die den Tod brachten. Sie trugen die Keuche in sich. Sie ließen sich in den Elendsvierteln der Stadt nieder, wo die Luft stillzustehen schien. Allerdings konnte man erkennen, ob ein Nebel verseucht war: Die Schwaden hatten dann die gleiche rosige Färbung wie der Schaum am Munde eines Toten.

Er bog in eine Seitenstraße ein und hielt inne. Gleich einer Antwort auf seine Gedanken lag ein Leichenhaufen vor ihm, die Gesichter der Toten vom rosigen Schaum des Todeskampfes bedeckt. Nazir fragte sich, warum der Leichenwagen sie nicht weggebracht hatte, aber dann sah er sie. Oben auf dem Haufen hockten sieben oder acht riesige Schildkäfer, deren große Augen in der Dunkelheit glänzten und das Licht der Fackeln im Hintergrund widerspiegelten. Gierig bewachten sie ihren schrecklichen Fund. ›Tagsüber‹ hielten sie sich auf den Dächern auf, machten sich ganz flach und die glänzende Oberfläche der Augen verfärbte sich schwarz, um so jede Art von Hitze aufzufangen, die durch das schwache, wolkenverhangene Dämmerlicht zu Inys Nohr durchdrang. Aber in der tiefen Finsternis der Nacht glänzten ihre Augen silbrig.

Die Fischer erzählten sich eine Legende. Wenn du dich im Auge eines Schildkäfers spiegelst, wird er dich am nächsten Tag fressen. Nazir wich zurück. Vielleicht war an der Geschichte der Fischweiber etwas Wahres; Schildkäfer waren bösartige Kreaturen. Oftmals überließen ihnen die Fahrer der Leichenwagen die gräßliche Mahlzeit, um nicht Gefahr zu laufen, einen Hieb der gefährlichen, gezackten Kneifer abzubekommen. Wenn in einem abgelegenen Teil der Stadt Körper zum Aufsammeln aufgeschichtet lagen, steckten die Fahrer nur eine Fackel in den Haufen und achteten darauf, die Augen abgewandt zu halten. Überall am Flußufer und außerhalb der Mauer konnte man solche Scheiterhaufen täglich sehen.

Nazir drehte sich um und ging weiter. Nach ein paar Schritten kam er an ein Bordell. Er eilte daran vorbei, da er wußte, daß am nächsten Morgen viele der Mädchen und ihre Kunden Teil eines solchen Haufens sein würden, Opfer der Keuche. Nazir band sich den Schal eng um Mund und Nase, da er einen rosigen Hauch in der Luft rings um das Bordell zu sehen glaubte und hastete weiter. Unwillkürlich schlug er die Richtung zur Siedlung der Albionsklaven ein.

Nazirs Vater hatte diese Leute erschaffen. In den frühen Jahren, als er noch bei einigermaßen klarem Verstand gewesen war, vor dem Experiment, durch das er ums Leben gekommen war, hatte Crephas die Kälte, die in Inys Nohr herrschte, mehr verabscheut als die Dunkelheit. Bei seinen Bemühungen um die Magie des Sippenbaumes hatte Crephas einen seltenen, eßbaren Pilz namens Ardré verändert.

Zuerst hatte Crephas angenommen, daß ihn die neue Pflanze weniger kälteempfindlich machen würde. Aber nachdem er große Mengen von Ardré vertilgt und verschiedene Geschmacksrichtungen und Konzentrationen geschaffen hatte, hatte er erkannt, daß der Pilz andere Eigenschaften besaß. Das eigentliche Experiment war zwar fehlgeschlagen, aber Crephas entdeckte neue Möglichkeiten der magischen Pilze. Er würde eine neue Rasse erschaffen, fähige Arbeiter für die Kohlebergwerke, und er würde nie mehr frieren müssen. Den besten Männern seiner Armee mischte er den verwandelten Pilz ins Essen, durch den sich ihre Arbeitsfähigkeit und die Sehschärfe im Dunklen erhöhte.

Die Rechnung war wunderbar aufgegangen. Die Kohleproduktion wurde verdreifacht, und Crephas hauste in Räumen, die heiß genug waren, ihn ständig ins Schwitzen zu bringen. Die Minenarbeiter wurden so süchtig nach dem Pilz, daß sie an nichts anderes mehr denken konnten. Aber schon bald entdeckte Crephas, daß er nun eine neue Schwierigkeit hatte: Die Männer starben, wenn man ihnen nicht fortwährend größere Portionen der neuen Nahrung gab. Auch verfärbten sie sich nach einer Weile blau. Die Mirke, nannten sie es, nach dem allgegenwärtigen graublauen Lehm der Bergwerke. Man bekam die Mirke, wenn man Ardré aß. Allerdings schützte der zunehmende Verzehr von Ardré wiederum davor, an der Mirke zu sterben. Also hatte Crephas eine große Fläche an der nördlichen Gebirgsseite von Inys Nohr fruchtbar machen lassen, um die Nahrung für seine Arbeiterrasse anzupflanzen. Er nahm an, daß es bis an sein Lebensende ausreichen würde, die Albions dann aussterben würden und Nazir seine Füße anderweitig wärmen müsse.

Aber leider vererbten die Arbeiter ihren Nachkommen die neuen Fähigkeiten und die Sucht. Plötzlich hatte Crephas viel mehr Leute zur Verfügung, mußte aber auch viel mehr Ardré herbeischaffen.

Da ihm nichts Besseres einfiel, machte er sie zu Sklaven. Die Mirkalbions, wie sie sich selbst nannten, waren abhängiger von Crephas, als wenn er sie sich mit Ketten an den Körper gebunden hätte. Obwohl die Albions alles versuchten, gelang es ihnen nicht, Ardré außer auf Crephas schroffen, steilen, nördlichen Feldern anzubauen, da dort beständige Dunkelheit herrschte und der Boden ein seltsames, weißes Mineral enthielt, von dem sich der magische Pilz ernährte und seine besonderen Eigenheiten bekam.

Die neuen Leute wurden von ihren blaßhäutigen Nachbarn nie richtig anerkannt, die blau-graue Zeichnung und die seltsamen Augen – oftmals weiß oder zweifarbig – verschreckten die Allgemeinheit. Es gab Geschichten darüber, daß sie einen mit Blicken krank machen oder aus der Entfernung den Boden unter den Füßen einstürzen lassen konnten.

Die Gerüchte sorgten dafür, daß die Bevölkerung wenig Zuneigung für die Bergarbeiter empfand, aber in der letzten Zeit hatten die Sklaven einen Angriffspunkt für ihre ungeheure Energie gefunden. Morkin, Hauptmann der Bergwerksalbions, hatte entdeckt, daß der kostbare Pilz durch starkes Fackellicht verdorrte und schließlich abstarb. Gerüchte verbreiteten sich, daß – sollte Licht nach Inys Nohr gebracht werden – kein Ardré mehr wachsen würde.

Seitdem Nazir verkündet hatte, daß er das Licht nach Cridhe zurückholen werde, hatten sich Morkin und die anderen Albions zusammengerottet und Pläne geschmiedet, die dafür sorgen sollten, daß der Felonarch sein Versprechen nicht halten konnte. Im Turmzimmer glaubte Nazir ein- oder zweimal, ein Rumpeln zu hören, das aus den Tiefen unterhalb des Turmes zu stammen schien. Und Morkin zeigte eine merkwürdig starke Aufmerksamkeit für die Felsen und Bodenbeschaffenheiten der Umgegend ...

Nazir schritt durch das Tor am Rande der Siedlung; die Wachen nahmen das tägliche Losungswort zur Kenntnis, ohne zu prüfen, wer passierte. Er schlenderte eine verkommene Gasse entlang, deren Hütten aus dem gefertigt waren, was die Fischer fortwarfen. Hier und da hatte man drei oder vier alte Boote zusammengebunden und mit zerfressenen Ledersegeln bedeckt, um einen Unterschlupf zu haben. Die zerstörten Planken ragten stellenweise in den dunklen Himmel auf. Nazir erblickte eine blauhäutige Frau, die weinend ein kleines Grab aushob.

»Was ... für ein Kummer quält dich, Frau?« fragte Nazir.

Sie zuckte zusammen und wandte sich um, und sah sich dem Felonarchen selbst gegenüber stehen, nahe genug, um ihn anspucken zu können. Einen Augenblick lang zögerte sie, gab vor, ihn nicht zu erkennen, und antwortete: »Was glaubt Ihr wohl? Ich begrabe mein Kind, Herr. Und dort seht Ihr die Gräber meines Mannes und der anderen Kinder. Ich bin die einzige, die noch am Leben ist.« Sie starrte ihn mit einem blaßblauen und einem schwarzen Auge an und schwieg.

»Was wäre, wenn ich dir sagen würde, daß Nazir schon bald Licht herbeischaffen wird? Vielleicht schon in den nächsten Tagen. Was würdest du dann über ihn sagen, und über deine neue Lebensweise?« fragte er auffordernd.

Die Frau konnte nicht an sich halten. »Herr! Ihr sprecht mit Einer, die niemals hoffen darf, daß Licht auf diesen Ort fällt. Unser Leben wird zerstört, wenn diese Schlange es wagt, ihr verrücktes Versprechen wahr zu machen. Ardré kann nur hier wachsen, und nur unter diesen Wolken. Für Unsereinen gibt es keinen Weg aus der Dunkelheit heraus. Schon jetzt sind wir kurz vor dem Verhungern, und der Felonarch sorgt dafür, daß wir uns die blaue Haut von den Knochen arbeiten, nur damit sein Steinhaufen warm bleibt. Wir sterben in unserem Schweiß, in der abgestanden Luft der Minen, an Orten, die nie eine Kerze erhellt hat. Ein Gerücht behauptet zudem, daß der Hüter von Inys Haen tot ist.«

Ihr Blick bohrte sich in sein Gesicht, die Augen suchten die seinen. »Wenn das wahr ist, wird es nie mehr Licht geben. Ich würde die Hälfte meiner Ration opfern, wenn es so wäre! Das ist's, was ich auf Eure Frage zu sagen weiß«, endete sie verwegen, während der dünne Körper zitterte.

Mit kalter Wut zog sich Nazir einen Handschuh über und beugte sich vor, um die Frau für ihre Unverschämtheit zu schlagen. Dann zögerte er, der Schatten eines Zweifels hielt ihn zurück. Was, wenn die Gerüchte richtig waren? Und er war allein, mitten in der Siedlung, zu weit von den Wachen entfernt, als daß sie ihn hätten hören können. Nazir wich zurück, drehte sich um und ging mit Absicht und Bosheit über die Gräber, auf welche die Frau gedeutet hatte. Nohrs Fluch schritt durch die Gassen, und er trug ebenfalls genagelte Stiefel.

Wieder schritt er durch das Tor, die Wachen salutierten schläfrig. Er befand sich bereits auf dem Rückweg zum Turm, als eine Menschenmenge, bestehend aus wütenden, betrunkenen Stadtbewohnern, zwischen den Nebelschwaden auftauchte, obwohl die Sperrstunde noch nicht vorbei war. Ein Mann, der eine rote Kappe trug, unter der vier lange, bläuliche Strähnen zwischen den glänzenden, schwarzen Haaren herunterhingen, stand vor ihnen. Er brachte die Menge zum Schweigen. Nazir hielt sich im Hintergrund der mit Perf abgefüllten Leute, um zu lauschen, während der Nebel um seine Füße herumstrich. Unter den Zuhörern erblickte er auch die

Fischer, die er vorhin in der Taverne gesehen hatte. Hatten die Albions etwa Freunde unter den Städtern? Das war unwahrscheinlich. Dann erklang die Stimme des Mannes.

»Der haenische Hüter ist tot! Laßt uns den Turm stürmen. Laßt ihn uns in seine Bitterwurzel einwickeln und dem Frosch vorwerfen! Und genauso soll es dem fetten Büffel ergehen, der immer bei ihm ist. Für uns macht der keine Medizin! Täglich krepieren wir an der Keuche, und ihm ist es gleichgültig, es kümmert ihn nicht. Er will nur die geraubten Leckereien, während wir hungern, und unsere Kinder mit stinkenden Aalen füttern. Tageslicht sehen wir niemals mehr! Laßt uns jetzt den Turm abbrennen. Was haben wir zu verlieren?«

Die Stimme, durch den Nebel gedämpft und undeutlich, verstummte. Nazir reckte sich, um den Sprecher ausfindig zu machen, aber der Mann war bereits in der Menge verschwunden.

Sein Ruf wurde aufgegriffen, weitergereicht, bis schließlich die ganze elende Horde nach Nazirs Blut schrie. Die Leute setzten sich in Bewegung und strömten dem Turm entgegen, und Nazir erkannte, daß ihm nur wenig Zeit blieb, denn plötzlich hielten die Menschen Netze und Fischerhaken in den Händen, Spitzhacken und – am bedrohlichsten – die Sichelmesser, die zur Ardréernte benutzt wurden.

Er raste eine andere Seitenstraße entlang, durchquerte mit klopfendem Herzen eine wenig genutzte Werft. Nazir erreichte die Mauer des Festungsgrabens. Ein Abfallhaufen reichte bis auf halbe Höhe, und er sprang hinauf, sank bis an die Knie in den Müll ein, konnte aber die rauhen Steine packen und sich hinaufziehen. Er sah über die Schulter, um sicherzugehen, daß er nicht beobachtet wurde. Als er auf der anderen Seite sicheren Boden unter den Füßen spürte, schob er die Kapuze zurück.

»Schließ das Tor!« brüllte er, während er auf den jungen Mann zurannte, der am Tor eingenickt war. Kurz bevor der Mob den Eingang erreichte, warf Zell, der verschreckte Türhüter, die schweren Eisengitter zu und stand zitternd vor Nazir, der keuchend, und mit rot angelaufenem Gesicht, salutierte.

KAPITEL 14

Aylith hatte sich fest gegen die kalte Mauer gedrückt, als Nazir nur ein paar Schritte von ihren Füßen entfernt vor ihr landete, die Hand gegen die Brust preßte und kurz ins Stolpern geriet. Dann konnte man das Grölen einer Menschenmenge näherkommen hören, und er rannte los, riß sich dabei die alte, blaue Robe vom Leib. Er kletterte erneut auf die Festungsmauer, diesmal jedoch der schreienden Menge zugewandt, und nahm eine hoheitsvolle Pose ein. Die Leute hielten verwirrt inne, und die plötzliche Zurschaustellung des Mutes ihres Herrschers ließ Stille aufkommen.

»Wo kommt der denn plötzlich her? Kann er etwa vom Turm aus hören, wenn wir uns in der Stadt gegen ihn verschwören?« flüsterte jemand.

Der Nebel verdichtete sich, wurde eins mit der Dunkelheit. Der Mann mit der roten Kappe stopfte sich das Haar unter die Kopfbedeckung und zog sich noch weiter in den Hintergrund zurück. Dabei wäre er fast über einen Jungen gestolpert, dessen Umhang am Hals von einer Drachenkopfbrosche zusammengehalten wurde.

»Ich bin beglückt, euch hier zu sehen«, erfand Nazir gekonnt. »Ihr kommt gerade rechtzeitig für die Erklärung, die ich verkünden möchte. Heute, um die dritte Stunde, werde ich euch entweder Licht bescheren, oder aber den Kopf eines Haenischen. Jawohl. Aber ihr müßt mir helfen. Durch den Fehler eines Dieners habe ich eine Gefangene verloren. Sie ist sehr klein – eine Haenische. Sie ist die Hüterin.« Ein Raunen ging durch die im wabernden Nebel stehende Menge. Nazir fuhr mit steigender Zuversicht fort.

»Ihr müßt sie zu mir bringen. Ich weiß, daß sie noch in Inys Nohr ist.«

Er erinnerte die Menschen an den Sippenbaum und hob die Hände, die in blauem Licht erstrahlten. Die entgeisterte Menge wich zurück, einige Leute zeichneten Schutzsymbole in die Luft, andere murmelten Gebete vor sich hin. Aylith, die noch immer im Schatten der Mauer stand, überkam eine seltsame Empfindung: Es war, als störe irgend etwas ihre Gedanken, vergleichbar mit dem Gefühl, als hielte sie jemand an ihrem Umhang fest. Da drehte sich Nazir plötzlich um, schaute hinter sich, den Blick genau in ihre Richtung gewandt. Jedoch konnten seine Augen sie nicht sehen, da die tiefe Finsternis der Schatten sie verbarg. Aylith fühlte sich wie ein Kaninchen, das sich am Boden duckt, weil der Fuchs schon so nah ist, daß es das Blitzen der scharfen Zähne sehen kann. Dann wanderte Nazirs Blick wieder über die wartende Menge. Er wußte, daß sie ganz in der Nähe sein mußte – aber wo? Die Wirkung des Trankes ließ allmählich nach. Das Geburtsmal brannte wie Feuer.

»Wenn sie euch ins Netz geht«, wandte er sich an die Fischer und erfreute sich an dem Wortspiel, »und ihr sie bis zur sechsten Stunde herbringt, werde ich euch mit sieben hervorragenden Booten belohnen!«

Er sprang mit einem Satz zurück, hinter die Mauer. Sollten sie glauben, er habe sich aus ihrem Blickfeld gezaubert.

Malvos stand auf einem brüchigen Balkon im zweiten Stock des Turms und lauschte der Ansprache. Es schien, als sei Nazir in den Mittelpunkt eines kleinen, dramatischen Theaterstücks geraten. Aber der Kerl konnte schon immer gut mit Menschenmengen umgehen. Da unten lief alles bestens. Das Täubchen würde schnell aufgestöbert werden, und die ganze Angelegenheit konnte bis zum Mittagsmahl bereits erledigt sein. Er würde sich den alten Wein, den er aufgespart hatte, einschenken und dazu ein paar Törtchen verzehren. Jawohl, es würde ein schöner Abschied werden.

Oh, Tempé, es ist lange her. Und ich bin richtig faul geworden, während ich hier in deiner hinterwäldlerischen Strafkolonie gesessen habe. Aber wenn ich hier raus komme, mußt du mit mir rechnen. Mana-Entdecker können Wanderer werden. Als ich ein Kind war, hast du versprochen, mich zu unterrichten. Statt dessen hast du mich mit deinen Schlangen gezeichnet und immer dorthin verschleppt, wonach dir der Kopf stand. Vor langer Zeit gabst du dein Versprechen, und du wirst es jetzt bald erfüllen, oder ich werde die Manaquelle an Platon oder Krim verkaufen, oder wer sonst das höchste Angebot macht. Als Gegenleistung werden sie diese Schlangenfesseln von meinen Händen nehmen. Jawohl, du wirst mir beibringen, das Mana anzuwenden, und dann werde ich für niemanden außer für Malvos Mana aufspüren.

Er pulte sich einen Bittersamen aus den Zähnen und ging mit rauschenden, orange- und purpurfarbenen Seidengewändern in Richtung Küche davon.

Leise schlich Lorris die letzten Treppenstufen zur Grube hinunter. Offensichtlich war Merco dabei, Jedhian abzuholen. Der betrunkene Wächter lag laut schnarchend am Fuß der Treppe. Lorris hoffte, daß er sich nicht ausgerechnet diesen Moment aussuchen würde, um aufzuwachen. Sie sprang Merco an, als der gerade ein neues, herzergreifendes Trinklied anstimmen wollte, packte ihn zuerst bei der Kehle und schlug ihm dann auf den Kopf. Mit einem harten Schlag setzte sie den pfeifenden Henker außer Gefecht und legte ihn in voller Länge neben den Eingang zur Grube. Der Wächter schnarchte noch immer; natürlich, wer bei Mercos Serenaden schlafen konnte, würde auch von nichts anderem aufwachen. Lorris fand den Schlüssel recht schnell und öffnete die Tür zur Grube.

»Dem Schöpfer sei Dank, daß du es bist!« ertönte eine erleichterte Stimme von der gegenüberliegenden Wand. »Ich habe schon gefürchtet, der Kerl würde mich mit dem Gepfeife umbringen, bevor Nazir Hand an mich legt.«

»Halt still. Der Türschlüssel paßt auch bei deinen Ketten«, erwiderte Lorris. Eine Sekunde später war er frei.

»Merco? Bring ihn nach oben. Er ist fast fertig und wünscht ihn hier draußen zu sehen. Er wartet.« Malvos ungeduldige Stimme drang durch das Treppenhaus.

Jedhian sah Lorris an. »Gibt es noch einen Weg nach draußen?« flüsterte er. Mit gerunzelter Stirn schüttelte sie den Kopf.

Sie hörten, wie sich Malvos Schritte ein kleines Stück entfernten.

»Dann müssen wir jetzt mitspielen. Es wird sich schon irgendeine Gelegenheit bieten, wenn wir erst mal draußen sind. Es ist schon gut – ich weiß, daß du getan hast, was du nur konntest«, flüsterte er. Dann pfiff er das Lied, das Merco vorhin zum Besten gegeben hatte, obwohl seine Nachahmung sich bedeutend melodischer anhörte und hoffte, das Echo würde den Klang ein wenig verfälschen.

In den nächsten beiden Stunden schlief in Inys Nohr kein Mensch. Die Menge, die Nazir noch vor wenigen Stunden an den Kragen gewollt hatte, verbrachte die nächsten beiden Stunden damit, nach der entflohenen Gefangenen zu suchen. Jedes Haus, jede Hütte und jedes Faß war durchsucht worden. Und noch immer hatte niemand das flüchtige, haenische Mädchen entdeckt. Gerüchte waren aufgekommen, daß sie, weil sie die Hüterin war, auch zaubern könnte und sich unsichtbar gemacht hätte. Deshalb war die Menschenmenge, die sich im Innenhof der Turmfeste versammelte, um dem von Nazir versprochenen Schauspiel beizuwohnen, übermüdet und gereizt. Licht oder Tod. Die Hälfte der Stadtbewohner, insbesondere die Albions, hätten – wenn man sie nach ihrer Meinung gefragt hätte – den Tod gewählt. Soviel war sicher. Außerdem war das recht unterhaltsam, weil es auf Kosten von jemand anderem ging. Noch dazu wenn es einen Lichtmenschen betraf.

Aylith hatte die vergangenen Stunden hellwach und wartend verbracht. Lorris und Jedhian tauchten nicht auf. Als beim Anbruch der ersten Stunde die Tore geöffnet wurden und eine Stunde später die Trommeln zu dröhnen begannen, wußte sie, daß etwas schief gegangen war. Dann wurde Jedhian aus der Grube geholt, und ihr war bewußt, daß sie jetzt ganz auf sich gestellt war.

Die Tore wurden wieder geschlossen, während sich der letzte Rest des gemeinen Volkes noch hindurchdrängte. Beinahe wäre die letzte Person, ein Junge mit einer schiefen Schulter, von den schweren Eisentüren zermalmt worden. Er bewegte sich langsam, und die Wachen eilten an ihm vorbei, um einen besseren Blick auf das von Nazir versprochene Spektakel zu erhaschen.

Da ist Nazirs Page, der kleine Fischerjunge, dachte Aylith und änderte ihre Pläne in Windeseile.

Steifbeinig verließ sie ihr Versteck und stieß einen leisen Pfiff aus. Der Junge hielt an und sah sich um, die Augen weiteten sich vor Staunen, als er sie – gleich einer grauen Maus – aus der Mauer schlüpfen sah. Sie winkte ihn lautlos zu sich.

»Du!« flüsterte Arn und verschmolz mit dem tiefen Schatten der Mauer. »Sie suchen dich überall. Was tust du hier? Ich dachte, du wärest inzwischen fast schon in Inys Haen. Schau mal, was mir Lorris gegeben hat.« Stolz deutete er auf die Drachenkopfbrosche, die an seinem Umhang befestigt war.

Aylith lächelte anerkennend. »Ich brauche deine Kleidung, Junge«, sagte sie und zerrte an ihrem langen Wollkleid, um festzustellen, ob es wohl dem etwas größeren Arn passen würde. »Wirst du mir helfen? Vertraust du mir?«

Arn nickte. Während der ganzen Zeit, die sie gemeinsam am Fluß verbracht hatten, hatte ihn die junge Frau nicht an die Haen verraten. Kurze Zeit später schmückte die Brosche Ayliths Schulter, und sie schlurfte langsam und gebeugt auf den offenen Platz zu.

Als sich der Junge mit der schiefen Schulter endlich seinen Weg ins Fackellicht gebahnt hatte, schob man Jedhian gerade auf den großen, hölzernen Richtblock zu, der mit unauslöschlichen, rotbraunen Flecken bedeckt war, die sowohl von hohem Alter, als auch von häufigem Gebrauch zeugten. Er hielt sich tapfer, hinkte aber ein wenig. Zur Linken wurde er von einem großen Soldaten gestützt.

Der Henker.

Der hochgewachsene Soldat hatte das schwarze Visier heruntergeklappt und hielt das Schwert bereit. Das Licht der Fackeln spiegelte sich auf der Klinge. Man sah, wie scharf die glänzenden Ränder waren – was unter diesen Umständen sicherlich wünschenswert erschien. Jedhians Hände waren mit dicken Ketten zusammengebunden, sie schnürten ihm die Handgelenke ab und die Hände verfärbten sich bereits blau. Eilig geleitete der Soldat Jedhian zum Richtblock.

Nazir, angetan mit einem schneeweißen Umhang, auf dessen Rückseite ein leuchtend gelber Stern mit rötlichgelben Strahlen eingestickt war, stand auf einem Haufen aus Steinbrocken, der vor dem Richtblock aufgeschichtet worden war und ließ den Blick erwartungsvoll über die Menge gleiten. Am Himmel waren schwere Wolken aufgezogen, drohten mit

Schnee oder Schneeregen. Nazir schlug den Umhang mit einer weitausholenden, grandiosen Geste zurück und grüßte sein Volk.

Dies war *sein* Moment; er wußte, daß irgend jemand das Mädchen ausliefern würde. Trotz Malvos Trank spürte er ihre Gegenwart überdeutlich und glaubte nicht daran, daß sie weit entfernt war. Schon auf der Mauer, den aufsässigen Fischern gegenüberstehend, hatte er es deutlich gespürt. Das Gefühl schien ihn einzuhüllen, kraftvoll, aber ohne in eine bestimmte Richtung zu weisen. Zu jenem Zeitpunkt war sie auch nahe gewesen, abwartend, verborgen. Und jetzt war sie wieder hier.

Auch Jedhian fühlte es. Er suchte Ayliths Gesicht in der wogenden Menge, konnte sie aber im Gewirr der hustenden, räudigen, elenden Nohr nicht ausmachen.

Diese armen Leute sehen aus wie der wandelnde Tod, dachte Jedhian. Ihm kamen die Namen von Kräutern und heilenden Umschlägen in den Sinn, auch Heiltränke für die Keuche und schließlich etwas, das vielleicht RoNals wandernde Pest aufgehalten hätte: Ehrenpreis. Ein paar ältere Albions, die nicht mehr in der Lage waren, im Bergwerk zu arbeiten und jetzt für Nazirs persönliche Belange zuständig waren, hatten sich an der Seite eng zusammengedrängt. Einer von ihnen trug auf einem weißen Kissen eine majestätische, geschmiedete Krone aus goldenem Eichenlaub. Die blauen Gesichter und weißen Augen waren mit dem Ausdruck tiefster Hoffnungslosigkeit dem Felonarchen zugewandt.

Mit einem Mal wurde Jedhians Aufmerksamkeit wieder auf seine eigene Gesundheit gerichtet. Nazir räusperte sich und wandte sich seinem Volk zu. Stille senkte sich über den Platz.

»Mein Volk. Habt Dank für euer Vertrauen in mich. Heute werdet ihr mir die Gefangene ausliefern, die uns von der Dunkelheit befreien wird, die uns ihre verfluchte Sippe seit Jahrhunderten aufgezwungen hat. Heute beginnt ein neuer Tag, ein neuer Anfang. Wir sind die Nohr – wir werden im strahlenden Licht meiner Macht über ganz Cridhe herrschen. Heute gebe ich euch, was ich versprochen habe.«

Er schwieg und hob die Hände zum Himmel, dem Baldachin aus dunklen Wolken entgegen, aus denen nun spitze Tropfen aus gefrorenem Regen auf die Wartenden niederfielen. Tausend blasse, pockennarbige Gesichter verfolgten seine Geste.

»Wer wird mir die haenische Frau übergeben und dann, als Belohnung für seine Treue, neben mir stehen, wenn das Licht erscheint?«

»Tja, Eure Heiligkeit sagte, wir würden sieben gute Boote kriegen«, tönte eine Stimme von rechts.

Nazir hielt nach dem Vorlauten Ausschau, und schenkte der grölenden Menge sein freundlichstes und schönstes Lächeln, was durch sein höllisch brennendes Geburtsmal deutlich erschwert wurde.

»Ja, das stimmt. Aber wer wird einen solchen, unbedeutenden Preis höher schätzen als den, in die nohrische Geschichte einzugehen, an der Seite des Mannes, der das Licht zurückholte?«

Wieder sah er zum Himmel hinauf und verpaßte daher das verstohlene Ausspucken der Fischer.

Neben ihm drückte der Henker Jedhians Kopf auf den Block. Er wurde grob auf die Seite gelegt, die Hand des Henkers befand sich direkt vor seinen Augen.

Über diese Hand zog sich eine gezackte, lange Narbe. Jedhian starrte sie an, während sein Gesicht auf den Block gepreßt wurde, der nach altem Blut, Schweiß und Zeder roch. Das war verständlich, denn auch sein Hemdkragen war bereits triefend naß. Und wo steckte Aylith? Wartete sie etwa noch immer? Kaum anzunehmen, so wie er seine Base kannte.

Ein paar Reihen weiter weg, auf der linken Seite, schob sich der zuletzt erschienene, krumm gewachsene Junge durch die Menge. Die meisten Leute beachteten ihn überhaupt nicht. Nur der alte Elf, der Diener des königlichen Apothekarius, bemerkte die angestrengten Bemühungen des Knaben, einen Platz in der ersten Reihe einzunehmen.

Schnell wandte er den Blick ab, damit Malvos nichts bemerkte und schob unauffällig einen langen, dünnen Fuß vor den jungen Mann.

Als Nazir keine Antwort auf seine Frage erhielt, wiederholte er die Worte. Ein Raunen ging durch die Wartenden; Nazir runzelte böse die Stirn und wies auf den Haenischen.

»Also zieht ihr den Tod dem Licht vor? Seid ihr jetzt alle zu Dunkelmenschen, zu Albions, geworden? Ihr schützt die einzige Person, die mir helfen kann, den Fluch zu lösen? Es ist euch lieber, einen wieselgesichtigen Haenischen sterben zu sehen, als das Wunder zu erleben, das ich euch versprochen habe? Will niemand mit dem Mädchen vortreten?«

Nazirs Gesicht hatte die Farbe des todbringenden Nebels angenommen. Er kämpfte mit sich, um die aufsteigende Raserei zu unterdrücken, die ihn zu überkommen drohte. Außerdem verwirrte ihn Jedhians ruhige, wenn auch unbequeme Haltung, auf dem Richtblock. Warum wehrte sich der Mann nicht? Er zeigte kein bißchen Kampfgeist, und das verdarb das ganze Schauspiel. Als die Menschenmenge völlig verstummt war, hielt er es nicht länger aus.

»Dann soll es geschehen! Ihr werdet den Tod erleben. Zuerst den des närrischen Haenischen, dann euren eigenen. Denn Inys Nohr wird an dieser höllischen Dunkelheit zugrunde gehen, an diesem teuflischen, haenischen Fluch! Ohne das Mädchen gibt es kein Licht! Ohne …«

Er brachte den Satz nicht zu Ende, die Worte blieben ihm in der Kehle stecken, als er Arn erblickte, der mit einer rot-blauen Bhana angetan auf den Richtplatz trat. Die Schulter schien geheilt zu sein, in der Hand trug er ein altes Schwert mit abgebrochener Spitze.

KAPITEL 15

»Hier bin ich, Nazir, und ich will Jedhian auslösen – den Haenischen, der auf dem Richtblock liegt. Du kannst die Erinnerungen von mir bekommen, wenn du ihn gehen läßt – und zwar jetzt sofort.«

Aylith ließ Arns Umhang auf den festgestampften Boden fallen, und zog die Bhana vom Kopf. Die blutrünstige Menge stieß ein Keuchen aus, und ein paar Leute ließen sogar von ihren Perfkrügen ab, als sie sich ihnen zuwandte und als das Volk sah, wer dort vor Nazir stand.

»Ich händige euch meine Waffe aus.«

Mit diesen Worten hielt sie dem Henker das Schwert entgegen. Jener streckte eine vertraute, mit einer Narbe bedeckte Hand aus, um es entgegen zu nehmen.

Aylith hielt den Atem an, riß sich aber sofort zusammen. Sie starrte den Soldaten an, suchte nach Lorris Augen und erhielt ein kurzes Blinzeln zur Antwort.

Nazir lächelte hinterhältig zu Aylith hinunter und kreuzte die Arme über der Brust. Sie war ihm jetzt so nahe, daß ihn der brennende Schmerz des Geburtsmales beinahe von dem Steinhaufen herunter taumeln ließ.

Aber nun gehörte sie ihm. Sie war dem Fluch ihrer eigenen Familie zum Opfer gefallen: Liebe. Nazirs Blick suchte Malvos, und er lächelte ihm wissend zu. Hatte er es nicht genauso vorausgesagt? Er war schließlich auserwählt, den Haenischen das zu geben, was ihnen zustand.

Aylith nutzte die Gelegenheit, um dem Henker

einen Blick zuzuwerfen und dann, ganz kurz und wehmütig, Jedhian anzusehen, als wolle sie Abschied nehmen. Die Menge stampfte und stieß schrille Pfiffe aus.

Malvos, der auf einem Kissen unter einem Baldachin saß, hatte die Szene gelangweilt beobachtet. Plötzlich jedoch fiel ihm der Kuchen aus der Hand, und er beugte sich vor – nicht in Erwiderung auf Nazirs Selbstgefälligkeit, wie der Felonarch annahm, sondern beim Anblick des alten Schwertes, das nun auf dem Richtblock lag: Tempés Schwert. Aufgeregt fuchtelte er mit den Händen herum. Jawohl, das war Seelenschlächter, und es trug noch immer die unsichtbare Markierung.

Malvos erhob sich, um die Waffe an sich zu nehmen und solange in sichere Verwahrung zu bringen, bis er Nazir dazu gebracht hatte, seine Rolle bei Malvos langersehnter Flucht zu spielen. Aber als Malvos den ersten Schritt tun wollte, stolperte er geradewegs über Feryars Fuß. Mit der Wucht eines Felsens stürzte der Riese auf die fünf Männer, die vor ihm standen. Feryar lächelte verstohlen und verließ hastig den Richtplatz, wobei er vorgab, Malvos Arzneitasche holen zu wollen. Der Apothekarius bemühte sich verzweifelt, wieder auf die Beine zu kommen, aber das Gewirr von Armen und Beinen der anderen Männer machte es ihm unmöglich.

Nazir, der außer sich selbst und seiner bevorstehenden Vervollkommnung nichts wahrnahm, erhob bei Ayliths Ankündigung triumphierend die Hände und spornte die Menge zu einem schwachen Jubelgeschrei an. Die Leute starrten in den Himmel, hatten die Kapuzen zum Schutz gegen den strömenden Regen tief in die Gesichter gezogen und konnten nicht glauben, daß Nazir ihnen wirklich Licht bescheren würde. Außerdem befürchteten sie, daß man ihnen die Hinrichtung vorenthalten würde.

Unverdrossen sprang Nazir anmutig von seinem Podest herab, der weiße Umhang wallte um seinen Körper, und Aylith vollführte eine kleine Drehung, um ihm das Gesicht zuzuwenden. Dabei entfernte sie sich kaum merklich von Jedhian und dem Henker und gab ihnen ein verstohlenes Zeichen, sich fluchtbereit zu halten. Sie hoffte, die beiden würden die Gelegenheit beim Schopf ergreifen und fliehen, wenn es ihr gelang, Nazir für einen Augenblick abzulenken.

Der Felonarch kam näher, sie trat zurück und hob abwehrend die Hand.

»Zuerst läßt du Jedhian frei.«

Die Menge brüllte, und Nazir brauchte ein paar Minuten, um sie soweit zu beruhigen, daß sie hören konnten, was er Aylith erwiderte.

»Wie du siehst, meine Liebe, werden die guten Leute das nicht zulassen. Sie sind hier, um einen Haenischen sterben zu sehen. Nein, nur wenn du mir die Erinnerungen überträgst und zurückgibst, was ihr gestohlen habt, kann ich meinem Volk Licht geben. Vielleicht werden sie dann, während der Freudenfeiern, deinen feigen Sippenbruder vergessen. Aber bis dahin …« Er lachte leise.

Aylith zog den Kopf ein und hob die Hände.

»Wie du es wünschst.«

Nazir streckte die Arme aus und spreizte die Finger auseinander, an deren Spitzen das schmerzhafte, blaue Feuer brannte. Langsam kam er näher, bis er kurz davor war, ihren Kopf berühren zu können. In seinem Kopf brannten Feuer der Raserei, der Verwirrung und des Begehrens. Dann sah Aylith ihm in die Augen, lächelte übers ganze Gesicht, warf den Kopf zurück und stieß den gellenden, durchdringenden haenischen Kampfruf aus. Weiter vorn hielt sich Malvos, der endlich auf die Füße gekommen war, die Ohren zu, krümmte sich heftig und sank erneut zu Boden, inmitten der anderen Männer.

Der Schreck brachte Nazir völlig aus der Fassung, seine Augen verschleierten sich, als ihn blinde Raserei überfiel, und er sprang auf Aylith zu. Der Schmerz in der Brust war schier unerträglich, hämmerte auf ihn ein, bis er nur noch rote Schleier vor Augen hatte, und der Wahnsinn sich seiner bemächtigte. Aylith wirbelte zur Seite, schnippte mit den Fingern und Flammen schossen hervor, mit denen sie den Lichtzauber zu einem Schutzschild wob. Die Nohr starrten entgeistert auf das leuchtende Bild.

Beim Klang des vertrauten Kampfrufes hatte Jedhian den Kopf gehoben und die Hände auf den Block gelegt. Mit einem Schwertstrich durchtrennte Lorris seine Fesseln und warf ihm das alte Schwert mit der abgebrochenen Spitze zu. Jedhian griff danach und bemühte sich gleichzeitig, Aylith im Auge zu behalten.

Und so verfehlte er die Waffe. Sie schlitterte über den Boden, bis hin zu Nazirs Stiefeln. Der rasende Herrscher bückte sich unwillkürlich danach, hob sie auf und ging auf Aylith los. Sein Denken und Fühlen waren völlig der Raserei verfallen.

Entsetzt beobachtete Jedhian, wie Aylith vor der Klinge davontanzte, wie sie inmitten des schützenden Lichts, die Hände hoch über dem Kopf erhoben, sich drehte und auszuweichen versuchte. Nazir jagte sie unablässig durch den Innenhof. Schließlich mußte Lorris den Haenischen am Kragen packen, um ihn aufzurütteln.

»Willst du die Zeit, die sie dir schenkt, nicht nutzen, du idiotischer Lichtmensch? Ich möchte nichts lieber tun, als mich auf ihn stürzen, aber wenn ich dich hier lasse, reißt dich der Mob in Stücke! Los jetzt, solange diese Schlächter hier anderweitig unterhalten werden. Schnell!«

Lorris mußte ihn geradezu hochheben, während sie auf das innere Tor zustürmte, an dem die Zwillinge wie erstarrt herumstanden und Ayliths leuchtendem Derwischtanz mit offenen Mündern zusahen.

Nazir legte seine ganze Kraft in die Schwerthiebe, das blaue Feuer schoß blitzartig im Innenhof herum. Wieder und wieder griff er Aylith an, ohne auf Malvos' Gebrüll, von ihr abzulassen, seinen Trank zu schlucken und vor allem *dieses* Schwert fallen zu lassen, zu achten. Die Aufregung der Nohr kam inzwischen der Nazirs gleich, und am Rand der Menge kam es zu Handgreiflichkeiten.

Aylith wurde müde und kämpfte verzweifelt gegen das Nachlassen ihrer Konzentration, um den magischen Schutz aufrecht zu halten. Dabei bewegte sie sich allmählich auf das Tor zu, durch das Jedhian und Lorris gerannt waren. Bis jetzt hatte Nazir sie nicht getroffen. Nur noch ein paar Schritte …

Wieder verfehlte Nazir sein Ziel und stieß einen verzweifelten und haßerfüllten Schrei aus. Er schloß die Augen, beschwor sich das Bild des Sippenbaumes herauf, und wagte einen letzten Angriff, in den er alle Kraft legte, die er noch aufbringen konnte. Sein Gesicht war eine bestialische Grimasse.

Bei diesem wütenden, blinden Ansturm kam die ganze ungeheure Kraft Seelenschlächters zum Ausdruck. Das Schwert fuhr geradewegs durch den leuchtenden, grünen Schutz, die glühenden Stränge flogen in einem blauen Funkenhagel zur Seite. Als der Zauber gebrochen war, stand Nazir vor Aylith und stieß ihr das Schwert direkt über dem Herzen in den Leib, bis es in ihrem Rücken wieder heraustrat. Während die letzten Reste des Lichtzaubers zu Boden flatterten, überfiel die Menge bei jenem Anblick ein lähmendes Schweigen.

Nazir setzte den Fuß auf Ayliths Brust und zog die Waffe heraus. Es schüttelte ihn die blanke Wut, als er merkte, daß sie zwar taumelte, aber nicht tot zu Boden fiel.

Bevor ein Blutstropfen aus der Wunde quellen oder Aylith einen Atemzug tun konnte, bevor die Nohr nur einen Schrei auszustoßen vermochten, flatterte eine kleine Eule herbei, ließ sich auf Ayliths Schulter nieder und schlug die Krallen, von denen die eine verkrüppelt war, in die rot-blaue Bhana. Mit Leichtigkeit flog die Eule davon, trug Aylith durch die Nacht, vorbei an den Fackeln, den Mauern, über den Turm und die Köpfe von Lorris und Jedhian hinweg. Sie flog gen Westen, entfernte sich aus Nazirs fassungslosem, ungläubigem Blick.

Einen Augenblick lang stand der Tyrann wie versteinert, während Seelenschlächter noch immer blauglühend – und heller als jede Fackel – in seiner Faust lag, und außer dem leisen Summen der Waffe kein Laut zu hören war.

Dann warf Nazir den Kopf zurück und heulte auf; die schweigende Menge erwachte aus der angstvollen Starre, brach in tausendfaches Geschrei und etliche Kämpfe aus. Malvos murmelte einen unverständlichen Fluch, zog sich die Handschuhe an, stieß die Helfer beiseite und watschelte auf den Richtplatz. Die alten Albions, die sich unter die Zuschauer gemischt hatten, witterten ihre Chance, stürmten los und übertölpelten die Wachen mit Leichtigkeit, da sie noch immer über mehr Kraft verfügten, als die jungen Soldaten.

Nazir hieb wieder um sich, fällte mit einem Streich sechs Leute, und tötete beim Rückzug vier oder fünf andere. Er wirbelte unaufhörlich umher, genau wie Aylith es getan hatte. Seine Wut nährte die Flamme des Schwertes, deren blauer Funkenregen über den Hof sprühte. Ein mit einer roten Kappe angetaner Mann fiel zu Boden, woraufhin die Albions ihren Angriff unterbrachen und zu ihm hinrannten. Ein entsetzliches Gemetzel war im Gange, als Malvos schließlich nah genug an Nazir herankommen konnte, um ihn beim Arm zu packen und so die nächste Woge des

Todes aufzuhalten. Zu ihren Füßen lagen bereits an die dreißig Männer und Frauen – unter ihnen zahlreiche Sklaven – tot auf dem frostigen Boden und ihre Körper waren bereits mit Rauhreif bedeckt.

Malvos hielt Nazir und Seelenschlächter mit festem Griff gepackt. Plötzlich blieb er unverhofft stehen – obwohl ihn zwei, mit der Keuche verseuchte Matrosen angriffen – und hob etwas auf, das er aus den Augenwinkeln bemerkt hatte: Auf dem harten Boden lag eine glänzende Eichel.

KAPITEL 16

Als sich die Eule in die Luft erhob und lautlos durch die über Inys Nohr liegende Dunkelheit strich, verlor Aylith das Bewußtsein und versank in beunruhigenden Träumen. Aufgrund der eisigen Kälte Seelenschlächters trat kein Blut aus der Wunde. Die Eule flog in Richtung der hochgelegenen Therme von Loch Prith. Als sie Inys Nohr hinter sich gelassen hatten, rutschte die rot-blaue Bhana Aylith von den Schultern und schwebte in die Tiefe, dem vereisten Moor entgegen. Feryar konnte sich darum nicht kümmern; er betete darum, daß Aylith nicht erfrieren würde, bevor sie das Ziel erreicht hatten. Wenn Feryar flog, währte die Reise Augenblicke oder Jahre – die Zeit schien mit sich selbst zu verschmelzen.

Aylith versank in Visionen und sah Nohr, wie er die Sippe trennte; Hankin, den Fünften nach Nohr, wie er den Turm bauen ließ; Jermin, den Siebzehnten, wie er Malvos Rat suchte, um den Überfall auf Inys Haen auszuführen, der den ersten Erdwall zerstört hatte, der bis zur Blutherrschaft Pamids, des Zwanzigsten, nicht vollständig wiederaufgebaut war – damals hatten alle Gefangenen am selben Nachmittag Gift geschluckt. Sie erblickte Quid, den Vierundzwanzigsten, der seine Gemahlin aus einem aufständischen Fernen Stamm wählte, bei dessen Bezwingung er nur die Frauen am Leben ließ – und auch nur jene, die blondes Haar hatten. Aylith sah Belieal den Glatzkopf, wie er einen glatt rasierten Malvos anwies, das Laboratorium im Dachgeschoß des Turmes einzurichten; und schließlich Crephas, Nazirs Vater, der die Elfen mit einem uralten

Langbogen jagte, und das erste Leichentuch schuf, indem er einen Löffel voller Morast, einen Leinenfetzen eines haenischen Umhangs und die unregelmäßige, gebrochene Manalinie der Krone des Sippenbaumes miteinander verband.

Sie flogen nach Westen, die Luft wurde wärmer und roch nach Fisch, Seetang und Salzwasser. Aylith sah, wie Thix ihre Mutter auf grausame Weise tötete, ohne ihr Flehen zu beachten und anschließend die Hütte in Brand setzte. Sie war Zeugin, als Nazir kaltblütig RoNals Bestrafung befahl, sah die Bilder des großen Massakers, das Nazir anhand ihrer Rettung veranstaltete; die erstarrten Gesichter der Albions schienen sie flehend anzublicken.

Mit einem heftigen Ruck, der sie beinahe vom Himmel gerissen hätte, kam Aylith zu sich. Tausend Schritt über der zerklüfteten Küste Loch Priths, kurz vor der Landung, geriet der Flügelschlag der Eule ins Stocken, der eiserne Griff glücklicherweise nicht. Wie durch ein Wunder behielten sie ihre Höhe bei und segelten dem dämmernden Tageslicht ohne weitere Zwischenfälle entgegen. Als die gelbbraunen Flügel die Erde berührten, ließ die Eule das um sich schlagende, fiebernde Mädchen auf den harten, sauberen Sandboden sinken und nahm die ursprüngliche Gestalt wieder an.

Trotz der nahenden Flut und der Gewalt des aufziehenden Sturms wartete Thrissa geduldig; das lange, weiße Haar wehte ihr um die Schultern, eine Hand wies auf eine leuchtende Wolke, die in geringer Entfernung vom Strand aufstieg. Sie küßte Feryar, reichte ihm eine regennasse Tunika und küßte ihn noch einmal. Ein Winterblitz zuckte ganz in der Nähe auf, erhellte den Strand mit seinem Licht, verwandelte den reinen, weißen Sand in Glasbläschen.

»Sie ist da, Thrissa. Die Heilerin ist gekommen. Jetzt müssen wir einen Weg finden, um *sie* zu heilen«, erklärte er.

Eilig hob er Aylith auf und lief auf die wirbelnde, funkelnde Wolke zu, die einzige Tür zu Loch Prith, Thrissa blieb ihm dicht auf den Fersen.

»Ja, mein Liebster, das werden wir!« rief sie, den Wind übertönend. »Nazir und sein Sieber werden sich bald ans Werk machen, nach ihr zu suchen, um die Erinnerungen zu ergreifen. Ich habe es in meinen Visionen gesehen. Der Fluch hat meinen Sohn schon fast überwältigt. Wir können ihn nur retten, wenn wir sie zuerst retten.«

Thrissa schaute über die dunkle, kalte Welt, die sie kaum noch besuchte. »In der Tat, sonst können wir gar nichts mehr retten!« Wieder zuckte ein greller Blitz über ihren Köpfen und sie war bereits durch das leuchtende Portal getreten, bevor der Donnerschlag krachte. Feryar zitterte in der Kälte des Sturms, überließ sich dann wieder den Lüften. In Inys Nohr wartete noch Arbeit auf ihn.

Lorris lief in die Richtung, in der die Eule mit Aylith davongeflogen war. Auch als sie annahm, die blutrünstige Menge weit hinter sich gelassen zu haben, lief sie weiter. Jedhian, der ein Stück hinter ihr war, hatte Schwierigkeiten, Schritt zu halten, und bat sie, eine Pause einzulegen, als sie um eine Ecke gebogen waren, hinter der sie ungesehen anhalten konnten.

»Das geht nicht. Die Torwächter werden schnell begreifen, was geschehen ist. Und glaub bloß nicht, daß der Mob nicht immer noch deinen Kopf auf einer Stange vor dem Tor sehen möchte.«

»Lorris, ich *möchte* nicht stehenbleiben, ich muß einfach anhalten.«

Er kniete mit einem Bein auf dem Boden und streifte den Verband von der mehrere Tage alten Wunde ab, die er sich beim Kampf gegen die nohrische Überfalltruppe – Lorris' Kompanie – zugezogen hatte, und entblößte, was bis dahin nur ein Verdacht gewesen war. Der wattige Pestfungus klebte an dem Verbandstuch, streckte sich der Wunde entgegen, *wand sich,* bewegte sich – ganz wie RoNal gesagt hatte. Mit der anderen Hand tastete er nach dem Ohr, das er sich beim Sturz vom Turm aufgerissen hatte. Es fühlte sich sauber an.

»O nein… nein. Nicht du!« keuchte Lorris, als sie die schwärende Wunde untersuchte. »Wie lange schon?«

»Ich spürte es, kurz bevor du mich befreit hast.«

»Dann gibt es noch Hoffnung. Und es hat sich noch nicht auf dein verletztes Ohr übertragen«, stellte sie fest, nachdem sie seine Haare zur Seite geschoben hatte, um einen Blick auf die Wunde zu werfen. »Aber zuerst müssen wir aus der Stadt hinaus.«

Sie riß ein Stück Stoff aus dem Gewand, das sie unter dem Kettenhemd trug und machte daraus einen neuen Verband für Jedhians verletztes Bein. Trotz der Schmerzen richtete er sich auf und humpelte ihr nach, als sie weiter an der Wand entlangschlich. Nur ein Wächter befand sich am Tor – Zell, der für seine Übertreibungen bekannt und nun fest über seiner beschwerlichen Aufgabe eingeschlafen war. Seine Kameraden hatten bessere Posten bezogen und konnten dem Schauspiel im Innenhof zusehen. Lorris sorgte dafür, daß Zell mit Kopfschmerzen aufwachen würde. Immerhin bekam er nun die Gelegenheit, dem Kommandeur eine nette Geschichte über seine unfreiwillige Mitarbeit erzählen zu können.

Sie riß das Tor auf, und die beiden eilten durch eine der Hafenstraßen, an ein paar alten Frauen vorbei, die um einen mehrere Tage alten Aal feilschten. Sie entdeckten ein umgedrehtes Fischerboot, das auf dem Trockendock darauf wartete, ausgebessert zu werden; ein Blick auf den Rumpf zeigte dies deutlich. Lorris trat gegen das Boot, um die Ansammlung von Seeschaben zu zerstreuen.

»Kriech darunter«, wies sie Jedhian an, während sie ständig nach Verfolgern Ausschau hielt.

Jedhian, den Schmutz schon lange nicht mehr störte, legte sich unter das alte Boot, wobei der Gestank nach Aalfett und vermoderndem Seetang beinahe das vollendet hätte, womit die Pest begonnen hatte.

»Hol Ehrenpreis«, bat er sie, bevor sein Kopf unter dem angeschlagenen Boot verschwand.

Lorris eilte zurück in die Richtung des Turmes, immer darauf hoffend, daß niemand sie gesehen oder vermißt hatte, und daß der echte Henker sich inzwischen nicht von seinen Lederfesseln befreit hatte, mit denen sie ihn an Jedhians Zellentür gebunden hatte. Als sie an dem jungen Soldaten vorbeikam, schlummerte jener noch immer friedvoll. Lorris rannte beinahe; ärgerlicherweise klirrte das Kettenhemd bei jedem Schritt. Kein Wunder, wenn jeder sie kommen hörte.

»Pst! Hier drüben.« Eine ängstliche Stimme ertönte aus den dunklen Schatten, an der Stelle, an der Lorris und Feryar vor einiger Zeit Aylith erwartet hatten. Lorris zog den Dolch und wartete neben einem Mauervorsprung.

»Zeig dich.«

»Ich kann nicht, Herrin. Ich habe ein Kleid an. Ich habe gehofft, Ihr könntet mir andere Kleidung besorgen.«

Zum ersten Mal an diesem Tag entspannten sich Lorris' Gesichtszüge. »Arn, ich bringe dir ein paar Sachen. Aber komm jetzt heraus. Die Maskerade ist noch nicht vorüber.«

»Also! Du weißt, was du zu tun hast. Beeil dich, verweile nirgendwo und laß dich nicht von den Dingen ablenken, die ringsumher geschehen. Halt den Kopf gesenkt, verstell deine Stimme. Los. Und schnapp dir etwas Eßbares.«

Lorris versetzte dem Jungen einen kräftigen Hieb auf den Rücken und schickte ihn in der Hoffnung zum Turm, daß sie ihn nicht zum letzten Mal sah.

Arn gab sich Mühe, wie eines der Dienstmädchen zu gehen; Lorris unterdrückte ein Lachen und wurde sich der Anspannung bewußt, die ihr wie ein Knoten zwischen den Schulterblättern hockte. Schultern! Arns Schulter! Sie war nicht mehr schief, sondern gerade – wie, bei Nohr, war das möglich? – Aylith? Wenn das die Lösung war, wünschte sie sich sehnlichst, das seltsame haenische Mädchen wäre hier, um Jedhian zu helfen. Sie hatte Nazir hervorragend widerstanden, vielleicht *war* sie eine Magierin, dachte Lorris und erinnerte sich an ihre halb scherzhafte Frage danach auf dem Weg von Inys Haen. Für jemanden, der so klein und zerbrechlich aussah, hatte sich das Mädchen als fast unzerstörbar erwiesen. Lorris fürchtete, daß sie Aylith völlig falsch eingeschätzt hatte.

Ihren Gedanken nachhängend, warf sie einen Blick auf die Tür, hinter der Arn verschwunden war.

Arn schlich auf Zehenspitzen durch das große, kahle Treppenhaus, wobei ihm seine neue Rolle ernsthafte Schwierigkeiten bereitete, und er sich mit der Anmut eines jungen Ochsen bewegte. Aber niemand schenkte ihm die geringste Beachtung; fast alle waren noch draußen, bei den Tumulten. Nur ein paar ältere Diener standen auf den unteren Fluren herum und gaben Geschichten darüber zum Besten, was Nazirs Großvater alles mit den Haen angestellt hatte.

Malvos Zimmer lag rechter Hand auf dem zweiten Flur. Die Tür des Raumes war riesengroß und mit kunstvollen Schnitzereien verziert; bisher war Arn nie daran vorbeigegangen, ohne sich an dem warmen Ton des kostbaren Walnußholzes und dem Gefühl, das die Berührung auslöste, zu erfreuen.

Eines Tages, dachte er, *werde ich ein Haus ganz aus*

Holz haben. Und alle Möbelstücke werden ebenfalls aus Holz sein. Und an der Feuerstelle wird nur Holz verbrannt werden! Die Vorstellung solchen Reichtums löste jedesmal aufgeregtes Gelächter bei ihm aus.

Unter dem Türgriff befand sich ein Schlüsselloch; der passende Schlüssel hing natürlich an Malvos Gürtel. Arn zog den gekrümmten Aalhaken, der seinen Schuh zusammenhielt, heraus und knackte damit das Schloß ohne Schwierigkeiten. Er schlüpfte in den großen, dunklen Raum und sog die einzig wohlriechende Luft in ganz Inys Nohr in seine Lungen. Mit einer schnellen Drehung verschloß Arn die Tür wieder und konnte sich dann dem Genuß hingeben, inmitten von haenischem Lavendel, Rosmarinsträngen, kleeumfaßten Früchten, getrockneten Stachelbeeren und Salbei umherzustreifen. Dies alles, nebst vielen anderen, Arn unbekannten Pflanzen, hing von den Deckenbalken herab und zierte duftend die Wände in den prächtigsten Farben.

Arn hätte sich in diesem Raum verlieren mögen. Einmal war ihm das auch geschehen. Das war an jenem Tag gewesen, als Nazir ihn in einem Faß Thymian entdeckt und gegen die Steinwand geworfen hatte. Dabei hatte sich Arn die seit seiner Geburt verkrümmte, zarte Schulter gebrochen. Der Junge rieb sich die leicht juckende, frisch geheilte Stelle und schwor bei allem Holz der Welt, daß er tun würde, was immer in seiner Macht stand, um Lorris und dem kranken Haen zu helfen, denn die beiden waren auf der Suche nach Aylith, deren magische Hände ihn geheilt hatten.

Er schritt auf den Schrank zu, in dem die Arzneien aufbewahrt wurden, und entdeckte auf dem obersten Bord mehrere Flaschen mit Nazirs besonderem Trank. Malvos bewahrte das Zeug immer in Steinflaschen auf. Arn vermutete, daß es sich durch weniger feste Gefäße hindurchfressen würde. Der Knabe fragte sich, wie Nazir wohl ohne die regelmäßige Einnahme des ekligen Gebräus sein würde. Vielleicht noch schlimmer, aber das konnte er sich kaum vorstellen.

Er riß mehrere der winzigen Fläschchen an sich, auf denen ›Ehrenpreis‹ geschrieben stand, denn Lorris hatte ihm den Anblick der Buchstaben eingebleut und ließ sie in seinem weiten Ärmel verschwinden. Im gleichen Augenblick hörte er, wie die schwere Walnußtür geöffnet wurde; er sprang auf den Fenstersims und sah, wie Malvos mit äußerster Anstrengung den zitternden Nazir ins Zimmer schleppte, der benommen wirkte und noch immer das zerbrochene Schwert umklammert hielt.

Lorris hatte schon mehrmals so weit gezählt, wie sie nur konnte, und wollte sich gerade aufmachen, um dem Jungen in den Turm zu folgen, als sich Arn leise von Malvos Fenstersims zu Boden fallen ließ, wobei das wollene Gewand in blauen Wogen um seine Ohren flatterte.

»Ich habe es. Und Malvos hat Nazir! Er hat mich nicht gehört. Er war zu beschäftigt. Die Albions waren hinter ihm her.«

»Laß uns verschwinden«, forderte Lorris ihn auf, und Arn raffte die Röcke, um besser rennen zu können.

Als Zell, der junge Torhüter, wieder zu sich kam, hatte sich seine Geschichte der Ereignisse während seiner Wache erheblich verbessert – genau wie Arns Kleidung!

KAPITEL 17

Malvos hatte Nazir, der zwar für einen Nohr groß war, aber nicht schwer, auch für schwer gehalten – bis heute. Der Apothekarius zerrte ihn ganz unköniglich ins Zimmer und ließ ihn neben der Tür zu Boden fallen. Hastig schob er den Riegel vor – keinen Augenblick zu früh! Mehrere streunende Albions hatten die beiden im Hof erspäht und waren ihnen gefolgt. Sie hatten die Wachen überrannt und wollten ihre Wut am Herrscher, der die Schuld am Tod ihrer Familien trug, auslassen.

Während sie wie wild gegen die Tür schlugen, fragte sich Malvos, weshalb die Wachen sie nicht schon längst herausgezerrt hatten – und wo, bei Nohr, war der Ehrenpreis? Nazir hatte ein paar Blessuren abbekommen, als Malvos ihn durch die Flure geschleppt hatte, und der Apothekarius wollte die offenen Wunden schnellsten verschließen. Er konnte nicht zulassen, daß der einzige Mann, der ihm helfen konnte, Cridhe zu verlassen, an der Schleichenden Pest starb.

In den Tiefen des Schrankes fand Malvos nur einen alten Topf mit Resten des Heilmittels. Nun, das mußte reichen. Er hätte schwören können, daß er erst vor ein paar Wochen etliche neue Fläschchen bereitgestellt hatte. Und hier war auch der übliche Trank. Er maß eine großzügige Dosis ab und verabreichte sie Nazir, der hustend und nach Atem ringend aus seinem Anfall erwachte.

Als er nach einer Weile wieder in der Lage war zu sprechen, öffnete er die Augen und zuckte zusammen.

»Wo bin ich? Was ist geschehen?« murmelte er.

»Ihr befindet Euch in meinem einfachen und unwürdigen Quartier, gnädigster, gewandtester und wagemutigster aller Monarchen.«

Nazir runzelte die Stirn; vermutlich fand er keine dieser Eigenschaften zur Zeit angemessen.

»Hier haben wir etwas Medizin für Euch«, fuhr Malvos in weniger herablassendem Ton fort. »Einige Eurer Untergebenen wissen Euch zur Zeit nicht sosehr zu schätzen.«

»Warum nicht?« erkundigte sich Nazir mit unschuldiger Miene.

»Erinnert Ihr Euch an … gar nichts?« fragte ihn Malvos gelassen und ließ das alte Schwert mit der behandschuhten Rechten unter einen Stapel haenischen Fenchels verschwinden.

Nazir schüttelte den Kopf; anscheinend hatte er sich noch nicht völlig von den Nachwirkungen der Raserei erholt.

»Nun, mein wundervoller Herrscher, Ihr – äh – habt einige ihrer Angehörigen getötet. Aber die meisten davon waren die älteren Albions, also kein großer Verlust. Müssen ein paar Mäuler weniger gestopft werden. Ich glaube, Ihr habt sogar den aufsässigen Morkin niedergemacht.« Er grinste vergnügt und entblößte zuviele der fauligen, verrottenden Zähne.

»Oh! Oh, sehr gut.« Nazir erinnerte sich an Aylith und sprang hastig auf. »Wo ist das Mädchen? Was ist mit ihr geschehen? Hast du gesehen, wie sie entkommen ist? Hat ein Vogel sie fortgetragen, oder konnte sie ganz allein fliegen? Hat sie noch immer den heiligen Samen? Was ist mit Merco? Wo ist der Haenische?« Er rasselte die Fragen herunter, ohne auf Malvos Antworten zu warten.

Diesmal hielt der Apothekarius den Mund. Als Nazir die Eichel erwähnte, hatte ihn der Gedanke an die Macht des Preises, den er aufgehoben hatte, abgelenkt. Der Samen des Sippenbaumes schien in seiner

Gürteltasche zu summen und zu glühen. Es verlangte ihn danach, die Eichel zu berühren, zu fühlen, wie ihr Feuer durch seinen Körper und seine Hände strömte, sein hungriges Herz damit zu sättigen. Aber Tempé würde es bemerken. Noch nicht, noch nicht. Er konnte die Eichel nicht anfassen, aber er besaß sie. Sie war ein weiterer Teil seines Plans, aus Cridhe zu fliehen. Wenn er Nazir dazu bringen konnte, den Turm zu verlassen und nach Inys Haen zu gehen, war alles bestens eingefädelt. Malvos riß sich gewaltsam von den Gedanken an die Macht der Eichel los, und richtete seine Aufmerksamkeit auf Nazir.

Der Felonarch schwankte auf unsicheren Beinen hin und her, erlangte das Gleichgewicht, nahm noch einen Schluck der Arznei und trat zum Fenster.

»Ich weiß, daß ich gesehen habe, wie sie davonflog. Wo ist sie jetzt? Ich fühle ihre Gegenwart nicht mehr. Was ist, wenn sie tot ist?« fragte er sich selbst und tastete über das Geburtsmal, während er die unter ihm liegende, verfallene Stadt betrachtete.

Malvos räusperte sich und raffte sich endlich zu einer Erwiderung auf. »Würde Eure Exzellenz gern Truppen hinter ihr herjagen, oder werdet Ihr selbst gehen?« Nebenbei fiel Malvos auf, daß man die Albions wohl entfernt hatte, denn sie schlugen nicht mehr gegen die Tür.

Nazir zögerte einen Moment lang, blickte suchend über die Straßen und den sichtbaren Teil des Hofes. Er erinnerte sich an eine Art Tumult, und Malvos hatte gerade gesagt, daß die Albions offen rebellierten, aber er hörte nichts, weder vor der Tür noch draußen. Niemand war zu sehen, nichts war zu hören. Vielleicht hatte Malvos das Gemetzel übertrieben dargestellt. Sonst wäre sicher von hier oben aus irgend etwas zu sehen. Wenn die Stadt so ruhig dalag, hatten die Wachen wohl den kleinen Aufruhr unterdrückt, und die Albions fürchteten sich zu sehr vor ihm, als daß sie öffentlich rebellierten. Er erinnerte sich vage daran, einen Mann mit roter Kappe getötet zu haben... Die Albions ärgerten sich bestimmt auch wegen RoNal. Jawohl. Das war es. Er hatte ihren geheimen Anführer getötet, die gesamte Bewegung führerlos gemacht, und nun versteckten sie sich vor ihm. Die Albion-Rebellion in Inys Nohr war beendet.

Dann fiel Nazir etwas anderes ein. Vielleicht fiele es gar nicht auf, wenn er sich dem Suchtrupp anschloß und niemand im Turm zurückblieb. Schließlich würden alle annehmen, wenn Malvos, dank seines guten Gehörs, die Suche anführte, daß Nazir selbstverständlich in Inys Nohr geblieben war. Großartig.

Er suchte den Horizont nach Anzeichen ab: Feuer, oder gar das Kreischen des wütenden Mobs. Nazir blinzelte und drehte sich dann zu Malvos um, um endlich zu antworten.

»Marschiert in die Richtung von Inys Haen. Ich würde sagen, daß wir auch den Haen dort finden. Laß jemanden nach Merco suchen. Man soll seine eigenen Instrumente benutzen, um herauszufinden, was er weiß. Feryar soll die Truppen zusammenrufen, wenn er nicht zu blöd dazu ist.«

»Wie Euer Hoheit befehlen. Könnte ich nicht vielleicht hierbleiben, Arzneien herstellen, die Stadt in Ordnung halten, und so weiter, bis zu Eurer triumphalen und freudigen Rückkehr?« Malvos brach beinahe in Zuckungen aus, weil sein Plan so hervorragend war.

»Nein, du kommst mit. Ich brauche dich, und vielleicht braucht dich das Mädchen auch. Wenn sie lebt«, antwortete Nazir, der sich jetzt soweit erholt hatte, daß ihm bewußt wurde, wie gefährlich es wäre, Malvos als Machthaber zurückzulassen. Nazir würde das lauernde Ungetüm nie wieder vom Thron bekommen, wenn er ihn allein in der Stadt ließ.

Malvos gab vor, zu schmollen, entriegelte dann die Tür und suchte Feryars Kammer auf. Seit dem Tumult hatte er den alten Elfen nicht mehr gesehen. Den ganzen Weg durch die Halle schimpfte er vor sich hin, riß – ohne zu klopfen – die Tür des kahlen Raumes auf und rief geistesabwesend nach Feryar.

Keine Spur von dem alten Narren. Das paßte zu ihm. Der Elf war ungewöhnlich dumm, besonders für einen Angehörigen seiner Rasse, und Malvos haßte es, alles wieder und wieder erklären zu müssen. Es war ermüdend, alles jahrhundertelang wiederholen zu müssen, selbst für einen Sangrazul. Und dann diese dumme Geschichte mit Thrissa. Hoffentlich glaubte der alte Idiot nicht, er habe die gebrochene Nase vergessen.

Malvos hielt den Atem an, als er erneut eine Manabrise verspürte. Oh, könnte er es nur besitzen, mit den Händen berühren, die Kraft fühlen und die Energie in sich aufnehmen.

Malvos schloß die Augen und besann sich auf sein Vorhaben. Feryar. Ja. Nun, wo steckte der alte Narr bloß? Bestimmt unten in der Vorratskammer, überlegte Malvos. Er gestand sich ein, daß die Vorratskammer die Antwort auf die wichtigsten Fragen darstellte, und beschloß, sie aufzusuchen.

In der samtenen Gürteltasche funkelte die Eichel. Die Heimreise würde lange dauern; *länger, als du vermuten würdest, du perfide Marionette von einem Prinzen,* sinnierte er. Außerdem war er halb verhungert.

Draußen, auf dem Fenstersims, wagte Feryar endlich zu atmen. Sims, der Albion, den er an Malvos Tür lauschend ertappt hatte, sah ihn dankbar an und sprang dann wieder in die Kammer. Feryar folgte ihm, den langen Finger warnend auf die Lippen gelegt. Noch war der Sieber nicht außer Hörweite. Sims lächelte nur und schlüpfte hinaus, verschmolz mit der Steinwand des Turms, als sei er unsichtbar.

KAPITEL 18

Lorris warf den mit Krebsen verkrusteten Rumpf des Bootes zur Seite und fand Jedhian bewußtlos vor, die Zähne im Hemdsärmel verbissen.

»Damit er nicht schreit«, sagte sie zu sich selbst, die Szene deutend. Sie kniete nieder, lehnte ihn gegen ihre Schulter und stützte ihm den Rücken.

»Jedhian, hör zu, setz dich auf und nimm das hier. Du weißt, was man damit tun muß, ich habe keine Ahnung.«

Sie rüttelte ihn sanft und langsam öffnete er die, durch das krampfhafte Schweigen blutunterlaufenen, tränenfeuchten Augen. Er keuchte und spuckte den Hemdsärmel aus, holte ein paarmal tief Luft und bemühte sich, möglichst wenig Lärm zu machen. Obwohl das kaum aufgefallen wäre. Um sie herum wimmelte es von Menschen, die sich fluchtartig fortbewegten, sich in den Schatten der Häuser duckten und in großer Eile zu sein schienen. Einige – die aus dem Innenhof kamen – trugen Fackeln, andere Fischernetze, die sie am Kai gefunden hatten, viele hielten nichts außer ihrer Wut in Händen. Niemand schien den Haen zu erkennen, der sich die Arznei über das Bein strich. Die Soldatin stand ihm bei, und der Junge, der ebenfalls ein Kettenhemd und Beinschienen trug, wachte mit Hilfe eines Breitschwertes, das ebenso groß war wie er selbst, über die beiden. In diesem Teil der Stadt schien sich etwas vorzubereiten. Lorris fühlte sich etwas beunruhigt; sie hielt einen der vorbeieilenden Fischer auf und erkundigte sich nach der ganzen Aufregung.

»Ach, nichts weiter, Herrin. Wir bereiten uns nur auf die vielen Begräbnisse vor«, meinte der Mann ausweichend und vermied, ihr in die Augen zu sehen.

Plötzlich verstand Lorris, daß es immer noch so aussah, als diene sie Nazir und daß sie daher nichts von dem Fischer erfahren würde. Also ließ sie ihn gehen. Aber die Begegnung hatte sie nachdenklich gestimmt.

»Jedhian, wir müssen sofort verschwinden. Mir gefällt der Gestank dieses Ortes gar nicht; hier ist zuviel Trubel, und alles erscheint mir ein wenig merkwürdig. Wenn diese Leute gegen Nazir vorgehen wollen, machen wir uns besser aus dem Staub. Man könnte denken, wir seien Königstreue, und dann würdest du heute doch noch den Kopf verlieren! Und wir unsere Köpfe ebenfalls. Also laß uns aufbrechen; Arn und ich werden dich stützen.«

»Lorris?«

Sie sah ihm in die fiebrig glänzenden Augen. »Ja?«

»Wo gehen wir hin? Ich kann noch nicht laufen, und wir müssen Aylith finden. Bevor Nazir sie findet.«

Soweit hatte Lorris noch nicht vorausgedacht, aber nun hatte sie einen Einfall.

»Arn, hilf ihm auf.« Der Knabe gehorchte, und Lorris warf das Boot um, suchte es nach Löchern im Boden ab. »Wenn wir ein Ruder finden können, fahren wir so weit wie möglich in diesem Ding stromaufwärts. Sollte der Sobus irgendwann völlig zugefroren sein, gehen wir zu Fuß weiter – du wirst das Ruder als Krücke benützen. Bis dahin wird es deinem Bein besser gehen. Dadurch haben wir einen kleinen Vorsprung vor Nazir. Ich weiß, daß er Truppen nach Inys Haen schicken wird. Das ist der einzige Ort, an dem er Aylith vermutet.«

Jedhian lächelte und kratzte sich den struppigen Bart.

»Das ist ein guter Plan. Außerdem glaube ich, daß der Ehrenpreis bereits seine Wirkung tut. Ich habe das

Gefühl, die Pest kriecht nicht mehr herum.« Er strich noch etwas mehr von der grünen Salbe auf die offene Wunde und umwickelte sie dann mit einem Tuchstreifen des Kleides, mit dem Arn den bewußtlosen Torhüter beglückt hatte.

Anschließend gingen sie langsam die Gasse hinunter: Lorris und Arn trugen das alte Boot, Jedhian, der sich eine Kapuze übers Gesicht gezogen hatte, humpelte neben ihnen her und stützte sich mit einer Hand auf dem umgestülpten Rumpf ab. Sie gelangten fast bis zum Kai.

»He, das is' ja wohl Donnons Boot, was? Was wollt ihr'n damit?«

Jedhian schlug mit der flachen Hand auf den Rumpf, und Lorris und Arn rannten, so schnell sie konnten, weiter und überließen es Jedhian, Erklärungen abzugeben. Der Haen wandte sich dem verblüfften Fischer zu und schlurfte dann in einen der Hauseingänge hinein.

»Ja, das ist wahr. Aber Donnon hat es uns geliehen.« Er lächelte, doch der rußbedeckte alte Fischer trat näher und beäugte ihn voller Mißtrauen. Dann verfinsterte sich seine Miene.

»Donnon is' seit drei Tagen tot. Wo wollt ihr mit dem Boot hin? He, bis' du nich' der Haenische …?«

»Ja, der bin ich«, antworte Jedhian leise und schloß die Hand um den ausgestreckten, dünnen Arm des Alten und drückte mit aller Kraft auf eine bestimmte Stelle. Der rasende Schmerz ließ den Mann ohnmächtig zu Boden sinken. »Es wird dir schon bald wieder gut gehen, das verspreche ich dir.«

Jedhian rollte den reglosen Körper in den Eingang hinein und wanderte dann langsam hinter den Gefährten her, auf den Fluß zu.

Lorris hatte ein Ruder aufgetrieben, und das Boot lag bei Jedhians Ankunft bereits im Wasser. Arn war ihm ein Stück entgegengeeilt und stützte ihn.

Jedhian lächelte Lorris zu. »Ich bin noch nie gesegelt.«

Lorris half ihm ins Boot, während Arn versuchte, es möglichst ruhig zu halten. »Ich auch nicht«, erwiderte sie grinsend.

»Aber ich«, bemerkte Arn schüchtern vom Kai aus. Offensichtlich hatte er keine Hoffnung, daß man ihn mitnehmen würde.

Lorris beugte sich vor und berührte seine Hand. »Bitte beeil dich, Arn. Hüpf rein und stoß uns ab.«

Das Lächeln des Jungen schien sich von einem der abstehenden Ohren bis zum anderen zu ziehen. Schnell sprang er ins Boot, stieß es geschickt vom Kai ab, ruderte an den verwitterten Fischerhütten vorbei, bis sie schließlich, dank seines Könnens, auf dem Sobus flußaufwärts dahinglitten.

Nach einer Stunde hatten sie die Stromenge erreicht, eine gewundene Stelle, die kaum jemals vereiste, da die Strömung hier besonders stark war und die Tiefe des Sobus unergründlich schien.

In jedem Jahr ertranken hier zwei bis drei Leute beim Fischen, aber kaum eine Leiche konnte geborgen werden. Lorris nahm an, daß unter der grauen, sprudelnden Wasseroberfläche Trolle hausen mußten, und Arn erklärte, daß sich dort Kavernen befänden.

Jedhian fror, und sie hüllten ihn mit ihren Umhängen ein. Arn stemmte das Ruder gegen einen der kantigen Granitbrocken, die mitten im Fluß aufragten, und Lorris bekam ein paar Spritzer ab.

»Puh! Das ist ja eiskalt! Was denkst du, wie weit wir noch kommen, bis alles gefroren ist, Arn?« keuchte sie.

»Ich weiß nicht, wenn wir Glück haben, vielleicht noch eine oder zwei Meilen. Es tauchen jetzt schon immer mehr Eisschollen auf«, erwiderte Arn und fischte ein Eisstück aus dem Wasser, um es Lorris zu zeigen.

Sie nickte und zog die Umhänge fester um Jedhians

Körper. Sanft strich sie ihm das Haar aus der Stirn und berührte sein Gesicht. Er schlug die Augen auf und sah sie einen Augenblick lang an, dann packte ihn ein neuer Schüttelfrost.

»Arn, wir müssen Rast machen, um ihn aufzuwärmen. Und uns natürlich auch. Halt nach einer Stelle Ausschau, an der wir anlegen wollen, und ich will dort nach etwas Brennbarem suchen. Wir müssen ein Feuer wagen, auch wenn Nazir uns auf der Spur ist. Vielleicht verdecken die Felsen das Licht und den Rauch«, meinte sie hoffnungsvoll und betrachtete die eindrucksvollen Granitblöcke, die hier das Flußufer säumten.

Leichtes Schneetreiben setzte ein, doch endlich fanden sie einen geeigneten Landeplatz und zogen das Boot ans Ufer. Lorris machte sich auf die Suche und entdeckte noch ausreichend vertrocknetes Gras, um ein Feuer entzünden zu können. Und zu ihrer großen Erleichterung stieß sie unter einem Felsüberhang, der ein Stück weiter flußaufwärts lag, auf einige sehr alte, trockene Treibholzstücke.

Eine Weile verbrachte sie mit der unangenehmen Aufgabe, das Holz zwischen den gebleichten Knochen der Berglöwen, Rippenwürmer, wilden Ziegen und Schafe herauszuwühlen, die hier ebenfalls angeschwemmt worden waren. Der Fluß entließ seine Opfer ohne Rücksicht auf ihre Rasse. Auch ein menschlicher Schädel tauchte auf.

Lorris betrachtete die langen Zahnspuren auf dem Beinknochen eines Schafes. Makanas. Diese großen, kälteunempfindlichen, lurchähnlichen Kreaturen mit ihrer geisterhaft bleichen Farbe konnten sich wie Aale unter der Wasseroberfläche bewegen. Auch sie waren von Crephas erschaffen worden. Wie die Leichentücher hatten auch die Makanas keine natürlichen Feinde und vermehrten sich ungehindert. Obwohl sie sich zumeist von Aas ernährten, verspeisten sie liebend gern alles, was sich bewegte, und ihr untrüglicher Temperatursinn wurde von der Körperwärme ihrer Opfer angeregt.

Erschöpft warf Lorris den Beinknochen fort, räumte das Treibholz zur Seite und setzte den Menschenschädel in eine Felsnische, außer Reichweite der Makanas. Zwar konnten diese graben, aber wenigsten nicht klettern.

»Finde deine Ruhe, mein Freund. Sei froh, daß dich der Tod von der Herrschaft des Tyrannen erlöst hat.« Sie seufzte und wandte sich dem Lagerplatz zu.

Arn hatte sich über Jedhian gelegt, um ihn mit seinem Körper zu wärmen, und als Lorris zurückkehrte, übertrug er ihr diese Aufgabe, während er sich daran machte, ein kleines Feuer zu entfachen, das den Haen die Nacht über am Leben erhalten würde. Lorris legte sich hinter Jedhian, schlang beide Arme um den zitternden Körper und umklammerte seine eisigen Hände.

Er ist ein schöner Mann, dachte sie und legte das Kinn auf seine Schulter. Ihr Blick fuhr über die rauhe Wange und besorgt stellte sie fest, daß sein Gesicht viel eingefallener wirkte; eigentlich konnte man behaupten, es wäre fast so hager wie das des Schädels, den sie vorhin gefunden hatte. Die Pest fraß ihn bei lebendigem Leibe auf, riß ihm das Fleisch vom Körper, und es gab nichts, womit sie ihn hätten stärken können. Arns Magen, der daran gewöhnt war, nur hin und wieder Arbeit zu bekommen, verhielt sich noch ruhig, aber Lorris verspürte bereits nagenden Hunger und sie wußte, daß Jedhian ohne Nahrung nicht lange durchhalten konnte. Immer wieder mußte sie an die leeren Höhlen des Schädels denken. Sie sehnte sich nach den Vorräten, die sie eigentlich hatte mitnehmen wollen. Sogar RoNals Schwert war zurückgeblieben. Aber genug jetzt von dem, was alles nicht geschehen war.

»Ich gehe auf die Jagd. Oder Fischen. Wir brauchen

irgend etwas Eßbares. Vielleicht stöbere ich etwas auf, aus dem wir ihm eine Brühe kochen können«, erklärte sie und wickelte Jedhian noch fester in die Umhänge.

Als sie das Schwert ergreifen wollte, schüttelte Arn den Kopf. Er bückte sich und hob ein paar glatte Flußkiesel auf, zog einen Lederstreifen aus der Gürteltasche und reichte ihr seine Schleuder.

»Damit habt ihr's leichter, Herrin. Ich werde Fischen, während ihr fort seid.«

Lorris lächelte ihm zu und dachte, daß es ein großer Fehler gewesen wäre, ihn nicht mitzunehmen.

»Arn, was ist eigentlich mit deiner Schulter? Sie ist doch jetzt gerade«, fragte sie neugierig.

»Ach, die haenische Frau sah, wie die Schulter hätte sein sollen. Und dann hat sie mich dort berührt, dieses grüne Feuer verbrannte mich – aber es schmerzte nicht – und dann war die Schulter gerade«, erklärte er schlicht.

»›Sah, wie die Schulter hätte sein sollen‹? Und hat sie dann geheilt? Einfach so?« wunderte sich Lorris.

Arn schüttelte den Kopf und stocherte im Feuer herum. »Nein. Das Geraderücken ging sehr schnell, aber die Verletzung, die Nazir mir zugefügt hat, wollte anfangs nicht heilen. Doch ich hab mir so sehr gewünscht, daß es besser werden sollte, daß ich nicht mehr daran gedacht habe, wieviel Vergnügen es ihm bereitet hat, mir weh zu tun. Und als ich das vergessen konnte, hat sie erkannt, wie die Schulter sein muß. Sie kann wirklich zaubern, nicht? Und ich hab gewußt, daß ich auch mithelfen muß. Irgendwie hab ich das gemerkt«, schloß er und schaute nachdenklich ins Feuer.

Lorris nickte und ergriff die Schleuder.

Vor langer Zeit hatte RoNal Lorris eine Mahlzeit verweigert, weil sie nicht in der Lage war, ein Stück Brot von einem mehrere Schritt entfernt stehenden Pfahl herunterzuschießen. So hatte Lorris sehr schnell gelernt, gut zu zielen. Sie hungerte nämlich nicht gern.

Ihre genagelten Stiefel hinterließen in dem frisch gefallenen, pudrigen Schnee deutliche Spuren, als sie vom Lager in Richtung Norden wanderte. Die Wolken zogen über den Himmel – so grau wie der Strom. Seit der Trennung hatte es, außer wenn die Haen den Frühling herbeiriefen, keinen Mond über Cridhe gegeben. Dann rollten die Wolken über Inys Haen beiseite, um einen wundervollen Nachthimmel zu enthüllen, an dem unzählige Sterne hell leuchteten. Lorris hatte es einmal gesehen, als sie die rings um Inys Haen liegenden Sümpfe zwei Tage zu spät für den Frühlingsüberfall erreichten. Sie erinnerte sich an einige der Konstellationen: den Wolf, die beiden Fische, das offene Buch und den Jäger, den sie am schönsten fand. Sein heller Bogen glänzte mit einem grünen und drei roten Sternen. Sie fragte sich, wie es sein mußte, einen Bogen zu benutzen. Seit der Trennung hatte es auf Cridhe nicht genug Holz gegeben, um dem Bogenschießen nachzugehen.

Sie wandte den Blick vom Himmel ab. Ihre Aufmerksamkeit galt dem Boden, auf dem Spuren zu finden sein sollten. Sie entdeckte die Spur eines Wiesels, das sich jetzt sicher schon weit weg befand, und Abdrücke von Mäusen und Reethennen. Ein Reethenneneintopf würde Jedhian gut bekommen. Sie folgte den Spuren und schlich sich an einen mit Adlerfarn bewachsenen Hügel an, über den sich eine dünne Schneeschicht gebreitet hatte. *Zwei oder drei Hennen in diesem Nest werden schon reichen,* dachte sie.

Lorris kniete sich hin, bereitete die Schleuder vor und stieß einen schrillen Pfiff aus. Das Nest explodierte förmlich in einem Gewirr schwarzer Flügel, als zwei kleine Hennen aufflogen. Die erste holte Lorris zielsicher aus der Luft, die zweite streifte sie nur. *Mit etwas Übung hätte ich die auch gehabt,* dachte sie grimmig. Dann hob sie das getötete Tier auf, band die Füße zusammen, hängte es an den Gürtel und machte sich auf die Suche nach der zweiten Henne. Schnell entdeckte sie die unregelmäßigen Spuren und kurz darauf sah sie die Henne vor sich. Lorris sprang einen Hügel hinab und erlegte das Federvieh mit einem Schuß. Zufrieden ging sie zurück, um für Jedhian ein Abendessen zuzubereiten.

Noch einen Schritt weiter, und sie wäre selbst zur Beute geworden. Der Eingang des Baus lag unter dem Schnee verborgen, sah aus wie eine harmlose Furche. Ein knurrendes Makana schoß hervor, dessen Zähne nur wenige Fingerbreit vor Lorris Füßen zusammenschlugen, der große, keilförmige Kopf schüttelte den Schnee ab und zeigte zwei kleine, rote Augen. Wahrscheinlich war es dieses Makana, dessen Territorium das Flußufer war. Obwohl Makanas blind waren, starrte es Lorris mit den roten Augen an, und die Reptilienklauen kratzten über ihre Beinschienen, hinterließen auf dem Metall lange, helle Spuren. Fast hätte Lorris die zweite Henne fallen gelassen, konnte das Tier aber gerade noch halten und rannte Hals über Kopf über den harten, steinbedeckten Boden davon, auf das Lager zu.

Das Makana hatte nicht vor, sie entkommen zu lassen und verfolgte sie unter der Erde, wobei es eine lange Bahn aus aufgeworfener Erde hinter sich herzog, ähnlich einem Maulwurf. Lorris fluchte, als sie auf einer Eisschicht, nur wenige Schritt vor dem wütenden Vieh, ausrutschte. Es gelang ihr, wieder festen Boden unter die Füße zu bekommen, kurz bevor das Makana auftauchte und erneut zuschnappte. Endlich gelang es Lorris, sich auf ein paar Felsen zu retten, auf die das Tier nicht folgen konnte. Es scharrte und grunzte noch eine Weile, gab aber irgendwann auf und machte sich an die Verfolgung einer Maus, die – durch Lorris aufgescheucht – aus ihrem Versteck kam.

Inzwischen gab es eine neue Schwierigkeit. Lorris hatte sich verirrt. Das Makana hatte sie viel weiter landeinwärts getrieben, als sie zuerst bemerkt hatte. Selbst aus dieser Höhe konnte sie den sich windenden Sobus nicht mehr entdecken, da der zugefrorene Fluß ebenfalls mit einer Schneeschicht bedeckt war und die Hügel und Felsen ihr den Blick teilweise versperrten. Eine Weile hockte sie in Gedanken versunken da, versuchte, sich an ihren Fluchtweg zu erinnern, rupfte die schwarzen und grauen Federn der Hennen aus und lauschte, ob das Makana zurückkehrte.

Als beide Tiere gerupft waren, warf Lorris sie über eine Schulter und machte sich daran, den dreißig Fuß hohen, glatten, schneebedeckten Felsen hinabzugleiten, der ihr das Leben gerettet hatte. Ein letztes Mal sah sie sich um, da es inzwischen so dunkel geworden war, daß sie eigentlich aus dieser Höhe Arns Feuer bemerken mußte. Zur Linken, etwa ein oder zwei Meilen hinter dem Platz, an dem sie Arn und Jedhian vermutete, schien etwas zu brennen, ein roter Schimmer drang schwach durch die Dunkelheit. Als Lorris genauer hinsah, erkannte sie, daß es nicht nur ein Feuer, sondern gleich drei waren.

Nazirs Truppen waren also hinter ihnen her, und das noch schneller, als sie für möglich gehalten hatte. Lorris kletterte hastig den Felsen hinab, ohne sich weiter darum zu kümmern, ob das Makana nun satt war oder nicht, und rannte ihren Spuren nach, die gerade noch schwach unter dem frisch gefallenen, herumwehenden Schnee zu erkennen waren. Der Wind hatte zugenommen und es sah aus, als würde der Schneefall dichter. Einmal verlor sie die Spuren, entdeckte aber den Fluß, auf dessen gefrorener Oberfläche sie sich dem Lager näherte.

Arn schreckte nur leicht zusammen, als Lorris auf leisen Sohlen näherkam und ihm die Neuigkeiten zuflüsterte. Er nickte und machte sich daran, die Hennen auszunehmen. Auch er hatte die Zeit gut genutzt – auf einem flachen Stein, inmitten des Feuers, lagen ein paar geröstete Aale. Lorris schälte einen davon von dem heißen Stein und bemühte sich, nicht über den Geschmack nachzudenken; die Nahrung würde sie am Leben halten. Als sie den größten Teil des Aals hinuntergewürgt hatte, breitete Arn die zerlegten Hennen auf dem flachen Felsstück aus.

Jedhian stöhnte im Fieber, und Arn stopfte die Umhänge fester um ihm herum.

»Es scheint ihm besser zu gehen, Herrin. Ich glaube, das ruhige Liegen hat ihm gutgetan. Und das Fleisch wird auch helfen, wenn wir ihn damit füttern. Ich hab nichts gefunden, worin man Suppe kochen könnte«, setzte er entschuldigend hinzu.

»Vielen Dank, Arn.« Lorris rieb sich die Schläfen und nahm die Arm- und Beinschienen ab. Die sinkenden Temperaturen ließen die Metallrüstung unerträglich werden. »Du hast deine Sache gut gemacht.«

Arn grinste, Ohren und Nase hatten sich rot gefärbt – ob durch die Kälte oder das Lob, konnte Lorris nicht sagen.

»In ein paar Stunden müssen wir aufbrechen. Wie ich Nazir kenne, befinden sich die Truppen auf dem Eilmarsch, und wir müssen Inys Haen vor ihnen erreichen. Es wird knapp, aber immerhin haben wir einen kleinen Vorsprung. Gut, daß er sie nicht selbst anführt – schließlich verläßt er seinen Turm nie.«

So überlegte Lorris laut und Arn lauschte ihr mit der gleichen Aufmerksamkeit, mit der er sonst Nazirs Drohungen und Befehlen gelauscht hatte.

»Wie weit kommen wir noch mit dem Boot?« fragte sie ihn.

»Der Fluß ist recht schnell vereist, Herrin. Ich weiß es nicht. Vielleicht können wir dünne Eisschichten mit dem Ruder aufstoßen, um weiterzukommen. Es dauert lange, ist aber doch schneller, als mit dem Haenischen zu Fuß zu gehen«, erwiderte Arn.

»Wenn es sein muß, bin ich bereit«, mischte sich Jedhian mit überraschend kraftvoller Stimme ein.

Er richtete sich auf und gähnte, als habe er daheim in seinem Bett geschlafen und nahm dankbar das Hühnerbein entgegen, das ihm Arn schnell in die Hand drückte. Lorris vermochte ihre Erleichterung nicht zu verbergen und schenkte ihm ein strahlendes Lächeln, die grauen Augen leuchteten. *Wenn sie nicht grübelt, ist sie richtig hübsch,* dachte Jedhian.

»Jedhian, bist du etwa geheilt?« fragte sie verwundert.

»Nun«, meinte er lachend, »nicht ganz. Der Ehrenpreis hat verhindert, daß die Pest sich ausbreitet, und das Fieber erstickt. Ich fühle mich immer noch schwach, aber ich werde überleben.« Er freute sich über Lorris' Benehmen. »Wo sind wir eigentlich?« fügte er hinzu und biß in das zähe Fleisch.

»Wir sind zu weit von Inys Haen entfernt, und noch immer zu nahe bei Inys Nohr«, erklärte Arn.

»Wir haben ein paar Meilen hinter uns gebracht«, sagte Lorris und deutete auf das Boot. »Nazirs Truppen sind uns dicht auf den Fersen, und wir müssen, sobald du in der Lage dazu bist, weiterziehen.« Sie seufzte.

»Aylith?«

Lorris schüttelte den Kopf. »Wir wissen nicht mehr als du.«

Jedhian hatte das Fleisch verzehrt und nahm einen großen Schluck Wasser aus einer zerbrochenen Muschel, die Arn gefunden und mit Schnee gefüllt hatte. Ihr Inneres glänzte purpurn und blau im Flammenschein, während Jedhian die ungewöhnliche Tasse wieder und wieder leerte.

»Laßt uns aufbrechen«, meinte er dann und erhob sich unsicher.

Arn räumte den Lagerplatz auf und bereitete das Boot vor zum Aufbruch. Lorris half Jedhian hinein. Sie trieben durch das eisige, teilweise gefrorene Wasser. Oftmals mußte Arn die Eisschicht mit dem Ruder durchstoßen, und das Befahren des sich stetig windenden Sobus wurde immer schwieriger. Nach drei Meilen erkannten sie, daß sie das Boot zurücklassen und zu Fuß weiterziehen mußten. Lorris zerrte das Boot an Land und drehte es auf die Seite, damit sie ein wenig vor dem Schneefall geschützt waren. Sie rückten eng zusammen, versuchten sich gegenseitig so gut wie möglich zu wärmen und hofften, der kleine Vorsprung würde ausreichen, damit sie Inys Haen noch vor den nohrischen Truppen erreichten. Sie beschlossen, kein Feuer zu entfachen. Die Berge lagen bereits hinter ihnen, und zu beiden Seiten des Flusses erstreckte sich flaches, sumpfiges Land. Wenn Nazirs Armee Späher ausgeschickt hatte, würden diese das Feuer sofort entdecken.

Morgen hatten sie einen harten Tag vor sich. Aber nun mußten sie rasten. Lorris übernahm die erste Wache. Sie hatte die Arme fest um Jedhian geschlungen und hielt die Ohren gespitzt, um jedes ungewöhnliche Geräusch zu erlauschen. Die folgenden drei Stunden verbrachte sie damit, gegen den Schlaf anzukämpfen, und ihre Gefühle für den jungen Heiler zu bekämpfen.

Er war ein Haen. Und Lorris nicht. Es war unmöglich. Und das Letzte, was sie brauchte, war eine Ablenkung. Schließlich hing ihrer aller Sicherheit von ihrer Wachsamkeit ab.

Das waren ihre letzten Gedanken, bevor Arn, der nicht schlafen konnte, den Umhang fester um sie herum wickelte, ihr das Schwert aus der Hand nahm und Wache hielt.

Während der folgenden beiden Tage verbesserte sich Jedhians Zustand fortwährend, und die Wunde verheilte gut. Die wattige Pestschicht war bereits so gut wie verschwunden. Er vermutete, daß man diese Krankheit vielleicht auch dadurch für immer besiegen konnte, daß man sie mit etwas Hilfe durchstand. Und wenn man sich an einem sicheren Ort befand. Inys Nohr bot dafür nur die schlechtesten Voraussetzungen. Kein Wunder, daß alle, die dort von der Pest befallen wurden, sterben mußten.

Es gelang ihnen, den Vorsprung vor Nazirs Truppen beizubehalten, und Lorris fühlte sich bedeutend sicherer. Die Zeit verstrich ohne weitere Zwischenfälle; der Schnee verwehte alle Spuren. Schon einmal war sie dem Verlauf des Sobus während eines Überfalls gefolgt und wußte daher, wie lange sie unterwegs sein würden. Am Abend, bevor sie einen ersten Blick auf haenisches Gebiet werfen konnten, ließ Lorris eine frühe Rast einlegen. Im Laufe des Tages hatte Arn eine weitere Reethenne erlegen können. Sie gruben ein Loch in den torfigen Boden, der niemals völlig gefror, um ein Feuer zu machen.

»Was wirst du ihnen über mich erzählen, wenn wir ankommen?« fragte Lorris, während Jedhian Ehrenpreis auf die Wunde strich.

Er lächelte ihr zu, die blauen Augen glitten über ihr Gesicht. »Daß du mir das Leben gerettet hast. Mich heim gebracht hast. Daß du Nazir genauso haßt, oder sogar noch mehr, wie sie es tun.«

Lorris senkte den Blick und biß sich auf die volle Unterlippe. »Aber ich gehörte der Überfalltruppe an, die den Hüter und Sippenmitglieder tötete – und ihre Hütten in Brand steckte. Werden sie mir nicht sofort ein Schwert in den Körper stoßen?«

»Einige möchten das sicherlich. Aber, abgesehen von mir, bist du die einzige Person, die Aylith finden kann, wenn sie nicht schon längst dort ist. Du kennst das Land. Die meisten Haen sind nie über unser Gebiet hinausgekommen. Sie würden ihr Leben nicht aufs Spiel setzen, um dich zu töten. Und jetzt, süße Lorris, bist du eine Deserteurin des Felonarchen, das ist schon viel wert!« lautete die Antwort.

Die warme Zuneigung, die aus seinen Worten sprach, verwirrte Lorris für einen Augenblick, aber dann erfaßte sie die Bedeutung. »Ja, ich nehme an, ich bin eine Verräterin. Mein Vater wäre nicht besonders stolz auf mich.«

»Dein Vater hat mir gesagt, daß du dem Felonarchen nichts schuldest.«

Sie nickte. »Es stimmt, ich habe noch keinen Treueschwur geleistet. Aber werden deine Leute mich nicht für eine Spionin halten? Wenn sie mir vertrauen, setzen sie viele Leben aufs Spiel.«

»Lorris. Denk daran, daß ich längst tot wäre, wenn du nicht gerade Wache gehalten hättest, als ich vom Turm fiel. Da hast du dein Leben riskiert. Dein Vater war ein tapferer und ehrbarer Mann. Er hat sich dem Monstrum geopfert, um mich zu retten und trug mir auf, dich nach Möglichkeit aus Inys Nohr herauszubringen. Es sieht so aus, als hättest du mich herausgebracht. In jedem Volk gibt es gute und schlechte Menschen.«

Endlich erwiderte Lorris sein Lächeln, und er ergriff ihre vernarbte Hand.

Auf der anderen Seite des Feuers drehte Arn die Henne um und beobachtete seine Gefährten grinsend. *Sie wissen es gar nicht,* dachte er. *Dabei ist es so offensichtlich wie mein Hemd alt und grau ist: Sie sind verliebt.*

Als allmählich das blasse Licht den Himmel erhellte, das den Tag kennzeichnete, hörte der Schneefall auf. Nach ein paar Wegstunden sah man die Rauchfahnen der Torffeuer von Inys Haen, und der Wind trug ihnen den Geruch entgegen.

»Bah! Was verbrennen deine Leute denn da?« hustete Arn.

Lorris zog ihn am Ohr und trieb ihn voran. Jedhian

ging es immer besser, je näher sie der Heimat kamen. Er hoffte inbrünstig, Aylith vorzufinden. Wieder und wieder hatte er sich Gedanken gemacht, womit er ihre Wunde behandeln würde, wenn sie in Inys Haen waren.

Niemals würde er den Ausdruck ihres kleinen, blassen Gesichtes vergessen, als Nazirs Schwert den Lichtschutz durchtrennt und sie getroffen hatte. Ihre Augen hatten sich verschleiert, als würde sie jemanden in ihrem Inneren erblicken, und nicht den rasenden Mann mit der magischen Waffe. Immer, wenn er an Nazir dachte, gewann der Jäger in Jedhian Überhand über den Heilkundigen.

Lorris berührte ihn an der Hand, als sie den letzten Hügel vor dem Dorf überwanden, und Jedhian bedeutete ihnen wortlos, anzuhalten. Irgend etwas stimmte nicht. Die Haenischen hätten sie längst sehen und über den gefrorenen Sobus rennen müssen, um sie zu begrüßen. Ein kalter Schauer rann ihm über den Rücken, und Jedhian ließ sich zu Boden fallen, riß Lorris mit, die wiederum Arn nach unten zerrte.

Sie schaute ihn fragend an. Er schüttelte den Kopf und lauschte.

Die Dornenmauer sah noch genauso aus wie an jenem Tag, an dem er fortgegangen war; das Tor hing weit offen. Die verbrannten Hütten waren noch zu sehen, gnädigerweise hatte der Schnee die geschwärzten Wände zugedeckt. Jedhian konnte jedoch keine Leute entdeckten. Und keine Fußspuren. Es hatte zwar tagelang geschneit, aber da seit heute morgen kein Schnee mehr gefallen war, müßten Spuren alltäglicher, dörflicher Geschäftigkeit erkennbar sein. Spannung lag über dem Ort, hallte im aufgeregten Klopfen von Jedhians Herz wieder. Er drückte Lorris Hand, gab ihr wortlos zu verstehen, bei Arn zu bleiben und wollte sich gerade allein auf den Weg machen, als Arn aufstöhnte und nach Nordosten deutete, von wo Nazirs schwarzgekleidete Truppen auf Inys Haen zu marschierten.

Malvos verdrehte die Augen und stapfte vorwärts, während der junge Mann an seiner Seite fortwährend drauflosplapperte, über den letzten Marsch nach Inys Haen, über die tatsächlichen Geschehnisse jenes Tages, als sein Kommandant ihn, mit einem Kleid angetan, schlafend am Tor vorfand, während die Flüchtenden vor seiner Nase entkommen waren. Zell vermutete, daß man ihm absichtlich diese Wache zugeteilt hatte, und so weiter, und so weiter.

Malvos hatte längst aufgehört, ihm zuzuhören, denn die Stimme des Mannes brummte unentwegt, gleich einem Schwarm Plavianbienen. Es war mehrere hundert Jahre her, seitdem er diesen Weg beschritten hatte – das letzte Mal in Begleitung des alten Nohr, gleich nach der Trennung. Damals hatten sie ein paar Hütten errichtet, aus denen schließlich die Festung entstanden war. Jene Reise hatte ihn nicht erschöpft, obwohl sie bergan führte. Jetzt war alles anders. Deutlich spürte er, wie das Gewicht seines mächtigen Körpers ihm Schmerzen bereitete. Seine Füße waren ebenfalls fast taub vor Pein, aber dennoch bestand Nazir, der sich am hinteren Ende der Truppe aufhielt, darauf, daß sie mit der größten Eile und Zielstrebigkeit voran marschierten.

Der Tyrann marschierte als einer des gemeinen Fußvolks, und hatte Malvos die Führung übertragen. Und Malvos kannte den Grund dafür. Diese schwerfällige kleine Armee mußte durch das Gebiet ziehen, das kürzlich von Nazirs Leuten geplündert worden war. Mehrere Dörfer, in denen Flüchtlinge aus Inys Nohr und der eine oder andere entflohene Sträfling lebten, waren angezündet und niedergemacht worden. Die Bewohner waren schon vorher davongelaufen, oder hatten sich, ohne Widerstand zu leisten, versteckt.

Daher würde ihnen ein kleiner Racheakt sehr gelegen kommen, sie hatten nichts mehr zu verlieren, und würden noch dazu, sollten sie den Angriff überleben, ewigen Ruhm als jene erlangen, die den großen Nazir besiegt hatten, den mächtigen Felonarchen von Nohr. Für die Namenlosen, die Heimatlosen und Hoffnungslosen war der Ruhm eine große Verlockung. Also hielt sich Nazir lieber zurück – in Sicherheit – und Malvos führte die Armee an.

Diese unangenehme Erkenntnis ließ Malvos umso mehr an die kostbare Eichel denken, die er in der Gürteltasche wohlverwahrt mit sich trug. Nur ein Gedanke hielt Malvos bei Laune: Sie marschierten auf den einzigen Ort zu, an dem – laut der haenischen Prophezeiung – die Heilung stattfinden konnte. Und wer wußte, wann die nächste Tagundnachtgleiche stattfinden würde? Das konnte jederzeit geschehen.

Nachdem sie an eine Biegung des Sobus kamen, am Ende der hochgelegenen Straße, auf der die Überfalltruppen erst vor wenigen Wochen gegangen waren, ließ Malvos die erschöpften Soldaten anhalten, watschelte auf einen Felsvorsprung hinaus, sammelte sich und lauschte. Was er hörte, gefiel ihm nicht. Denn er hörte eigentlich gar nichts.

Dort unten im Tal lag Inys Haen, Rauch stieg aus dem Schornstein einer der unversehrten, noch bewohnbaren Hütten. Aber nirgends tollten lachende Kinder herum. Nirgends waren die Ältesten versammelt, die ihre Freude über die Rückkehr von Logans Tochter verkündeten. Vielleicht dämpfte die dicke Schneedecke alle Geräusche. Vielleicht.

»Befiehl den Truppen, Rast zu machen und das Lager aufzuschlagen«, befahl er dem geschwätzigen Soldaten, als er zurückkehrte.

Zell war zum Kurier ernannt worden. Ohne auch nur den Kopf zu drehen, brüllte er den Befehl nach hinten und Malvos direkt ins Ohr. Der Apothekarius hielt sich den Kopf und schrie Zell an, der sich daraufhin unbeeindruckt umdrehte und das Kommando wiederholte. Dann lief er die Reihen der Soldaten entlang, hielt einmal kurz inne, um eine rot-blaue Bhana aufzuheben, die halb vom Schnee begraben war, und eilte weiter.

Als der junge Mann Nazir erreichte, riß sich der Herrscher die Kapuze vom Kopf, warf seinen Rucksack zu Boden, entriß Zell die Bhana und machte sich auf den Weg, um herauszufinden, warum der Apothekarius diesen seltsamen Befehl erteilt hatte; es war noch früh, und sie waren beinahe am Ziel. Warum also sollten sie hier ein Lager errichten?

»Sie sind nicht da«, ertönte Malvos Stimme aus dem Zelt, das man eiligst für ihn aufgebaut hatte.

»Was soll das heißen, sie sind nicht da? Natürlich sind sie da. Wo sollten sie denn sonst sein?« keifte Nazir, dessen Stimme in einen Hustenanfall umschlug.

Malvos nahm eine kleine Steinflasche aus der Gürteltasche und bot sie Nazir an, der sie heftig an sich riß und den Inhalt die Kehle hinunter stürzte. Er lehnte sich zurück, beide Hände auf das Geburtsmal gepreßt. Aylith war nicht in der Nähe, das war sicher. Der Schmerz des Mals war der übliche, wurde ein wenig durch die Kälte verschlimmert. Tatsächlich hatte sich das Brennen gemildert, je näher sie Inys Haen gekommen waren. Er hatte absichtlich versucht, nicht über den Grund nachzudenken. Wenn sie tot war, bedeutete das auch für ihn das Ende der Hoffnung, den Lichtzauber zu bekommen. Und dann war es aus mit ihm. Er zog dem Umhang fester um den Körper. Hier draußen gab es kaum etwas Brennbares, hoffentlich kümmerten sich die Leute um ein Feuer.

»Bis jetzt sind wir auf keinerlei Widerstand gestoßen, hochverehrter Herrscher, und es mag angehen, daß die Haen vor uns geflohen sind, da die Unseren in solcher Vielzahl erschienen sind«, säuselte Malvos und bemühte sich, Nazir von seinen Sorgen abzulenken. Der Trank ging zusehends zur Neige, und er würde wahrscheinlich später dringender benötigt, wenn und falls sie wieder auf das Mädchen stießen.

»Ja, daran habe ich auch schon gedacht. Malvos, ist es hier immer so kalt?«

Er fröstelte, und sein Gesicht verfärbte sich bläulich, da er jetzt nicht mehr marschierte und auch nicht mehr so wütend war. Nazir untersuchte die rot-blaue Bhana, die er auf dem Schoß hielt, streichelte sie, fingerte an dem Gewebe herum. Verschwommene Bilder von Aylith tauchten in seinem Kopf auf, die langen, spitzen Finger am Webstuhl, die das Schiffchen geschickt hin und her gleiten ließen. Aber die Bhana verriet ihm nichts über ihren Aufenthaltsort. Verbittert zerfetzte er das Gewebe und schob die Überreste in Malvos Rucksack.

»Was fragt Ihr mich? Aber gewiß, das müßt Ihr ja, denn Ihr wart doch erst einmal außerhalb der Festung.« Bewußt unterließ es Malvos, hinzuzufügen: »soweit Ihr Euch erinnert«, und dachte an den erwürgten Scherenschleifer. »Ja, man sagt, daß es immer so kalt ist, wenn die Haen den Winter erleben.«

Nazir rieb die mit Lederhandschuhen bedeckten Hände aneinander, und starrte aus dem hastig errichteten Zelt hinaus. Nichts als Schnee. Beinahe schien es, als gäbe es kein Inys Nohr, kein Inys Haen, keinen Fluch, keine Vergangenheit.

Keine Zukunft.

KAPITEL 20

Jedhian ließ sich den Hügel hinabrutschen, Arn und Lorris erwarteten ihn unten.

»Was gibt es?« fragte Lorris und klopfte sich den Schnee vom Umhang.

»Nun, irgendwer ist da und hält das Torffeuer in Gang. Ich werde hingehen. Wenn ihr mich winken seht, kommt ihr nach, nacheinander, einzeln! Irgend etwas stimmt nicht«, erklärte Jedhian.

»Sei vorsichtig!« mahnte Lorris besorgt.

Ein Traum folgte dem anderen, dann noch einer und so weiter. Aylith hörte den Klang von Feryars Musik, der sich mit der Melodie der Erinnerungen vermischte. In den Fieberträumen sah sie Jedhian in Inys Haen, sie lachte und sprach mit ihm während der sonnigen Tage der Kindheit. Logan erschien, lächelte ihr zu und ging dann mit einem Mann davon, der rötlich-blondes Haar und die weißen Augenbrauen der Hüter hatte. Dann verblaßte das Bild der beiden.

Sie sah das Knospen und Blühen eines Pflaumenbaumes, dessen helle Blüten sich im leichten Frühlingswind wiegten. Lachse vollführten ihre hohen Paarungssprünge, eine Kreuzspinne spann Netze aus Goldfäden in den Tiefen des Waldes, wo sich glänzende Falter in tödlichen Tänzen wanden, aus denen neues Leben sproß. Wirbelnde, purpurne Staubkörnchen sausten durch die vom Lavendelduft getränkte Luft, Samen der Waldblumen, der grünen Jahreszeit übergeben. Hier und da verhielten sie in der warmen, ruhigen Luft, wirbelten beim leisesten Lufthauch davon, fielen schließlich zu Boden, bestäubten jeden Busch, jeden Stein – wie ein sommerlicher Schneefall...

Dann erwachte Aylith. Das Sprudeln eines kleinen Baches drang in ihre Gedanken, und sie hob den Kopf. Rasende Schmerzen durchströmten sie, ließen sie fast das Bewußtsein verlieren. Ganz langsam und mit äußerster Anstrengung wandte sie den Kopf zur Seite, dem Bach zu, und ruhte sich dann eine Weile aus, bevor sie sich erneut bewegte. Behutsam tastete sie nach der Wunde in der Brust, durch die Nazir mit dem unerwarteten Sprung sein Schwert getrieben hatte. Einen Moment lang war sie von der unerträglich kalten Klinge aufgespießt worden, hatte – gleich einer zerbrochenen Marionette – zwischen Himmel und Erde gehangen. Sie erinnerte sich an Nazirs verzerrte, wütende Züge, den brennenden Haß, der aus den harten Augen gesprüht war – Augen, die jeden Mißerfolg verabscheuten.

Sie fühlte, daß sich die Wunde unter ihren sanft tastenden Fingern zu schließen begann, Fleisch bedeckte die gebrochenen Knochen, Haut zog sich über das tiefe Loch.

Und versiegelte so das Gift, mit dem das Schwert getränkt worden war. Der Schmerz in Ayliths Kopf ließ nach, doch dafür durchfuhr sie neue Pein mit erstaunlicher Kraft. Über dem Herzen, dicht unter ihren Fingerspitzen, überkam sie das Gefühl, als säße dort etwas Schweres, mit grausamen Krallen und sabberndem Maul, auf dem Brustkorb. Etwas, das hungrig und ungeduldig darauf wartete, daß sie aufgab und sterben würde.

»Jedhian? Bist du es? Ich brauche deine Medizin«, wisperte sie, und das Atmen raubte ihre ganze Kraft, und der plötzlich aufwallende Haß auf Nazir schien sie zu ersticken. Schwarze Galle drehte ihr den Magen um, und die schreiende Ungerechtigkeit ihrer Aufgabe sprang ihr mit allen anfallenden und schrecklichen Einzelheiten ins Auge.

Niemals hätte er ihr die Erinnerungen übertragen dürfen. *Logan hat Schuld,* dachte sie. *Mir tut alles weh, nur seinetwegen. Ich bin keinesfalls der Heiler, o nein.*

Eine ganze Kette von Ungerechtigkeiten zog durch ihren Sinn. Logan hatte sie hintergangen, genau wie alle anderen. Die Mutter hatte sie allein gelassen und war, anstatt bei der Tagundnachtgleiche mit Aylith zusammen in der Hütte zu bleiben, in den, wie sie geahnt haben mußte, sicheren Tod gegangen, als Nazirs Schergen kamen. RoNal hatte sie zuerst gerettet, dann versklavt. Und wo war Jedhian? Mit Lorris davongerannt, und sie würde ihn vielleicht nie wiedersehen.

Lorris. Ihre ›Schwester‹. Was für ein Unsinn. Die Frau sorgte sich nur um die eigene Haut und hatte Jedhian sicher längst wieder an Nazir ausgeliefert. Lorris und der Elf hatten sie auf dem Richtplatz allein gegen Nazir antreten lassen. Damit hatten sie eigentlich gutgeheißen, was Nazir ihr angetan hatte. Und was war mit dieser Eule? Die hatte ihr die Krallen in die Schulter geschlagen und sie gegen ihren Willen auf die gräßliche Reise durch die Luft davongetragen. Sämtliche Gesichter erschienen vor Ayliths innerem Auge, verspotteten ihre Schmerzen, lachten über ihre Qual.

Sie warf sich herum, fuchtelte mit den Händen, um den Gesichtern Leben einzuhauchen, sie zu zerkratzen, in Stücke zu reißen, sie so zu zerstören, wie man ihren Körper, ihr Herz und ihr Leben zerstört, mißachtet und mit Füßen getreten hatte. Sie haßte sie alle, aber am schlimmsten empfand sie Logans Geschenk.

»Warum verraten Väter ihre Kinder?« versuchte sie zu schreien, aber die Lippen wollten die Worte nicht formen.

Thrissa hörte den Schrei und kam mit einem warmen Tuch in der Hand herbei. Sie betupfte Ayliths fiebriges Gesicht und beschwichtigte sie mit sanften, elfischen Worten.

»Nein, meine Liebe, bleib ruhig. Ich bin Thrissa, die Prophetin von Loch Prith. Feryar, mein Gemahl, hat dich hierher gebracht. Wir werden versuchen, dich zu heilen. Du bist in Sicherheit, Nazir kann dich nicht sehen oder diesen Ort finden. Nicht einmal Malvos kann das.« Die Elfe beugte sich hinab, ihre Worte klangen wie Musik in Ayliths Ohr, schwangen in Harmonien, die keine menschliche Stimme hervorbringen konnte.

Aylith erwachte aus ihrem Fieberwahn und richtete sich langsam auf; sofort eilten zwei Helfer herbei, um sie zu stützen.

»Wir werden jetzt mit den Bädern beginnen. Wir dürfen keine Zeit verlieren«, sagte Thrissa mit sanfter Stimme. »Das ist Ruka. Und zu deiner Linken steht Portis.«

Aylith wähnte sich für einen Augenblick noch immer im Fiebertraum. Die beiden Helferinnen zählten zu den seltsamsten Gestalten, die sie je erblickt hatte. Ruka schien ein Mensch zu sein, hatte aber Flügel von der gleichen Farbe, wie Aylith entsetzt feststellte, wie der riesige Falter, der in Nazirs Turmzimmer baumelte. Portis zarte, elfische Züge waren grün, anstelle von Haaren hatte sie winzige, herzförmige Blätter.

»Vor langer Zeit sind sie aus Inys Nohr gekommen, genau wie du, Aylith. Sie gehören zu den Überlebenden von Crephas Versuchen mit der zerrissenen Sippenbaummagie.«

Aylith erinnerte sich daran, daß Lorris von der Eule erzählt hatte, die mit seltsamen Kreaturen in den Krallen immer nach Westen davonflog.

»Ich nahm an, Lorris denkt sich das nur aus. Wo bin ich? Ist das hier …?«

»Loch Prith. Du hast auch diesen Ort für eine Einbildung gehalten, nicht wahr?« sagte Thrissa lachend. Sie bemerkte die unausgesprochene Frage auf Ayliths Gesicht. »Was noch, meine Liebe? Frag nur.«

»Ist Feryar ein … Vogel? Eine Eule? War das Feryar?«

»Ja. Einige von uns haben mehr als nur einen Körper.« Sie lächelte. »Er sieht darin doch wirklich gut aus, stimmt's?« Thrissa summte vor sich hin.

Irgendwie kam die Prophetin Aylith ungewöhnlich bekannt vor. Sie betrachtete Thrissas ovales Gesicht, das silbrige Haar, den Schwung der Brauen. Man konnte ihr Alter nicht schätzen. Dieses Gesicht hatte ihr vor langer Zeit einmal zugelächelt. Und diese Stimme …

»Du bist die Elfe, die unser Dorf besucht hat, als ich noch ein Kind war«, fiel es Aylith plötzlich ein, und sie erkannte Thrissa wieder.

Thrissas blaue Augen strahlten. »Das ist wahr. Und ich habe dir Geschichten über Loch Prith erzählt. Du und dein Vetter, ihr wart die einzigen Kinder, die mir Glauben schenkten, nachdem sie meine Lieder hörten. Als ich noch in Inys Nohr lebte, hatte ich bei der Krönung meines – bei Nazirs Krönung, eine Vision. Ich mußte mich auf den Weg machen, um dich zu sehen. Dann kam ich hierher, um für diesen Augenblick bereit zu sein. Ich las die heiligen Worte des Schöpfers und sah die Bilder, die auf Gwylfans Webstuhl erscheinen. Dort erfuhr ich auch, vor sehr langer Zeit, vom Heiler. Wir haben lange warten müssen.«

Aylith ließ sich von Ruka und Portis bei den Armen nehmen. Die Prophetin wirkte überzeugend. Aylith sah keinen Grund, ihr nicht Folge zu leisten.

»In Ordnung. Ich glaube dir. Ich bin zu allem bereit.«

Ruka und Portis führten sie zu einer hohen, gewölbten Höhle, die von sanftem, hellen Licht durchflutet wurde. Man badete sie in warmem Meerwasser, ließ sie eine Weile darin liegen, obwohl das Salz auf der heilenden Wunde brannte. Dann wurde sie abgewaschen und in ein Bad mit duftendem Öl gelegt, dann folgte eines mit kühlem, frischen Wasser. Der Schnitt auf der Brust zog sich allmählich zusammen, die kleinere Wunde im Rücken heilte noch schneller. Aylith fühlte sich zerschlagen, als habe sie den Arm zu oft bewegt, wie es während der Laichzeit der Fall gewesen war, wenn sie Logan geholfen hatte, die schweren Netze einzuholen, oder bei der Ernte, wenn die gefüllten Körbe von den Felder heimgetragen wurden.

Ruka hüllte Aylith in ein weiches, warmes Gewand aus einem Stoff, wie sie ihn noch nie gesehen hatte.

»Strauchwolle«, erklärte Portis, die sich zu freuen schien, daß Aylith gefragt hatte. »Wir pflanzen sie an. Sie wirkt wohltuend auf verletzter Haut.«

Dann wurden ihr Speisen gereicht. Früchte und Brot, das aus vielerlei Körnern gebacken war, die Aylith nicht bestimmen konnte; Getränke, die in den Farben der Früchte leuchteten und nach Sonnenschein schmeckten. Sie verbrachte, wie es ihr schien, einen langen Tag in der Gesellschaft der Elfen und ihrer Gefährten, an den wärmenden Feuern und in der friedlichen Stimmung von Loch Prith.

Die Wunden schlossen sich auf wunderbare Weise. Nach einer Weile ging Aylith zu Thrissa, völlig erstaunt darüber, daß nur noch eine dünne, weiße Linie, eine Narbe zu sehen war, die keine Ähnlichkeit mit der grauenhaften Wunde aufwies, die ihr Nazir zugefügt hatte.

»Sicher, ich weiß, daß du dich besser fühlst. Du siehst auch gut aus. Kein Zweifel, die Magie hat gewirkt. Unsere Kräuter und Bäder haben ihren Zweck erfüllt. Du hast es geschafft.«

»Aber ...«, begann Aylith, die das Zögern in Thrissas Stimme vernommen hatte. Aylith fühlte von ganz allein, daß etwas nicht stimmte. Es war in ihrem

Inneren, dunkel, bedrohlich; bewegte sich dort, schlug Wurzeln in ihrem Herzen.

»Laß dir noch etwas Zeit. Bleib wenigstens noch über Nacht.«

Thrissa schwebte an der Seite eines Mannes davon, der das Gesicht und die Krallen einer Steineidechse hatte.

Aylith verbrachte eine schreckliche Nacht, wachte mehrmals in kalten Schweiß gebadet auf, während ihr die Alpträume noch in den Ohren klangen.

Am nächsten Morgen saß sie mit bloßen Füßen inmitten von purpurnem Klee und süßem Zirlian, die am Rande des Baches wuchsen. Sie grübelte fortwährend über die Träume nach, versuchte, sie zu deuten. Die Träume hatten jeweils damit geendet, daß ihr das unmittelbare Bevorstehen der Tagundnachtgleiche eingehämmert wurde und sie daran erinnerte, daß ihr nicht mehr viel Zeit blieb. Die letzte Gelegenheit, das Licht herbeizurufen.

Sie mußte einen Weg finden, diese Pflicht möglichst bald zu erledigen, aber Loch Prith war ein Ort, den niemand gern verließ. Aylith hatte es nie zuvor so bequem gehabt, noch war ihr jemals soviel Aufmerksamkeit entgegengebracht worden. Sie schreckte davor zurück, sich wieder dem eisigen Wind auszuliefern, der sie an der Oberfläche von Cridhe erwartete, scheute sich, wieder den Anblick der öden Landschaft und die Einsamkeit und Härte des Lebens ertragen zu müssen. Auch hieraus konnte sie sich genau vorstellen, wie dort oben die Stürme tobten, die ewigen Wogen krachend gegen die Felsen schlugen und der Wind heulte. Im Landesinneren warteten dann Schnee und Eis mit gierigen Fängen auf sie. Auf der Insel kämpften sich die Leute durch den Winter, um ausreichend Nahrung und Schutz zu finden. Es würde immer schlimmer werden. Nicht mehr lange, und die

Insel würde sterben. Selbst wenn Aylith für immer hier bleiben würde – und niemals mitansehen mußte, was ihre Entscheidung für die Haen, die Nohr, die armen Albions, die Fernen Stämme und die Pflanzen und Tiere, die alle Sonnenschein benötigten, bedeutete – *das Wissen* würde sie doch belasten. Dies erschien ihr als eine viel größere Last als die Erinnerungen, als ein Samen, der bedeutend gefährlicher war, würde er in ihrem Herzen aufkeimen. Würde sie diese Entscheidung nicht auch mit Nazir gleichsetzen? Wollte sie so selbstsüchtig sein, daß sie nicht mehr lieben konnte?

Aylith blickte umher. Die Wände von Loch Prith waren geschickt bepflanzt und verziert worden, aber es blieben doch die Wände einer Höhle. Das Licht stammte von seltsamen Lebensformen wie Lumini, mit denen Crephas ebenfalls experimentiert hatte. Diese strahlenden Lichtkugeln leuchteten zwar sehr hell, waren aber nicht wie die Sonne. Loch Prith war ein Rastplatz, ein Ort der Erholung. Man wartete hier aufs Angenehmste, aber man wartete eben doch. Die Prophetin, die Lumini, all die anderen – sie warteten.

Auf die Heilerin. Auf sie – wie alle behaupteten. »Aber ich bin nicht die Heilerin«, beharrte sie, mit sich selbst sprechend, »nur die vorübergehende Hüterin.«

Aber weshalb warteten alle? Warum wollten sie überhaupt fort von hier? Dieser Ort war wundervoll, warm, voller Schönheit.

»Aber hohl«, fügte sie laut hinzu.

Aylith legte eine Hand über die Stelle über dem Herzen, an der das Schwert eingedrungen war und das Gift noch im Körper brannte. Es fühlte sich heiß an, aufsteigende Wut war nur einen Wimpernschlag von dem erneuten Aufbrechen der schrecklichen Wunde entfernt.

Das heimtückische Gift verlangte nach Finsternis, nach Stille; es scheute das Licht, lenkte ihre Aufmerksamkeit von der wahren Pflicht ab, erfüllte sie mit dem

Wunsch, es zu schützen, ihm nachzugeben, es zu hegen. Mit jedem Augenblick wurde es schwieriger, sich der Erinnerungen zu entsinnen. Das Gift breitete sich aus.

Sie erhob sich, um die Prophetin zu suchen. Im Boden zeigten sich zwei braune, abgestorbene Flecke – perfekte Umrisse von Ayliths bloßen Füßen.

Als sie die große Höhle wieder betrat, gewöhnten sich Ayliths Augen schnell an das helle Licht, so daß sie Farben und Umrisse erkennen konnte. Über ihr hingen Moosflächen in allen Grünschattierungen, spannten sich über hundert Schritt weit entlang der Stalaktiten. Das üppige Grün schien noch an den alabasterfarbenen Wänden herabzuhängen. In mehreren, kleineren Grotten flackerten kühle blaue und gelbe Lichter, welche die natürliche Schönheit der Höhlenformationen, von denen einige wie Statuen wirkten, vollendet zur Geltung brachten. Schmetterlinge tanzten in die Grotten hinein und wieder heraus. Schmetterlinge? Seit wann hatte sie keine mehr gesehen? Ihre Farben wetteiferten mit denen der Blumen, um die sie herumschwebten: helles Gold und Orange, umrandet von Schwarz und Blau. Einige der Insekten hatten eine Spannbreite von einigen Zoll und erinnerten Aylith an jene, deren Bilder an den Wänden von Nazirs Zimmer in Inys Nohr hingen. Aber diese glänzenden Juwele waren ganz und gar lebendig.

Sie hielt die Hand in das sprudelnde Wasser des unterirdischen Stromes, der – wie Thrissa gesagt hatte – niemals gefror und immer rein und süß blieb. Aylith hatte das Rauschen vernommen, als sie aus den Fieberträumen erwacht war. Sein besänftigendes Lied erfüllte ihren sorgenschweren Kopf mit Frieden. In einem blau-grünen Teich, dessen Tiefe nicht zu ermessen und dessen Wasser kristallklar war, schwammen mehrere große, weiße Blüten, die von einem Baum stammten, den Ruka ihr gezeigt hatte. Ihr Duft durchzog die Höhle wie süßer Kuchengeruch, in dem auch eine würzige Frische mitschwang. Die Blüten trieben den Bach hinab und sammelten sich auf der Teichoberfläche, wirbelten nach einer Weile weiter stromabwärts, um schließlich völlig aus dem Blickfeld zu entschwinden. Der Name lag ihr auf der Zunge, entschlüpfte ihr aber immer wieder. Wie reizvoll wäre es, sich den Blüten anzuschließen, einfach davonzutreiben, umgeben von warmem, duftenden Wasser.

Sie ging weiter, begab sich in die helle Halle der Kräuter, wo winzige Feuerfliegen zu riesigen Klumpen vereint waren, die in völliger Übereinstimmung und Ordnung über den zarten Setzlingen schwirrten, die in wenigen Monaten Nahrung für die Bewohner von Loch Prith liefern würden. Dies war Ayliths liebster Aufenthaltsort. Hier schien es beinahe Sommer zu sein und weckte Erinnerungen an Jedhian und die sorgenfreien Tage, die so schnell vergangen waren, und von denen sie angenommen hatten, sie würden ewig währen. Daher hatten sie sich nicht die Zeit genommen, diese Momente in ihrer Vergänglichkeit zu lieben.

Feryar war aus Inys Nohr zurückgekehrt, wanderte zwischen den Lumini umher, hob und senkte sie, rückte die darunter wachsenden Setzlinge so zurecht, daß die Pflanzen gut gedeihen konnten. Aylith beobachtete den alten Elf, dessen kleiner Finger noch immer gekrümmt war, trotz Thrissas Versuchen, ihn zu heilen, trotz Ayliths eigenen Bemühungen, in der Nacht vor ihrer Verwundung. Sie fragte sich, wie jene Verletzung jemals zu heilen sein würde. Feryar entschwand ihren Blicken.

Von der Halle der Kräuter schritt sie an der Orchideenkammer vorbei, am Empfangszimmer der Prophetin und mußte dabei die Augen vor der Vielvalt und Pracht der Farben dort verschließen.

Nach der Farblosigkeit von Cridhe, besonders von Inys Nohr, überwältigten sie hier die Eindrücke. Ganz allmählich gelang es ihr, nachdem sie die unterschiedlichen, exotischen Düfte geordnet hatte, zuerst das eine, dann das andere Auge zu öffnen. Sie konzentrierte sich anfangs auf eine einzelne Blüte, nahm deren Form, Farbe und Duft in sich auf.

Die Luft von Loch Prith war von Musik durchdrungen. Aylith, die mit Tambourin und Harfe, mit Klampfe und Flöte aufgewachsen war, hatte niemals solche Symphonien menschlicher Stimmen vernommen. Die Stimmen der Elfen und die Rhythmen des Baches vermischten sich mit dem unbeschreiblichen Summen der Insekten. Von Stunde zu Stunde veränderten sich die Melodien, die den Arbeitenden am Tage Ansporn waren und sie in der Nacht in den Schlaf wiegten. Hier unten herrschte rege Betriebsamkeit: Nahrung wurde angepflanzt, Kleidung gefertigt, Tiere versorgt, und die Kranken, die Feryar hierher brachte, wurden fortwährend von den Heilern gepflegt.

Aylith war sicher, daß eine Person niemals schlief. Die Prophetin war immer allgegenwärtig, sie – nun, sie belebte diesen Ort. Ihre Gegenwart bildete das Herz und die Seele von Loch Prith, war sein Verstand, seine Liebe. Und die seltsamen Wesen hier unten lebten für Thrissas Worte. Meistens sah Aylith die Elfe über Schriftrollen gebeugt sitzen und die uralten Worte des Schöpfers studieren.

Sobald Aylith an Thrissa dachte, schien jene aufzutauchen. So teilte sich auch jetzt der Vorhang aus Ranken, der ihre privaten Gemächer abschirmte, und die hochgewachsene, schlanke Elfe lächelte Aylith zu.

»Was kann ich für dich tun, mein Kind?« fragte sie, und Aylith hörte das Rieseln von Sand und den Wechsel der Gezeiten in Thrissas Stimme.

»Thrissa, du hast alles für mich getan, was in deiner

Macht stand, nicht wahr? Ich werde hier nicht völlig geheilt werden können, stimmt's?« fragte Aylith und sprach nun aus, was gleich einer Ratte an ihren Gedanken genagt hatte.

»Ja. Wir haben alles, was wir konnten, getan, um dich zu heilen. Dein Körper ist gesund. Aber dein Herz schwebt in großer Gefahr. Noch immer trägst du das Gift des Zorns in dir, und wenn es die Erinnerungen angreift, die bereits dadurch geschwächt sind, daß sie lange nicht benutzt wurden, dann wird, wenn du ihn rufst, kein Frühling erscheinen. Ich weiß nicht, was geschehen wird, aber es wird furchtbar sein, schlecht und verworren. Zorn löst die schönsten Muster auf, und der Zauber, den du webst, trägt einen Faden des Todes in sich. Wie gut er auch im Gewebe verborgen ist, wie schön auch das Muster erscheint – dieser Faden des Zorns wird alles verderben. Er verzieht das Gewebe, läßt es schrumpfen, ausfransen, löchert und zerreißt es; die abgetrennten Teile trennen sich wieder und wieder. Schon bald ist der ganze Stoff nutzlos. Wenn du in diesem Zustand während der Tagundnachtgleiche den Lichtzauber wirkst, wirst du etwas Entsetzliches weben, Aylith. Hast du das nicht in deinen Träumen gesehen?«

Aylith nickte mit gesenktem Kopf. Sie konnte die Tränen nicht zurückhalten. »Ich sah Grauenvolles! Die Welt ist wieder grün, aber der Sippenbaum entstellt; er hat Dornen, faulige Früchte, streckt sich krumm und schwarz dem Himmel entgegen, ähnlich diesen Ranken, die ich am Turm in Inys Nohr gesehen habe. Die anderen Pflanzen kennen ihre Namen nicht mehr, sie erwachen nie wieder, weil ich sie auch vergessen habe – ich weiß sie nicht mehr und verliere irgendwann die Erinnerungen, wenn sich nichts ändert.«

»Nichts wird sich zum Guten wandeln«, erklärte die Prophetin, »bis du bereit bist, deinen Zorn aufzugeben.« Thrissa hielt inne, senkte die Stimme. Sie richtete die hellblauen Augen auf Aylith und fuhr fort. »Du mußt die Gefangenen deines Herzens freigeben.«

»Die Gefangenen meines Herzens? Meinst du …?«

»Ich meine alle jene, auf die du zornig bist, besonders Logan und ganz besonders Nazir.«

»Woher weißt du das von Logan? Und wie kann mir das helfen?«

»Du hältst sie gefangen. Wenn sie nicht frei sind, bist auch du es nicht. Du vergeudest kostbare Energie, indem du sie haßt, sie beschuldigst. Auch wenn du glaubst, daß du im Recht bist. Dann bleibt dir keine Kraft, deine inneren Wunden zu heilen. Wenn eine Schlange dich beißt, verschwende keine Zeit damit, die Schlange zu töten.«

Aylith grollte der Prophetin. Wie konnte die Elfe erwarten, daß sie den Gedanken an Nazir und seine Taten einfach beiseite schob? Warum sollte die Schlange freigelassen werden, um erneut zuzubeißen? Wenn sie ihn vernichtete, würde es ihr Erfüllung schenken …

»Es hört sich so an, an wolltest du mir raten, ihnen zu vergeben, nach allem, was Nazir mir und meinem Volk angetan hat. Wie kann ich ihm verzeihen, wenn ich alle Untaten seiner Familie bedenke? Der einzige Grund, warum ich nicht durch den Schwerthieb starb, ist der, daß ich mir nichts mehr gewünscht habe, als die Waffe einst gegen ihn richten zu können. Was habe ich sonst noch?«

»Ich sage dir nicht, was du zu tun hast. Ich sage dir nur, was ich für richtig halte. Wird deine Familie zurückkehren, wenn du Nazir tötest? Wird daraus etwas Gutes entstehen? Du kannst solange du möchtest hierbleiben – dein Leben lang. Wir haben alles, was wir konnten, für dich getan. Erst wenn du die Kraft aufbringst, die von dir begehrte Rache aufzugeben, wird dein Herz geheilt. Ich weiß, wie schwer das ist, mein Kind. Glaube mir, ich weiß es. Es ist die tapferste Tat, die man vollbringen kann. – Aylith, du bekämpfst nicht Nazir. Du mußt mir glauben. Er hat auch Gutes in sich. Nur ein Elternteil war verflucht. Er ist nicht dein Feind. In Wahrheit brauchst du ihn, damit die Prophezeiung wahr werden kann. Du hast die Kraft, den Fluch zu bekämpfen. Halte Ausschau nach Nazirs wahrer Natur. Hab keine Angst vor dem, was in deinem Herzen sein wird, wenn dein Zorn verraucht ist. Die Natur verabscheut Leere. Du wirst erkennen, was ungehindert in dir wächst, sobald du das Böse entwurzelt hast.«

Aylith nickte, und wieder traten ihr Tränen in die Augen.

»Was soll ich tun, Thrissa? Ich denke, ich werde jede Möglichkeit nutzen müssen«, stammelte Aylith.

»Jedes Geschenk kann sowohl ein Segen als auch ein Fluch sein, meine Liebe. Zur Zeit bist du völlig verwirrt. Das macht der Zorn. Er läßt dich den rechten Weg vergessen. Aber du mußt lernen, deine Gabe im wahren Licht zu sehen. Wenn du das Gift loswerden kannst, spürst du den Segen. Um das zu erreichen, mußt du diesen Ort verlassen. Wir werden den Rat der Gwylfan zusammenrufen. Sie sind die Weltenweber, die ursprünglichen Bewohner von Loch Prith, vom Schöpfer hierher gesandt, als die Welt noch jung war. Sie schickten Feryar und mich vor langer Zeit, um über Nazirs Familie zu wachen und dafür zu sorgen, daß die Prophezeiung Früchte trägt.«

Aylith warf ihr einen verwunderten Blick zu und versuchte, das Alter der Elfe zu schätzen.

»Sie werden dich beraten. Das ist alles«, wisperte Thrissa, und die Musik ihrer Stimme hing noch lange in der Luft.

KAPITEL 21

Aylith schritt von Höhle zu Höhle, während Thrissa die glitzernden Vorhänge teilte, durch die alle Höhlen voneinander getrennt wurden.

»Die Weltenweber betätigen ihren magischen Webstuhl seit dem Anbeginn allen Lebens auf Cridhe. Diese Höhlen erstrecken sich meilenweit. Jede einzelne ist an eine andere gewebt worden, und nun befindet sich der Webstuhl in der nächsten Kammer. Sämtliche Wortmuster des Schöpfers sind auf ihm gewebt worden, alle Bilder des Lebens«, erzählte Thrissa, während sie Aylith durch die letzte Höhle vor der Grotte der Gwylfans geleitete.

Sie erreichten den majestätisch gewölbten Torbogen, und Aylith erblickte die riesigen Gobelins, die den hohen Raum mit wundervollen Bildern schmückten, deren lebhafte Farben die Geschichte der Völker aufs anschaulichste wiedergaben.

Aylith richtete den Blick zuerst auf das Bild des ursprünglichen Sippenbaumes, zwischen dessen Ästen das furchtsame Gesicht des rotblonden Mannes, den sie im Traum gesehen hatte, auf einen kleinen, zornig aussehenden Mann, der – wie sie erkannte – Nohr sein mußte, hinunterblickte. Nohr hielt ein Schwert in der Hand, dessen Spitze auf den Baum gerichtet war. An seiner Seite, bemerkte sie mit einem Schaudern, stand ein großer, in bunte Seidengewänder gekleideter Mann. Obwohl er bedeutend jünger aussah, und sich sein Bauchumfang vermehrt hatte, handelte es sich doch eindeutig um Malvos. Im Hintergrund des Wandbehangs sah man seltsame Tiere versammelt, die auf den weitläufigen Wiesen das hohe Gras abrupften.

»Pferde«, erklärte Thrissa, die Aylith beobachtet hatte. »Sie... starben nach der Trennung allmählich aus. Sie sind Grasfresser, und da sie weder Wolle noch Fleisch liefern, gab man das vorhandene Futter natürlich dem Vieh, den Schafen und Ziegen. Sie sind wunderschön, nicht wahr? Auf der anderen Seite, bei den älteren Bildern, kannst du noch mehr von ihnen sehen.«

Ayliths Blick richtete sich auf die andere Seite des riesigen Raumes, an der Gobelins aus der Zeit vor der Trennung hingen. Vom Alter waren sie verblichen und dunkler geworden, aber sie konnte die verschiedensten Vögel und Blumen erkennen, von denen sie die meisten nie gesehen hatte, bis sie die Pflegestätten dieser Höhlen betrat. Auf dem Wandteppich waren sie jedoch viel größer, grüner und üppiger.

»Papagei. Sonnenblume. Taglilie. Ochsenfrosch«, flüsterte Aylith die geheimen Namen, während ihre Augen über das Gewebe mit den ausgestorbenen Arten glitten. In diesem Raum schienen die Erinnerungen bedeutend klarer zu sein.

»Cridhe war einst der Garten der Welt«, sagte Thrissa sehnsüchtig.

Sie lenkte Ayliths Aufmerksamkeit auf die Mitte des Raumes, wo drei Frauen an einem Webstuhl saßen, der aus leuchtend rotem Rosenholz gearbeitet war, und dessen Schiffchen unaufhörlich hin und herglitt. Der Webstuhl war so groß, daß drei Frauen notwendig waren, um das Schiffchen hindurchzuziehen. Auf dem Rahmen hing ein beinahe fertiggestelltes Stück, dessen Muster in den Falten des silbrigen Materials, das einen Teil des glänzenden Kristallbodens bedeckte, verborgen war.

»Antistita, Vestira und Praetis sind die Gwylfan. Praetis sitzt ganz links.« Thrissa deutete auf die jüngste der Frauen, ein Mädchen, das ungefähr in Ayliths Alter zu sein schien. Sie hatte langes, rotes, wallendes Haar und einen geschmeidigen Körper. Mit den Händen vollführte sie die kompliziertesten Windungen, wenn ihr das Schiffchen gereicht wurde.

»Die nächste, in der Mitte, ist Antistita.« Aylith erblickte eine braunhaarige Frau mittleren Alters, mit üppigem Körper und harten Muskeln. Um den Mund lag ein entschlossener Zug. Ihre Füße bewegten sich im Takt und richteten das Gewebe, wenn es nötig war.

»Auf der rechten Seite sitzt Vestira.« Thrissa wies nun auf eine sehr alte Frau mit dünnem, weißen Haar, fröhlichen blauen Augen und knotigen, steifen Händen. Sie war ausgesprochen dürr, saß aber kerzengerade auf der Bank, jeder Knochen des Rückgrats war unter dem Gewand zu sehen.

»Thrissa«, flüsterte Aylith bewundernd, »wie kann sie noch immer arbeiten? Ihre Hände sehen starr und müde aus.«

»Sie ist es, die das Muster kennt, meine Liebe«, erwiderte Thrissa lächelnd. »Nachdem sie dich angesprochen haben, kannst du eine Frage stellen. Triff eine gute Wahl, Aylith. Hab keine Angst. Du siehst mich wieder. Ich warte draußen auf dich, und Feryar fliegt nun davon, um auf Cridhe nach dem Rechten zu sehen. Wir helfen dir, so gut wir können«, wisperte die Prophetin und zog sich zurück.

Der Vorhang schloß sich, und Aylith betrat den heiligen Raum. Die Gwylfan sahen ihr entgegen, unterbrachen ihre Arbeit aber nicht.

»Hallo Aylith. Setz dich zu uns. Wir möchten wissen, was in dir vorgeht. Du hast viel erlebt«, sagte Vestira, deren blaue Augen durch Aylith hindurchzusehen schienen.

Aylith ließ sich auf einem weichen Kissen vor dem Webstuhl nieder, zu Praetis Füßen.

»Gwylfan, ich weiß, daß ich Loch Prith verlassen

muß. Ich muß zurück nach Inys Haen. Schon bald kommt die Tagundnachtgleiche. Ich spüre es. Ich muß den Frühling so gut ich kann, herbeirufen. Thrissa sagt, daß es nur einen Weg gibt, wie ich mich vorher heilen kann.«

Antistita zögerte, bevor sie das Schiffchen weiterzog. Dann sagte sie: »Aylith, weißt du auch, was du wagst?«

Aylith nickte. »Ich nehme an, ich setze mein Leben aufs Spiel. Aber ich kann hier nicht leben. Natürlich könnte ich wunderbar überleben, indem ich eure warmen Bäder genieße, die Kräuter zu mir nehme, mich satt esse. Die ganze Zeit, die der Schöpfer mir zugedacht hat, könnte ich damit verbringen, mich umsorgen zu lassen. Aber mein Herz wird dabei zerstört. Wenn ich es nicht versuche, wird das Land sterben. Die Menschen werden verhungern. Ich habe meine Wahl bereits getroffen.«

Antistita zog das Schiffchen weiter, Praetis fing es mit geübtem Griff auf, und zog den goldenen Faden fest durch den dunklen Gobelin.

»Der Lebensfaden zeigt, daß du verschiedene Aufgaben erfüllen mußt, Aylith. Zuerst mußt du auf deine innere Wunde blicken, und wenn du das überlebst, mußt du den Heimweg finden. Der Pfad ist verborgen. Du kannst Loch Prith nicht auf dem Weg verlassen, auf dem du gekommen bist. Du wirst viele Überraschungen erleben. Einiges wird unmöglich erscheinen. Du kannst alles schaffen, wenn du nicht mehr an das, was dich herausfordert und seine Kraft, dich zu verletzen, glaubst, als an die Worte, die du aussprichst. Worte währen ewig, du bist auch ewig. Alles andere ist veränderlich. Du bist die Heilerin; denk daran, daß du ein Recht hast, den Pfad zu beschreiten. Die letzte Aufgabe … wirst du erkennen, wenn sie vor dir liegt. Es wird das Schwierigste sein, was du je getan hast, und wird mehr Hingabe erfordern, als du für möglich hältst. Die Prophezeiung des Haen sagte, daß die Linien von Haen und Nohr sich vereinen, wenn der Heiler kommt. Das ist alles. Jetzt kannst du eine Frage stellen, wir werden sie beantworten.«

Mit gerunzelter Stirn grübelte Aylith eine Weile, bevor sie die Frage stellte. »Und diese Dinge werden mich heilen, wenn ich sie vollbringe, so daß ich das Land heilen und den Fluch beseitigen kann? Ich weiß aber nicht, wie ...« Sie hatte etwas viel Gefährlicheres erwartet, was vielleicht mit Schwertern und Kämpfen zusammenhing. Oder auch mit Drachen.

»Ja, du bist geheilt, wenn du die Aufgaben erfüllt hast. Du sagtest, deine Wahl sei getroffen. Würden wir dir harte Worte sagen und unmögliche Aufgaben stellen, würdest du sie annehmen und es versuchen, nicht wahr? Wir sagen dir nur: Entdecke die Art deiner Wunde, verlasse diesen Ort und warte darauf, daß sich die große Prophezeiung erfüllt. Ist das zu einfach?« sprach Antistita.

»Nein, ich werde es tun. Ich dachte nur ...«

»Es gibt eine Denkweise, die den Denkenden betrügt. Sie läßt dich im Kreis laufen, dir etwas vormachen, will deinen Weg beeinflussen, alles auf einmal erfahren. Mach immer nur einen Schritt zur Zeit.«

Aylith konnte nicht verhindern, daß sie von der Erinnerung an die Momente im Geheimkeller in Inys Nohr überfallen wurde, als der Gedanke an Logans Worte, an genau die gleichen Worte, das Feuer in ihren Händen entfachte, als nichts anderes half.

»Geh immer nur einen Schritt«, wiederholte Vestira. »Und glaube. Deine Heilung hat schon begonnen, sowohl im Herzen als auch in deinen Worten. Aylith von Inys Haen, bist du die Heilerin?«

Aylith wünschte sich sehnlichst, den Kopf schütteln zu können, zu fliehen, zurück in die warmen Höhlen zu laufen und sich inmitten der wunderbaren Blumen für immer zu verlieren. Aber trotz alledem nickte sie zustimmend.

»Ja, Vestira, ich bin die Heilerin.«

Die Gwylfan unterbrachen ihre Arbeit, als sie das letzte der Worte über die Lippen gebracht hatte. Die Kraft der vollkommenen Stille verblüffte Aylith. Es schien, als seien alle Geräusche der Welt verstummt.

Praetis band das Schiffchen los, knüpfte den letzten Knoten und schnitt ihn ab. Dann zog sie an einer langen Schnur, und der neue Gobelin wurde an den leeren Platz an der Wand gehoben. Die Falten glätteten sich, und man erblickte das Bild einer riesigen Eiche mit ausladenden, beschützend ausgestreckten Zweigen. Ein dünner, grün-goldener Faden zog sich von den Wurzeln bis zur Krone, aber ein breiter Riß zog sich senkrecht durch das Gewebe und spaltete den Baum von oben bis unten; die beiden Hälften wurden nur durch den leuchtenden Faden zusammengehalten. Neben dem Baum stand eine kleine, rotblonde Frau, die das Ende des Fadens in Händen hielt ...

»Wir können nicht weiter weben. Alles weitere liegt bei dir. Nimm diesen Faden. Er besteht aus reiner Magie, wird sich soweit strecken, wie du willst und niemals reißen. Wenn du uns verläßt, wird er unsichtbar. Aber auch wenn du ihn nicht siehst, kannst du ihn fühlen. Verlier ihn nicht«, sagte Vestira, und ihre Stimme klang in der Stille erschreckend laut.

»Was? Warum?« Aylith nahm den grün-goldenen Faden entgegen und wickelte ihn gedankenverloren in dem selben Schmetterlingsmuster um ihr Handgelenk, das vorher vom Schiffchen auf dem magischen Webstuhl gezogen worden war. Die Gwylfan lächelten ihr zu, ihr Schweigen wirkte betäubend. Ayliths einzige Frage war beantwortet worden.

Nach einem langen Blick auf den neuen Wandbehang ging das Mädchen zur Tür, den langen Faden hinter sich herziehend. Urplötzlich war er nicht mehr zu sehen, obschon sie ihn noch immer sicher um das Handgelenk gebunden spürte. Obwohl sie es nicht sehen konnte, verbanden sich die Hälften des Gobelins mit jedem Schritt, den sie tat, ein wenig mehr.

»Morkin, Morkin, lebste noch, Mann?« krächzte eine Stimme, die vom jahrelang eingeatmeten Kohlestaub rauh geworden war. Der Mann mit der roten Kappe rührte sich, preßte vorsichtig die Hand an den Kopf.

»Ich lebe noch, Sims. In der Tat. Aber ich wollte, ich wäre tot.« Morkin versuchte, sich aufzusetzen, was ihm beinahe gelang.

»Nicht – Morkin!« Sims packte ihn, als er zur Seite fiel, während Morkin sich mit einem Arm abstützen wollte.

Leider verfehlte er sein Ziel, denn sein Unterarm war nur noch ein dick verbundener Stumpf.

»Ich wollt's dir grad sagen, Morkin. Na, der Felonarch hat dir mit dem hübschen Schwert beim Kampf die Hand abgeschlagen. Einfach glatt weg war sie!«

Morkin verzog beim Bericht über die Verstümmelung angewidert das Gesicht und hielt den verbundenen Arm im Fackellicht in die Höhe. Sein Gesicht war eine einzige, große, traurige Frage.

»Aber es fühlt sich an, als sei sie noch da ... ich versteh's einfach nicht«, stöhnte er. Er hatte das Gefühl, mit der fehlenden Hand in ein Feuer gefaßt zu haben und es noch immer umklammert zu halten.

»Ich auch nicht. Aber es ist ein glatter Schnitt und regelrecht versiegelt. Sieht aus, als wären die Ränder vereist. Hast auch kaum Blut verloren. Tut's sehr weh? Glaubst du, daß du reisen kannst? Wir müssen dich hier wegbringen, bevor wir den Turm stürzen. Wenn wir ein paar Mannschaften aus den Minen abziehen, schaffen wir's in ein paar Tagen. Die Gelegenheit ist günstig, denn der Sieber ist hinter dem haenischen Mädchen her. Er führt die Soldaten an, und sie machen sich schon bald auf den Weg. Du könntest ihnen vorauseilen, und den dritten Fernen Stamm warnen. Wenn du's schaffst«, meinte Sims.

»Wenn ich's schaffe? Wenn ich's schaffe? Die müssen schon rennen, wenn sie mich einholen wollen«, erwiderte Morkin und bei seinem grimmigen Lächeln blitzten die weißen Zahnreihen auf. Der Anführer der Albions erhob sich, obwohl er sich noch benommen fühlte. Irgend etwas stimmte nicht mit ihm. Alle Sinne schienen überreizt zu sein, als wäre ihm die eigene Haut zu klein geworden.

»Und du Sims – geh dem Blutsauger aus dem Weg. Du kannst vom Tunnel aus Befehle erteilen. Wir wollen doch nicht, daß der Sturz des Felonarchen dich das Leben kostet, wie?«

Sims grinste, kleine Fältchen erschienen neben dem weißen Auge. »Du weißt doch, daß ich's nicht fertig bringe, Morkin. Ich will derjenige sein, der sagt: ›Laßt ihn fallen!‹ Bloß, nach der ganzen Zeit und Arbeit am Tunnel wäre es mir am liebsten, wenn du auch den Spaß erleben könntest, den verfluchten Steinhaufen über dem verdammten Tyrannen zusammenstürzen zu sehen. Und ich wär liebend gern gleichzeitig draußen und drinnen. Das ist der Anblick, von dem ich mein ganzes Leben geträumt habe. Aber ich versuch, nicht zuviel Staub zu schlucken. Obwohl's darauf auch nicht ankommt.« Er hustete. »Aber eins tut mir schon leid, Morkin.«

»Was denn, mein Freund?«

»Daß der Sieber nicht im Turm ist, wenn wir ihn zerstören.«

Morkin lachte und schlug Sims auf den Rücken. »Hilf mir rauf, mein Alter. Ich wär dir dankbar, wenn du mir was von deinem Ardrévorrat geben würdest.

Ich muß schnell und gut vorankommen. Nimm die Sporen, die sind stärker. Ich muß soviel Vorsprung wie möglich vor Nazirs Leuten haben. Wenn der Sieber will, kann er sich noch ganz schön schnell bewegen. Das heißt: Kein Schlaf mehr für mich.«

KAPITEL 22

Thrissa schaute Aylith kaum an, während sie das Schlaflied summte. Bei dem besänftigenden Klang entspannte sich Aylith und wurde ruhiger. Thrissa deckte sie mit einer Bhana zu und begab sich in den Kreis der drei Heiler, die sich am Bach versammelt hatten.

»Die innere Verletzung ist noch immer ernst, Thrissa«, verkündete Portis, die gerade einen Kranz aus Klee und Thymian flocht. »Sie tobt. Das spüre ich. Das Schwert des Zorns verletzte ihr den Verstand und das Herz, das Gift arbeitet mit aller Macht. Wenn sie versagt, ist das Lebensmuster des Sippenbaumes für immer verloren.«

»Ja«, antwortete Thrissa. »Ich weiß. Und Aylith weiß es auch. Die Wunde ist zwar unsichtbar, aber dennoch tödlich. Wir müssen abwarten und sehen, was getan werden kann.«

Der Mann ihr gegenüber, der keine Augen mehr hatte und dessen Lippen wie Orchideenblüten aussahen, fügte hinzu: »Vielleicht können wir das Gift verlangsamen, und so dem Mädchen mehr Zeit schenken. Sie ist sehr tapfer, und ich glaube, sie wird es schaffen.«

Thrissa nickte und sah zu Aylith hinüber. Das Mädchen war bereits erwacht und starrte sie mit den blaugrünen Augen an, ein kleines Lächeln umspielte die Lippen. Den magischen Faden hatte sie mit einem komplizierten Knoten um ihr Handgelenk gebunden, damit er nicht verloren gehen konnte, was immer ihr auch im Schlaf widerfahren mochte.

Thrissa wandte sich wieder den Heilern zu und

lächelte. »Ich glaube ebenfalls, daß sie es schaffen wird«, sagte sie und die Worte sanken wie sanfter Regen auf Ayliths gerunzelte, weiße Brauen nieder. Thrissa drehte sich Aylith zu.

»Ich werde dir einen Reisetrank geben. Du wirst dann schlafen. Wenn du auf das Gift triffst, wirst du ein wenig um dich schlagen.«

Wieder sprach Thrissa zu den Heilern. »Meine Freunde, es wird ein Erwachen geben.«

Einen Augenblick lang schloß sie die Augen und richtete die nächsten Worte an Aylith. »Du mußt die innere Verletzung finden. Entdecke sie, dringe in sie ein, erkenne sie und kehre zurück, bevor sie dich für immer festhält. Ihr Locken wird an einem bestimmten Punkt besonders stark sein – dann ist es leichter zu sterben, als zu leben. Aber du mußt dich widersetzen, denn wenn du hierbleibst, wird ganz Cridhe mit dir sterben. Du tust dies für dich selbst, und erhältst damit das Leben der anderen. Komm zurück. Während du schläfst, bist du in Sicherheit; wir können dich schützen und erhalten.«

Aylith nickte. Sie empfand Thrissas Ermahnungen als unnötig. Die Schmerzen der Tagundnachtgleiche setzten ihr zu. Die Zeit war nahe.

Ruka trat neben Aylith und band ihr weiche Strauchwolle um Hände und Füße, damit sie sich während des Traumes nicht verletzen konnte. Eine lange und qualvolle Nacht lag vor dem Mädchen, das von einem Traum zum nächsten gleiten würde, bis in die Tiefen der Seele, um der giftigen Rache zu entfliehen, die jeden ihrer Gedanken beherrschte.

Als Thrissa ihr den bitteren Trank reichte, zögerte Aylith kurz, stürzte ihn dann aber mit großen Schlukken hinunter.

Sie dachte an Logan, an Jedhian, an Lorris. Sie dachte an ganz Cridhe und das grüne Leben, das aus seinem schmerzlichen Schlummer nach ihr verlangte.

Wenn sie nicht mehr war, würde es nie mehr erwachen. Dann fiel sie hinab, tiefer und tiefer und tiefer, hinab in eine Grube, die finsterer und kälter war, als sie sich je hatte vorstellen können.

Es gab keine Wände, nichts, keinen Boden, auf dem sie hätte gehen können, kein räumliches Empfinden. Aylith wanderte in der eisigen Finsternis umher, tastete mit den Händen nach etwas Greifbarem, Fühlbarem. Etwas, das ihr eine Richtung wies, einen Hinweis gab. Ein winziges Licht erschien, und unsicher ging sie darauf zu. Dann zerbarst das Licht in einem Hagel aus Farben und Geräuschen, und als es vorüber war, befand sie sich in einem Wald.

Die Bäume um sie herum waren den ihr bekannten Bäumen völlig unähnlich, und sie war wie gebannt von ihren hohen, spiralförmigen Stämmen und silbrigen Ästen. Die Blätter schimmerten blau und golden, und schon bald beruhigten sich die zunächst verworrenen Geräusche und wurden zu den vertrauten Lauten des Waldes. Von innerer Eile getrieben, wanderte sie weiter, und kam nach einer Weile in eine öde Gegend, wo Feuer und Zerstörung gewütet hatten, und ein Pfad aus verbranntem Heidekraut von einer schrecklichen Begebenheit zeugte. Sie schritt den Pfad entlang, zertrat krachend geschwärzte Büsche unter den Füßen, atmete den Schwefelgeruch und den Dunst gewaltsamer Taten ein. Sie folgte dem verbrannten Pfad, rannte schneller und schneller, bis der Weg plötzlich endete, und sie um ein Haar abgestürzt wäre.

Aylith starrte in ein gähnendes Loch. Sie stand ziemlich verwirrt am Rande einer breiten Öffnung. Aber nun wollte sie den nächsten Schritt wagen. Erst schloß sie die Augen, öffnete sie dann wieder. Wenn sie hineinsprang, dann wollte sie genau sehen, was auf sie zukam, was sie erwartete. Sie sprang und fiel, tiefer und tiefer, bis auf den Grund des Abgrundes, der demjenigen ähnelte, den sie im Traum bei der Trennung gesehen hatte. Sie kam plötzlich auf dem Boden an. Der Aufprall war kaum spürbar. Vor ihr öffnete sich eine neue Grube, die noch tiefer zu sein schien.

Vorsichtig schritt sie um die neue Öffnung herum und bemerkte, daß die Erde an den Seiten sich nach innen neigte, mit unglaublicher Geschwindigkeit in den Erdspalt gesogen wurde, zu Magma schmolz und sich mit jeder verstreichenden Sekunde das Loch vergrößerte. Mehrmals sprang sie zurück, um zu verhindern, daß sie fortgesogen wurde und versuchte verzweifelt, in den gähnenden Abgrund hineinzusehen. Es war unmöglich. Sie würde erneut hineinspringen müssen.

Mit geschlossenen Augen sprang sie, fühlte Flammen über das Gesicht streichen, fiel mitten in die unerträgliche Glut ihres Fiebers hinein. Als sie dieses Mal den Boden erreichte, war es in der Tat der Boden der Grube. Sie erblickte einen riesigen Flammenring, aber die Flammen bestanden aus Dunkelheit, wo Licht hätte sein sollen, und sie waren kalt, kälter, als man sich vorstellen konnte. Jede hüpfende Flammenzunge drohte, sie erfrieren zu lassen. Jetzt befand sich Aylith im Herzen der Wunde, an jenem Ort, an dem das Gift sich versteckte und ausbreitete, das alte und neue Geheimnis des Zorns hatte hier eine Heimat gefunden. Im Mittelpunkt des Feuerringes wuchs eine winzige, schwarze Ranke. Dieses kleine Ding war der Fluch von Cridhe. Es war nur eine kleine Wurzel, ohne Blätter und Früchte.

Aber während sie zusah, wuchs es, wurde größer und größer, wand sich in die Höhe, wie die Bitterwurzeln am Turm von Inys Nohr. Seit Nohrs Verrat, seitdem er Seelenschlächter in den Stamm des Sippenbaumes getrieben hatte, war diese Bitterwurzel im Herzen jedes seiner Nachkommen verborgen gewachsen, bis sie eines Tages ihren Verstand und schließlich die Körper verschlang. Und nun war der grausige Samen ihr ins Herz gepflanzt worden.

Aylith streckte die Hand nach der Wurzel aus, wie sie es auch im Turm getan hatte, als sie die Krone des Baumes berühren wollte. Aber anstelle einer leuchtenden Antwort aus Waldmana streckte sich ihr die Wurzel entgegen, wickelte die Keime gierig und mit tödlichem Griff um Ayliths Fingerspitzen. Aylith schrie auf, obwohl niemand sie hören konnte. Das Gift überflutete ihre Sinne, erfüllte ihren Mund mit seinem fauligen, bitteren Aroma, benäßte ihre Haut mit seiner Säure. Sie hustete, würgte und weinte, aber die schwarze Ranke umschlang ihre Knöchel, dann die Knie, schließlich den Körper, bis hinauf zu den Armen und Schultern, drohte, ihren Kopf zu bedecken. Wie durch ein Wunder verschwanden plötzlich alle Schmerzen. Sie fühlte sich wunderbar beschützt und sicher, die Ranke folgte geschmeidig jeder Bewegung, betete sie an, hielt die Flammen von ihr fern.

Es wäre so einfach, dachte sie träge, *wenn ich mich völlig einwickeln ließe. Wenn ich nachgebe, verschwindet der Schmerz. Nichts tut mehr weh.*

Der kleinste Sproß der schwarzen Ranke legte sich ihr, sanft zuckend und enger werdend, um den Nakken. Aylith merkte kaum, daß sie allmählich das Bewußtsein verlor. Aber plötzlich hallten ihr Thrissas ›unnötige‹ Warnungen im Ohr: *Komm zurück – im Namen von Cridhe.*

Sie rang nach Luft und kämpfte gegen die Liebkosung der Ranke, riß mit Händen und Zähnen daran. Endlich gelang es ihr, sich zu befreien, nur ein letzter Kringel der giftigen Pflanze wand sich sacht um ihren kleinen Finger, gleich einem tödlichen Ring. Der Rest der Ranke schrumpfte ein, wurde zu trockener Asche und flog davon, wobei schwarze Funken über dem Feuerkreis umherstoben.

Bleib nicht dort – in Namen Cridhes! vernahm sie noch einmal Thrissas Worte. Aylith schlug mit der Hand auf die zierliche Ranke, aber sie hatte sich festgesaugt. Plötzlich konnte sie nicht länger atmen und fiel erschöpft auf den harten, kalten Boden.

»Sie wütet schon wieder, Thrissa«, bemerkte Ruka.

»Wie ist das Fieber?«

»Immer noch stark. Ich denke, sie ist jetzt tief drinnen. Aber es kann noch eine Weile dauern, bis sie zurückkehrt. Portis brauchte damals ein halbes Jahr der weltlichen Zeit.« Der blumengesichtige Mann seufzte und schaute die Prophetin an.

»Soviel Zeit bleibt uns diesmal nicht. Ich bin ganz sicher, daß sie bald wiederkommt«, antwortete Thrissa.

Aylith hörte Stimmen, konnte aber den Sinn der Worte nicht verstehen.

Dann schwebte sie davon, das verführerische Streicheln der Ranke war vergessen. Der Schmerz hatte zum größten Teil nachgelassen, aber irgend etwas wirkte störend. Sie kämpfte gegen den unnatürlichen Schlaf, fühlte sich erschöpft durch die Reise nach Innen und war bereit, den Traum zu verlassen.

»Aylith? Kannst du mich hören?« Thrissas sanfte Stimme streichelte Ayliths verzerrtes Gesicht. Die Heilerin schlug die Augen auf und sah in das erleichterte, lächelnde Antlitz der Prophetin.

»Wie lange ...?« krächzte Aylith mit trockener, rauher Kehle.

»Nach eurer Zeitrechnung ein paar Tage. Aber wenn Feryar fliegt, verändert sich die Zeit. Du kannst in einem Augenblick viele Jahre überwinden. Du wirst wieder gesund. Die meisten, denen eine solche Wunde zugefügt wird, erreichen nie den Boden der Grube, oder aber sie kehren nicht zurück. In Loch Prith gibt es Orte – wir nennen sie Bienenkörbe – die voll mit jenen sind, die immer weiterträumen. Du bist sehr tapfer, meine Liebe.«

Aylith fühlte sich nicht sehr tapfer. Auch nicht besonders kräftig oder gar gut. Sie war erschöpft und durstig. Ruka brachte ihr Wasser, das Aylith in einem Zug austrank. Die kühle Flüssigkeit verschaffte ihr einen klaren Kopf, noch während sie die Kehle hinunterrann.

»Es lebt noch. Ich konnte mich losmachen, aber es lebt noch«, keuchte sie und suchte auf ihrer Hand nach der kleinen Ranke. Aber sie fand nichts außer dem unsichtbaren Faden des Gobelins.

KAPITEL 23

Jedhian umrundete einen Teil der Dornenmauer von Inys Haen. Dabei verlor er Arn und Lorris im Schneetreiben aus den Augen. Allerdings fand er, daß – wenn er sie nicht sehen konnte – Nazirs Späher noch größere Schwierigkeiten haben würden. Der Sobus lag jetzt in etwa zu seiner Rechten, sein gewundenes Band hielt das Dorf in einer kalten Umarmung umschlossen. Auf dem Eis waren keine Spuren zu sehen. Wie lange war es her, seitdem jemand die Oberfläche durchbrochen hatte, um Wasser zu schöpfen?

Jedhian spähte durch eine fensterähnliche Öffnung in der Dornenmauer, die während des Sommers völlig vom Laub verdeckt wurde, aber darunter waren die Dornenzweige in entgegengesetzte Richtungen gewachsen und ließen nun einen Blick auf das Dorf zu. Als sie noch Kinder gewesen waren, hatten Aylith und er an diesem Ort Verstecken gespielt. Er blickte auf die Stellen, durch die sie mit Leichtigkeit geschlüpft waren, und wunderte sich, wie sie jemals so klein gewesen sein konnten. Und vor allem: Wie sollte er jetzt hindurchpassen?

Nach einigen Versuchen, bei denen er sich trotz des dicken Umhangs tiefe Risse an den Schultern und am Rücken zuzog, steckte Jedhian in der lebenden Barrikade fest, die ihren Zweck hervorragend erfüllte. Wenn Arn nicht ungehorsam gewesen wäre, hätte Jedhian leicht erfrieren können – ein Gefangener seiner Erinnerungen und der acht Zoll langen Dornen.

»Pst, Jedhian – rühr dich nicht, ich helfe dir.«

Arn hatte die geborgte Rüstung abgelegt, trug nur

noch das harte Lederhemd. Nach kurzer Zeit hatte der Junge Jedhian befreit und nahm dessen Platz ein. Er schlüpfte zwischen den Dornen hindurch, als hätte er sein Leben lang nichts anderes getan. Als er auf der anderen Seite der Mauer stand, blickte Jedhian durch die Öffnung und wies auf die zweite Hütte, in der das einsame Feuer brannte. Arn verschwand im Inneren und kam umgehend wieder heraus, ein alter Mann stützte sich auf seinen Arm. Beide wurden durch die Hütten und die Scheune davor geschützt, gesehen zu werden. Sie nutzten die Deckung so lange sie konnten und kamen auf Jedhian zu. Das war Harcher, einer der acht Ältesten. Als die beiden so weit gegangen waren, daß sie unter Umständen von Nazirs Leuten entdeckt werden konnten, rief Jedhian sie leise an und gebot ihnen, stehenzubleiben.

»Sie sind alle fort, mein Junge. Alle weg. Sagten, sie würden Inys Nohr stürmen. Die Sache zu einem guten Ende bringen. Ich bin zu alt. Hab ihnen gesagt, ich bliebe hier, um das Feuer zu hüten. Muß doch einer hier sein, wenn sie nach Hause zurück gelaufen kommen, weil sie gemerkt haben, daß es nicht geht. Uns steht ein neuer, langer Winter bevor. Kommt herein und wärmt euch bei mir auf. Du weißt, daß der Hüter tot ist. Wir werden nie wieder Licht sehen. Alles ist zerstört. Am besten sehen wir zu, daß wir es warm und trocken haben und uns, während wir warten, gut unterhalten.«

»Harcher, ist Aylith wieder da? Ist sie hierhergekommen? Hast du vielleicht etwas beobachtet, was dir so seltsam vorkam, daß du nicht darüber reden magst? Zum Beispiel, daß sie sozusagen vom Himmel gefallen ist? Hast du so etwas gesehen, und ist sie in der Nähe?« Seine dringlichste Frage hatte er noch gar nicht gestellt.

»Was? Vom Himmel? Bist du verrückt geworden? Aylith ist entführt worden, Junge. Die nohrischen

Schweine haben sie mitgenommen, grade nach dem Überfall. Du warst nicht da. Nein, seit dem Tag war sie nicht hier, ich wüßte es. Ich hab gesehen, wie sie abzogen, alle, kurz nachdem die Soldaten weg sind. Sagten, sie hätten genug. Der Hüter ist tot.«

Jedhian bedeutete Harcher, die Stimme gesenkt zu halten. »Ja, ich war fort. Ich habe sie gesucht und wieder verloren, wie es scheint. Harcher, du kannst nicht hierbleiben. Nazirs Truppen beobachten das Dorf. Kannst du dich durch die Mauer zwängen?«

Die Frage war keineswegs abwegig, denn Harcher war spindeldürr. Hatten die anderen ihm keine Nahrung dagelassen, oder waren sie einfach schon zu lange fort? Der Alte drehte sich seitwärts und zog den Umhang fest um den Körper.

Arn hielt die Dornen zurück, die sich jetzt dem Druck seiner Hände beugten, obwohl sie vorhin, bei Jedhian, nicht einen Zoll zur Seite gewichen waren. Der Junge bekam nur ein paar Kratzer ab, dann folgte er Harcher.

Jedhian fand Lorris am Fuß des Hügels wieder. Sie sah besorgt aus und eilte ihnen, so schnell sie konnte, entgegen. Dabei bemühte sie sich, tief gebückt zu laufen. Jedhian ließ sich in die Hocke fallen und bewarf Arn und Harcher mit Schnee, um sie besser zu verbergen.

»Sie kommen, Jedhian«, flüsterte Lorris.

»Los. Du lauschst und deckst alle Fallen, die uns die Haen gestellt haben, auf. Ich glaube nicht, daß sie uns ganz offen zur Plünderung einladen. Irgend etwas stimmt da unten nicht. Ich warte hier und schicke jeweils zwanzig Männer in der Stunde, es sei denn, du gibst ein Signal oder aber einer der Männer kehrt nicht zurück. Finde das Mädchen, Malvos.« Nazir starrte fest in Malvos harte, grüne Augen.

Etwas Sonderbares war mit seinem schlüpfrigen

Apothekarius in den letzten Tagen geschehen. Tatsächlich benahm er sich, als wäre er plötzlich jemand anderes geworden. Verrat? Betrug? Krankheit? Wie auch immer, falls Malvos sich weigerte, ins Dorf zu gehen, mußte er wissen, warum es ratsam war, nicht hinzugehen. Dann wäre Nazir alles klar. War dort unten eine Falle, die Malvos selbst gestellt hatte, würde er sicher nicht gehen. Schließlich war es doch der Apothekarius gewesen, der im Turm bleiben wollte, während der Felonarch, auf der Suche nach dem kostbaren Lichtzauber und dem Mädchen, sein Leben aufs Spiel setzen sollte. In letzter Zeit schien es, als habe sich sein ganzes Königreich gegen ihn verschworen.

Gedankenverloren schüttelte Nazir die kleine Steinflasche, die er in der Hand hielt und nahm noch ein paar tiefe Schlucke, obwohl die Schmerzen erträglicher geworden waren. Noch immer war die Hüterin so weit entfernt, daß er ihre Gegenwart nicht spüren konnte. Aber Nazir war sicher, daß sie noch lebte. Als er sie mit dem Schwert getroffen hatte, hatte er in ihr Inneres blicken können, sogar hinter die schützende Wand. Sie war niemand, den er vergessen konnte. Jetzt kannte er Aylith wirklich. Und deshalb mußte er sie noch dringender als zuvor finden.

Malvos verneigte sich schwungvoll, mit wallenden, roten und purpurnen Gewändern, und führte die erste Gruppe Soldaten den Berg hinab nach Inys Haen.

»O ja, mein eingebildeter Taktiker, welch kluger und weiser Plan. Sicherlich werden Eure Gefechtsstrategien auch in anderen Welten berühmt, wenn Ihr erst die kleine Warze von einem Dorf dank Eurer unglaublichen, persönlichen Tapferkeit erobert habt«, grummelte er vor sich hin, während er den steilen Abhang hinab rutschte und stolperte.

Vielleicht stand Nazir gerade am richtigen Platz, vielleicht war Malvos auch bloß besonders unachtsam geworden – auf jeden Fall neigte Nazir den Kopf und spuckte wütend aus. »Nur weiter so, großherziger Malvos. Deine geheimen Worte versüßen die Luft, die ich atme. Der Tag wird kommen, alter Mann, an dem ich dich nicht mehr brauche.«

Er zog sich die Kapuze über den Kopf und schlenderte auf die hinteren Reihen der Soldaten zu. Er fröstelte und fluchte auf den Jungen, der das Feuer noch nicht entzündet hatte. Er war von Narren und Idioten umgeben. Und, bei Nohrs kahlem Kopf, ihm war kalt.

Lorris, Jedhian, Arn und der alte Harcher kauerten gemeinsam im Schutz des Hügels unter einer Felsnase. Der Wind war heftiger geworden; sie waren dankbar dafür, denn so verwischten sich ihre Spuren im pudrigen Schnee. Wenn man sie noch nicht entdeckt hatte, waren sie jetzt für eine Weile in Sicherheit.

»Sag mir ganz genau, wo sie hingegangen sind, Harcher. Bitte! Wir müssen es wissen. Versuche, dich zu entsinnen. Lorris ist auf unserer Seite – glaub mir, sie hat ihr Leben für mich aufs Spiel gesetzt«, flehte Jedhian. Der alte Mann hatte beim Anblick von Lorris, in ihrer nohrischen Uniform, den Mund zusammengekniffen und weigerte sich, auch nur ein Wort zu sagen. Zwar hatten ihm die Kälte und der Nahrungsmangel ein wenig zugesetzt, aber Jedhian war sicher, daß Harcher genau wußte, wohin die Dorfbewohner gegangen waren.

»In der Gegenwart solchen Abschaums sage ich gar nichts! Sie wird uns verraten! Sie ist eine Nohr, siehst du das denn nicht, Junge? Willst du denn, daß ich mein Volk in ihre Hände gebe?« widersetzte sich der alte Mann erneut.

Es schien, als könne ihn nichts umstimmen, aber nun berührte Arn Jedhians Arm und dieser zog sich enttäuscht zurück. Der Junge setzte sich vor den Alten und summte eine alte Melodie. Dann sang er mit leiser Stimme:

»Liana weinte, und Capin hob die Hand,
Ein Schwur, der nie Erfüllung fand,
Ein Fluch lag über dem Land,
Ich werde dich holen, Geliebte mein,
Ich komme zurück, dann bin ich dein,
Denk an mich für alle Zeit,
Ist mein Weg auch noch so weit.«

Schon bald entdeckte Harcher hier und da vertraute Klänge und vergaß, daß er eigentlich mißtrauisch und bestürzt war. Lorris war beunruhigt und dachte an Malvos außergewöhnliches Gehör, aber immerhin stand der Wind günstig, und Arn schien zu wissen, was er tat.

»Sing du uns auch eine Strophe, Lorris!« bat Arn.

Lorris starrte ihn an, als habe er sie gerade darum gebeten, einen Aal zu verspeisen. Und zwar roh. Arn deutete unauffällig mit dem Kinn auf Harcher, der jetzt mit strahlendem Gesicht dasaß, und dem Zauber des Liedes erlegen war. Jetzt begriff sie. Mit einer ausgesprochen wohltönenden Altstimme sang Lorris leise die nächste Strophe des langen Liedes, Harcher nickte im Takt und schlug unbeholfen die steifen Hände zusammen.

»Die Jahre kommen, die Jahre gehn,
Liana weint und wartet bang,
Wird sie Capin je wiedersehn,
Wie wird die Zeit ihr lang,
Komm zurück, Geliebter mein,
Denn ich bin für immer dein,
Soll der Abgrund uns trennen für alle Zeit,
Werd ich vergehen vor Kummer und Leid.«

Als sie geendet hatte, wandte sich Harcher Jedhian zu und sagte so leise und selbstverständlich, daß der Heilkundige es beinahe nicht vernommen hätte: »Sie werden sich im Osten, in den Höhlen des ersten Fernen Stammes, versteckt haben.«

Jedhian blickte Harcher in die traurigen, müden Augen. Sagte der Alte die Wahrheit? Der erste Ferne Stamm lebte nur wenige Meilen entfernt. Auf dem Weg hierher hatten sie einen Bogen um das Gebiet gemacht, da sie nicht wußten, zu wem die Mitglieder des Stammes halten würden.

Jedhian staunte über Arn, der nun über das ganze Gesicht grinste und Harcher sanft den Rücken tätschelte. Der alte Mann summte noch immer die Melodie, weilte in Gedanken an seine Jugend und schritt mit seiner längst verstorbenen Frau an einem Sommertag am Ufer des Sobus entlang.

Lorris und Jedhian rückten ein Stück beiseite, um Pläne zu schmieden.

»Ich wußte gar nicht, daß es Höhlen unter dem Gebiet gibt, in dem der erste Stamm lebt. Kein Wunder, daß sie all die Jahre Nazirs Angriffe überstanden haben«, flüsterte Jedhian aufgeregt. »Vielleicht ist Aylith dort! Also, wenn wir ihnen eine Nachricht zukommen lassen könnten ...«

»Woran denkst du, Jedhian?« fragte Lorris vorsichtig.

»Nazir marschiert geradewegs in unser Dorf, süße Lorris. Wir müssen seine Leute nur dazu bringen, das Tor hinter sich zu schließen.« Er grinste verschmitzt. »Und wo hast du eigentlich das haenische Lied gelernt?«

»Haenisches Lied? Dieses Lied hat mir meine Mutter oft gesungen, als ich noch ein Kind war. Das ist ein nohrisches Lied, das war es schon immer.« Sie blies die Wangen auf.

Jedhian schüttelte den Kopf und legte die Arme um die plötzlich erstarrten Schultern. »Schon gut, mein Liebling, schon gut.« Lächelnd sah er ihr in die großen, grauen Augen. Sie entspannte sich und erwiderte sein Lächeln.

Arn kroch auf die beiden zu und räusperte sich unbehaglich. »Äh, Herrin, wollt Ihr, daß ich diesen Weg einschlage? Der Stamm … nun, der Stamm ist meinem Heimatstamm am nächsten gelegen. Vielleicht kennt man mich noch. Sie würden keinen von euch anhören, sondern euch töten, bevor eure Leute – wenn sie wirklich da sind – noch etwas sagen könnten. Ich glaube, wenn ich derjenige wäre, der Entscheidungen fällen darf, würde ich mich schicken.«

Lorris blickte Jedhian an. Er nickte. »Ja, Arn, du darfst gehen«, sagte sie. »Berichte ihnen …«

Alle drei hockten sich auf den Boden und malten Linien in den Schnee, während sich Harcher hin und herwiegte und ein anderes Lied summte.

Ein Kriegslied.

KAPITEL 24

Arn duckte sich, dachte an die ihm erteilten Anweisungen und ahmte, so gut er konnte, einen Salut nach, wie er ihn bei RoNal gesehen hatte. Es gelang ihm recht gut. Lorris schenkte ihm ein strahlendes Lächeln und blinzelte verschmitzt. Dann drückte sie ihm eine kleine, lederne Rolle in die Hand.

»Die gehörte meinem Vater. War immer zuverlässig. Wahrscheinlich die einzig gute Karte der Insel«, erklärte sie.

»Also, wenn sie dich schnappen sollten ...«, begann Jedhian.

»Jedhian, verzeih mir bitte, aber sie werden mich nicht schnappen. Ich kenne diese Gegend viel besser, als einer dieser elenden Kriecher, die Nazir mitgebracht hat.« Arns Gesicht rötete sich vor Entrüstung.

»Oh, ... natürlich. Ich dachte ja nur ...«, stammelte Jedhian.

»Du redest mich ja geradezu schon in den Tod, wenn ich so sagen darf. Ich werde euch nicht enttäuschen. Da bin ich ganz sicher. Ich werde eure Anweisungen ganz genau befolgen und alles richtig machen. Bitte, Jedhian, setz mir keine Schreckensbilder in den Kopf. Ich muß klare Gedanken fassen können«, erklärte Arn, dessen Gesicht sich noch dunkler färbte.

Jedhian lachte leise und sah zu Lorris, die mit tadelndem Blick die Brauen hob. Jedhian konnte kaum an sich halten.

»Ich muß dich um Verzeihung bitten, Arn. Mögest du mit der gesamten Nation der Fernen Stämme im Rücken zurückkehren.«

Arn grinste und meinte: »Na, das sind die rechten Worte, die man einem Mann mit auf die Reise geben muß. Ich werde mein Möglichstes tun.«

Er war bereits fort, bevor Jedhian es überhaupt merkte, bevor sein letztes Wort vom Wind übertönt wurde.

Arn konnte sich besser auf dem Bauch fortbewegen, als die meisten Menschen auf den Beinen. Er hatte den Sobus überquert, indem er an einer geschützten Stelle am Ufer einen Wall aus Schnee errichtet hatte, den er dann Stück für Stück langsam vor sich her schob. Dadurch verwischten sich seine Spuren, und er erreichte das gegenüberliegende Ufer ohne Schwierigkeiten. Es war ein Kinderspiel gewesen, an Nazirs Truppen vorbei zu kommen. Die Soldaten hielten ihre Aufmerksamkeit völlig auf das Dorf gerichtet. Niemand hatte das hinter ihnen liegende Land beobachtet.

Arn hatte gesehen, daß Malvos einen Trupp zur Dornenmauer geführt hatte, wo der große Mann angestrengt zu lauschen schien. Er konnte nicht sehen, ob die Gruppe ins Dorf gegangen war, oder nicht. Er befand sich zu dem Zeitpunkt bereits eine Viertelmeile weit entfernt.

Nun erhob er sich, reckte die Glieder und schüttelte sich den Schnee aus dem Haar. Dann rannte er, so schnell er konnte, und die gut verheilte Schulter fühlte sich zum ersten Mal in seinem Leben ganz gesund an. Er sog die kalte Luft ein und verlangsamte seine Schritte nicht einmal, als er mit langen Sprüngen über den unebenen Boden hastete. Kurz vor dem Gebiet des ersten Stammes drosselte er seine Geschwindigkeit und ging mit gemäßigten Schritten weiter. Er wollte ein wenig abkühlen, für den Fall, daß er anhalten und sich eine Zeitlang irgendwo verstecken mußte. Er erinnerte sich an RoNals Warnung, daß man sonst an Unterkühlung sterben konnte.

Keine zehn Minuten später rettete dies – und ein anderer Rat RoNals – Arn das Leben. Drei Späher des Stammes, die sich so weit vorgewagt hatten wie nie zuvor, entdeckten und umzingelten ihn, ließen ihm keine Möglichkeit zur Flucht und keine Zeit für Erklärungen. Einer der Männer hielt die Schleuder schußbereit und zielte, als Arn RoNals Rat für ausweglose Situationen beherzigte, etwas, das ganz sicher heldenhaft und sehr wirksam war: Er fiel in Ohnmacht.

»Setz dich auf, mein Junge, und sag uns deinen Namen. Woher kommst du, und was machst du ganz allein hier draußen im Moor?«

Arn öffnete die Augen beim Klang der rauhen Stimme des über ihm stehenden, bärtigen Mannes. Baz. Er gehörte zu denen, die auf der Jagd gewesen waren, als vor über einem Jahr Arns Dorf von den Nohr überfallen worden war.

Als Arn die Ohnmacht vorgetäuscht hatte, hatten die drei Späher die Waffen weggesteckt und ihn in die Höhlen getragen, da sie annahmen, er könne niemals allein den Weg hinaus oder hinein finden, sollte es sich herausstellen, daß er mehr als nur ein verirrtes Kind war. Es war bedeutend wärmer in der Höhle, als draußen im Moor, dennoch hinterließ der Atem des Mannes weiße Wölkchen in der Luft.

»Ich heiße Arn. Du kennst mich, Baz. Mein Vater war Drake«, sagte Arn mit betont schwacher Stimme.

Baz hob die Fackel höher und beäugte Arns schmutzverkrustetes Gesicht. »Du bist ja dünner als 'ne Bohnenstange, Junge. Aber du sagst die Wahrheit. Ich kenne dich. Dachte aber, du wärst lange tot, wenn wir auch keinen von euch nach dem Überfall gefunden haben. Odser, unser Oberhaupt, dachte, sie hätten dich gebraten, die ekelhaften Kannibalen. Aber da bist du, heil und ganz. Wie kommt das?« fragte Baz, und die Frage hing – wie eine todbringende Spinne an einem seidenen Faden – zwischen ihnen. Nazir hatte schon mehr als einmal Spione ausgesandt.

Arn richtete sich auf, nahm die Tasse heißer Suppe entgegen, die man ihm reichte und begann seine Geschichte. Ein paar Minuten später zogen sich Baz, Odser und ein anderer Mann, den Arn nicht kannte, ans andere Ende der Höhle zurück, um sich zu beraten. Das Echo verzerrte ihre Worte, und Arn mußte abwarten, was sie beschließen würden.

Zwischenzeitlich freute er sich über den vollen Magen und die wärmere Umgebung und schaute sich neugierig im Raum um. Ein Zwillingsstalaktit hing in der linken Ecke der Höhle. Über seinem Kopf erblickte er ein Gebilde in Form eines Sterns. Er versuchte, die Größe des Raumes abzuschätzen und nahm an, daß er ungefähr halb so groß wie Nazirs Halle war. Doch hier herrschte gähnende Leere. Er konnte nur einen weiteren Mann sehen, der die Späher eingelassen und ihm später die Suppe gebracht hatte. Anscheinend wurde die Höhle als Vorraum benutzt, hinter dem die restlichen Höhlen liegen mußten. Er kletterte von dem Felsvorsprung herab, gab vor, sich strecken zu müssen und hielt unauffällig nach einem Eingang Ausschau, konnte aber nichts entdecken. Doch nun kehrten Baz und die anderen Männer zurück.

»Wir sind uns einig. Wir bringen dich zu den Anführern der Haen. Sie sollen entscheiden, ob sie dir helfen wollen.«

Arn lächelte sie dankbar an. RoNal hatte Recht gehabt. *Setz deine Kräfte richtig ein, auch wenn sie als Schwäche ausgelegt werden können.*

Arn wurden die Augen verbunden. Dann führte man ihn durch mindestens drei verschiedene Höhlen. Vom Klang her nahm er an, daß die mittlere bedeutend größer als die beiden anderen war. Als sie endlich anhielten, zog ihm Baz das Tuch von den Augen, und

Arn erblickte einen Raum, der von Fackeln erhellt wurde. Er stand sieben weißgekleideten, alten Männern gegenüber, deren grimmige und strenge Gesichter ihm zugewandt waren. Die Männer saßen schweigend und musterten ihn eingehend. Hinter ihnen sah Arn reihenweise finster dreinblickende Menschen sitzen, deren Kleidung bedeutend ansehnlicher war, als die der Stammesmitglieder. Die versteckten Haen aus dem Dorf. Und nach allem, was Jedhian ihm erzählt hatte, stand er jetzt den Ältesten gegenüber. Sie waren diejenigen, die er überzeugen mußte, daß Aylith noch am Leben war, gerettet werden konnte und daß Jedhians Plan, Nazir von seinen Soldaten zu trennen, gefangenzunehmen und gegen Lösegeld anzubieten, gelingen würde.

Jedhian vermutete, daß er die nohrischen Fußsoldaten zwingen konnte, sich an der Suche nach Aylith zu beteiligen und für ihre Sicherheit zu garantieren, wenn er Nazir lebend in seine Gewalt bekam.

Und sollten die Haen und die Fernen Stämme bereit sein, sich zwischen Nazir und die, wie er hoffte, inzwischen innerhalb der Dornenmauer von Inys Haen eingeschlossene Truppe zu stellen, konnte nichts mehr schiefgehen. Arn schluckte, denn plötzlich überwältigte ihn die Wichtigkeit seiner Aufgabe und die Gewißheit, daß die Zeit knapp war. Lorris hatte erklärt, daß die Truppe in kleinen Gruppen ins Dorf marschieren würde, wenn man sich an die übliche Vorgehensweise hielt. Arn nahm an, daß er diese Leute in weniger als einer Stunde dazu bringen mußte, seiner Bitte zu folgen.

Er suchte auf den alten Gesichtern nach einem Zeichen der Zustimmung, nach verstecktem Vertrauen. Aber diese Männer hatten jede Hoffnung aufgegeben. Ihre Münder waren Linien der Bitterkeit, ihre Augen hart wie Stein. Sie hatten den Hüter verloren. Ihre Häuser verlassen. Jede Zuversicht war aus ihren

Zügen gewichen, und Arn erblickte nichts außer dem Durst nach Rache.

»Was bringst du für Neuigkeiten, Junge, die Baz und den Obersten dazu veranlassen, unseren Kriegsrat zu stören? Baz neigt nicht zu Spielereien. Also hast du Wichtiges zu sagen. Sprich!« befahl der am ältesten wirkende der sieben Haen, dessen Worte wieder und wieder von den Höhlenwänden zurückgeworfen wurden. Er war wohl ihr Sprecher. An seiner Hand funkelte der schwere Siegelring der Haen – ein großer, goldener Ring mit einer eingravierten Eiche darauf.

Arn schluckte noch einmal und drehte sich dem Mann zu, sah ihm genau in die Augen, wie RoNal es bei Nazir getan hatte. »Ich bin gekommen, um eure Hilfe zu erbitten, die Hüterin zu finden. Und Nazir gefangenzunehmen. Er befindet sich mit seinen besten Soldaten in Inys Haen. Ich kann euch hinführen. Wenn ihr die Stämme zusammenruft, können wir sie überwältigen. Dies ist die einzige Möglichkeit, ihn außerhalb des Turmes zu fangen«, erklärte Arn hastig.

Ein leises Raunen ging durch den Raum, als der Junge die Hüterin erwähnt hatte und schwoll in den Reihen der Haen und der Stammesmitglieder, die hinter den Ältesten saßen, zu lebhaftem Gerede an. Der Sprecher drehte sich um und warf den Schwatzenden wütende Blicke zu, und sofort trat Stille ein.

»Was redest du da, Junge? Der Hüter lebt? Sicherlich bist du völlig durcheinander von der schweren Reise von Inys Nohr hierher. Erzähl uns, wie du dem Tyrannen und aus der Stadt entkommen bist. Wir müssen die Lage der Mauer und Einzelheiten über den Turm wissen. Dadurch wirst du uns eine große Hilfe sein. Uns bleibt nichts anderes übrig, als den Unterdrücker zu stürzen, uns am nohrischen Blut zu rächen und kämpfend zu sterben«, erklärte der Sprecher.

»Herr, ich spreche die Wahrheit. Die Hüterin ist

Aylith von Inys Haen, die beim Frühlingsüberfall geraubt wurde, nachdem ihr Vater Logan im Feuer umkam. Er übertrug ihr die Erinnerungen. Nazir hat sie verwundet, und wir suchten sie hier und auch im Westen. Ich dachte, ihr könntet ihren Aufenthaltsort kennen. Aber auch Nazir sucht nach ihr. Bitte, Herr, glaubt mir, der Kampfplatz ist Inys Haen, nicht Inys Nohr. Bitte«, endete er nachdrücklich, konnte kaum die Verzweiflung verhehlen.

Der Sprecher sprang auf und sah böse auf Arn hinab, auch hatte er jegliche Gewalt über die Geräusche im Hintergrund verloren. »Du behauptest, der Hüter wäre *Aylith*, Logans Tochter? Der Hüter ist immer ein Mann! Das ist Gotteslästerung! Logan hat die Regeln gebrochen. Das ist unerhört ...!«

»Das ist die Wahrheit!« brüllte Arn, dessen Stimme wunderbarerweise nicht versagte, und vergaß jeden Respekt.

Der Sprecher setzte sich sehr langsam wieder auf seinen Platz. Die anderen Leute waren verstummt, und man hörte nur noch das letzte Echo von Arns Stimme. Jetzt hob einer der anderen alten Männer die Hand, um zu reden. Er stand auf und sah Arn mit unbeweglichem Gesicht an.

»Ich glaube dir, Knabe. Seit dem letzten Überfall habe ich nachgedacht. Etwas ließ mich vermuten, daß die Angelegenheit des Hüters nicht... endgültig beendet ist. Ich kann es schlecht in Worte fassen. Aber ich glaube dir. Ich glaube der Prophezeiung; der Schöpfer hätte uns nicht so zurückgelassen. Und du scheinst sehr viel über den Überfall zu wissen, dafür daß du nicht dabei warst. Hast du selbst mit Aylith gesprochen?«

»Ja, Herr, das habe ich. Und sie heilte diese Schulter mit ihrer Kraft.« Arn zog das Hemd zur Seite und entblößte die Schulter. Baz hielt den Atem an. Jedermann in Arns Stamm hatte von seiner schweren Geburt gewußt. Jetzt war die krumme Schulter völlig gerade. Baz trat vor und nickte heftig.

»Ja, Herr, er sagt die Wahrheit. Er wurde mit einer schiefen Schulter und einem verdrehten Arm geboren.«

»Und der war zwischendurch noch viel übler dran, Baz. Dafür hat Nazir selbst gesorgt«, fügte Arn hinzu.

Der Sprecher erhob sich, um den Arm zu untersuchen, da er noch immer nicht sicher war, was er glauben sollte. Die übrigen Ältesten warteten auf die Probe – Argile war ihr Sprecher, weil er der einzige war, der eine solche Behauptung beweisen konnte.

»Wenn eine Heilung vollbracht wurde, bleibt immer eine Spur zurück. *Ich* kann den Manafluß spüren«, verkündete der Sprecher von oben herab.

Er streckte die Hand aus, aber bevor er Arn noch berührt hatte, sprang er schon wie gestochen zurück. Dann sah er den Jungen an, als sei dieser der leibhaftige Tod.

»Oh! O ja, es ist wahr. Über seinem Fleisch liegt ein Manahauch. Das Mädchen ist die Hüterin! Was hat Logan getan? Er ist schuld, daß wir in dieser schlimmen Lage sind, weil er einer Frau die Erinnerungen gegeben hat. Jetzt kann sich die Prophezeiung nie mehr erfüllen«, jammerte der Alte.

»Was immer Logan getan hat«, unterbrach ihn der Zweitälteste. »Er tat, was er tun mußte. Auch du hättest so gehandelt, Argile, wenn du der Hüter gewesen wärest und den Tod vor Augen gehabt hättest. Außerdem trug das Mädchen die Zeichen. Er rettete die Erinnerungen, rettete seine Tochter und hat so vielleicht auch uns gerettet, wenn wir nur auf diesen Jungen hören und endlich handeln. Argile, manchmal muß man eine Regel brechen. Ich bitte dich, schweig still. Laß Arn sprechen. Wenn ich mich nicht irre, hat er es recht eilig. Erzähl weiter, Arn.«

Argile schlug die Hände vors Gesicht, aber Arn trat

vor und gab die Einzelheiten von Jedhians Plan wieder. Gerade, als er zu Ende geredet hatte, stürmten drei andere Späher in die Höhle, an deren Umhängen noch Schnee klebte.

»Nazir ist gesehen worden. Er befindet sich vor Inys Haen. Wir trafen die Späher des dritten Stammes im Moor«, keuchte der Mann.

»Und ihr seid sicher, daß es Nazir ist? Ihr wißt doch, daß er uns immer mit Malvos, dem alten Ochsen, zum Narren halten will«, sagte Odser.

»Er ist es.« Der Späher grinste zufrieden.

Arn sah die Ältesten an, die nun aufstanden und zu den Haen sprachen. Innerhalb weniger Minuten erhielt Arn den Auftrag, mit Baz zum nächsten Stamm zu reisen, Verstärkung zu holen und die Hoffnung zu wecken, daß die Hüterin lebte. Arns Augenbinde war vergessen, als sie durch die Höhle zum Ausgang liefen – die Blicke aller Anwesenden, auch die Argiles, ruhten auf den beiden.

»Warte, Junge«, rief ihnen der Sprecher nach. »Nimm das haenische Siegel mit. Es wird euch beim nächsten Stamm weiterhelfen.«

Arn kehrte um, um den Ring entgegenzunehmen. Auch Odser drückte ihm einen Ring in die Hand, der das Siegel des ersten Fernen Stammes trug.

»Ich verbürge mich dafür, sie unversehrt zurück zu bringen«, versprach Arn. *Oder aber bei dem Versuch den Tod zu finden*, fügte er lautlos hinzu.

KAPITEL 25

Jedhian und Lorris hockten, eng an den alten Harcher gedrückt, auf der windstillen Seite des Hügels und versuchten, einander so warm wie möglich zu halten. Wie Lorris vorhergesagt hatte, waren Nazirs Männer in kleinen, vorsichtigen Gruppen ins Dorf marschiert. Jeweils der letzte Mann war dann wieder zum Haupttrupp zurückgekehrt, der oben auf dem Felsen wartete, und führte dann seinerseits neue Männer hinab. Die ersten drei Leute waren, dank seiner untrüglichen Sinne, von Malvos selbst geführt worden. Sie beobachteten, wie er herumschnüffelte, einen Blick in jede Hütte warf, aber nicht hineinging. Wenn er sicher war, daß alles still blieb, schickte er einen Soldaten hinein und ging zur nächsten Hütte. Malvos war anscheinend besonders tapfer, dachte Jedhian mit einem verächtlichen Zug um den Mund.

Langsam wurde Harcher zu einem Problem. Hin und wieder plapperte der Alte lauthals über Beschlüsse, die auf einer Ratssitzung vor dreißig Jahren gefaßt worden waren. Dann hielten Jedhian oder Lorris ihm schleunigst eine Hand vor den Mund, um die Stimme zu dämpfen. Ein- oder zweimal hatte Malvos sich umgesehen, dann aber, abgelenkt durch Geräusche im Dorf, weitergesucht.

Lorris schüttelte müde den Kopf, wagte aber nichts zu sagen. Jedhian erwiderte ihr Nicken und gab Harcher seinen letzten Anteil der Reethenne, in der Hoffnung, daß ein gefüllter Mund auch ein schweigender Mund sein würde.

Es schien zu wirken, und endlich hatte Jedhian Zeit,

darüber nachzudenken, wie lange Arn schon fort war, um ›mit der gesamten Nation der Fernen Stämme im Rücken‹ zurückzukehren. Eine Stunde, und noch eine halbe dazu, schätzte er, während er die Striche im Schnee zählte, die er für jeden Soldaten, der ins Dorf gegangen war, gemacht hatte. Der Junge hatte inzwischen sicher den ersten Stamm erreicht und seine Bitte vorgebracht. Jedhians rauhes und verfrorenes Gesicht verzog sich zu einem Lächeln. Er war glücklich, Arn auf seiner Seite zu haben.

Lorris kroch, auf dem Bauch liegend, den Hügel hinauf. Der Schnee drang in jede Falte und jeden Saum ihrer Lederkleidung. Als sie auf der Hügelkuppe einen geeigneten Beobachtungsposten entdeckte, bot sich ihr ein überraschendes Bild. Inmitten der letzten nohrischen Soldaten stand ein sehr großer Soldat, angetan mit einem blauen Umhang, der die Kapuze zum Schutz gegen die Kälte tief ins Gesicht gezogen hatte. Sein Gesicht war nicht zu erkennen. Jetzt, da nur noch wenig Männer dort oben standen, zweifelte Lorris nicht, daß es Nazir war. Bei seinem Anblick knirschte sie mit den Zähnen, ein schwaches Lächeln umspielte ihren Mund.

Bist du doch aus deinem Loch gekommen, du Schlange. Und nun wirst du mir eine Frage beantworten, dachte Lorris. *Er wird der letzte sein, der ins Dorf geht, wenn er an der üblichen Strategie festhält. Wenn etwas mißlingt, ist er in der Lage, im letzten Augenblick wegzurennen.*

Jener Augenblick wird mir gehören, schwor sie sich, und kroch wieder den Hügel hinab, wo Jedhian gerade dabei war, seine Wunde mit Ehrenpreis zu bestreichen. Der kleine Tiegel, den er in sein Hemd gestopft hatte, um den Inhalt warm und weich zu halten, war beinahe leer. Als Lorris näher kam, bedeckte er hastig die pochende Beinwunde und lächelte zur Begrüßung, seine Augenbrauen waren fragend erhoben.

Lange Zeit schaute sie ihn an, prägte sich die Farbe

seiner Augen, die Gesichtsform und die Art, wie er sie ansah, ein. Sie schüttelte den Kopf, um anzudeuten, daß es nichts Neues gab.

Das war die erste Lüge, die sie ihm je unterbreitet hatte.

Arn und Baz rannten über die vereisten Sümpfe, wichen den Witwengräsern und dem Treibsand mit dem Geschick langer Vertrautheit aus. Nach kurzer Zeit trafen sie auf die Späher des dritten Stammes, die plötzlich hinter Schneewällen auftauchten. Arn sah sie zuerst und zupfte Baz am Ärmel. Sie wurden langsamer, hielten die leeren Hände empor und gingen vorsichtig auf die drei Männer zu, die still standen und abwarteten: Dies entsprach den Regeln der Annäherung in Kriegszeiten.

»Hallo Baz!« schrie einer der Späher. »Ich bin Senrick. Links von dir steht Paren, und rechts Markam. Ihr wart in großer Eile. Was gibt es?«

Arn spitzte die Ohren – wo hatte er die Stimme des Mannes schon gehört?

»Laß uns rein, Senrick. Das ist Arn. Ich verbürge mich für ihn. Wir bringen große Neuigkeiten und haben viel zu erzählen. Beeil dich«, erwiderte Baz.

Senrick war ein riesiger Mann, dessen schwarzer Bart mit Frost bedeckt war. Unter der Kapuze funkelten erwartungsvoll blickende Augen. Ein Arm war dick verbunden. Mit der anderen Hand schlug er Baz auf den Rücken. Dann folgten sie ihm alle einen engen, gut verborgenen Gang hinunter, der nahe einem Büschel Witwengräser, die bei ihrer Ankunft das Lied der verlassenen Frauen anstimmten, in die Erde gegraben worden war. Arn schüttelte den Kopf, um das Geräusch aus dem Kopf zu bekommen – er haßte Witwengräser. Baz und den anderen Männern schien das Geheul nichts auszumachen. Nur Senrick bemerkte Arns Unbehagen und verweilte einen Augenblick an der Tür.

Sie betraten ein große Höhle, ähnlich der, in welcher Arn die haenischen Ältesten getroffen hatte. Hier schien sich der dritte Stamm aufzuhalten, wann immer die nohrischen Soldaten in der Nähe waren. Arn bemerkte, daß der Stamm sich anscheinend daran machte, die Höhle als Dauerquartier zu nutzen: Butterfässer, leuchtend blaues Geschirr, Webstühle und die verschiedensten Werkzeuge – viele Dinge, die nicht unbedingt leicht zu transportieren waren, aber täglich gebraucht wurden – waren jetzt in den Nischen untergebracht, in denen man früher vermutlich Schwerter und Äxte aufbewahrt hatte. Der Verlust des Hüters und des Lichtes, das die Haen durch ihn gerufen hatten, schien die Fernen Stämme in verzweifeltes Nachdenken gestürzt zu haben.

Arn zog die Kapuze vom Kopf und sog die wärmere Luft ein. Wie es Brauch war, folgten die anderen Männer – der Reihe nach – seinem Beispiel, angefangen beim Jüngsten, bis hin zum Ältesten, bis endlich Senrick an der Reihe war. Der große Mann zog die Kapuze nach hinten, ließ Arn dabei keinen Augenblick aus den Augen, und enthüllte glänzendes, schwarzes Haar.

Das an vier Stellen von weißen Strähnen durchzogen wurde!

»Du bist…«, war alles, was Arn stottern konnte, bevor der große Mann in lautes Gelächter ausbrach.

»Jawohl, Arn, du kennst mich als Morkin, und ich bin keineswegs tot. Und du – du bist Nazir und dem Fluch entkommen, wie ich sehe.«

Lorris hatte sich eine Abwechslung gewünscht, wenngleich keine so große, wie sie sich plötzlich ereignete, als der alte Harcher sein Gebrabbel mitten im Satz, mitten im Wort, unterbrach, Jedhian fröhlich zulächelte und dann starb. Nun mühte sich Jedhian damit ab, den Körper mit Schnee zu bedecken, während sie eigentlich die Bewegungen der Truppe im

Auge behalten sollte. Aber als Jedhian sich umwandte und mit den Füßen Harchers beschäftigt war, schnappte sich Lorris ihr Bündel, schlich um den Hügel herum und legte das Kettenhemd an. Dann schlug sie den selben Weg ein, den Arn genommen hatte. Allerdings strebte sie einem anderen Ziel zu. Anstatt sich von den nohrischen Soldaten zu entfernen, schlich sie ihnen entgegen.

Noch immer stand Nazir abwartend und fast allein auf dem Felsen. Lorris berührte ihr Schwert und dachte an die zerbrochene Waffe, die sie in Inys Nohr zurückgelassen hatte, die Klinge mit der befleckten Ehre ihres Vaters verunreinigt. Langsam, stetig und geduldig stieg sie der Begegnung mit Nazir entgegen, ohne daran zu denken, was ihr Verschwinden in Jedhian auslösen würde.

»Lorris?« flüsterte Jedhian und sah sich besorgt um. Gerade hatte er Harchers Körper ganz mit Schnee bedeckt, als ihm auffiel, daß sie mitsamt ihrem Schwert verschwunden war.

Unwillkürlich drängte sich die Stimme des Alten in seine Gedanken: *Sie wird uns verraten! Sie ist eine Nohr, siehst du das denn nicht, Junge?* Jedhian hockte sich in den Schnee, schlang die Arme um die Knie und wartete auf Geräusche des Kampfes, den Lorris vielleicht mit Nazir austragen wollte. Er bemühte sich, den Widerhall von Harchers Befürchtungen und die eigenen, schrecklichen Ängste zu unterdrücken.

»Sie will ihn töten, hörst du?«

Jedhian sprang auf, denn wieder vermeinte er Harchers Stimme zu hören. Aber diesmal war es ein kleiner Vogel, der auf Arns abgelegter Rüstung hockte.

»Du… du bist wieder da. Ich habe geglaubt, ich hätte mir dich nur eingebildet, da oben, auf dem Turm. Ich glaubte, du wärest nur ein handfestes Trugbild meiner Höhenangst, bis ich dann sah, wie du Aylith fortbrachtest. Aylith! Wo ist Aylith? Lebt sie? Was ist mit ihr? Sprich!« forderte Jedhian die gelb-braune Eule auf, die näher gehüpft war und sich nun auf seinem ausgestreckten Arm niederließ.

Die Eule blinzelte mit goldfarbenen Augen und drehte den Kopf in alle Richtungen, um zu lauschen.

»Soviel ich weiß, lebt Aylith. Sie befindet sich in besten Händen. Sie ist in Loch Prith und versucht, gesund zu werden. Sie ist stark, kämpft aber gegen einen versteckten, inneren Feind. Nazirs Gift hat ihre Seele erreicht und bedroht nun ihren Verstand. Sie wird ihren Weg gehen. Vertrau ihr. Nazir kann sie dort niemals finden, und Malvos kann die Höhlen nicht durch den Kalkstein spüren.«

»Kalkstein? Höhlen? Noch mehr unterirdische Kavernen? Ich dachte, Loch Prith wäre eine Legende, nur ein Ort der elfischen Erzählungen.«

»Es gibt Loch Prith, Jedhian. Der Ort ist gar nicht so weit von hier entfernt. Aber Aylith muß sich den Weg nach Hause selbst suchen, du kannst nicht zu ihr. Doch ich könnte dir helfen, Lorris zu finden, obwohl ich vermute, daß du weißt, wohin sie gegangen ist. Oh, keine Angst, sie ist vertrauenswürdig. Und gerade dir treu ergeben, würde ich sagen.«

Jedhian vermeinte, einen humorvollen Unterton in der Stimme wahrzunehmen, wenngleich das unbewegte Gesicht der Eule sich nicht veränderte.

»Zur Zeit fühlt sich Lorris nur ein wenig rachedurstig. Wenn du dich beeilst, kannst du sie abfangen, bevor sie Nazir mit der Klinge der Gerechtigkeit in Stücke schlägt. Ihr braucht ihn noch. Denk daran, damit die Prophezeiung sich erfüllen kann, sind beide Linien wichtig«, schnarrte die Eule und erhob sich lautlos in die Lüfte.

Nachdem Aylith dem kleinen Bach von Loch Prith durch mehrere enge Höhlen gefolgt war, begann sie das Gefühl, tief unter der Erdoberfläche zu weilen, zu ängstigen. Schließlich aber glaubte sie, die Höhlen würden allmählich heller. Zuerst dachte sie, das Licht der Fackel brenne in der besser werdenden Luft einfach heller. Doch dann stand sie plötzlich vor einem Vorhang aus sanft flackerndem Feuer.

Die Prophetin hatte erklärt, es gäbe nur einen Weg aus Loch Prith heraus; anscheinend hatte sie ihn entdeckt. Sie nahm sich zusammen, um durch die feurige Wand zu gehen und rief sich ins Gedächtnis, was die Gwylfan ihr gesagt hatten.

Es ist nur eine Einbildung. Ich kann sie verändern, vernichten. Ich werde mich nicht von dem, was ich sehe, höre, was man mir einreden will, beirren lassen. Dies ist vergänglich. Ich bin ewig. Es kann mich nur verletzen, wenn ich das glaube.

Aber es war *Feuer.*

Die Worte der Gwylfan hatten sich ihr unauslöschlich eingeprägt, aber nun mußte sie entscheiden, was mächtiger war: jene Worte, oder diese Flammen. Aylith trat einen Schritt nach vorn. Das Feuer loderte auf und schien ihr entgegenzuspringen, aber sie wich nicht zurück. Noch ein Schritt. Noch einer. Dann spürte sie die Hitze auf der Haut. Sie zögerte, Zweifel überkamen sie. Die Flammen riefen ihr das Bild des nohrischen Überfalls ins Gedächtnis: Da war Thix, der eine Fackel in das reetgedeckte Dach der Hütte stieß, die in Flammen aufging. Helle Funkenhagel stoben umher, der Webstuhl mitsamt dem eingespannten Stoff – der kunstvoll gefertigten Arbeit von sechs Monaten – brannte schon Sekunden später. Sie erblickte Logan, mit hoch erhobenen Händen, der ihr die Erinnerungen übertrug.

Aylith zuckte zurück und wandte den Kopf ab, denn sie mochte nicht an ihren Vater erinnert werden, daran, wie er ihr diese Pflicht aufgehalst hatte, für die sie nicht geeignet war.

Dann zog sie sich ein Stück zurück, schüttelte energisch den Kopf und ordnete ihre Gedanken. Sie befreite sich von der Wut auf den Vater und dachte statt dessen an die Bilder der Kindheit, als Logan ihr in jedem Frühling die ersten Blumen gebracht hatte, sie mit an den Sobus nahm, damit sie sich nach dem Ende des Winters in der klaren Oberfläche des Wassers spiegeln, das eigene Gesicht sehen und feststellen konnte, wie sehr sie gewachsen war. Einmal hatte er ihr einen winzigen Hasen mitgebracht, den sie den Winter über in der Hütte aufziehen durfte. Endlich fühlte sie sich bereit, um weiterzugehen.

Sie streckte die Hand aus und schloß die Augen. Sie erwartete, daß die Flammen ihre Haut verbrennen würden – so wie es damals in der Hütte geschehen war –, und zog die Hand schnell wieder zurück, auf der sich auch schon kleine, weiße Bläschen bildeten.

Was hatte sie falsch gemacht? Dann fiel es ihr ein. *Ich habe geglaubt, daß mich das Feuer verbrennen würde, aber ich muß daran glauben, daß ich unverletzt hindurchgehen kann.*

Sie schloß die Augen und dachte daran, wie sie Feryar und Arn mit ihrer Kraft geheilt hatte. Dann konzentrierte sie sich auf die Flammen, veränderte sie in Gedanken und zerstörte ihre Kraft, sie zu verletzen. Ihre Hand brannte nicht mehr, die Bläschen verschwanden.

»Du wirst mir keinen Schaden zufügen«, sagte Aylith zu dem Feuer. »Ich gebe Lorris, Jedhian, RoNal, Feryar, meine Mutter und meinen Vater frei. Ich bin ein Kind des Schöpfers, werde von meinem Volk geliebt. Ich bin die Heilerin. Zum Wohle von Cridhe werde ich weitergehen.«

Wieder hielt sie die Hand in die lodernde Helligkeit. Dieses Mal spürte sie keine Schmerzen, nur ein leichtes Kribbeln. Sie öffnete die Augen und sah, daß die

Hand völlig vom Feuer umschlossen wurde, aber nicht brannte. Einbildung. Vergänglich.

Aylith schritt mit erhobener Fackel voran, trug das echte Feuer durch das Trugbild und blickte nicht mehr zurück.

KAPITEL 26

Lorris hielt den Atem an. Sie war bis auf wenige Schritt an Nazir herangekrochen, der immer noch unruhig vor dem kleinen Zelt bei der Felsnase auf und ab schritt, dabei seine Männer beobachtete, die allmählich ins Dorf gingen. Er war der Letzte. Die Sache würde nicht lange dauern.

Lorris zog das Schwert aus der Scheide und entfernte kleine Eisstückchen, die sich an einigen Stellen gebildet hatten. Auf diese Art waren schon bei manchem Schwertkampf kostbare Sekunden verloren gegangen. Dann richtete sie sich zu voller Größe auf und warf Nazir einen Schneeball vor die Füße. Er sollte sie ansehen – es war ehrlos, einen Feind von hinten zu töten. Nazir schrak zusammen, sein Kopf zuckte vor und zurück, drehte sich dann suchend nach allen Seiten. Einen Augenblick lang dachte Lorris, er würde sie übersehen.

Nazirs Unterkiefer fiel herab. »Du! Verräterin!« war alles, was er ihr entgegenrufen konnte. Er tastete nach dem Schwert, aber seine Übungen in der Sicherheit und Behaglichkeit des Turms hatten ihn schlecht auf einen echten Kampf vorbereitet. Die Waffe steckte fest.

»Hallo, Nazir! Ich möchte dich etwas fragen. Und du wirst mir die Wahrheit sagen, nicht wahr?« fragte Lorris mit eisiger Stimme, den Blick fest in seine Augen gerichtet. Dann war sie über ihm, schnell wie der Luchs, dem sie wahrhaftig ähnelte.

Er wich dem ersten Angriff nur durch Zufall aus, da er auf dem eisigen Untergrund ausrutschte. Sie hielt inne, drehte sich blitzschnell um und sah, daß er noch immer an seinem Schwert zerrte. Endlich löste sich die Waffe mit einem mächtigen Ruck aus der Scheide und zischte durch die Luft. Lorris lächelte und griff erneut an, zog ihre Klinge mit schneller Geste durch den Schal, der Nazirs Hals schützte. Die beiden Hälften des Schals flatterten davon und ließen Nazirs weiße Kehle entblößt zurück. Erschreckt durch den Hieb und die plötzliche Kälte auf der nackten Haut, wagte Nazir einen Vorstoß, aber sein Arm zitterte, und der Hieb verfehlte sie bei weitem. Lorris tanzte um ihn herum, reizte ihn mit ihrer Klinge und holte sich die Spange über seiner rechten Schulter. Seine Bhana rutschte zu Boden, er geriet ins Stolpern und stürzte. Mit einem Satz war Lorris bei ihm, setzte ihm einen Fuß auf die Kehle, den anderen auf die Schwerthand. Mit lautem Stöhnen ließ er die Waffe fallen und rang nach Luft.

»Das ist etwas anders als die Übungsstunden, in denen du immer der Sieger bist, stimmt's? In denen du immer alles im Griff hast. Ich habe mich oft gefragt, wie du dich bei einem richtigen Kampf schlagen würdest. Aber nun, Nazir, Felonarch Nohrs und aller Provinzen, werde ich deine Kehle als Schleifstein meines Schwertes benutzen.«

Sie hob seine Waffe auf und warf sie den Berg hinunter. »Wie ist es mit der Antwort, Nazir? Hier hast du die Frage: Warum hast du meinen Vater töten lassen?«

Leicht keuchend stand sie mit gerötetem Gesicht über ihm, ihre genagelten Stiefel drückten sich schmerzhaft in sein Handgelenk und die Kehle. Sanft kratzte sie mit der Klinge über die mehrere Tage alten Bartstoppeln an Nazirs Kinn und legte sie dann auf die pochende Ader am Hals.

»Mein … Trank«, stöhnte er. Lorris schüttelte den Kopf.

»Zuerst die Antwort. Oder du stirbst.«

»RoNal führte die Albionrebellen an. Er war ein Verräter. Das scheint in der Familie zu liegen, wie ich sehe!« krächzte er mit haßerfülltem Blick.

Lorris bereitete sich darauf vor, ihm den Gnadenstoß zu versetzen. »Oh, Nazir, das war eine armselige Antwort. Mein Vater war kein Verräter. Du selbst hast eine Verräterin aus mir gemacht, weil du ihm das angetan hast!«

Nazirs schwarze Augen durchbohrten sie, richteten sich dann auf etwas hinter ihrem Rücken.

»Den Trick kennt jeder Soldat, den mein Vater je ausgebildet hat. Es gibt aber niemanden, der dir helfen kann. Ich habe gesehen, daß alle Soldaten ins Dorf gegangen sind.« Noch immer starrte er an ihr vorbei, einen neugierigen Ausdruck auf dem Gesicht.

»Lorris, ich bitte dich, töte ihn noch nicht.« Jedhians Stimme.

Sie zögerte, und Jedhian kam näher. »Wir brauchen ihn. Komm, hilf mir, ihn zu fesseln und zu knebeln.«

»Er schuldet mir etwas, Jedhian. Ich nehme mir, weswegen ich hergekommen bin«, murmelte sie.

Jedhian schritt um sie herum und setzte einen Fuß auf Nazirs andere Hand, die unauffällig nach einem im Gürtel steckenden Messer getastet hatte.

»Ich dachte für einen Moment ...«, begann Jedhian mit gesenktem Kopf.

»Du hast geglaubt, ich hätte dich verraten. Was solltest du auch sonst denken? Ich wußte, daß du mich nicht allein gehen ließest, daher bin ich verschwunden, als du beschäftigt warst. Ich muß gestehen, daß ich nicht daran gedacht habe, wie es für dich ausgesehen haben muß. Das tut mir leid«, sagte Lorris leise.

Jedhian nickte.

»Ich hatte keine Ahnung, was mich hier erwarten würde, aber ich bin froh über diesen Anblick.« Jedhian lächelte und atmete erleichtert aus. »So. Da hast du uns also einen großen, häßlichen Aal gefangen. Da soll mir noch jemand erzählen, das Fischen wäre in Inys *Nohr* aufregend.«

»Das sagen wir immer«, lachte Lorris. »Na gut, Jedhian. Ich schulde dir Vertrauen. Wenn du meinst, daß wir ihn noch brauchen, werde ich gehorchen... jedenfalls für eine Weile. Was sollen wir denn mit ihm tun?«

Eine Weile später war Nazir gefesselt und geknebelt und befand sich auf dem Weg zu dem außerhalb von Iny Haen gelegenen Hügel. Der letzte Mann des letzten Trupps fand nur noch einen menschenleeren Berg vor. Er rannte den ganzen Weg ins Dorf zurück und war sicher, daß ihm niemand glauben würde.

Malvos hörte Zells Neuigkeit mit Mißtrauen. Schließlich neigte der junge Mann dazu, Geschichten zu erzählen, Malvos hatte sich während des Marsches mehrere Dutzend davon anhören müssen. Diejenige, wie er in einem Kleid aufgewacht war, war bei weitem die unterhaltsamste, kam aber nicht an diese, die er gerade zum Besten gegeben hatte, heran.

»Was ist er? Er kann nicht fort sein. Man kann hier nirgendwo hingehen, Junge! Hat er dich mit diesem Scherz vorausgeschickt, um mich zu ärgern? Er hat gehört, was ich gesagt habe, als ich losging, nicht wahr?« wütete Malvos.

»Nein, Herr, er ist ganz sicher, eindeutig und völlig verschwunden«, sagte Zell und zog ein Gesicht, als würde er gleich von der Keuche hinweggerafft. »Ich erzähle Euch keine Lügen, und ich habe auch während der Reise keine Lügen erzählt!« Malvos kniff die Augen zusammen und sah ihn drohend an. »Jedenfalls meistens nicht. Es ist wahr, ich bin in dem Kleid aufgewacht, aber ich habe keine Ahnung, wie das geschehen ist. Entschuldigt, Herr, aber da Ihr der Sieber seid – prüft mich doch!«

Malvos betrachtete ausgiebig das aufgeregte, leicht

gerötete Gesicht des jungen Mannes, dann nickte er. Natürlich hatte er die Worte bereits gesiebt, da er aber nicht wollte, daß sie der Wahrheit entsprachen, weigerte er sich, seinem Gespür zu vertrauen. Nazir fort… was jetzt? Was führte der Felonarch im Schilde? Malvos brauchte Zeit zum Nachdenken.

»Bewacht das Tor! Wir haben Inys Haen erobert und besetzen es ab sofort«, brüllte er.

Zell entspannte sich und rannte los, um den Befehl weiterzugeben.

Malvos grübelte einige Minuten über die Gründe für Nazirs geheimnisvolle Abwesenheit nach. War das jetzt ein haenischer Täuschungsversuch, oder hatte sich Nazir mit dem Mädchen davongemacht, nachdem er die gefährlichen Sümpfe im Schutz seiner Armee überquert hatte? Er lehnte sich gegen den aus Stein gebauten Viehstall und wühlte in seinen Taschen nach etwas Eßbarem, um den nagenden Hunger zu stillen. Ihm war eingefallen, daß noch ein Törtchen übrig sein mußte. Als er es fand, zog er sich mit den Zähnen den Handschuh aus, öffnete die Umhüllung, und schon drang ihm der süße Duft des Kuchens in die Nase. Heißhungrig biß Malvos in das Törtchen, seine Augen schlossen sich genießerisch, als die süße Füllung seine Zunge berührte.

Wären seine Augen geöffnet gewesen, hätte er gesehen, wie Feryar vor ihm erschien, von den hohen Wolken über Inys Haen herabflog und lautlos und anmutig über dem Dorf schwebte. Er landete genau vor dem großen Mann und nahm elfische Gestalt an. Malvos wandte den Kopf, gerade als der völlig verwirrte Zell heraneilte, um Malvos mitzuteilen, daß der Befehl ausgeführt war. Zell rollte die Augen, schloß sie, öffnete sie wieder und machte kehrt, raste auf das zerstörte Tor zu. Er wollte nur noch fort, im Moor allein sein, denn was er nun gesehen hatte, war so unbeschreiblich, daß er selbst es kaum glauben mochte.

Malvos würgte den letzten Bissen herunter und griff hastig nach seinem Schwert.

Zu spät fiel ihm ein, welches Schwert er mit sich führte.

Seine bloße Hand krampfte sich um Seelenschlächters Griff, Malvos taumelte vor Entsetzen, die Tätowierungen auf seiner Hand wurden lebendig und ein Dutzend schwarzer Schlangen wand sich mit ineinander verschlungenen, schuppigen Körpern so um den Schwertgriff, daß Malvos unmöglich die Waffe loslassen konnte.

»Bei Nohr!« brüllte Malvos und zerrte an dem Schwert. »Laß mich los!« Wieder zog und zerrte er, durchtrennte dabei seine Schärpe und sah die zornigen, blauen Blitze aus der Klinge fahren.

Dann verspürte er den Manastoß, jene wunderbare, süße Flamme in seinem Inneren. Das Feuer der Macht durchströmte jeden Teil des Körpers, schärfte die Sinne aufs köstlichste. Er konnte alles fühlen, die Musik des Universums hören und …

Die oberste Schlange hob den Kopf aus dem Gewühl der Leiber und biß ihn in den Arm.

»Tempé, du böse Hexe! Wie kannst du mir das antun? Es war ein Versehen! Die Zeit war noch nicht …« Er stöhnte und sank auf die Knie. Dann schloß er die Augen und weinte leise, während der Manastrom sein Bewußtsein verließ. Für den Bruchteil einer Sekunde hatte er wieder Leben in sich gespürt.

»Tempé … bitte! Ich bitte dich«, winselte Malvos, der Feryars Anwesenheit vergessen hatte. »Bitte. Ich bin doch dein bester Diener.« Keine Antwort. Natürlich nicht.

Feryar ging zu Malvos, hob die Schärpe auf und schwang sich auf leisen, gelb-braunen Flügeln in die Luft.

Arn hätte Morkin gern zehntausend Fragen gestellt, sprach aber nur eine aus. »Führt Ihr noch immer die Rebellion an, Herr?« fragte er hoffnungsvoll.

»Jawohl, Arn, und ich denke, du bist auf unserer Seite, wie früher. Ich hatte noch keine Gelegenheit, mit dir zu sprechen. Ich möchte dir für deine Hilfe während der letzten Monate danken.«

Arn nickte ernsthaft. »Ich diene Euch bis zu meinem letzten Atemzug, Herr.«

Morkin lächelte befriedigt. Arn sah die anderen Männer im Raum an, deren Gegenwart ihm erst jetzt wieder bewußt wurde.

»Du bist unter Rebellen, Arn. Der gesamte Aufstand der Mirkalbions geht auch den dritten Stamm an. Wir verfolgen die gleichen Ziele. Du hast den Turm verlassen, bevor unser Bündnis beschlossen wurde. Wir glaubten, du seist schon vor dem Gemetzel umgekommen, dachten, die haenische Frau hätte dich umgebracht, um an deine Kleidung zu kommen. Wie gelangst du hierher?« erkundigte sich Morkin und ließ sich auf einem steinernen Stuhl nieder.

Jemand drückte ihm einen Krug mit dampfendem, haenischen Wein in die Hand, während er auf Arns Antwort wartete. Bevor Morkin den Krug an die Lippen setzte, zog er eine kleine Börse aus dem Gürtel und schüttelte daraus eine gute Dosis Ardré in den Wein. Der bittere Geruch erinnerte Arn an die Minen.

»Das ist eine lange Geschichte, Herr. Eure am weitesten entfernten Späher, die sich an der Grenze zum Gebiet des ersten Stammes aufhalten, kamen mit der Botschaft, daß sie Nazir und seine Truppen im Moor sichteten. Das wußte ich aber bereits, weil meine beiden Gefährten und ich ihn schon in der Nähe von Inys Nohr sahen. Wenn wir uns beeilen, können wir die nohrischen Truppen umzingeln, bevor sie sich zerstreuen. Es sind höchstens sechzig oder siebzig Soldaten, und sie gehören zu den besten und treuesten, die

Nazir unter Befehl hat. Aber wenn die Fernen Stämme und die Haen sich zusammentun, können wir ihnen den Rückweg nach Inys Nohr abschneiden. Malvos führt die Truppen. Nazir selbst marschiert inmitten der gemeinen Fußsoldaten. Der Felonarch hat gewagt, seinen Turm zu verlassen. Es könnte die einzige Gelegenheit sein, die wir bekommen. Ich bitte Euch, sendet sofort Botschaften an die anderen Fernen Stämme und nach Inys Nohr. Wir dürfen keine Zeit verlieren. Hier sind die Siegel der Haen und des ersten Stammes.«

Morkin betrachtete die beiden Ringe voller Mißtrauen.

»Arn, warum sollten die anderen Fernen Stämme sich anschließen wollen? Sie haben deutlich gesagt, daß sie keinen Ärger mit dem Felonarchen haben wollen. Sie haben Angst vor weiteren Überfällen. Er wütet am schlimmsten gegen die Stämme, die den Haen freundlich gesinnt sind.«

Arn schüttelte den Kopf, schwieg aber, denn Morkin fuhr fort.

»Wir stehen kurz davor, den Turm für immer einstürzen zu lassen, um Nazir zu zeigen, daß nicht alles nach seinem Wunsch geht. Und du kommst und behauptest, er sei hier, im Moor, obwohl er nie zuvor gewagt hat, die Festung zu verlassen? Wie können wir das glauben? Ist es nicht besser, dem Plan zu folgen, den Turm zu zerstören und ihm die Qualen zu bereiten, die er uns jahrelang zugefügt hat?«

»Warum töten wir ihn dann nicht jetzt, da er seinen Zweck erfüllt hat und die Truppen nach dem Mädchen suchen läßt? Sie ist es, die uns die Sonne zurückbringt. Schließlich kann er ohne sie gar nichts erreichen. Es ist die einzige Möglichkeit, das Licht wiederzusehen«, warf Baz ein.

Morkin nippte an dem heißen Wein und dachte nach. Er beobachtete aufmerksam Arns Gesicht und sagte nach langer Zeit: »Na gut. Warum nicht? Sechzig oder siebzig Soldaten?« murmelte er, ohne den Blick von Arn zu wenden. Der Junge nickte. »Du hast den Nachmittag über Zeit. Wenn wir bis zur letzten Stunde nichts von dir hören, gehen wir, wie geplant, nach Inys Nohr.«

Arn atmete auf. Baz schüttelte ihm die Hand, und Morkin verlangte nach Pergament, um eine Karte zu zeichnen. Fast hätte Arn das zurückgewiesen und gesagt, er habe eine eigene Landkarte, unterließ es dann aber, da er sich geehrt fühlte, daß Morkin, trotz der fehlenden Hand, einen Plan für ihn aufmalen wollte. Der Albion breitete das Pergament auf dem Tisch aus, Baz hielt es fest und dann zeichnete der Albion mehrere Punkte und Linien ein, bevor er die Karte an Arn weitergab.

»Hier siehst du die, hm, neuen Gebiete, die du aufsuchen mußt. In den höher gelegenen Gegenden gibt es Abkürzungen. Wir haben dort vor kurzem gearbeitet. Da kommst du leichter voran«, erläuterte Morkin.

Arn nahm die Zeichnung und betrachtete sie aufmerksam.

»Wollt Ihr damit sagen, daß es einen geheimen Weg von Stamm zu Stamm gibt, so daß man den Paß nicht mehr benutzen muß? Seit wann denn?« fragte der Junge aufgeregt und folgte den aufgezeichneten Linien, die durch die Berge führten, mit dem Finger.

»Erst seit kurzem, Junge. Wir haben es vor ein paar Tagen geschafft. Dachten, es käme dem Aufstand zugute, einen neuen Weg zu haben. Einen, den Nazir nicht kennt.«

Dann wechselte Morkin hastig das Thema. »Nur der vierte Stamm will uns beim Zerstören des Turmes helfen. Das solltest du wissen. Man wird dich wahrscheinlich nicht gut empfangen, aber wenn du von reicher Beute redest, gibt man deine Botschaft vielleicht schneller weiter. Erzähl dem Oberhaupt des vierten Stammes alles, was du vom Turm und seinen Reichtümern weißt, das dürfte genügen«, riet ihm der Albion. »Du mußt auch nicht weitergehen – er wird eigene Boten schicken. Solltest du ihn nicht überzeugen können, ist alles andere zwecklos. Ohne seine Hilfe wird der Plan mißlingen.«

Arn dachte an die kunstvoll geschnitzten Walnußholztüren von Malvos Gemach und lächelte. Er konnte einiges über Reichtümer erzählen, die kein Mitglied jener Stämme je gesehen hatte. Er schaute Morkin an. Dessen Gesicht war plötzlich verzerrt, als habe er mit einem inneren Schmerz zu kämpfen. Morkin rieb sich den verbundenen Stumpf. *Natürlich,* dachte Arn. *Seine Wunde schmerzt. Verständlich. Er ist ungeheuer tapfer, den Schmerz so hinzunehmen.*

»Wann können wir aufbrechen, Herr?«

»Du. Du allein. Denk daran, nach dem Oberhaupt zu fragen, verstanden?« erwiderte der Albion heiser. »Einige von diesen Gängen sind sehr eng. Die Männer hier sind alle zu groß. Wir wollten eigentlich in den nächsten Tagen noch weiter daran arbeiten, aber so lange kannst du nicht warten. Geh jetzt«, forderte er Arn mit ernstem Gesicht auf. Dann lächelte er plötzlich, und seine Zähne blitzten im Fackellicht, der Schmerz schien wie weggewischt.

Arn streckte die Hand nach dem Ring mit den drei schwarzen Steinen aus, den ihm das Oberhaupt des dritten Stammes anbot. Als Morkin keine Anstalten machte, Arn den eigenen Ring – ein grobes, eisernes Band mit hineingekratzten Initialen – zu geben, steckte der Junge Ring und Karte in die Tasche und begab sich, ohne es zu ahnen, auf die finsterste Reise seines Lebens.

KAPITEL 27

Nazir hatte das Gefühl, an seiner Zunge zu ersticken. Der Haen und RoNals verräterische Tochter hatten ihn viel zu fest geknebelt. Er hob die gefesselten Arme hoch und wies sie zum fünften Mal darauf hin.

»Lorris, wir brauchen ihn lebend, und der Knebel scheint wirklich zu eng zu sein. Könntest du ihn nicht ein wenig lockern?« flüsterte Jedhian. Sie waren zum Hügel zurückgekehrt, um auf Arns Rückkehr zu warten.

Lorris nickte und ging um Nazir herum, um das Tuch etwas zu lösen. Danach sah Nazir bedeutend besser, wenn auch nicht glücklicher, aus.

Dauernd blickte er auf seine Brust und wand sich unruhig hin und her. Lorris tastete die Vorderseite seines Gewandes ab und entdeckte eine kleine Steinflasche, die der Ehrenpreisflasche, die Arn aus Malvos Vorrat genommen hatte, sehr ähnelte. Jedhian beugte sich vor, nahm das Behältnis entgegen und hielt es hoch, um den Inhalt zu studieren. Dann zog er den Kork heraus, roch am Flaschenhals und nieste heftig.

»Irgendeine bittere Medizin. Steck sie wieder an ihren Platz zurück. Er braucht sie noch nicht. Ich sehe keinen Grund, weshalb er Arznei nehmen sollte«, murmelte Jedhian, dessen Aufmerksamkeit auf das gerichtet war, was sich hinter der Dornenmauer abspielte.

Nazirs schwarze Augen glühten vor Wut über die Unverschämtheit des Haen, und aus den Fingerspitzen, die hinter seinem Rücken lagen, sprühten blaue Flammen. Zornig schaute er über die Adlernase hinweg auf Lorris, warf ihr einen verächtlichen Blick zu. Der Felonarch war nun einmal daran gewöhnt, daß ihm jeder Wunsch erfüllt wurde. Lorris grinste ihn an und steckte die Flasche zurück, ihre Augen blieben jedoch kalt.

»Ich gehe ins Dorf«, raunte ihr Jedhian ins Ohr, als sie sich zwischen ihm und Nazir befand. Beunruhigt sah ihn Lorris an.

»Ich muß – schließlich sollte jemand über das Lösegeld verhandeln«, erklärte er, und die Abenteuerlust leuchtete ihm aus den Augen. »Wenn ich nicht innerhalb der nächsten beiden Stunden zurück bin, dann töte ihn.«

Er war bereits auf und davon, bevor sie ihm erklären konnte, warum sie selbst gehen müsse. Hin und wieder mußte ein Mann schließlich seinen Standpunkt durchsetzen. Und bisher hatte Lorris sich öfter durchgesetzt als er.

Nachdem Jedhian verschwunden war, hieb Lorris wütend auf den Boden. Hinter ihr ertönte ein kehliges, tiefes Lachen. Sie drehte sich um und erblickte Nazir, aufrecht, ohne Knebel und mit verbrannten Fesseln.

Sie rang nach Atem und schon traf sein Fausthieb ihren Unterkiefer. In kürzester Zeit hatte er sie gefesselt und mit dem gleichen Tuch geknebelt, das man aus seinem Umhang gerissen und ihm vor den Mund gebunden hatte.

»Mit einer Waffe in der Hand bist du ja soo tapfer, kleines Mädchen. Und gar nicht so tapfer, wenn der starke Mann fort ist und du überrascht wirst. Vielleicht solltest du mal an die alte, nohrische Redensart denken: ›Zuletzt lacht immer der Felonarch!‹ Ich hoffe, du hast es bequem«, höhnte Nazir, schüttelte sich den Schnee vom zerfetzten Umhang, nahm Lorris Schwert an sich und rannte hinter Jedhian her.

Nazirs Schlag war nicht besonders kraftvoll gewesen. Lorris kam nach kurzer Zeit wieder zu sich und bemühte sich heftig, die Fesseln abzustreifen. Plötzlich erstarrte sie. Die Fesseln waren verbrannt gewesen. Wieso hatten sie nicht an Nazirs Feuerfinger gedacht? Lautlos verfluchte sie sich. Jedhian konnte gar nichts davon wissen. Das war ihr Fehler gewesen. Und Nazir schuldete ihr noch immer eine Erklärung wegen ihres Vaters.

Nazir bewegte sich schnell und zielstrebig; blieb gerade so weit hinter Jedhian, daß ihn der Haen nicht hören konnte. Er bemerkte, wie geschmeidig und geräuschlos sich der Mann auf das Dorf zu bewegte. Wie selbstbewußt er war. Wie entschlossen und sicher. Jedhian hatte während des Überfalls gegen Nazirs Truppen gekämpft. Er hatte die schwierige Reise nach Inys Nohr ganz allein bewältigt. Er hatte dem Frosch und dem Richtbeil ins Auge gesehen. Und auch der Pest, wie Nazir vermutete, nachdem er gesehen hatte, wie Jedhian Salbe auf sein Bein strich. Nazirs Gesicht brannte vor Neid. Er tastete nach der kleinen Steinflasche in seinem Umhang und zog sie heraus.

Aber der Inhalt des Fläschchens konnte ihm nur helfen, wenn er die Pest hatte. Es enthielt Ehrenpreis.

Nazir fluchte vor sich hin und schleuderte die Flasche fort. Mit einem gedämpften *Tsung!* landete sie im weichen Schnee. Jedhian, der bereits den größten Teil des Weges zum Dorf hinter sich gebracht hatte, fuhr bei dem Geräusch herum.

»Nazir! Was hast du mit Lorris gemacht?« zischte er, und rannte auf den Felonarchen zu.

Nazir antwortete nicht und erwartete den Angriff mit gezogenem Schwert. Diesmal klemmte die Klinge nicht! Jedhian duckte sich, tauchte in den Schnee, packte Nazirs Knöchel und zog ihn mit einem Ruck auf den harten Felsboden. Nazir verdrehte den Schwertarm bei dem ungeschickten Versuch, seinen Fall abzufangen, und schon war Jedhian über ihm.

»O nein, bei Nohr, ausgerechnet du wirst es nicht schaffen!« keuchte Nazir, wand sich aus Jedhians Griff und schlüpfte zwischen zwei Felsen hindurch; Jedhian blieb erschöpft und überrumpelt zurück.

Lorris hielt ein Bein hoch und schüttelte es. Der Dolch fiel aus dem Stiefel und es gelang ihr, sich rechtzeitig zur Seite zu werfen. Sekunden später hatte sie ihre Fesseln durchschnitten und eilte zu Jedhian.

»Er ist entkommen«, erklärte der Haen mutlos, der plötzlich die Nachwirkungen der letzten Tage und der gerade überstandenen Krankheit verspürte.

»Ich weiß. Aber ich verspreche dir, ich werde ihn finden.« Sie erstickte seine Einwände. »Ich hätte daran denken müssen, ihn mit Stahlfesseln zu binden. Er hat eine Macht in den Fingern …«

»Wie Aylith. Ich habe mich schon über die weißen Brauen gewundert.«

Lorris nickte. »Reicht deine Kraft bis zum Versteck zurück?«

»Ja, sicher, keine Sorge«, antwortete er und schon rannte sie in die Richtung, in die er deutete.

Jedhian sagte sich, daß es besser sei, aufzustehen, denn er wurde allmählich müde.

Eine Minute später bot sich Zell, der nach dem Vorfall im Dorf tatsächlich davongerannt war, wieder ein ungewöhnlicher Anblick. Da lag der Haen, blau und steif gefroren, fast schon tot.

»O nein, – was denn noch alles?« rief der junge Mann aus, dem die Begegnung mit Feryar noch in den Knochen steckte. Er zog Jedhian hoch, klopfte ihm den Schnee vom Gesicht und stieß einen langgezogenen, leisen Pfiff aus. »Du bist doch das Froschfutter, das neulich entkommen ist! Der Heilkundige. Na, jetzt müssen sie mir aber glauben. Wenigstens diesmal.« Er packte Jedhian am Kragen und zerrte in nach Inys Haen.

Arn gefiel dieser Teil des Weges überhaupt nicht. Er schlug die von Morkin gewiesene Richtung ein, aber sein scharfer Orientierungssinn sagte ihm, daß der Pfad ihn immer weiter vom Gebiet des vierten Stammes fortführte. Als er ein paar Felsbrocken entdeckte, die ihn vor dem Wind schützen würden, setzte er sich auf sein lang herabhängendes Lederhemd und zog die beiden Landkarten hervor.

Auf beiden Karten verfolgte er den Weg, den er seiner Meinung nach eingeschlagen hatte. Gemäß Morkins Zeichnung befand er sich genau auf dem richtigen Weg. Wenn er aber gewisse Punkte mit Lorris Karte verglich, stimmten sie nicht überein. Die hinter ihm liegende Hügelgruppe müßte eigentlich vor ihm liegen. Nochmals prüfte er Lorris Karte. Immer wieder stellte er fest, daß ihre Karte die Berge dort zeigte, wo sie sich auch in Wirklichkeit befanden.

Arn hatte keine Zeit, herumzusitzen und sich eine Entschuldigung für Morkin auszudenken. Warum auch immer der Anführer der Albions ihn in die Irre geschickt hatte – er mußte Jedhian warnen. Die ihm gestattete Zeit würde vorüber sein, bevor er den vierten Stamm erreichen konnte.

Der einzige, kürzere Weg führte durch die Sümpfe, aber dazu mußte er an dem größten Bewuchs mit Witwengräsern vorbei, den es auf Cridhe gab.

Langsam und entsetzt dämmerte es Arn, warum Morkin ihn so aufmerksam betrachtet hatte, als er seinen Abscheu vor den unheimlichen, todbringenden Pflanzen am Höhleneingang bemerkt hatte. Arn schob die falsche Karte zurück in die Tasche. Morkin hatte ihn nicht in die Irre schicken wollen.

Er wollte ihn in den Tod schicken.

»Glaubst du, der Junge schafft es rechtzeitig?« fragte Baz, der vor dem Höhleneingang auf- und ablief.

Arn müßte jetzt beim vierten Stamm ankommen,

und Baz hielt nach einem Rauchsignal Ausschau, das genau über den Witwengräser erscheinen sollte. Bisher sah er nichts als Wolken.

»Morkin?«

Baz wandte sich zu spät um, um dem Schlag auszuweichen. Der Griff von Morkins Schwert fällte ihn mit einem gewaltigen Hieb. Morkin sprang über den Körper und verließ das Gebiet des dritten Stammes, so schnell er konnte. Wenn Nazir sein Lager im Moor aufgeschlagen hatte, konnte er ihn rechtzeitig erreichen und vielleicht allein antreten. Dann würde er dafür sorgen, daß der Felonarch kein Licht herbeizauberte, das den Ardrébestand für immer zerstörte. Und für dieses Vorhaben benötigte er weder die Hilfe des vierten Stammes, noch die eines anderen.

»Er muß wissen, daß mir bekannt ist, daß er gar kein Licht will«, knurrte Arn, als er über die hochgelegenen Hügelkuppen auf Inys Haen zustolperte. »Den Anderen hat er davon nichts gesagt. So hat er sie dazu bekommen, ihm zu helfen.

›Wir verfolgen die gleichen Ziele‹ und ›Vereint werden wir es schaffen‹. Was für ein Gewäsch! Er mußte vermeiden, daß ich darüber rede. ›Armer Arn‹, wird er sagen. ›Was für ein tapferer kleiner Junge. Muß sich verlaufen haben. Es gibt so viele, gefährliche Stellen da draußen. Wie schade, daß wir ihn allein losschicken mußten.‹ Das wird er erzählen. Und alle werden nicken und fragen, ob ich Familie habe und ob sie nicht ein Lied singen sollen, in dem mein Name erwähnt wird. Aber er wird keine Gelegenheit bekommen, das Lied zu singen, o nein, sicher nicht!«

Arn ging schneller und hatte eine weitere Viertelmeile schimpfend hinter sich gebracht, als er plötzlich etwas Rot-blaues im Schnee liegen sah.

Er bückte sich und betrachtete die Farben und Muster. Eine undeutliche Erinnerung stieg in ihm auf. Er stieß einen leisen, langgezogenen Pfiff aus.

»Das gehört der Dame Aylith. Sie trug's auf dem Kopf, damit keiner sie erkennen konnte, als sie meine Kleider anhatte«, sagte er verwundert und wollte die Bhana aufheben.

Dann warnte ihn sein Instinkt, geschärft durch das Leben im Moor, und er hielt inne, die Hand direkt über den Stoff haltend. Arn zog seinen Dolch und stieß die Bhana an, um irgendeine Bewegung zu provozieren, sollte es sich um ein Leichentuch handeln. Aber nichts geschah, nicht einmal, als er den Dolch, mit viel Mühe, ganz hindurchstieß. Erst dann gab er sich damit zufrieden, daß es sich wirklich um Ayliths Bhana handelte. Arn hob sie auf, schüttelte den Schnee ab, faltete die Bhana zusammen und steckte sie in sein ledernes Hemd. Nach etwa einer Meile hatte sich der Stoff erwärmt, und er legte ihn sich um die Schultern und setzte die Kapuze auf. Die dicke Wolle kratzte ein wenig, erwies sich aber als bedeutend wärmer als der kurze Kragen des Lederhemdes. Nach vielen Meilen Bergansteigens gelangte Arn an die letzte Hügelkuppe. Das dunkle Dämmerlicht war in finstere Nacht übergegangen. Arn erreichte die Spitze des Hügels, ging aber weiter, obwohl er oft den Halt verlor und abrutschte. Doch er mußte vorankommen, auch wenn es ihm nicht gelungen war, den vierten Stamm zu erreichen. Er durfte nicht erfrieren und mußte jemanden finden, der Morkin aufhalten konnte. Man mußte ihnen die Wahrheit über Morkin erzählen. Was auch immer der Albionführer wollte, es war bestimmt nicht das, was für Cridhe gut war, das wußte Arn nun.

Was hatte Morkin gesagt? Es solle ›nicht alles nach Nazirs Wunsch gehen‹? Arn begriff nicht, warum ihm das nicht aufgefallen war. Es war doch ganz offensichtlich. Nazir wollte Licht, wenngleich auch auf seine Weise. Arn schüttelte den Kopf und verfluchte sich für seine Leichtgläubigkeit.

Die ganze Zeit habe ich geglaubt, Morkin kämpft für die Freiheit der Sklaven. Aber er will nur Nazirs Platz einnehmen. Ein neuer Tyrann anstelle des alten. Eine Finsternis anstelle einer anderen.

Arn trottete weiter, erreichte, in Gedanken versunken, die vereisten Sümpfe, vergaß alle Vorsicht, bis es zu spät war.

Das Geheul der weinenden Frauen ertönte rings um ihn herum, der tödliche Gesang der Riesenwitwengräser, die Arn in der Nachtfinsternis und in seinen Träumereien nicht bemerkt hatte.

Arn war ins Moor geraten.

Bei dem verhaßten Klang schrak er heftig zusammen, rutschte aus und geriet in ein Sumpfloch. Die Witwen hielten ihn in ihrer eisigen Umarmung fest, zogen ihn hinab, und das Letzte, was er hörte, waren ihre trillernden, atemlosen Stimmen.

Feryar spitzte die Eulenohren, lauschte dem um sich schlagenden Knaben und den heulenden Gräsern. Dann stieß er aus luftiger Höhe herab und schwebte suchend über dem Morast.

Eulen, besonders die elfischen, können ohne weiteres im Dunkeln sehen. Aber wäre Jedhians rot-blaue Bhana nicht gewesen, hätte nicht einmal Feryar entdecken können, was der Sumpf bereits aufgesogen hatte. Die Eule stürzte sich in den teerartigen Modertümpel aus verfaultem Fungus und verrottenden Körpern, der die Witwengräser mit Nahrung versorgte, packte mit der Kraft der Verzweiflung die Bhana, zog und zerrte heftig daran und flatterte, so gut er konnte, mit den kleinen Flügeln.

Endlich war es geschafft. Die Bhana zog sich enger um Arns Hals, und der Körper schoß mit einem lauten, zornigen Platschen an die Oberfläche. Der Junge schlug wild mit den Armen um sich und spuckte hustend das faulige Wasser aus, das er bei seinem Unterwasserkampf geschluckt hatte. Um seine Flügel vor den wedelnden Armen und trampelnden Beinen zu schützen, mußte Feryar seine Beute fallen lassen; dieses Mal jedoch über festerem Boden. Mit einem dumpfen Geräusch schlug Arn auf dem Boden auf.

Feryar schwebte hinab, zog die Bhana vom Hals des Jungen und hockte sich auf einen abgebrochenen Ast. Dort wartete er darauf, daß Arn wieder zu Atem kam.

»Junge, du wirst dich hier draußen, ohne Unterschlupf und Feuer, zu Tode frieren. Du bist völlig durchnäßt. Wohin soll ich dich bringen?«

»Ah! Wo … woher kommst du? Wieso kannst du sprechen? Bin ich tot? Und wenn ich tot bin, warum friere ich dann so?«

Arns Zähne klapperten hörbar, als er sich den Schmutz aus dem Gesicht wischte. Aber dann hörte er ganz plötzlich auf zu zittern. Ein schlechtes Zeichen.

Feryar schüttelte die Federn und glättete sie wieder, während er sich auf einen Flug vorbereitete. »Bitte, Junge, sag mir doch, wo du hin willst. Es dauert nicht mehr lange, dann hat dich der kalte Tod dahingerafft.«

Wenngleich Arns Verstand nur langsam arbeitete und ihn die Kälte schon blau anlaufen ließ, konnte er doch noch klar genug denken, um sein Ziel zu benennen.

»Werte Eule, wie weit ist es bis zum vierten Fernen Stamm?«

Einen Herzschlag später befand sich Feryar schon in der Luft, in seinen Klauen hielt er den eisigen Körper des Jungen.

KAPITEL 28

Nur mit einer Fackel und dem magischen Faden bewaffnet, wanderte Aylith, so schnell sie konnte, durch die feuchten Höhlen. An manchen Stellen wurde das Gehen mehr zum Klettern. Sie hatte keine Ahnung, wie weit sie gehen mußte, aber der stetig ansteigende Höhlenboden verriet ihr, daß sie sich die ganze Zeit in Richtung Erdoberfläche bewegte, und bald am Ziel sein mußte. Thrissa hatte gesagt, Loch Prith befinde sich unter der westlichen Küste. Wie weit sie wohl von Inys Haen entfernt war? Als Kind war sie oft heimlich mit Jedhian dorthin gewandert, hatte aber nie etwas anderes als die zerklüftete Küste und vereinzelte Stürme gesehen.

Der Weg war recht bequem. Die Höhlen umgaben sie feucht, aber warm. Und alles, was hier unten lebte, entfernte sich hastig, wenn sie näherkam. Der glatte und ebene Fels erinnerte sie an die Ebenen, Hügel und Täler an der Oberfläche. Aylith summte vor sich hin, denn seitdem sie durch die Feuerwand geschritten war, war ihr leichter ums Herz. Alles erschien ihr jetzt einfacher zu sein. Und sie sah der Tagundnachtgleiche gelassen entgegen.

Ich schaffe es, sagte sie zu sich selbst. *Ich werde die Heilerin sein.*

Sie folgte dem unterirdischen Strom, begleitet vom Klang ihrer Stimme, bis sie schließlich an eine Stelle kam, an der sich der Fluß gabelte. Das Wasser wurde zu zwei kleineren Flüssen, von denen der eine geradeaus weiter führte, der andere aber nach rechts abbog.

»Thrissa, warum hast du mir das nicht…«, begann

Aylith, der das Herz nun doch schwer wurde. Sie setzte sich auf den kühlen Fels, die Fackel hoch über dem Kopf haltend, um nachzudenken. Dabei fiel ihr auf, daß der Lichtschein allmählich schwächer wurde und die Fackel zu qualmen begann.

Vergeude keine Kraft vor dem Einbruch der Tagundnachtgleiche!

Sie schrak zusammen. Thrissas Stimme schien die Höhle zu erfüllen. Aylith saß so reglos wie die sie umgebenden Felsen. Das Klopfen ihres Herzens dröhnte ihr in den Ohren. Eine letzte Qualmwolke stieg auf, dann erlosch die Fackel.

Keine Finsternis ist so undurchdringlich, wie die Finsternis in einer Höhle. Aylith konnte nicht die Hand vor Augen sehen. Die Dunkelheit schien greifbar, drückte auf ihre Schultern, schien unendlich schwer. Aber nach einer Weile erblickte Aylith farbige Punkte, die das Gesicht der Finsternis durchbrachen. Die Farben nahmen Form an, bis sich plötzlich, direkt vor ihren Augen, der Frühling ausbreitete, das leuchtend grüne Bild der jungen Pflanzen. Aylith holte tief Luft, setzte einen Fuß vor den anderen – schneller und schneller –, bis sie rannte, während der magische Faden hinter ihr herschwebte.

Sie durchquerte die Höhlen, war blind für alles, außer für die Erinnerungen; sprang über bodenlose Abgründe und Steilhänge, die sie auf der Stelle anhalten lassen hätten, wenn sie hineingeblickt hätte. Sie rannte über schmale, schlüpfrige Steinbrücken, stolperte nicht, fiel nicht hin. Und immer noch stieg der Höhlenboden stetig bergan.

Sie zwängte sich durch einen engen, schmalen Gang, suchte sich einen Weg über die spitzer werdenden Steine. Schließlich drohte der Weg unpassierbar zu werden, und sie schien kaum noch voranzukommen. Da bemerkte sie von hoch oben einen grauen Lichtschimmer, der die völlige Dunkelheit, an die sie inzwischen gewöhnt war, durchdrang – und die Wände des Ganges ragten steil empor. Dieser Teil der Höhle sah aus, als sei er vor ewigen Zeiten eingestürzt, wenngleich die Zeit nicht ausgereicht hatte, die spitzen und kantigen Felsen durch das fortwährend tropfende Wasser glattschleifen zu lassen. Aylith rieb sich die Augen. Dies war keine Einbildung.

»Das ... ist ein Teil des Großen Abgrunds«, seufzte sie. Das Herz der Insel lag offen vor ihr, die schimmernden Felsen leuchteten matt, verhießen feurigen Glanz, wenn die Strahlen des Lichts, des wahren Lichts, sie einmal berühren würden. Als der Pfad schließlich breiter wurde, befand sie sich in einem riesigen, unterirdischen Raum, der genauso flach wie ein Feld war. Es hätte auch eine Wiese auf der Erdoberfläche sein können, aber hier bestanden die Bäume und Büsche aus leblosem, kalten Stein. Sie schritt über die Ebene und hatte immer stärker das Gefühl, daß jemand sie beobachtete.

Offensichtlich gab es hier auch jemanden. Genau in der Mitte des Raumes lag der Körper eines Mannes, groß und stark, mit Händen wie Schaufeln, der Nakken wie der eines Stieres – man hätte ihn für ein Stück Fels halten können. Die Augen, erstarrt und leblos, schienen durch Aylith hindurch zu sehen, in eine andere Zeit hinein – oder heraus?

Sie hatte Raphos, den Schmied, der bei der Trennung im Abgrund verschwunden war, wiedergefunden.

»Oh, bei Haens eigenen Händen!« stieß Aylith aus, und die Höhlenwände verstärkten den Klang ihrer Stimme und warfen ihn als Echo zurück.

Vielleicht lag es an der großen Höhle. Vielleicht auch daran, daß Ayliths Stimme die Stalaktiten erschütterte. Auf jeden Fall lösten sich an den Seiten der Ebene mehrere Steine und fielen krachend zu Boden.

Langsam schüttelte Raphos den felsverkrusteten

Kopf. Knarrend öffneten sich die Kiefer. »Nein. Bei Nohrs Händen!« krächzte er mit einer Stimme, die seit Jahrhunderten unbenutzt war.

Aylith konnte sich gerade noch ducken, als seine riesige Faust vom Steinboden emporschnellte und einen tiefhängenden Stalaktiten hinter ihrem Kopf zerschmetterte. Sie wirbelte herum, war immer noch benommen vom Anblick des Mannes, der seit so langer Zeit ein Gefangener von Seelenschlächters eisigem Fluch gewesen war.

Raphos Körper sah ebenso weiß und starr aus wie die Steine, zwischen die er vor langer Zeit gefallen war. Die ganze Zeit hatte er hier, tief unter der Erde, gelegen, war nicht wirklich tot gewesen, war von den ständig tropfenden Felsen langsam mit einer Steinschicht überzogen worden. Nohr hatte ihm den Verstand geraubt, und nur der mit Bösem erfüllte Geist und Körper waren zurückgeblieben. Böses, das durch ein altes Schwert verbreitet wurde... Allmählich besann sich Aylith. Als sie noch klein gewesen war, hatte Logan ihr die Legende immer wieder erzählt, aber sie hatte das meiste davon – gleich den Geschichten über Loch Prith – für Ausschmückung und Einbildung gehalten.

Als sich Raphos ungelenk umdrehte, um erneut auf sie loszugehen, rutschte sie auf den schlüpfrigen, glatten Steinen aus und klemmte sich die Füße zwischen zwei schweren Felsbrocken ein, die wahrscheinlich seit der Trennung dort herumlagen. Verzweifelt bemühte sie sich, die Füße herauszuziehen und sah, wie sich der blick- und gefühllose Schmied unaufhaltsam näherte. Sie konnte die Beine nicht rühren.

»Nein, Raphos – halt! Halt ein! Ich will dir nichts tun!«

Aber nun war er nahe genug, daß sie die klaffende Wunde auf seiner Brust, direkt über dem Herzen, sehen konnte, an deren Rändern noch eisige Kristalle hafteten: Die Sprache Seelenschlächters und die Gewalt der zornigen Worte Nohrs.

Aylith schloß die Augen, als sich ihr die riesigen Hände um die Kehle legten.

Er hat eine ebensolche Wunde wie ich, dachte sie. *Er ist das, was auch aus mir geworden wäre. Jahrhundertelang hat er hier gelegen, haßerfüllt, haßerfüllt, haßerfüllt …*

Kurz bevor sie das Bewußtsein verlor und ihr der unsichtbare Faden trotz des Knotens aus der Hand zu gleiten drohte, lockerte sich Raphos' Griff. Aylith öffnete die Augen und rang nach Luft. Der Schmied hockte vor ihr und starrte entgeistert auf seine Hände. Dort, wo sie Ayliths Körper berührt hatten, waren sie wieder wie gewöhnliche, menschliche Gliedmaßen anzusehen, warm und von Blut durchpulst und mit ein wenig zu blasser Haut. Langsam breitete sich die Veränderung über den ganzen Körper aus. Die Augen nahmen wieder ihre braune Farbe an, das Haar wurde schwarz. Steinchen bröckelten bei jedem Atemzug ab, kleine, kalkige Staubwölkchen aufwirbelnd. Langsam schloß sich die Wunde in der Brust, und nur eine dünne Narbe blieb zur Erinnerung an den lange zurückliegenden Kampf mit Nohr zurück. Raphos blinzelte – zum ersten Mal seit fünfhundert Jahren.

Aylith rieb sich den Hals und beobachtete, wie er aufstand, umherging, nach Worten suchte.

»Was ist geschehen? Wo sind wir hier? Wie komme ich überhaupt hier her?« flüsterte er.

»Hilfst du mir, Raphos?« fragte Aylith, die jetzt, da der Mann sie nicht länger angriff, wieder an ihre Beine dachte. Beim Klang der Stimme zuckte er zusammen und spähte in der Höhle umher, um sie zu finden. Es schien, als sehe er sie zum ersten Mal.

Dann stemmte er die Hände gegen den obersten Felsbrocken und drückte dagegen. Aylith rollte sich geschickt zur Seite, der magische Faden folgte ihr mühelos. Die Beine waren unverletzt, nur ein wenig zerschrammt. Aber Raphos ging es weniger gut. Er wandte sich ihr weinend zu, die starken Hände färbten sich schwarz, die Knie zitterten.

Er brach mit offenem Mund zusammen, starrte sie an und versuchte, ihr etwas mitzuteilen.

»Ich danke dir ... es ist schon gut. Du hast mich befreit. Ich habe dich befreit.« Er lächelte.

In kürzester Zeit zerfiel der Körper zu einem Häufchen Staub. Aylith berührte die dünne Narbe auf ihrer Brust. »Schlaf gut, Raphos.«

Sie schlug das Zeichen des Segens, und das Häufchen Asche zerstreute sich über den Höhlenboden.

Aylith wandte sich ab und ging weiter. Auf der gegenüberliegenden Seite der Höhle fiel ein schwacher Lichtstrahl über die herumliegenden Felsbrocken. Der Fluß, dem sie bisher gefolgt war, ergoß sich über einen Steinvorsprung, die Strömung war ruhiger und träger geworden.

Natürlich, der Raphos-Wasserfall, dachte Aylith.

Neben dem eisigen Wasser lag eine bunte Schärpe, die sie zuletzt um Malvos gewaltige Mitte gesehen hatte. Sie war glatt durchschnitten worden, an der Seite hing ein kleines Beutelchen. Eine kleine, gelbbraune Feder steckte an der Seidenschärpe. Aylith lächelte und öffnete das Täschchen, denn beim Anblick der gelb-roten Schärpe wußte sie, was sie finden würde. Sie wühlte zwischen alten Krümeln und merkwürdig geformten Schlüsseln herum, um endlich das herauszuholen, was am Boden des Beutels lag: Die Eichel des Sippenbaumes, deren Oberfläche bei ihrer Berührung schwach zu leuchten begann. Dann kletterte sie dem Licht entgegen, dem eisigen Vorhang von Raphos' Wasserfall, der das einzige war, was jetzt noch zwischen ihr und der kalten Welt von Cridhe lag.

Zum ersten Mal seit Wochen erwachte Jedhian mit einem haenischen Dach über dem Kopf. Leider lag er auf hartem, haenischen Boden. Zuerst glaubte er, zu träumen, aber dann beugte sich ein Soldat über ihn und riß ihn hoch. Ungeduldig wartete der junge Mann, bis Jedhian wieder in der Lage war, sowohl die Hände, als auch den Verstand zu benutzen. Beunruhigt stellte Jedhian fest, daß zwei seiner Fingerspitzen von der Kälte schwarz geworden waren.

»Du bist der Haen vom Massakertag! Bist ein Heilkundiger, sagte mir ein Wächter. Meinte, du hättest es RoNal erzählt. Hier, der Mann des Felonarchen braucht deine Hilfe.« Zell deutete auf einen riesigen Körper, der auf dem einzigen Bett der Hütte lag.

Zittrig erhob sich Jedhian und zog die rot-blaue Decke zur Seite. *Sie sieht aus wie meine verloren gegangene Bhana,* dachte er. Dann erblickte er Malvos, dessen Arm unbeschreiblich dick geschwollen und so schwarz, wie die auf seine Hände tätowierten Ottern war. Der Atem des Apothekarius ging stoßweise und unregelmäßig, das Gesicht war schweißbedeckt, die Gliedmaßen zuckten.

»Bei Haens weißen Brauen! Was ist denn geschehen?« flüsterte Jedhian.

»Ich habe nur gesehen, wie sich der Vogel in den Elfen verwandelt hat, dann bin ich weggerannt. Als ich mit dir zurückkam, lag er da, von Soldaten umgeben, und keiner wußte, was man tun könnte – und ich weiß es auch nicht«, berichtete Zell.

»Der Vogel – der Elf?« Jedhian warf dem Jungen einen rätselhaften Blick und ein seltsames Lächeln zu, dann richtete er seine Aufmerksamkeit erneut auf Malvos. »Das sieht wie ein … Schlangenbiß aus. Aber wie kann das sein? Es ist doch Winter«, stellte Jedhian fest und rieb sich die geröteten, kalten Hände. »Ist er zwischendurch aufgewacht? Hat er jemandem erzählt, was geschehen ist?«

»Das weiß ich nicht«, antwortete Zell und ging hinaus, um Jedhian mit dem ungewöhnlichen Patienten allein zu lassen.

Der Haen ging steifbeinig zum Feuer hinüber, nahm ein paar Töpfe vom Kaminsims und taute darin etwas Schnee auf, den er in einem Eimer bei der Tür gefunden hatte.

Malvos regte sich. Jedhian setzte den Topf auf den Boden und beugte sich lauschend über den Riesen.

»Tempé ... es war ein Versehen. Bitte ...«, murmelte Malvos.

»Wach auf, Mann«, sagte Jedhian so laut er konnte. »Was ist mit dir geschehen?«

Malvos' Augen öffneten sich mit flatternden Lidern. »Ihre Ottern ... sie haben mich vergiftet. Ich sterbe ...«

»Nein, du stirbst nicht. Jedenfalls jetzt noch nicht. Ich denke, uns bleibt noch etwas Zeit. Aber du bist sehr krank. Ich brauche deine Hilfe. Reiß dich zusammen.«

»Mein Arm.«

Daran mochte Jedhian augenblicklich gar nicht denken. Der Arm war übel zugerichtet, das Fleisch sah schon abgestorben und dunkel aus. »Was ist mit dem Arm? Was kann ich tun?« fragte er.

»Pack ihn auf Eis, du haenischer Narr! Das verlangsamt das Gift. Hast du eine ... Frau gesehen; eine mit flammendroten Haaren und seidenen Gewändern?« erkundigte sich Malvos.

»Nein, natürlich nicht«, erwiderte Jedhian, der das Ganze für Fieberwahn hielt und leerte den restlichen Inhalt des Eimers über Malvos' Arm aus.

»Hast du mein Schwert gesehen?« Malvos' Stimme hatte einen hoffnungsvollen Unterton angenommen.

Jedhian blickte sich um und sah zu seiner größten Überraschung das Schwert, mit dem er Ayliths Mutter begraben hatte; das Schwert, das er am Turm in Inys Nohr verloren hatte. Es lehnte in einer Ecke, glänzte in der Dunkelheit. Er brachte es Malvos.

»Die Steine … ich weiß nicht, ob etwas Wahres daran ist«, keuchte der Apothekarius und versuchte, sich an das zu erinnern, was ihm Tempé vor ein paar hundert Jahren erzählt hatte. »Die Steine könnten ein Heilmittel enthalten.«

Jedhian bemühte sich, die Steine zu öffnen, hatte aber ebenso wenig Erfolg wie an jenem Tag, am Flußufer.

»Versuch … einen in der Hand zu halten und daran zu denken, daß er sich öffnet«, stöhnte Malvos.

Jedhian schloß die Augen und konzentrierte sich. Als er sie wieder öffnete, leuchteten die Umrisse des Schwertes blau auf, und, in der Tat – die rostigen Scharniere des Steins hatten sich geöffnet. Jedhian schüttete das hellblaue Pulver in einen großen Tontopf. Dann versuchte er das gleiche mit dem anderen Stein, der sich nach dem Öffnen jedoch als leer entpuppte.

»Was?« flüsterte Malvos und riß die Augen auf. »Er ist leer?«

»Jawohl«, nickte Jedhian.

Inzwischen war Malvos' Erinnerung zurückgekehrt. Mit schrecklicher Klarheit fiel ihm ein, daß Tempé erklärt hatte, einer der Steine enthalte das Heilmittel für die durch das Schwert entstandene Wunde, ein saphirfarbenes Pulver, das nur ein einziges Mal benutzt werden konnte, denn nach dem Gebrauch werde das Schwert für immer untauglich. Der andere Stein enthielte einen Kristall, der – wenn man ihn in Wasser auflöste und auf die Klinge goß – die Magie der Waffe erneuern würde. Malvos lag auf dem Bett und versuchte, während sich das Otterngift seinem Herzen näherte, die Entscheidung zu treffen, ob er das blaue Pulver einsetzen würde, um sein Leben zu retten, oder ob er das Schwert unberührt lassen und mit seiner Hilfe versuchen sollte, von Cridhe fort zu kommen. Jedhian wunderte sich über Malvos' Schweigen und wartete ratlos auf weitere Anweisungen.

»Feryar! Dieser Elf hat mich umgebracht! Auf die eine oder andere Art – er hat mich auf dem Gewissen! Die ganzen Jahre hat er auf eine Gelegenheit gewartet und sie dann genutzt. Ah...« Malvos wand sich unter der Decke.

Jedhian zerrte den Kopf des Mannes zur Seite, damit jener nicht erstickte. »Komm schon, Mann, halt an dich. Ich habe keine Ahnung, was ich tun muß. Sag es mir!«

Malvos hustete und würgte, das Gesicht zu einer grauen Maske der Qual verzerrt. Nur der Inhalt des heilenden Steins war noch vorhanden. Also gab es wenig Auswahl. »Mach schon«, krächzte er. »Vermisch das Pulver mit Wasser. Gieß die Mischung über die Klinge. Damit schneidest du dann die Bißstelle heraus.«

Eilig folgte Jedhian Malvos' Erklärungen. Schon bald nahm das Gesicht des Apothekarius eine gesündere Färbung an, und die Schwellung des Arms ging vollständig zurück.

Leider bedeutete dies das Ende seiner Hoffnungen, Tempés Gefängnis jemals verlassen zu können.

Das Schwert, auf dem sich die widerwärtigen Schlangen über das Heft und die Klinge wanden, wurde schwärzer und schwärzer und zerfiel zu kleinen Teilchen zu Jedhians Füßen. Alles, was von Seelenschlächter blieb, war ein Häufchen Metallreste.

Malvos weinte lautlos, setzte sich im Bett auf, griff nach dem Tontopf und schlug ihn Jedhian mit aller Kraft auf den Kopf.

Als Malvos das Tor erreichte, auf dem Rücken den größten Rucksack, dessen er habhaft geworden war, rief er Zell einen letzten Befehl zu.

»Du erteilst jetzt die Befehle. Wer auch immer euch entgegentritt: Handelt sofort! Zieht ihnen auf dem Moor entgegen. Wahrscheinlich werdet ihr siegen!«

Zell wandte sich entgeistert um, aber Malvos war schon verschwunden.

In großer Entfernung erblickte er einige hundert wütende Haenisch, die über das Moor marschierten. Sie führten die Standarten des ersten und dritten Fernen Stammes. Ihr Anführer war Baz.

KAPITEL 29

Arn fiel auf dem Boden des vierten Stammes in den Schnee, ohne daß die Späher ihn hatten herankommen sehen. Der ihm am nächsten stehende Mann schritt langsam auf ihn zu, umkreiste den bewußtlosen Jungen mit vorsichtigen Schritten, bis er schließlich sicher war, daß keine Bedrohung von dem Jungen ausging.

»Rallu, komm schnell! Hier liegt ein halberfrorener Junge. Wir müssen ihn hineintragen. Ich dachte, es wären schon alle drinnen, aber wir müssen den hier übersehen haben.«

Rallu kam eilig näher, und warf einen prüfenden Blick auf Arns blaues Gesicht. »Ruf den Heilkundigen. Vielleicht wird er jene Finger verlieren. Beim Licht, es sieht so aus, als hätte man den Kleinen ins Wasser geworfen!«

Schnell brachten die beiden Späher den Knaben zum geheimen Eingang der Höhle, und Rallu rief nach der Ablösung, die ihren Platz nun ein wenig früher aufsuchen sollte. Am nächsten Morgen würde er nicht in der Lage sein, dem Mann, der seinen Platz eingenommen hatte, eine Erklärung dafür zu geben, warum nirgendwo Fußabdrücke des Jungen zu sehen waren. Der Späher hatte auch nicht gen Himmel geblickt, wo die kleine Eule solange umherkreiste, bis Arn in die Höhle gebracht wurde. Dann flog sie mit magischer Geschwindigkeit nach Inys Nohr.

Sims wischte sich den Schweiß aus den Augen. Das weiße Auge bereitete ihm Schmerzen, verursacht durch das stetige Fackellicht, das für die letzten Arbeiten notwendig war. Alle verfügbaren Kräfte waren eingesetzt worden, um den Turm endlich zu Fall zu bringen. Die Männer waren müde, hämmerten, gruben und zogen aber – unaufhörlich und so leise wie möglich – weiter, ohne daß er Befehle erteilen mußte. Dies war der Traum jeden Albions. Den Turm einstürzen zu sehen. Frei von den qualvollen Ketten und unmenschlichen Forderungen des Felonarchen zu sein. Eine solche Behandlung konnte einen Mann rasend machen. Er konnte zu der Bestie werden, als die ihn Nazir ansah.

Sie waren fast fertig. Nur noch ein paar Schritt weiter, und der Turm war soweit, würde beim nächsten heftigen Windstoß wie von allein zusammenfallen. Sims lächelte. Er fühlte sich sehr gut.

»Sims, da ist jemand, der dich sprechen will.« Einer der Jungen, die mit Eimern Steinbrocken an die Oberfläche trugen, kam durch den engen Gang gelaufen, der nur durch die Fackel an Sims' Arbeitsplatz erhellt wurde.

Sims drehte sich um, da er erwartete, Henj – der die draußen beschäftigte Mannschaft führte – zu sehen.

Als ein kleiner, gelb-brauner Vogel hinter dem Jungen hervorflatterte und sich ihm auf die Schulter setzte, glaubte Sims, daß er selbst doch dringend an die frische Luft müsse. Wenn ein Mann soviel Zeit in einem so kleinen Gang unter der Erde verbracht hatte, konnte sein Verstand ihm leicht etwas vorgaukeln.

Der Vogel blinzelte in das helle Licht, die Pupillen in den goldenen Augen verengten sich zu winzigen Punkten. »Ich bin über den Turm geflogen und sah, daß ihr bald fertig seid. Die Felsen neigen sich gefährlich zur Seite. Sie werden einstürzen, bevor ihr eure Arbeit beendet habt. Sie werden euch zermalmen. Hört auf, und schließt euch sofort den Fernen Stämmen an. Sie sind hinter Nazir her. Ihr könnt eure

Kräfte vernünftiger einsetzen, wenn ihr den Stämmen bei der Verteidigung helft und Inys Haen von der nohrischen Besetzung befreit.«

Sims holte tief Luft und, obwohl er sich ein wenig blöd vorkam, antwortete er der Eule.

»Wer bist du? Woher weißt du das? Und woher soll ich wissen, ob du nicht irgendein Zauberwesen des Felonarchen bist? Er ist im Turm, in seinen warmen Gemächern, wie immer. Aber deine Stimme kommt mir bekannt vor, Vogel. Ich glaube, ich kenne dich.« Der Albion lachte.

»Ich bin Feryar. Bitte, glaube mir, Nazir ist in den Sümpfen. Malvos hat sich mit Nazirs Sturmtruppen in Inys Haen verschanzt. Die Haen sind nach dem letzten Überfall hilfesuchend zu den Fernen Stämmen gezogen.«

Sims musterte die Eule mißtrauisch. »Zeig deine wahre Gestalt.«

Feryar hüpfte zu Boden und nahm elfische Gestalt an. »Mann, ich werde zum Froschfutter! Es ist der Narr.«

Feryar blinzelte und verwandelte sich zurück, um als Eule wieder auf die Schulter des Jungen zu fliegen. »Bitte. Du weißt nicht, welches Unglück du heraufbeschwörst! Die ganze Sache ist zu gefährlich. Der Turm wird nicht so fallen, wie ihr glaubt«, bat er.

Sims legte den Kopf schief, sah den Vogel an und überlegte eine Weile. »Feryar, berichte Morkin – ich bin sicher, daß du ihm begegnest –, daß wir bald nachkommen werden. Wir durchschauen sein Spiel! Er will nur sicher sein, daß wir auf ihn warten, bevor wir den Turm zu Fall bringen, die alte Tunnelratte! Hab mir doch gleich gedacht, daß er alles tun würde, um es nicht zu verpassen!« Wieder lachte Sims. Der Albion hatte nicht vor, die Arbeit zu unterbrechen. Oder gar, Feryar ernst zu nehmen.

Jener warf ihm einen langen, traurigen Blick zu und

flog dann geräuschlos durch den stockdunklen Tunnel davon. Zumindest hatte er es versucht ...

»Weiter, Männer – und verdoppelt die Arbeit!« brüllte Sims, als er sicher war, daß der Elf die Oberfläche erreicht hatte.

Wathel, der Anführer des vierten Stammes, musterte den Jungen, den die Späher hereingebracht hatten, voller Mißtrauen. Die Finger des Burschen waren an den Rändern ein wenig verfärbt, aber im Ganzen hatte er trotz der entsetzlichen Kälte nicht soviel Schaden erlitten, wie eigentlich unumgänglich gewesen wäre. Der einzige Ort, an dem er so naß geworden sein konnte, war der Sumpf – und der lag meilenweit entfernt.

Arns Hand bewegte sich, und er öffnete die Augen. Ein gewaltiges Zittern erfaßte die Beine, kroch den Körper hinauf, bis die Zähne die Zunge durchzubeißen drohten.

»Hanna, bring das Tuch! Das Zittern hat ihn gepackt!« befahl Wathel, aber die kleine Frau war schon an Arns Seite, bevor er die Worte zu Ende gesprochen hatte.

»Pssst, du! Du erschreckst ihn. Es besteht die Gefahr, daß er von seinem Herzen erstickt wird, und alles, was du kannst, ist, ihm ins Ohr zu schreien!« schimpfte sie.

Wathel zog die Brauen hoch, trat aber zurück, damit Hanna den Jungen aufrichten und ihm das Tuch zwischen die Zähne stopfen konnte, bis das Beben vorüber war.

»Ich wollte nur ...«, ereiferte er sich.

»Du wolltest ihn nur umbringen. Jetzt rede mit ihm, als wärest du ihm wohlgesonnen. Sieh nur, er beruhigt sich.« Hanna zog sich ein Stückchen zurück und Arn, aus dessen Mund ein Fetzen hing, fand sich einem kleinlauten Stammesoberhaupt gegenüber. Beide gaben vor, dies nicht zu bemerken.

»Äh – hm, hm! Äh, wer bist du?« begann Wathel und zog die Zeichen seiner Würde nach vorn, damit Arn sie nicht übersehen konnte.

Arn spuckte das Tuch aus, an dem er fast erstickt wäre, und sagte: »Ich bin Arn, der Letzte des vernichteten zweiten Stammes, Herr. Ich kam, um Eure Hilfe zu erbitten. Meine Freunde haben Nazir im Moor gesehen. Er jagt die verwundete, haenische Hüterin, will ihr noch mehr Schaden zufügen und ihr die Erinnerungen nehmen, damit er das Licht befehligen kann. Ich bitte Euch, führt Eure besten Männer nach Inys Haen, denn dort haben sich Nazirs beste Truppen unter dem Befehl des Siebers verschanzt. Ich komme vom zweiten Stamm, bei dem die Haen sich versammelt haben, und auch im Auftrage des dritten Fernen Stammes. Wir sind uns einig. Seht her, ich trage die Insignien ihrer Anführer bei mir.«

Mit steifen Fingern schüttelte Arn die großen Ringe aus seiner Tasche. Das Bergsiegel des ersten Stammes fiel, zusammen mit den drei Steinen des dritten Stammes, klirrend auf den Steinboden. Zuletzt purzelte die haenische Eiche heraus.

»Wenn Ihr uns helft, können wir vielleicht die Dame Aylith finden, bevor der Felonarch es schafft. Ansonsten gehört unsere Welt Nazir. Und was, mein Herr, glaubt Ihr, wird er dann den Fernen Stämmen antun? Und es kommt noch schlimmer. Der Anführer der Albions, Morkin, auch Senrick genannt, hat mich in die Irre geschickt, in der Hoffnung, daß ich Euch nicht erreiche. Er hat sich gegen uns gewandt. Ich glaube, er will Nazir töten, damit niemals mehr Licht zu uns kommt. Einst vertraute ich ihm, da ich glaubte, er wolle die Freiheit für sein Volk, damit das Morden ein Ende nimmt.« Arn sank zurück auf sein Lager, völlig außer Atem von seiner langen Rede.

Wathel starrte ihn mit offenem Mund an und versuchte, das Gehörte zu begreifen, als Hanna ihn beiseite schob.

»Der Junge sagt die Wahrheit, das spüre ich. Ich hab das Wahrheitszittern bekommen, als er sprach. Tu, was er möchte, Wathel.«

Wathel seufzte, denn wenn Hanna das ›Wahrheitszittern‹ überlief, wäre es sein Ende, wenn er nicht auf ihren Rat hören würde. Nun lebte er schon vierzig Jahre mit dieser Frau, und noch immer mußte er sich bei wirklich wichtigen Entscheidungen auf sie verlassen. Aber sie hatte immer recht behalten, ermahnte er sich – wie es seine Art war, bevor er ihr zustimmte.

»Na gut, Hanna. Ich werde ihm meine Fragen dann erst hinterher stellen.«

Hanna schenkte ihm ein zufriedenes Lächeln und klopfte ihm liebevoll auf den narbenübersäten Arm.

»Da hast du richtig entschieden, Wathel. Jetzt beeil dich, und sprich mit den Anderen. Der Junge sieht sehr nach Eile aus.«

Schmerzverzerrt beugte sich Arn über die Ringe, um sie aufzuheben, als sich Wathel noch einmal nach ihm umdrehte.

»Während ich meine Leute zusammenrufe, besorgst du dir ein paar trockene Sachen, Kleiner. Du mußt uns führen«, stotterte er verlegen.

Nazir sah Trugbilder. Wieder wanderte er durch die Sümpfe, genau wie vor etlichen Jahren, und hielt sich durch die Bewegung warm. Das Feuer in seiner Brust trieb ihn voran, obwohl er sich sehnlichst wünschte, ausruhen zu können. Unter der Haut hatte er eine unheimliche, blaue Gesichtsfarbe bekommen. Er sah wie ein wandelnder Leichnam aus. Die Mirke hatte ihn schneller als gewöhnlich gepackt, da kein Ardré in Reichweite war. Eines seiner Augen war schon weiß geworden, und das Dämmerlicht bereitete ihm rasende Kopfschmerzen. Vor ihm standen große Bäume auf einer grasbedeckten Fläche. Es sah überaus einladend aus. Er rannte darauf zu, wirbelte Schnee auf und rutschte ein paarmal aus, bevor er die grüne Fläche erreichte, die sich aber nur als schneebedeckter Boden erwies. Die Bäume waren nichts als große Pilze, deren winzige Sporen ihn jetzt, da er geradewegs in sie hineinrannte, mit blauem Staub bedeckten. Er wischte sich die groben Körnchen von Gesicht und Händen und aus den Augen und ging weiter, auf den Raphos-Wasserfall zu, der sich hoch über ihm in einem Gemisch aus Eis und Stein dunkel glänzend erhob. Aber Nazir sah Gebirge am Himmel. Er sah die Luft in Flammen aufgehen.

Er sah Nohr.

»Ahhh...«, schrie er und fiel auf die Knie. »Vater aller Väter, du bist gekommen, um mit mir zu sprechen.«

Nazir verneigte sich vor einer Eisscholle, die auf dem eisigen Wasser trieb und eher einem Schwein ähnelte, als seinem Urahn. Der Unterschied fiel dem wahnsinnigen Felonarchen aber nicht auf.

Die Schmerzen in der Brust wurden unerträglich, und er wühlte in seinem Umhang herum, bis ihm einfiel, daß er den Trank gar nicht bei sich hatte.

»Malvos! Wo bist du, wenn ich dich am nötigsten brauche? Wo ist dein Heiltrank? Meine Brust brennt wie ein Schmiedefeuer«, murmelte er vor sich hin und preßte die Hände auf das Geburtsmal.

Dabei sah er seine Hand an. Wie die schleichende Pest, so zog sich die blaue Mirke darüber hinweg und bedeckte sie mit ihrem üblen Schimmer. Er zog den anderen Handschuh aus, und ihm bot sich der gleiche Anblick. Zuerst versuchte er, die Farbe abzureiben, da er annahm, sie stamme vom Sporenstaub. Flehend blickte er in Nohrs Augen, sah aber nur das Spiegelbild seiner eigenen, veränderten Person im Eis. Es war nicht länger zu leugnen, daß ihn die Mirke befallen hatte. Ihn, Nazir, den Felonarchen von Inys Nohr und allen dazugehörenden Ländereien.

Er war ein Albion.

»Warum?« murmelte er. Langsam, ganz langsam erinnerte er sich an die Stellen in der Chronik, an denen die Erschaffung der Albions beschrieben wurde. Natürlich. Auch sein Vater hatte Ardré gegessen. Wie hätte dies also *nicht* geschehen können? Wieso war ihm das nie aufgefallen? Und all die Jahre – Malvos ... die Tränke. Er brach in lautes Geschrei aus.

»Crephas, was hast du dem Letzten deiner Familie angetan?« brüllte er. »Mein Leben lang habe ich daran gearbeitet, den Fluch der Haen von uns zu nehmen. Und du, Malvos!« fuhr er fort und tobte mit dem stärker werdenden Wind um die Wette. »Jetzt begreife ich, warum deine Tränke so wichtig waren. Dieser faulige Geschmack – nichts als bitteres Ardré! Die ganzen Jahre hast du es gewußt ... warum hast du mir nie etwas gesagt?«

Nazir schlug mit der Faust auf Nohrs Ebenbild und brach in Tränen aus; sein Traum, das Licht zu beherrschen, war genauso zerschmettert wie das Eis, das ihm sein Spiegelbild gezeigt hatte. Es war vorbei. Er würde hier sterben. Er meinte, in der Nähe Kampfgeräusche zu hören, es konnte aber auch der Wind gewesen sein.

Die Minuten verstrichen, und ihm wurde kälter und kälter, bis er der verführerischen Stimme des ewigen Schlafes erlag. Der Wind wurde heftiger, und auch Nazirs schwere Kleidung konnte der Kälte nicht trotzen.

Aylith hatte alles gehört. Sie trat hinter dem glänzenden Vorhang des gefrorenen Wasserfalls hervor und stand reglos vor Nazir.

»Sieh an ... und wer ist die schöne Dame, die meinen Untergang beobachten wird?« Er lächelte abwesend, sprach mit schwacher, müder Stimme. »Bist du gekommen, mich in die nächste Welt zu holen? Bin ich völlig vom Fluch befallen? Endet es auf diese Weise?

Ich fühle mich eigenartig. Etwas Finsteres erdrückt mein Herz.«

Aylith sah, wie sich der Mann, der ihre Mutter und ihren Vater getötet hatte, hilflos im Schnee wand, von Mirke und Schmutz bedeckt, wahnsinnig. Der Mann, dessen Familie das Gleichgewicht Cridhes zerstört und das Dasein aller Lebewesen durch eine willkürliche, selbstsüchtige Tat gefährdet hatte. Nur aus Machtgier.

Und diese Macht hielt sie jetzt in Händen. Ein steinerner Ausdruck überkam ihr Gesicht, während sie die Eichel zwischen den Fingern drehte. Bei dem Gedanken, Nazir mit dem Feuer ihrer Hände zu töten, erbebte sie. Wenn sie diese wunderbare, natürliche Kraft in dem Moment der Schwäche auf ihn werfen würde, dann gab es keinen Zweifel, daß sie ihn auf der Stelle vernichten würde.

Sie konnte seinen Tod jedoch in die Länge ziehen, damit er auch wußte, was ihm geschah und wer ihn tötete. Wie schön wäre es, ihn leiden zu sehen ... Sie dachte an Logan, an den Brand und an ihre Mutter, die gegen Thix grausames, wahlloses Schwert kämpfte. Und an Jedhian, dessen Kopf auf dem Richtblock lag, während Nazir ihn verspottete und die Menge mit der Aussicht auf eine Hinrichtung begeisterte. Sie dachte an die Wunde, die ihr Nazir eigenhändig zugefügt hatte. Der grauenvolle Schmerz, die furchtbare Verletzung. Aylith verspürte einen bitteren Geschmack im Mund. Morgen mußte sie den Frühling rufen. Bilder des verkrümmten Sippenbaumes stiegen vor ihr auf, geformt durch ihren gallebitteren Zorn.

Befreie den Gefangenen deines Herzens ... Thrissas Worte hallten ihr wieder und wieder in den Ohren.

Du wirst geheilt. Aber die dritte Aufgabe wird deine ganze Hingabe erfordern ... hatte die Gwylfan gesagt.

Es verlangte sie danach, die Hand zu heben und dem Felonarchen zu zeigen, wozu sie imstande war.

Dieses Mal würde sie nicht versuchen, ihn abzulenken. Dieses Mal würde er sterben. Der unsichtbare Faden des Gobelins der Gwylfan lockerte sich ein wenig, rutschte zuerst von einem Finger, dann vom nächsten, bis er schließlich vergessen in Ayliths geöffneter Handfläche lag. Verführerisch wand sich die Ranke des Bösen um den kleinen Finger, schlängelte sich ihr ums Handgelenk und drängte sie, sich zu entscheiden.

Befreie den Gefangenen deines Herzens, beharrte Thrissas Stimme leise.

Dieses Mal würde sie… Aylith umklammerte die Eichel mit aller Kraft und trat vor, um der Sache ein Ende zu machen.

»Nein! Er gehört mir, Aylith! Bleib weg«, keuchte Lorris, deren Ader an der Schläfe wie rasend klopfte, als sie auf die beiden zulief. »Er hat Jedhian verletzt und auch meinen Vater getötet! Aber da er mein Landsmann ist, werde *ich* ihn bestrafen! Das ist mein gutes Recht!«

Nazir kniete im Schnee, streckte ihnen die Hände entgegen. Seine Augen brannten, die Hoffnung, vielleicht mit dem Leben davonzukommen, gab ihm neue Kraft. In seinem Blick lag jedoch keine Reue. Nur Verzweiflung und Wahnsinn. Er war ein verwundetes Tier. Eine Schlange, die in dem Moment zubeißen würde, in dem sie geheilt wurde.

Aylith schüttelte den Kopf.

»Nein, Lorris. Er gehört mir, seitdem der Schöpfer die Worte sprach, die uns alle ins Leben riefen. Ich bin die Heilerin…«

Wie ein Glöckchen im Wind, so erklang die Wahrheit tief in ihrem Herzen, und nun glaubte Aylith endlich und wahrhaftig, daß sie die Heilerin war. Sie sagte es noch einmal, diesmal mit sanfter Stimme: »Ich bin die Heilerin.«

Lorris hielt inne.

Deutlich bemerkte Aylith, wie Lorris Gesicht vom

Haß entstellt wurde, der ihre Züge verzerrte und ihre Schönheit in eine harte, grimmige Maske verwandelte.

»So sehe ich sicher auch aus. Wie Raphos. Wie … Nazir«, flüsterte Aylith.

Sie vernahm Thrissas Stimme: *Du mußt sein wahres Ich finden …* Sein wahres Ich. Also nicht das, was sie jetzt vor sich sah, diesen besiegten Mann, seine Häßlichkeit, seine Qualen, die rasende Wut. Sondern sein wahres Ich. Wie bei der Feuerwand, die sie ohne Schaden zu nehmen durchschritten hatte. *Stell ihn dir geheilt vor. Stell ihn dir gesund vor.*

»Dann werde auch ich geheilt sein …«, hauchte Aylith. Der unsichtbare Faden der Weberinnen schlang sich eng um ihren Finger und knotete sich fest. Die letzte Ranke des Böses erbebte und fiel zu Boden.

Lorris stand wie angewachsen, unfähig, sich zu bewegen. Die Macht in Ayliths Stimme bannte sie, hieß sie, Frieden zu halten. Tränen strömten ihr über die Wangen, die Hand über dem Schwertknauf zitterte hilflos. Aylith hatte gesprochen.

Die Heilerin hob die Hand, rief die Kraft des Sippenbaumes herbei, und grüne Flammen schossen ihr aus den Fingerspitzen. Sie legte die Finger auf Nazirs Brust, genau über das Geburtsmal.

»Ich erlöse dich«, rief sie und stürzte sich in die schwarzen Tiefen von Nazirs Qual, mit der Kraft, die ihr Logan übertragen hatte, als einzigem Schutz.

Bei der brennenden Berührung riß Nazir die Augen weit auf, denn das Mal schmerzte, wie nie zuvor. Er glaubte, sterben zu müssen und rang mit Aylith, versuchte, ihre Hand wegzureißen, der grünen Kraft, die in seinen Körper strömte, zu entkommen. Irgendeine unbekannte Quelle verlieh ihm noch einmal Kraft, und er schlug wild um sich, als ihre Finger mit seinem Fleisch zu verschmelzen schienen. Aylith kam es vor, als verlöre sie sich völlig bei dem Versuch, den Fluch zu bekämpfen und den sich wehrenden Mann festzuhalten. Zuerst glaubte sie, sie werde versagen, aber dann kam ihr eine starke Hand zu Hilfe, deren gezackte Narbe durch die Anstrengung weiß hervortrat, eine Hand, die noch vor wenigen Augenblicken ein Schwert gehalten hatte. Sie konnte Lorris nicht sehen, aber Nazir sackte unter dem kraftvollen Griff der Kriegerin zusammen. Aylith nutzte den Moment, um ihre Kräfte neu zu sammeln.

Und dann sah sie ES, die Vision stand ihr klar vor Augen. Eine riesige, verdrehte Bitterwurzel, die groß und stark in Nazirs Herzen wuchs, die alles Gute in ihm erstickte, ihm Leben und Seele raubte, seinen Geist kalt und grausam machte – ähnlich den Sümpfen und Gebirgen seines Königreiches. Sie bewegte sich auf die große, schwarze Ranke zu, ekelte sich vor dem Anblick und Gestank. Als sie der Pflanze einen Schlag versetzen wollte, streckte sich jene noch höher empor.

Schau nicht hin. Sieh ihn so, wie er wirklich ist. Finde sein wahres Ich, hörte sie die sanften Worte der Prophetin.

Aylith schloß die geblendeten Augen und dachte an einen anderen Nazir. Einen, den sie nie gekannt hatte. Einen gesunden, lebenslustigen Mann, der ohne Schmerzen einherging und Malvos Medizin nicht benötigte. Einen freundlichen Mann, einen gütigen Herrscher. Einen Mann, der lieben konnte. Einen Mann, der vom Fluch erlöst war.

Durch die Berührung zeigte sie Nazir, wer er wirklich war. Sie teilte es seinem Körper mit, der sich mit neuer Kraft füllte, dessen Fleisch gesund und unversehrt war, nachdem die Mirke sich verflüchtigt hatte. Sie teilte es seinem Verstand mit, und der Wahnsinn wich dem Frieden. Sie teilte es seinem Herzen mit, und es verwandelte sich.

Aylith entspannte sich; sie wußte, sie hatte es geschafft. Dann streckte sie die Hand aus, um die schreckliche Ranke auszureißen. Aber die Pflanze war schon abgestorben. Die verdorrten Stücke der giftigen Ranke lagen, ineinander verschlungen, zu ihren Füßen. Ein Geruch der Fäulnis und Verwesung ging von ihnen aus. Nazir war frei.

Er stöhnte laut auf, und Aylith lockerte ihren Griff, fiel rücklings in den Schnee. Dabei rollte die kostbare Eichel aus ihrer Tasche. Auch Lorris sank völlig erschöpft zu Boden.

Nazir kam zu sich, und ihm schien, als sehe er die Welt zum ersten Mal. Er tastete nach dem Geburtsmal auf der Brust, das ihn sein Leben lang gequält hatte – es war verschwunden. Nur eine dünne, schmerzlose Linie war zurückgeblieben, die silbrige Narbe einer alten, verheilten Wunde. Neben ihm lag die glänzende Eichel, die Aylith von der Krone des Sippenbaumes gepflückt hatte. Ehrfürchtig hob er sie auf und nahm sie fest in die Hand, gebannt durch ihr Leuchten, dessen Licht seine Handflächen ausfüllte. Nazir wußte, daß er ein Anderer geworden war. Er lächelte und fühlte, wie das höhnische Grinsen durch ein echtes, freudiges Lachen ersetzt wurde. Nazir streckte eine Hand aus, um sich an seiner neuen Kraft zu erfreuen. Die Finger erglühten in einer neuen Farbe, die Mirke war verschwunden und mit ihr der kalte, blaue Zorn. Statt dessen erstrahlten grüne Flammen.

Grüne!

Nazir schüttelte verblüfft den Kopf. Er blickte nach Westen, und anstelle des unfruchtbaren Ödlandes, das ihm seit jeher bekannt war, sah er eine saftige Wiese, die so viele Schattierungen von Grün aufwies, daß er sie nicht alle zählen konnte – obwohl er nicht müde wurde, es zu versuchen. Nie zuvor hatte Nazir solche Farben, solches Leben gesehen. Er vernahm das Lied der Gräser im warmen Wind, das Summen der Insekten, das Lied der Vögel in den Bäumen.

Er kannte die Namen aller Lebewesen.

Er kannte den Lichtzauber.

»Bei Nohr! Ich habe ihn! Ich habe die Erinnerungen!« rief er und sprang erregt auf die Füße. »Und ich habe den Samen des Sippenbaumes! Der Fluch ist besiegt!«

Er schloß die Augen und öffnete sie wieder. Das Land war so öde wie zuvor. Er besann sich auf die Kraft seiner Hände – und das Land lebte vor seinem inneren Auge auf.

Nazir lachte. Nicht das schreckliche, qualvolle Lachen der Vergangenheit. Ein fröhliches, melodisches Lachen voller Liebe. Er seufzte, Tränen strömten ihm über die Wangen. Er wußte nun von Dingen, die er nie gekannt hatte. Er wußte, daß er lebte und freute sich unbändig darüber.

Er wußte auch, daß in einer Stunde die Tagundnachtgleiche stattfinden würde.

Er mußte nach Inys Haen, um den Lichtzauber vor dem Stein des Schöpfers zu sprechen. Er mußte Malvos finden …

Hinter ihm rührte sich etwas.

Langsam drehte Nazir sich um, und sah zu Lorris, die sich über Aylith beugte. Das Mädchen lag im Schnee, das Haar hing ihr wirr übers Gesicht, die Hände waren blau vor Kälte und mit Schmutz bedeckt. Lorris richtete sich auf und sah Nazir mit unbewegtem Gesicht an. Er beugte sich hinab, nahm Aylith in die Arme und berührte ihr Gesicht. Sie wachte nicht auf. Er fühlte nach ihrem Puls, der so schwach war, daß er ihn sich eingebildet haben konnte.

Warum war es ihm nie aufgefallen? Sie war so schön. Nazir verspürte eine seltsame, unbekannte Regung im Herzen.

Plötzlich erschien ihm die lang ersehnte Rache völlig unwichtig. Die Welt schrumpfte zusammen, die Vergangenheit existierte nicht mehr. Nazir ergriff Ayliths Hände, versuchte, sie mit Leben zu füllen; seine Fingerspitzen leuchteten grün.

»Komm zurück, Aylith.«

Ayliths Lider flatterten kurz, und er fühlte, wie hart sie um eine Wiederkehr kämpfte. Aber nichts geschah. Irgend etwas verstellte den Weg; er konnte ihr Herz nicht erreichen, konnte keine Verbindung herstellen.

»Warum kannst du mich heilen, ich aber kann dir nicht helfen?« flehte er.

Minuten verstrichen, in denen er sich wieder und wieder auf das besann, was er bei ihrer Berührung gefühlt hatte, auf jede Schwingung, jede Regung.

Der östliche Horizont leuchtete allmählich auf – das erste Zeichen der herannahenden Tagundnachtgleiche. Die Zeit war gekommen. Auch Lorris bemerkte es.

»Soldatin, hilfst du mir, sie nach Hause zu tragen?«

Lorris nickte. Und salutierte.

Wieder lächelte Nazir. Lorris fand, er sah fast wie ein ganz anderer Mann aus. Sie hoben Aylith auf, nachdem sie ihr noch jeder ein eigenes Kleidungsstück angezogen hatten, um sie warm zu halten, und eilten auf Inys Haen zu, liefen mit dem Tageslicht um die Wette.

KAPITEL 30

Lorris und Nazir trugen Aylith mit solcher Geschwindigkeit über das Moorgebiet, wie sie es nie für möglich gehalten hatten. Obwohl die Fernen Stämme und die Haen tatsächlich gegen die nohrischen Truppen kämpften, gelangten sie unbehelligt zum Ufer des Sobus. Gerade, als sie den Fluß überqueren wollten, tauchte ein Mann mit gezogenem Schwert vor ihnen auf. Nazir stolperte beim Anblick des weißäugigen Fremden, der ihn böse anstarrte, aber Lorris ging – trotz der Worte des Albions, der eine rote Kappe trug und nur eine Hand hatte – weiter.

»Halt an, Mädchen. Ich will dich nicht töten. Ihn will ich«, sagte Morkin und fuchtelte mit dem verletzten Arm drohend vor Lorris Gesicht herum.

Lorris blieb stehen. Nazir nahm sie bei der Hand und sprach: »Du mußt Morkin sein. Man sagt, du seist tot.«

»Das bin ich nicht. Und die Albions möchten dich wissen lassen, daß es auf Cridhe kein Licht geben wird. Du kannst am Leben bleiben, wenn du gehorchst. Ich werde dir einen Vorschlag zur Wiedergutmachung meines Verlustes machen.« Wieder schwenkte er den Arm.

»Aber Morkin – was redest du da? Was ist mit den anderen Leuten? Was ist mit dem Rest der Welt? Und wenn ich es war, der dir das angetan hat, dann schwöre ich, daß ich es wieder gutmachen werde«, erklärte Nazir.

Morkin blickte ihn mißtrauisch an. »Wann hast du dich je um andere gekümmert, Felonarch? Was ist denn über dich gekommen, hm?«

»Morkin, laß uns vorbei. Kein Blutvergießen mehr. Der Fluch ist besiegt. Die Tagundnachtgleiche steht bevor.« Nazir deutete zum östlichen Horizont, wo ein dünner, rötlicher Lichtstrahl die Wolkendecke durchdrang.

Morkin schüttelte langsam den Kopf. Er packte das Schwert fester.

Nazir schaute ihm in die Augen und trat einen Schritt vor. Morkin hob die Klinge, nahm die Kampfstellung ein und machte sich, trotz der fehlenden Hand, zum Angriff bereit. Nazir blieb weniger als eine Sekunde, um sich zu fragen, wo der Mann zu kämpfen gelernt, und wie er sich von den Ketten befreit hatte. Das Schwert zuckte – nur wenige Zoll an Nazirs Kopf vorbei – blitzend durch die Luft. Der Felonarch warf sich gerade noch rechtzeitig zur Seite.

Mit Aylith in den Armen, warf sich Nazir herum, duckte sich und rannte an Morkins unbewaffneter Seite vorbei, ohne auch nur einen Blick auf ihn zu werfen. Gleichzeitig sprang Lorris vor und versetzte Morkins Beinen einen gewaltigen Tritt, wie Nazir ihn früher gegen die Gegner bei seinen Übungskämpfen angewandt hatte. Morkins fiel schwer zu Boden, aber Nazir hatte keine Zeit, Lorris Geschick Aufmerksamkeit zu zollen. Die Dornenmauer war nur noch wenige Schritt entfernt.

Sie rannten auf das offene Tor zu. Die beiden Wachen gingen sofort in Verteidigungsstellung, traten aber zurück, als sie die Heranstürmenden erkannten. Lorris ließ Nazir den Vortritt, und er lief auf den Gedenkstein zu, als der Lichtstrahl durch das Tor Einlaß fand. Nazir lehnte Aylith gegen den Stein, nahm die Eichel aus der Tasche, warf sie in den Riß, der durch den Stein lief und sprach den Lichtzauber:

»Vierter Zweig: Norden. Ich binde und breche die Hand des Winters …«

Neben ihm bewegte sich Aylith, und Nazir zauderte unsicher. Er begann erneut und fuhr fort:

»... die Klaue des Frostes, die Kraft des Sturms ...«

»Die Klinge des Eises, den Bund des Kristalls.« Aylith und Nazir sprachen die Worte gemeinsam. Nazir lächelte, ihre Stimme, wenngleich sie noch schwach klang, tönte wie das Geläut eines Silberglöckchens im Wind. Während sie weitersprachen, schien sie mehr und mehr zu Kräften zu kommen.

»Dritter Zweig: Westen ...«

»Er kommt zu früh runter, Mann, hau schon ab!« brüllte Sims und scheuchte die letzten Arbeiter an die Oberfläche, während der Tunnel hinter ihnen zusammenstürzte.

Es war zu früh, viel zu früh! Wie konnte das geschehen? Sims schrie und fluchte, weißer Staub drang ihm in die Lungen – ein letzter Gruß des Hauses Nohr. Der Turm knarrte furchtbar, wie ein sinkendes Schiff, die riesigen Steine rieben sich aneinander, das Gebäude über Sims Haupt schüttelte sich im Todeskampf.

Ich wollte es so gern von außen beobachten, dachte Sims sehnsüchtig. *Hauptsache, Nazir ist genauso darin gefangen wie ich hier unten, dann ziehe ich gern den letzten Stein beiseite.* Sims bereitete sich auf das Ende vor.

Aber kurz darauf war es vorbei, das Gebäude sackte nicht weiter ab, knarrte nur noch ein wenig. Und – was war das? – vom anderen Ende des Ganges strahlte ein helles Licht. Die Helligkeit ließ seine Augen schmerzen, besonders das weiße Auge zuckte qualvoll. Er drehte sich um und blickte zur anderen Seite, in die tröstliche Dunkelheit hinein. Die Arbeiter riefen ihm zu, er möge sich beeilen, denn sie könnten die Sonne sehen. Die Sonne? Sims nahm an, sie wären verrückt geworden, oder hatte er zuviel abgestandene Luft eingeatmet, so daß ihm sein Gehör einen Streich spielte? Dann kam ihm der Gedanke, daß er vielleicht doch noch Zeit hatte, den Turm einstürzen zu sehen. Na also, noch war es nicht zu spät.

Mit neuer Hoffnung machte er sich daran, über Schutt und Geröll zu klettern, denn der Staub hatte sich gelegt, und der Weg war undeutlich zu erkennen. Er vernahm ein ungewöhnliches Geräusch, eine Art Gurgeln und Platschen. Vorsichtig tastete er sich voran, wurde mit jedem Schritt zuversichtlicher.

»Sims, warte, das ist die falsche Richtung – komm her, folg dem Klang meiner Stimme!« rief Klaer und wartete auf eine Antwort.

»Sims?«

Aber Sims konnte ihn nicht mehr hören. Sims konnte überhaupt nichts mehr hören, denn er befand sich in der Kehle des Frosches. Das Ungeheuer hockte an seinem gewohnten Platz, inmitten des ekligen Tümpels und der Überreste vergangener Mahlzeiten, verdaute zufrieden und blieb völlig unberührt von dem unvorstellbaren Gewicht des Turmes, der hoch über ihm gefährlich hin- und herschwankte.

»Ich kann nichts hören«, verkündete Spens, der bereits siebenundfünfzig Winter zählte und zu den ältesten Mirkalbions gehörte.

Unterhalb des schiefen Turmes hockten die Arbeiter am Tunneleingang, unschlüssig, ob sie den Anführer zurücklassen sollten.

»Achtung, Männer! Er kippt!« rief der junge Klaer, der den Turm nicht aus den Augen gelassen hatte.

Eine riesige, schwarze Bitterwurzel, die am Fuß des Turms, ganz in Klaers Nähe wuchs, riß entzwei und ihre dicken Ranken schlugen krachend auf dem Boden auf. Die Arbeiter liefen in Deckung, der ausgehöhlte Erdboden brach zusammen, und alle anderen Bitterwurzeln schienen gleichzeitig ihren Griff zu lösen. Innerhalb von Sekunden blieb außer einem Haufen

Steine und einer gigantischen Staubwolke nichts vom Turm von Inys Nohr zurück.

»Tja. Was nun?« fragte Klaer im Schutz der Mauer. »Sims ...«

»Ich weiß, Junge. Sims liegt in seinem Grab«, erwiderte Spens mit einem Blick auf die Turmtrümmer. »Und das wird auch uns demnächst blühen. Seht nur.«

Er wies nach Norden, auf die erste Gebirgskette. Dort hatte das helle Licht die kostbaren Ardréfelder erreicht, deren strahlendes Blau sich bereits in ein kränkliches Braun zu verwandeln begann.

Arn wollte um sein Leben laufen, aber seine Füße gehorchten ihm nicht. Der Himmel schien sich ins Unendliche zu dehnen, die ewige Wolkendecke rollte zurück. Er konnte nicht auf die darunter liegende Helligkeit schauen, konnte sie auch nicht richtig begreifen. Strahlendes Licht ergoß sich über sein Gesicht, badete es in Wärme. Goldene Strahlen berührten das Land, und Arn beobachtete, wie die Felsen zu glänzen begannen und die großen Steine im Moor das Sonnenlicht auffingen. Rote, braune, purpurne, orangene und einige ihm völlig unbekannte Farben entstanden vor seinen staunenden Augen. Cridhe hatte ein neues Gesicht erhalten, und es war viel schöner, als Arn sich je hatte träumen lassen.

Hinter ihm hatte sich die Truppe des Fernen Stammes zitternd zu Boden geworfen, die Waffen lagen, wie Spielzeuge, ringsumher verstreut. Die Männer bedeckten die Augen, murmelten Flüche und Gebete, und einige brachen in hysterisches Lachen oder Tränen aus. Der Sprecher der Haenisch beschwor den Schöpfer, Odser und Baz tanzten um Wathel herum, der mit unmelodischer Stimme ein Lied brüllte. In der Nähe bellte ein Hütehund – ob wütend oder zustimmend, sei dahingestellt.

Noch ein Laut erreichte Arns Ohren, und nur die seinen: Die süße Melodie des Sippenbaumes überkam und erfüllte ihn, wie ein Lied, das er noch nie gehört aber schon immer geahnt hatte. Noch immer wich die Wolkendecke zurück, gab den Himmel über Inys Haen, über den Fernen Stämmen bis hin zu Inys Nohr frei und hinterließ ein strahlendes Blau und einen wärmenden Windhauch.

Arn drängte sich durch eine Reihe verwirrter Rebellen und begann nun zu laufen – auf die Quelle des wundervollen Liedes zu. Er sprang über die glitzernden, auftauenden Eisflächen, trotz des Schlammes, der sich an seine Stiefel heftete. Der Hund, den er vorhin gehört hatte – später erfuhr er, daß es sich um Ayliths Hündin Nesa handelte – schloß sich ihm an, schnappte übermütig nach seinem flatternden Hemdzipfel. Die Ringe der Fernen Stämme klimperten bei jedem Schritt. Er lächelte und dachte, daß er sein Versprechen ›mit den Fernen Stämmen im Rücken‹ zurückzukehren, wahr gemacht hatte.

Als er den Sobus erreichte, brach das Eis auf, und eine Überquerung schien unmöglich. Aber Arn wollte nicht aufgeben. Was war schon der Sobus im Vergleich zu den Sümpfen? Er sprang auf eine vorbeischwimmende Eisscholle, dann auf die nächste, bis er endlich, mit nassen Stiefeln aber trockenen Kleidern auf die andere Uferseite gelangte. Im Alter von siebzig Jahren würde er sich noch an diesen Tag erinnern, an die Gefahr, die das eisige Wasser darstellte und seine Enkel eindringlich vor den Gefahren der Schneeschmelze warnen. Aber heute dachte er nur daran, schnell zum Sippenbaum zu gelangen.

Aylith und Nazir standen neben dem zerborstenen Gedenkstein, Lichtstrahlen umflossen sie, fielen wie Regentropfen auf den auftauenden Boden. Arn hielt inne; er war vollkommen verblüfft. Die beiden Gestalten leuchteten im Licht des jungen Tages, die aufgehende Sonne hüllte sie in gleißendes Licht, ihre Schatten vereinten sich zu einer langen, geraden Silhouette.

Die Linien von Haen und Nohr verschmolzen miteinander.

»Sie werden zusammen erstrahlen ...«, hauchte Arn. »Die Prophezeiung hat sich erfüllt.«

Aylith hatte sich aufgerichtet, wandte das strahlende Gesicht der Sonne zu und redete mit Nazir. Nun, mit jemandem, der ein wenig wie Nazir aussah. Der Zauber war gesprochen, der Himmel wolkenlos und klar, und Aylith und Nazir blickten in den Riß des Gedenksteines.

Dort sproß der neue Sippenbaum und reckte sich langsam zwischen den Steinhälften empor.

Arn hatte erwartet, eine riesige Eiche wachsen zu sehen, deren Zweige sich schützend über das Dorf breiten und dessen dichtes Laub den Blick auf den Himmel verdecken würde. Als aber der Baum sein magisches Wachstum einstellte, war er nichts weiter als ein kleiner Ast, der sich im warmen Wind neigte, ein wenige Fuß hohes Bäumchen mit ein paar kleinen Zweigen und Blättern.

»Das soll der Sippenbaum sein?« fragte Arn mit stockender Stimme. Er verbarg seine Enttäuschung nicht. Hinter ihm standen nur der Hund und die beiden nohrischen Soldaten, die jetzt voller Staunen und mit offenen Mündern beobachteten, wie der Felonarch und Aylith in einem gleißenden Lichtstrahl verschwanden.

Beim Klang von Arns Stimme war auch der Baum von einem Leuchten erfaßt worden. Der Junge fühlte ein Drängen im Herzen, dem er nicht widerstehen konnte. Mit unhörbarer Stimme rief ihn der Baum näher; der Laut war eher spürbar als hörbar. Er streckte die Hand nach dem kleinen Bäumchen aus.

Er fühlte das Holz!

Arn zuckte zusammen, als ihm der Baum bei der Berührung seine Geheimnisse offenbarte. Es schien, als sehe er plötzlich in das Herz von Cridhe – und erblickte drei Frauen, die an einem riesigen Webstuhl saßen. Eine von ihnen deutete auf die Wand, an der ein Gobelin hing, auf dem der Sippenbaum zu sehen war. Daneben stand Aylith. Ein grün-goldener Faden zog sich von den Wurzeln des Baumes den Stamm empor. Die Frauen lächelten und erhoben die Hände, als der Faden sich bis zum oberen Rand des Gobelins gewunden und die beiden Hälften des Risses miteinander verwoben hatte. Ein weißhaarige Elfe schaute von einem Buch auf und stimmte ein Lied an.

Dann erstreckte sich die Zukunft vor Arn, der Baum wuchs heran, die Wurzeln senkten sich in die Erde, umklammerten die Steine im Herzen der Insel und fügten zusammen, was solange getrennt gewesen war. Die Sterne fanden zu ihren angestammten Plätzen am Himmel zurück. Die Jahreszeiten kamen und gingen, wie vor der Trennung. Arn sah den Baum in mehr als hundert Jahren – riesig und gewaltig; sah ihn in mehr als tausend Jahren – stark und voller Kraft. Er sah das vereinte Volk; Inys Nohr war zu einer blühenden Stadt geworden, Inys Haen umgaben riesige Felder und Weiden, große Obstplantagen und Gärten.

Er sah das Leben des neuen Volkes, das sich über ganz Cridhe ausbreitete. Seine Hände wurden durch die Kraft des Baumes erwärmt. Arn wußte, daß er Inys Haen nie mehr verlassen würde.

Er war der neue Hüter.

Feryar flog über dem Dorf, kreiste einige Male herum und landete endlich sachte hinter dem Kuhstall, um seine elfische Gestalt anzunehmen. Zell, der klugerweise seine Befehlsgewalt einem erfahreneren Offizier übertragen hatte, verbarg sich hinter den Stallungen und machte den verzweifelten Versuch, die Augen vor dem zu verschließen, was eigentlich unglaublich war. Dann schüttelte er den Kopf und bot dem Elfen seinen Umhang an. Feryar nahm ihn lächelnd entgegen und ging auf Arn zu.

»Feryar! Du bist niemals ein Narr gewesen, nicht wahr?« fragte Arn.

»Oh ...« Er schaute auf seinen gekrümmten kleinen Finger hinab. »Doch, mein Junge, das war ich.« Tränen stiegen ihm in die goldenen Augen.

»Feryar, würdest du mir bitte die Hand geben?« fragte Arn leise.

Feryar neigte fragend den Kopf, kam aber der Bitte nach.

Eine Hand auf den Baum gelegt, die Augen geschlossen, stellte sich Arn den verkrümmten Finger geheilt und gesund vor. Seine Fingerspitzen leuchteten auf, das grüne Feuer umschloß die Hand des Elfen.

Als Feryar die Augen niederschlug, war der kleine Finger gerade.

»Ich danke dir ... ich danke dir«, stammelte er verwundert. Die goldenen Augen blickten in die blauen. *Blau ...* »Hüter, ich muß nun fort. Ich habe einen neuen Schützling.« Und schon schwebte er davon, die blassen Schwingen flatterten, Zells Umhang fiel vor Arn auf den Boden.

Morkin, dessen Gesicht in einer immer größer werdenden Pfütze lag, kam prustend zu sich, als ihn die Eule anredete.

»Morkin. Ich bin Feryar. Ich glaube, ich kann dir helfen.«

Der Anführer der Albions schüttelte den Kopf und wies mit dem Armstumpf auf den klaren, blauen Himmel.

»Nein, mein Freund. Das geht nicht. Niemand kann den Albions jetzt noch helfen. Das Ardré ist vernichtet.«

»Nicht ganz. Du bist weit von den Minen und den blauen Feldern entfernt. Trägst du denn kein Ardré bei dir? Ich nahm an, daß es sich in Sporenform am besten tragen läßt. Morkin, ich kenne einen Ort, an dem ausreichende Dunkelheit herrscht. Es wird wieder wachsen, und dein Volk kann davon leben. Es gibt einen Platz, an dem ihr geheilt werden könnt: Loch Prith, an der Westküste.«

Morkin tastete nach seiner Gürteltasche mit dem Ardrévorrat. Sie war trocken und unversehrt. Verwundert schaute er die Eule an, und langsam verzogen sich seine Mundwinkel zu einem Lächeln.

Beim ersten Sonnenstrahl wachte Jedhian mit einem Ruck auf. Er hatte furchtbare Kopfschmerzen, und sein Patient war verschwunden. Malvos hatte ganze Arbeit geleistet. Die Decke, das Bettzeug – alles hatte er gebündelt und mitgenommen. Jedhian spritzte sich Wasser ins Gesicht und versuchte, aufzustehen. Plötzlich überkam ihn die Erkenntnis: Wasser! Wasser, nicht Schnee! Der Frühling war gekommen. Aylith hatte den Frühling gerufen.

Er lief aus der Hütte, über den aufgeweichten Dorfplatz und genau in Lorris Arme hinein. Lachend wirbelten sie umeinander herum, rutschten zu Boden und lagen im rötlichen Schlamm.

»Du bist da! Und du lebst! Nachdem ich Nazir verließ, konnte ich dich nicht finden. Der Torhüter meinte, du seist tot und Malvos sei ohne dich verschwunden. Ich habe das ganze Dorf nach dir abgesucht«, stieß Lorris hervor und rang nach Luft.

Jedhian bemühte sich, ihr den Schlamm vom Gesicht abzuwischen, beschmutzte sie dabei aber nur noch mehr. Er seufzte.

»Ja. Und ich lebe. Und du auch. Sieh doch – Lorris…« Er deutete auf den Gedenkstein, wo Arn neben dem neuen Sippenbaum stand.

Lorris blinzelte, glaubte, ihren Augen nicht trauen zu können. »Arn? Er sieht so anders aus…«

»Ich glaube, er hat sich verändert. Ich glaube, alles ist anders geworden.« Er sah sich voller Staunen um.

»Lorris – da drüben!« rief er aus.

Lorris folgte seinem Blick. Inmitten der verstreuten Truppen, vor dem Dorf, schritten Aylith und Nazir – beide gesund und munter – zwischen den Verwundeten umher und heilten Nohrische und Haenische mit der Kraft des Baumes. Dort, wo sie vorübergingen, schlossen sich die Wunden, die Keuche verschwand, und vielleicht schmolz ein kleines bißchen Haß unter den Berührungen, ähnlich dem Eis in der Sonne.

Jedhian blickte in Lorris graue Augen, denen die Sonne ein silbriges Funkeln verlieh.

»Laß uns gehen. Ich werde hier nicht mehr gebraucht. Ich muß noch ein Versprechen erfüllen, das ich deinem Vater gab.«

Sie nickte ernsthaft. Die Wand in Inys Nohr. RoNals Ehre war wiederhergestellt.

Jedhian hob Lorris Kinn ein wenig an, fand eine saubere Stelle und küßte sie.

EPILOG

Malvos lag in seinem Zelt, bedeckt mit unzähligen Pelzen, Seidenstoffen und wollenen Bhanas. Schüttelfrost hatte ihn gepackt. Er konnte einfach nicht warm werden, obwohl er sah, daß sich die Wolken verzogen hatten und dieser Ort – wie wohl ganz Cridhe – sich langsam erwärmte. Also hatte es das haenische Mädchen geschafft. Oder Nazir. Allerdings zweifelte Malvos daran, denn er trug Nazirs Ardréheiltränke bei sich. Vermutlich war der Felonarch schon tot. Wenn ihn der Wahnsinn des Fluches nicht dahingerafft hatte, dann sicher der jähe Ansturm der Mirke. Aber Malvos war völlig gleichgültig, daß der Frühling gekommen war, und auch, wer ihn gerufen hatte. Er hatte nicht mehr die Kraft, sich dafür zu erwärmen. Bis hierher war er gekommen, er konnte nicht mehr. Es sei denn, Tempé würde ihn holen. Es sei denn, Tempé gäbe ihm noch eine Chance.

Kühle Luft strich ihm schmerzlich über die fauligen Zähne, als er keuchend nach Atem rang. Hin und wieder döste er ein, erwachte aber immer wieder durch sein eigenes lautes Schnarchen. Dutzende von Malen hatte er den Atem angehalten, ganz ruhig dagelegen, war dem Tode nahe gewesen; sein riesiger Körper hatte ihm die Luft aus den Lungen gedrückt. Dann bäumte er sich auf und lebte weiter.

Der kleine, blaue Mond über Cridhe hatte den höchsten Punkt seiner Bahn erreicht und zeigte so die erste Stunde des neuen Tages an. Malvos starrte durch ein Loch im Zeltdach und seufzte.

Er wunderte sich, daß Tempé noch nicht da war.

Malvos war sicher, daß sie es sich nicht nehmen lassen würde, ihn ein letztes Mal zu verhöhnen, um ihn dann auf der manalosen Insel zurückzulassen, damit er den ehrlosen Tod der Manaauszehrung starb.

Malvos hatte es schon erlebt. Und zwar bei dem Mann, dessen Nachfolge er angetreten hatte. Im nachhinein war es leicht, klüger zu sein... Zuerst würde ihn die Sehkraft verlassen, dann das unglaublich scharfe Gehör. Zum Schluß würden die Gelenke steif, und er würde zu einer unbeweglichen Masse werden, und trotz wachen Verstandes nicht in der Lage sein, Worte über die steinernen Lippen zu bringen, die seiner Qual Ausdruck geben konnten. Der Zustand könnte Monate währen, bevor sich dann endlich die Seele lösen und frei sein würde. Ein grauenvoller Tod stand ihm bevor. Und alles, was er brauchte, um diesem Schicksal zu entkommen, war ein wenig Mana – sehr wenig süßes Mana, nur gerade soviel, daß es die ausgetrocknete Zungenspitze benetzen würde.

Malvos träumte die rastlosen Träume der Verdammten, der Schuldigen, der Wucherer und Verschwender auf der Welt.

Er wußte, daß er sein Schicksal selbst verschuldet hatte. Hätte er doch nur genommen, was Tempé ihm angeboten hatte, anstatt seinen Hunger vollständig zu stillen. Als er das Mana gestohlen hatte, war er davon ausgegangen, daß er für alle Zeit gesättigt sein würde. Aber der Diebstahl hatte sein Bedürfnis und seine Gier noch vergrößert. Der Hunger war stärker geworden, unbeherrschbar, hatte in den letzten fünfhundert Jahren wie ein wildes Tier an ihm genagt. Auch jetzt tobte er in Malvos Innerem, obwohl sein Kopf anscheinend völlig ruhig auf den kostbaren Kissen lag. Er wog über dreihundert Pfund, aber dennoch verhungerte Malvos.

Wieder döste er ein und erwachte, als er glaubte, einen Nachtvogel über dem Zelt zu hören.

Die seidene Zelttür bewegte sich kaum merklich, als

Tempé hereinkam. Sie wußte, daß er nicht wirklich schlief. Er hatte sie noch nie an der Nase herumführen können.

»Malvos, mein Liebling, es ist wirklich schon viel zu lange her, seitdem wir uns nett unterhalten haben. Läufst du vor mir davon? Wie lustig, mein Lieber. Warum erzählst du mir nicht, was ich gern wissen möchte?« schnurrte sie.

Tempés glänzendes, kupferfarbenes Haar fiel in schmeichelnden Wellen um ihr ebenmäßiges Gesicht. Sie spitzte die roten Lippen, und Malvos gab es auf, Schlaf vorzutäuschen, stützte sich unbeholfen auf einem Ellenbogen auf und blinzelte sie müde an. Er kannte Tempé zu gut, um sich in diesem Moment über ihren Besuch zu freuen.

»Ich habe dich erwartet. Kommst du mich holen? Oder willst du noch weiter mit mir spielen? Ich habe deine Worte gesiebt, Tempé. – Du erwartest tatsächlich eine Antwort von mir. Was möchtest du wissen? Ich tausche die Antwort gegen mein Leben.«

Sie lachte – trocken und freudlos. »Mein Lieber, dein Leben ist nicht der Rede wert. Antworte mir, und ich werde entscheiden, ob deine Auskunft etwas wert ist. Sag mir, wo das Mana ist, Malvos. Ich weiß, daß du es vor mir verbirgst. Unter den Wanderern gilt Cridhe als unfruchtbar, aber ich spüre trotzdem etwas. Und du hättest mein Schwert nie benutzt, wenn du nicht angenommen hättest, von hier fortzukommen. Selbst du bist zu klug für so etwas. Also, was verheimlichst du? Wo ist es, Malvos?«

Malvos seufzte. Er hatte nichts zu verlieren. »Der Baum – es muß inzwischen einen neuen geben – ist die Quelle, aber irgendein Schutzschild bewahrt sie vor deinem Gespür. Nur der Hüter des Baumes kann die Quelle ausfindig machen, und aus einem mir unbekannten Grund kann ich es auch, obwohl ich dir den genauen Platz nicht zeigen kann. Das ist alles. Was willst du noch von mir? Möchtest du, daß dich der stolze Malvos anfleht? Dann werde ich es tun. Bitte, Tempé. Nimm mich mit. Du weißt, daß ich hier sterben muß. Ich war zu lange hier. Habe ich nicht genug gelitten? Möchtest du den besten Manasucher aus zwanzig Welten nur deiner Rache wegen umkommen lassen?«

Sie lachte, die Lippen entblößten scharfe, weiße Zähne und sie machte eine ausladende Geste – genau wie jene, die Malvos früher ausgeführt hatte, wenn er auf einen neuen Fund gestoßen war. »Hältst du mich nach all den Jahren für eine Idiotin, mein lieber Malvos? Das kann ich nicht glauben. Du weißt doch jetzt, nachdem du gemerkt hast, warum ich dich Seelenschlächter behalten ließ, genau Bescheid. Das war so eine Art Warnsignal, weißt du? Solltest du die Waffe gebrauchen – was du ja auch getan hast – und mir meine Besitzansprüche streitig machen, müßtest du dich zwischen dem Leben und weiterer Gefangenschaft entscheiden. Auf jeden Fall erfuhr ich, wo du dich aufhieltest. Es hat mir große Freude bereitet zu wissen, du würdest dich eines Tages nicht länger beherrschen können und das Schwert anfassen, wenn Mana in der Nähe wäre … Natürlich kann ich dir das Mana nicht überlassen, schließlich hungerst du danach. Wir wissen beide, daß du es nicht beherrschen könntest. Wenn ich dir auch nur einen winzigen Schluck gönnen würde, würdest du alles, was ich besitze, auf einmal verschlingen. Mein Freund, für dich kommt jede Hilfe zu spät. Gib mir die hiesige Quelle – dann beruhigst du wenigstens dein Gewissen, und stirbst in dem Bewußtsein, daß deine Schuld beglichen ist.«

Malvos biß sich vor Enttäuschung und Verzweiflung auf die Lippen und fühlte, wie Blut in seinen Mund rann. Schon immer war sie so grausam gewesen. Und kalt. So kalt wie Cridhe vor der Heilung. »Bitte,

Tempé. Es gibt nichts mehr zu sagen. Ich möchte leben.« Flehend suchte er ihren Blick.

»Nein, Malvos. Hier bestimme ich. Ich habe diese Insel von oben bis unten abgesucht, auch deinen dummen Baum.«

Er schüttelte den Kopf und fiel in das Kissen zurück.

Vielleicht hat er diesmal die Wahrheit gesagt, dachte Tempé. *Malvos konnte noch nie lange durchhalten. Und schon gar nicht in diesem Zustand.*

»Malvos«, sagte sie mit sanfter Stimme.

Wieder hob er den Kopf und wagte ein winzigkleines, hoffnungsvolles Lächeln.

»Ich *will* dir ein Zugeständnis machen. Du wolltest immer wissen, woher ich Seelenschlächter habe. Ich werde es dir verraten. Ich habe die Waffe bei einem Duell mit Thorn gewonnen. Er besitzt die Sturmquellen. Ich denke, ich hätte ihn damals töten sollen, aber mir erschien es nicht der Mühe wert. Sieh das als Abschiedsgeschenk an, ja?« Sie lachte leise und genüßlich.

Malvos Augen ruhten auf ihrem Gesicht. »Du hast Angst vor ihm. Vor Thorn. Ich siebe es aus deinen Worten heraus. Und ich vermute, daß er inzwischen mehr als nur die Sturmquellen besitzt. Vielleicht auch die Teiche des Todes?«

Tempé hob empört die Brauen. »Gibt es etwas Undankbareres als einen Sangrazul? Nach allem, was ich für dich getan habe ...«

Sie schüttelte das feuerfarbene Haar und warf ihm einen wütenden Blick zu, denn er hatte die Wahrheit erkannt.

Wie alt sie im Mondlicht aussieht, dachte Malvos. *Wie hart ihre Gesichtszüge sind.*

Er fiel zurück auf das Kissen, dabei wirbelte er eine kleine Wolke parfümierten Puders auf. Er richtete den Blick auf die Spitze des rot-blauen Zeltes und wartete darauf, daß sie endlich ging. Was konnte sie denn noch von ihm wollen? Es lag an ihm, ob er ihr die Aufmerksamkeit eines Sterbenden schenkte oder nicht.

»Na gut, du alter Narr, ganz wie du willst. Ich habe dich, wie gesagt, schon ersetzt. Glaubst du, daß ich dich so dringend brauche, um zu riskieren, daß du deinen unbändigen Hunger an meinen schwer errungenen Manalinien stillst? Deinesgleichen gibt es viele. Und wenn ihr nicht so brauchbar wäret, würde ich euch gar nicht beachten. Bei euch muß ich mich immer mit der Sorge der Beseitigung herumärgern«, endete Tempé, deren Gesicht nun die Farbe ihres Haares angenommen hatte. »Aber wenn du dich entschuldigen würdest…«

Malvos erwiderte nichts auf ihr Schimpfen. Er rührte sich nicht einmal. Er würde sich niemals entschuldigen. Er war ein Sangrazul. Seine Aufmerksamkeit schien schon weit fort zu sein, so, als habe sie das Zelt schon längst verlassen.

Tempé grinste und sah, wie er den Mond anstarrte, der durch eine herunterhängende Zeltbahn über Malvos Kopf zu sehen war. Sie folgte seinem Blick. Ganz kurz weiteten sich ihre Augen, und sie lachte laut auf, konnte sich kaum beherrschen. Dann schoß sie den letzten Pfeil ab.

»Schlaf gut, Malvos.«

Noch einmal erklang das hämische Gelächter, dann flatterte die Zeltplane kurz auf und schloß sich wieder.

Malvos versank in einem neuen, beunruhigenden Traum. Er glaubte, die Elfen singen zu hören und erblickte die Wunder des legendären Loch Prith. Wieder war er jung und hatte den Körper eines starken Kriegers, ein Mann unter Männern, von sagenhafter Kraft und Größe. Frauen lagen ihm zu Füßen, er konnte Mana verzehren, soviel er wollte. Der Hunger war gestillt; er fühlte sich wie befreit von der Sucht, von der Tyrannei. Endlich konnte er Cridhe verlassen. Malvos lächelte, als er den Klang der Harfen und Glocken vernahm und die süße Melodie der gläsernen Flöten im Wind.

Dann hörte er noch etwas anderes, leise und wild; kaum hörbar huschte es durch die unterste Lage seiner außergewöhnlichen Sinne. Es schniefte und knurrte und machte sich bereit.

Zu spät riß sich Malvos aus seinem Traum, aus dem Schlaflied des Leichentuches, fort von dem Geräusch eines anderen Hungers. Er mühte sich verzweifelt, das Bewußtsein zu erlangen, fand sich aber bereits in einem neuen Traum gefangen, dann im nächsten, und im übernächsten und immer so weiter, bis er schließlich mit einem stillen Hilfeschrei aufgab und sich weder erheben noch rühren konnte.

Als endlich jede Gegenwehr und jegliches Denken erloschen war, erhob sich die rot-blaue Plane, löste sich von den Zeltstangen und senkte sich sanft und gierig über ihn, begleitet von den Klängen des tödlichen Wiegenliedes.